HEYNE BÜCHER

BIBLIOTHEK DER SCIENCE FICTION LITERATUR

Herausgegeben von Wolfgang Jeschke

CARL AMERY

DAS KÖNIGSPROJEKT

Science Fiction-Roman

Sonderausgabe

WILHELM HEYNE VERLAG
MÜNCHEN

HEYNE-BUCH Nr. 06/35
im Wilhelm Heyne Verlag, München

Der Roman erschien als
Hardcover-Ausgabe im
R. Piper & Co. Verlag, München
1974

Redaktion: Wolfgang Jeschke

Printed in Germany 1984
Umschlagphotos und Photomontage: Wolfgang Jeschke
Umschlaggestaltung: Atelier Ingrid Schütz, München
Satz: Schaber, Wels
Druck und Bindung: Presse-Druck Augsburg

ISBN 3-453-31031-4

Inhalt

LEONARDI ACADEMIA
VĪCI

Danksagung und Widmung

Der Verfasser schuldet Dank

für Einführung in den Jakobitismus:

Franz Graf von Spreti, Präsident der Verwaltung des Herzogs von Bayern (für erste Hinweise); der Redaktion und den Mitarbeitern des TRUE JACOBITE; Mrs. Magda Andrews von der ROYAL STUART SOCIETY, London; Mr. & Mrs. A. W. Campbell, Miß Alison MacIntosh, Mr. H. W. Wandesford Fenwick, Edinburgh; Mr. & Mrs. Douglas Drysdale, Saline/Fife, sowie allen Mitgliedern des Vorstandes des 1320 CLUB;

für die liebenswürdige Forschungshilfe:

den Damen und Herren der Westminster Public Library, der City of Westminster Library, der Inverness Public Library, der Zentralbibliothek und der Monacensia-Sammlung der Städtischen Bibliotheken sowie den Damen des British Council in München;

für hilfreiche protokollarische Auskunft:

dem Kommandanten der Guardia Svizzera Pontificia;

für die schönsten Namen des zweiten Buches:

Damon Runyon, dem unvergessenen Autor von GUYS AND DOLLS;

für das schönste jakobitische Zitat des Buches (S. 62):

Mrs. Kay Heriot (entnommen dem ROYAL MARTYR ANNUAL 1973, S. 32);

für einen wichtigen handwerklichen Tip:

Günter Grass;

für ständige angenehmste Inspiration:

der Tafelrunde meiner Kinder, welcher dieses Buch gewidmet ist.

ERSTES BUCH

Die Schlüsselsoldaten

My good blade carves the casks of men,
My tough lance thrusteth sure:
My strength is as the strength of ten –
Because my heart is pure.

Mein sichrer Speer erspäht das Ziel,
Mein Schwert zerspellt das Erz:
Mein Arm zwingt zehn in Kampf und Spiel,
Denn rein blieb stets mein Herz.

A. Tennyson, SIR GALAHAD

1

Foganzara 1564/Rom 1953

»Nein«, sagt die Braut ins Angesicht des Bischofs.

Schwarzes Raunen geht durch die Kathedrale San Porfirio zu Foganzara; die Kleriker in Alben, Rauchmänteln und Dalmatiken wanken vor Furcht, und der vierschrötige Bräutigam wird purpurn im Gesicht und packt den Oberarm der Braut.

»Nein!« ruft die Braut nochmals, ihr Alt trägt bis ins letzte Joch des Hauptschiffs. Sie hat sich losgerissen, die letzte Erbin des Hauses Guadagni, sie springt drei Stufen empor und legt die Rechte schutzsuchend an den Krummstab des Bischofs Agapito, ihres Oheims. Die Linke streckt sie beschwörend zum Volk aus. »Diese Ehe ist erzwungen, also null und nichtig nach dem Recht der Kirche. Ich wäre zum Altar und zum Lager dieses Raubtiers gegangen für die Reste unseres Hauses, ein Lamm, das man zur Schlachtbank führt.« Ihr Busen wogt unter weißem Atlas. »Doch ich muß nicht mehr schweigen von dieser Schmach, ein Retter ist erstanden, ein Campione. Kommt, Messer Arnaldo!«

Ein Schrei aus vielhundert Kehlen, vielhundert Gesichter wenden sich zum offenen Portal. Aus dem weißen Licht der Piazza kommt der Campione geschritten, die Linke am Korb des Schwerts.

Settimo Capobue, der Bräutigam, ist herumgeschnellt, eine Bestie vorm Sprung. Er reckt die beiden Arme seitwärts und schnalzt mit der Zunge, ein Degen kommt in seine Rechte geflogen, ein Dolch in seine Linke. Zehn, fünfzehn Piken der Schergen des Hauses Capobue haben sich bereits dem Schattenriß des Retters entgegengesenkt: »Laßt ihn mir«, gurgelt Settimo, »ich werde ihn zerstückeln, den Sohn der pockennarbigen Hure.« Schräg- und spreizbeinig, nach vorn geduckt fintierend, geht er über das rotweiße Plattenpflaster dem Kampf entgegen.

»Haus des Herrn, Haus des Herrn!« klagt Bischof Agapito, keiner hört auf ihn. Die Pikenmänner senken ihre Waffen und nehmen sie quer vor die Brust, drängen das Volk rechts und links zurück, Wolken von Klerikern – Erzdiakon, Diakon, Subdiakon, Zeremoniar, Mitra- und Stabträger, Thuriferare, Akolythen – zerstieben, nur der Bischof bleibt, halb ohnmächtig auf die Schultern der schönen Nichte gestützt. »Haus des Herrn ...«

»Der Fremde!« weht es durch das Volk.

»Ein Messer Arnaldo.«

»Aus dem Norden.«

»Seit einer Woche ...«

»... wohnt er bei den Unbeschuhten.«

»Briefe soll er haben ...«

»Mächtige Siegel. Aus Rom.«

»Seht ihn, seht!«

Der Campione hat nun gezogen. Über die Schranke der Piken wirbelt ihm ein Dolch zu: man will ihm helfen. Er läßt die kleine Waffe aufs Pflaster klirren und schleudert sie mit dem Fuß beiseite. »Du hast das Haus Guadagni ausgemordet, Settimo Capobue«, sagt er mit rauhem Akzent. »Du schickst dich an, dein Werk durch die Schändung Lavinias, der letzten Blume des alten Stammes, zu krönen. Dein Maß ist voll. Dich fordert Arnaldo Piecorto. Guarda.« Bleich stöhnt das Volk: ohne Dolch oder Mantel steht der Retter, die Rechte gestreckt, den Körper seitwärts auf federnde Knie gestellt, die Linke nach oben geworfen – wie kann er kämpfen ohne Deckung?

»Uaah!« brüllt Settimo der Ochsenkopf und greift triumphierend an.

Immer die gleiche Geschichte vor dem 17. Jahrhundert, denkt Messer Arnaldo, während er sich einspielt (einen Scherensprung nach vorn, zwei nach rückwärts). Zwei Jahrtausende des Einzelkampfs mit Schild und Schwert gehen nicht so schnell aus den Knochen: man hängt noch an getrenntem Werkzeug für Angriff und Verteidigung. Man hat noch nicht kapiert, daß ein Dolch oder ein Mantel nicht die Hälfte der Ziele decken, die eine korrekte Florettstellung von vornherein dem Angriff entzieht. So rennt dieser Capobue in die Quarten, Quinten und

Sexten hinein wie in einen Pfeilhagel, muß mit einem Auge den Dolch beobachten, mit dem anderen seinen eigenen Angriff taxieren – und glaubt dabei noch im Vorteil zu sein, der Trottel.

Lavinia schreit ungläubig vor Wut, als sie den stürmenden Capobue und den weichenden Piecorto sieht, sie stöhnt mit dem ganzen Volk unter dem rohen Gelächter der Pikeniere, während ihr Ritt über die Treppe hinauf zur Empore retiriert. Schneller folgen die Triumphschreie des Angreifers, aber »Khumm, Chaibe«, knurrt Arnaldo leise, »khumm, Stierli.« So ists schon mit Telramund am Niederrhein, mit Brian Bois-Gilbert vor Edessa, mit Georges Teste-de-fer in der Pikardie gewesen, alles läuft nach Plan.

»Guarda!« schreit er plötzlich scharf. Er greift mit Quint an, wechselt im Sprung zur Sext, die blaue Klinge von Al-Aktal, dem schlanken Schwert, blitzt am Kreuzgriff des Dolches vorbei, saust genau durch die Wölbung der linken Ohrmuschel des Gegners, und er setzt drei Meter seitwärts. Der Wilde grunzt und taumelt, Blut träuft auf den brokatbestickten Scharlach seines Festwamses. Seine kleinen Augen sind rot rings um die Pupillen und bis in die Lidränder hinauf. »Guarda!« Scherensprung nach vorn, und »Guarda!« Die Spitze von Al-Aktal bohrt sich unter dem Kreuzgriff des Dolchs in den Scharlachärmel, die Defensivwaffe klappert auf die Brüstung der Empore und von dort, mit einem zierlichen Hüpfer, ins Schiff hinab.

Settimo ist auf die schmale Galerie gedrängt, die an der Wand des Hauptschiffes entlang zu den Aufbauten der großen Seitenorgel führt. (Messer Arnaldo hat sich nach mehreren Besuchen der Kathedrale zu dieser Dramaturgie entschieden.) Das Volk ist verstummt vor Staunen, die Wende kam zu rasch, aber es hat sich schon, eine Schlinge aus Leibern, um die Pikenmänner zusammengezogen, die eine belagerte Schar werden. »Guarda!« – »Guarda!« Al-Aktal schlitzt Samt, blutige Fetzen hängen von Settimos Schulter, er rettet sich mit einem Sprung nach rückwärts auf die Aufbauten der Orgel. Arnaldo setzt nach. Triumphgeschrei steigt zu den Gurten empor. Der Organist, ein begnadeter Meister, zieht nun die Register, greift in die Manuale, läßt einen polyphonen Satz des modernen Komponisten Pierluigi da Palestrina erdröhnen. Man sieht nur noch den offenen Mund des Bösewichts, sein Schrei, der Schrei jetzt eines Katers in Todesangst, ist nicht zu hören, so wenig wie der letzte »Guarda!«-Ruf des Campione. Al-Aktal fährt durch Goldfäden, Settimo läßt sein Schwert fallen und greift mit beiden Händen ans Sternum, stürzt nach vorn mit dem kantigen Schädel in die Öffnung einer Baßpfeife, ein ordinärer Blähton zerreißt das Triumphgewebe des Orgelsatzes.

»Isch guet«, keucht der Sieger leise.

»Magnifico!« schreit die Braut und klatscht, die Hände über dem schwarzlockigen Haupt erhoben, und »Vittoria!« brüllt das Volk. Foganzara schwemmt die Pikenmänner, deren Wimpel in der Flut des Zorns untergehen, zum Portal hinaus und hinein in die Bäche der Handwerker, Kleinbauern, Tagediebe, Weiber und Kinder, die nun, von der Witterung des Bluts gezogen, auf der Piazza zusammenschlagen. Die Sache der Capobue ist vernichtet.

Grüßend hebt Arnaldo das Schwert Al-Aktal, vom dameszenischen Meister Jassif Muhabbat im 12. Jahrhundert gefertigt; er wischt es an einem Kambrik-Tüchlein ab und schiebt es in die Scheide zurück, dann läßt er sich, während der Organist wieder die Tasten schlägt, an den Seitenpilastern der Orgel ins Schiff gleiten. Erzdiakon, Diakon, Subdiakon, Zeremoniar, Thuriferare, Akolythen, Mitra- und Stabträger quellen aus Sakristeitüren und Kapelleneingängen, hinter Säulen und Nebenaltären hervor. Lavinia Guadagni aber geht dem Sieger blitzenden Auges durch die stummen Ränge der Honoratioren entgegen, sie ergreift seine Linke mit ihrer Rechten, sie führt ihn zum Altar, wo Onkel Agapito inzwischen wieder Fassung gewonnen hat, und sagt nur das eine Wort:

»Ja.«

* *
*

Die Maßnahmen des neuen Herrn des Hauses Guadagni sind von großer Weisheit und Bescheidenheit. Er verkündet, daß seine Gemahlin weiterhin den Namen ihrer Väter tragen wird, ebenso wie ihre leiblichen Nachkommen. Er verbietet jede schriftliche Fixierung des großen Ereignisses, er weist nur den Kanoniker Grimaldo an, in seiner CHRONICA FAMILIARUM ILLUSTRIUM, einem Almanach der Familiengeschicke Foganzaras, das Partizip Perfekt *reductam* in *adauctam* zu ändern: nicht reduziert, sondern vermehrt habe sich in diesen Tagen die *potestas* des Hauses Guadagni. Solche Feststellung, solche Änderung von drei Buchstaben genüge vollauf.* Er drängt auf rasche Entsühnung der entweihten Kathedrale, er nimmt selbst an ihr teil, wie auch an der Beisetzung des Settimo unter dem Familienmarmor der Capobue, einer mäßigen Arbeit des älteren Porfirio. Im übrigen erfreut er sich der Zuneigung seiner Gemahlin, einer feurigen Cinquecento-Schönheit, deren Reize noch heute aus der Rötelskizze Porfirio des Jüngeren erahnbar sind.

Bis kommt, was kommen muß – oder zumindest bisher immer kam.

Bis zu jener Frühlingsnacht zwischen drei und vier Uhr, da sie, Lavinia, im sanften Schweiß gesättigter Leidenschaft, die Frage stellt: »Woher kommt ihr, mein Gemahl?«

Er blickt in den Betthimmel hoch, das Lebenswerk von achtzehn bergamaskischen Stickerinnen, dann löst er sich aus ihren Armen, rollt seitwärts und richtet sich auf: »Die Frage durftet ihr nicht stellen, Donna Lavinia.«

»Jedes Weib wird sie stellen.«

»Es ist auch euer Recht. Aber nicht das meine. Kennt ihr die Geschichte der Ritter des Grals?«

»Eine Legende aus wenig erhellten Zeiten.«

»Die einige Wahrheit enthält.« Es ist die gleiche Geschichte wie seinerzeit bei Elsa von Brabant. Natürlich hat die Legende einiges ausgeschmückt und mythisiert, so wie sie den Namen des damaligen Retters Harald von Luetzelbeyn in Lohengrin verschönert hat – aber im Kern ist es die gleiche Geschichte. Der Retter wird nicht gern befragt; weder sein Auftrag noch sein Temperament erlauben es, der Neugier ein Feld zu geben.

---

* Näheres siehe unter *PPPP-(4P-)Methode* im Anhang!

Sein Leinenhemd, seine Pumphose, sein Wams mit den geschlitzten und seidenunterfütterten Ärmeln liegen bereit (er ist einer der wenigen Söhne des 20. Jahrhunderts, die sich natürlich in ihnen bewegen können, weil die Tracht seiner üblichen Dienstuniform gleicht). Er schnallt den Leibgurt voll Dukaten und das Schwert Al-Aktal um, er setzt das federgeschmückte Barett auf. Er verbeugt sich leicht: »Lebt wohl, Lavinia. Das Glück wird bei euch bleiben.«

Starr sitzt Lavinia Guadagni auf ihrem Lager, das er verlassen hat, ihre Wimpern schlagen wie die Flügel der Trauerfalter, da er die kaum atmende Tür hinter sich verschließt. Sie dreht die Beine und steigt vom Linnen, sie geht auf Zehenspitzen zum unverglasten Doppelfenster und beugt sich leicht vor, ihre Brüste umschmeichelt der Nachtwind.* Drunten, zwischen Gartenmauern, über die Clematiszweige hängen, geht er, geht hinab zum Kloster der Unbeschuhten, ohne sich umzuwenden. Sie, Lavinia, hat es geahnt. Morgen wird es passend sein, zu trauern, tobend zu trauern. Gewänder zu zerreißen und den Himmel anzurufen. Aber den Erben und damit die Zukunft des Hauses trägt sie unter dem Herzen.

Messer Arnaldo Piecorto, anderzeits und anderwärts bekannt als Ritter Harald von Luetzelbeyn, als Arnault ès-Cortz-Piés, als Hormonios Mikropodos oder sogar als Panicz Nożka, hat seine Mission beendet, den Kreis geschlossen. Jede seiner Gemahlinnen hat er geachtet, und jede hat er nach dem höchsten Geschmack der jeweiligen Epoche gewählt: die herrlich-fürchterliche Amalaswintha im westgotischen Spanien, die zerbrechliche Ysonde mit den kleinen Brüsten und den Mondbrauen im mittelalterlichen Frankreich, die züchtig-blonde Elsa von Brabant unter Heinrich dem Ersten – und andere. (Daß er, als treuer Sohn der Kirche und solider Eidgenosse, solche Freiheit besitzt, versteht sich kirchenrechtlich ohne weiteres: der Bogen der Rückkehr ins 20. Jahrhundert macht ihn unweigerlich zum

---

* Falls der geneigte Leser auf der Suche nach ›Stellen‹ ist, kann er sie hier abschließen. Der Autor zieht altmodische Diskretion oder, wenn man will, repressive Lüsternheit vor.

Witwer.) Er liebt, zudem, die unverfälschten Emotionen und die unverfälschten Weine und Produktionsweisen der Vergangenheit, ihm gibt es zu viel Schund und Blech in seiner eigenen Epoche. Aber er ist vereidigt auf den Großen Plan, dem er folgt, ganz abgesehen von dem Eid, den er, Arnold Füßli, als Hauptmann der Schweizergarde Seiner Heiligkeit geleistet hat. Zwar ist er heimatlos und beheimatet wie keiner: auf- und niederschwebend in den Raum- und Zeitverwerfungen der tausendjährigen Kathedrale, in der er dort einen Riß im Gewölbe verkittet, hier einen Kragstein zurechtklopft, selten ohne persönlichen Gewinn und geistliche Früchte. Aber pfarrmatrikulär geboren ist er als Arnold Füßli zu Nidwalden im Kanton Uri am 15. April 1923, ein Sproß jenes Seiten-Astes der Füßli, der sich im Schweizer Sonderbundkrieg von der reformierten Patrizierfamilie lossagte und in trotzigem Votum für das ganz Alte seinen Sitz unter den Söhnen der unwirtlichsten Bergmatten wählte. Und wer kann sich schon völlig von seiner Pfarrmatrikel lossagen? Wehe Abschiede wie der heutige sind da besser.

Mit dem Nachschlüssel läßt er sich in die Wirtschaftsgebäude der Unbeschuhten ein, schiebt im gewölbten Durchgang einen Keller-Riegel zurück und steigt die Wendeltreppe zu den Weinfässern hinab. Er öffnet die Schlupfpforte eines der leeren Fässer, schlängelt sich in den eichenen Bauch und knipst die Stablampe an, die dort liegt: das Gerät erstrahlt.

Die MYST-Maschine ist keine dürre technologische Konstruktion, sondern eine Grotte, ein Polyeder aus Silber, aus Platin, aus Magnetsteinen, edlen Kristallen und Juwelen, nach ihren geheimnisvollen Eigenschaften angeordnet vom Ingenium des großen Leonardo da Vinci. (Die fromme Legende ging nicht weit fehl, da sie es mit einem Schwanenboot verwechselte). Füßli windet sich durch die Maschen, schwingt sich in den Purpursattel und justiert die Wählscheibe mit den verschlungenen Relais, die als der Große Knoten des Leonardo bekannt geworden ist.*

Er legt den Hebel mit dem Greifenkopf nieder. Der Über-

---

* *Knoten, Großer,* siehe Anhang!

gang erfolgt geräuschlos, ohne Erschütterung. Als erstes und fast einziges Anzeichen der Rückkehr registriert er den Geruch – das Kompositum des anderen Zeitalters: unvermittelt ist er in die muffige Luft eines Aktenkellers geraten, in den die Gase von zehntausend Lambrettas und Fiats eingedrungen sind, vermischt mit den Fett-Kohle-Emanationen der Druckerei der EPHEMERIDAE des Heiligen Offiziums jenseits der Wand seines Verschlags.

Monsignore Sbiffio-Trulli, der kleine verwachsene Chef der Exekutive der Geheimen Kongregation, öffnet die Tür des Verschlags und reibt hingebungsvoll die Hände. Nicht mehr als dreißig Sekunden sind vergangen, seit er sich von seinem Schlüssel-Soldaten und Operateur verabschiedet hat, denn die MYST arbeitet nur mit minimalen Friktionen und legt den geschlossenen Zeit-Kreis, den *laqueus clausus*, fehlerfrei zurück.

»Guten Tag, Capitano«, sagt der Monsignore. »Es ist Tag bei uns, falls Sie es vergessen haben. Ich weiß, Sie hatten auch einiges Vergnügen bei Ihrer Mission. Aaah, Lavinia Guadagni! Ich kenne das Rötelporträt von Porfirio, wissen Sie. Farbig wäre es wohl noch ...«

»Mission abg'schlosse'«, knurrt Füßli auf schwyzerisch und schält sich aus dem Gerät. Er ist ein wenig gestorben wie immer nach solchen Aufträgen. Das nackte Licht der Kellerbirne irritiert ihn.

»War es schwierig?«

»Nicht für Al-Aktal.« Er massiert die Waden in den gewirkten Strümpfen, denn das Prickeln eingeschlafener und wiedererwachender Blutgefäße ist das einzige körperliche Symptom des Raum-Zeit-Übergangs. »Z'ruckh i' de' Seich«, knurrt er, sein üblicher Kommentar zur Zuständlichkeit des 20. Jahrhunderts.

»Benissimo. Denn jetzt, Capitano ...« Der kleine Monsignore beugt sich vor, sein Schatten wird riesig und bucklig und gehörnt an der weißen Wand, »... die wahrhaft große Sache, das Königsprojekt, das *Progetto Reale* ...« (sein Finger schießt nach oben, kommt spannenlang im Schatten an der Wand hoch und schießt diagonal über die Decke) »... kommt erst jetzt.«

2

Rom, Mai 1953

Wie der dicke Mann auf die Bernini-Kolonnaden gekommen war, wußte niemand. Jedenfalls stand er plötzlich auf der Balustrade, unmittelbar neben der hohlen, gespenstischen Papst-Trophäe in der Mitte des nördlichen Bogens, und sprang von dort auf den vorragenden Sims herab. Er stand wildäugig und würdig, in der klaren Absicht, Selbstmord zu begehen. Trotz der spektakulären Wahl der Methode war er kein wichtigtuerischer Selbstmörder, sondern ein schüchterner und verzweifelter, der noch nicht ganz mit dem verächtlichen Überlebensdrang fertig geworden ist.

Die Touristen kreischten und knipsten, die Römer stießen kurze, interessierte Schreie aus und nahmen als altes Recht aus cäsarischen Zeiten den anhebenden Zirkus hin: Rettungsleute mit einem Sprungtuch rannten am inneren Säulenring entlang, vom vatikanischen ins italienische Hoheitsgebiet hinüber; der Dicke schräg über ihnen rannte ihnen davon, immer etwa sechs Meter voraus, trotz seiner offensichtlich schlechten Kondition. Beide rannten nicht schnell: die Rettungsmannschaft war durch parkende Autos und außerdem durch das Sprungtuch gehemmt, das manchmal fast das Pflaster streifte, manchmal sich knallend straffzog und dabei einen Sganarello oder Pulcinello ins Stolpern brachte –, und der Dicke durch die Gefährlichkeit seines Höhenpfads: denn er schien entschlossen, Flucht und Todessprung nicht unreinlich zu vermischen.

Die Kolonnaden sind nicht sehr lang. An ihrem Ende schrie der Dicke einmal kurzatmig und protestierend, trippelte die Giebelschräge hinauf, überschritt sie, kam ins Rutschen, glitt wie ein Knabe, der eine Eisbahn am Abhang erprobt, die äußere Schräge hinab, breitete die Arme aus und ließ sich waagrecht fallen. Er landete im offenen Cadillac eines Zuhälters (um diese Zeit galten amerikanische Cabrios in der Branche noch als unentbehrliches Prestige-Symbol) und erlitt, da er auf die gutgepolsterten Rücksitze fiel, nicht mehr als eine multiple Oberschenkelfraktur, Prellungen am Brustkorb und eine Sehnenzerrung am rechten Oberarm. Der Zuhälter, ein Mann im Dienste des Lebens, schaltete schnell, gab Gas, Licht und großen Hupen-Akkord in Dur, wendete mitten im Verkehr nach links und beschleunigte in die Villa della Conciliazione hinein – das heißt: geistesgegenwärtig in Richtung des neuen und modernen Krankenhauses Pastor Clemens. Eine deutsche Bildungsreisegruppe, die vor der Pforte der Bank *Zum Heiligen Geist* stand, sah den Dicken quer im Fond liegen, sah sein unmöglich angewinkeltes Bein und über der Kimme des Knies den kurzgetrimmten Kugelkopf: der Cadillac beschrieb ja einen Bogen, dessen Zentrum die Gruppe war. Dr. Gebesser, Chef der Rara-Abteilung der Bayerischen Staatsbibliothek, hatte Gelegenheit, den Kopf mehrere Sekunden lang im gleichbleibenden Abstand zu studieren wie das mechanisch bewegte Ziel einer Schießbude auf dem Münchner Oktoberfest. »Du! Das is der Enigmatinger!« rief er perplex und zwickte seine Begleiterin, ein Fräulein Kalmann. »Der Enigmatinger von der IFLA! Ja da verreckst.«

* *
*

Der Zirkus auf dem Petersplatz ereignete sich gegen drei Uhr. Zweieinhalb Stunden später las ein Monsignore Doensmaker, der an einem dunklen schäbigen Schreibtisch in einem dunklen schäbigen rückwärtigen Büro im dritten Stock eines Hauses an der Via Garibaldi saß, folgende Botschaft:

TO WHOM IT MAY CONCERN! TRACTATUS DE
CURRENTIBUS SPATIO-TEMPORALIBUS!
D. Enigm.

Die Botschaft war in ungelenken Blockbuchstaben auf einen Rezeptvordruck geschrieben. Mgr. Doensmaker drehte ihn um und las auf der Rückseite eine hübsche Nonnenschrift, die in nicht ganz sauberem Italienisch mitteilte: »Absender hat den rechten Arm geprellt. Linkshändige Ausfertigung durch Unterzeichner bestätigt. Suora Bridget Halahan, Ospedale Pastor Clemens.«

Doensmaker las lang, als gelte es, zwischen den Zeilen zu lesen. (Das galt es tatsächlich.) Sein schmales, bleiches, rotblondes Haupt, seine engstehenden sprühenden Augen erinnerten an ein spanisch beherrschtes Flandern. (Daher kam er tatsächlich.) Er wandte den Kopf um siebzig Grad Sbiffio-Trulli zu, der sich, von der Aussicht auf Intrige blendend unterhalten, in einem verschlossenen, lila-bequasteten, an den Kanten reichlich abgewetzten Samtpolstersessel wand. »Wie ist das hierhergelangt?«

Sbiffio-Trulli nahm die Hände an die Schultern, spreizte Handflächen und Finger nach außen, riß die Augenbrauen hoch und die Mundwinkel nach unten: ein Offenbarungseid völligen Unwissens. »Ein Knabe auf einem Rad.«

»Direkt zu uns?«

Die Geste des Unwissens blieb unverändert.

»Ich sehe keinen Vermerk, keine Paraphe.«

»Caro mio collega!« Sbiffio-Trulli kicherte und fiel vor Vergnügen fast aus dem Sessel. »Sie werden doch nicht annehmen, daß irgend jemand irgendwo im Vatikan zugibt, *es gebe uns!*«

»Was nehmen *Sie* an?«

Der Offenbarungseid wurde intensiver, obwohl dies kaum möglich schien. »Nichts. Ein Rätsel. Ein Enigma.«

»Ihre Kalauer waren auch schon besser, mein Freund«, sagte Doensmaker strafend und erhob sich. Er ordnete alle Papiere auf dem Schreibtisch zu einem militärisch genauen Stoß und legte einen Totenschädel darauf, den er alter Tradition folgend als Papierbeschwerer benutzte.

»Wir müssen handeln, und zwar sofort.«

»Wie recht Sie haben!« rief Sbiffio-Trulli begeistert und rieb sich die Hände. Doensmaker reagierte sofort mit Wachsamkeit: nie war Sbiffio ihm gefährlicher, als wenn er ihm recht gab. »Was schlagen Sie vor?«

»Nichts, was sich nicht aus der Logik der Situation ergibt.« Sbiffio-Trulli explodierte fast vor Vergnügen. »Dies ist offensichtlich eine undichte Stelle. Eine undichte Stelle ist eine Folge eines exekutiven Fehlers – ich gebe das zu, unumwunden, aufrichtig, ich bitte das zu registrieren! –, also Sache der Executive, also die meine. Ich werde unseren erfahrenen Freund Füßli« (er sagte »Físseli«) »zuziehen, den Miles Helveticus Ecclesiae, den Schlüsselsoldaten. Sentimentalität ist nicht am Platze.«

Zwei Augenpaare maßen sich: feuerblau das des flämischen Spaniers, glasschwarz das des Neapolitaners. Zwei herrschaftsgewohnte Kulturen des katholischen Europa maßen ihre Kräfte. »Dies, teuerster Mitbruder, liegt nicht im Bereich der Executive. Dies betrifft, jeder *inneren* Logik nach, ausschließlich die Theoretische Abteilung. Ich gehe allein.«

Sofort erkannte Doensmaker seinen Fehler – auch wenn Sbiffio-Trulli sich geschlagen gab und körperlich mißbilligend die Achseln bis zu den Ohren hochzog: »Wie Sie wollen. Wie – Sie – wollen. Was immer dann folgen wird, Sie werden es vor dem Inneren Ausschuß zu verantworten haben. Registrieren wir das. – Vergessen Sie die Taxi-Quittung nach Pastor Clemens nicht.«

»Die Lambretta ist im Stoßverkehr schneller, mein Freund – wir haben uns auf die Frequenzen einzustellen. Beten Sie, teuerster Mitbruder. Nicht für mich, sondern für diesen Menschen, wer immer er ist.« Er schlug mit dem Zeigefingernagel gegen den Zettel, ehe er ihn in den Ärmel der Soutane schob. »Wer immer er ist.«

»In der Stoßzeit bete ich für Sie. In etwa –« (Sbiffio-Trulli warf einen Blick auf die viktorianische Standuhr, die eben rasselnd zum Schlag halbsechs ausholte) » – zwanzig Minuten werde ich die gesamte Congregatio Secreta einbeziehen, die dann ausschließlich in Ihrer Hand ruhen wird.«

»Doch nicht in *meiner*, Freund«, lächelte Doensmaker von der Tür her. Er war schon halb draußen und setzte eben seinen Schaufelhut auf, als ihn die Stimme des Neapolitaners festhielt.

Es war eine stille, eine gesammelte Stimme. Doensmaker kannte sie kaum, sie wirkte sehr beunruhigend auf ihn. »Es gibt nur zwei Sünden gegen den Geist, die unverzeihlich sind«, sagte sie. »Die eine ist die Verzweiflung. Die andere ist das vermessene

Vertrauen. Unser Rätselfreund hat die erste begangen, Sie begehen die zweite.«

»Sie kennen ihn also doch«, erwiderte Doensmaker, ohne sich umzudrehen. »Das überrascht mich nicht.«

»Ich weiß, wer er ist, das ist alles. Krankenhäuser haben Telefone. Sie bemerken, wie raffiniert meine Intrigen sind.«

»Schlauheit«, sagte Doensmaker, »gehört nicht zu den Sieben Gaben des Heiligen Geistes; noch nicht. – Im übrigen wünsche ich Ihren Schweizer Bravo nicht zu Gesicht zu bekommen. Halten Sie ihn gefälligst aus der Sache heraus.« Damit ging er.

Sbiffio-Trulli schnalzte mit den Fingern und seufzte wiederholt. Er stand auf und trat auf einen Schinken zu, der an der lilabespannten Wand hing: die verdächtige Kopie eines Cinquecento-Gemäldes, darstellend einen Faun, der eine Nymphe verfolgt. Das Bild gehörte zum Mobiliar des Vermieters, aber rein zufällig hatte der Faun eine entfernte Ähnlichkeit mit ihm, Sbiffio, und die Nymphe mit der Prinzessin Lavinia Guadagni. Unter dem Gemälde hatte Doensmaker einen neulateinischen Vers, ein Distichon aus dem prüderen 17. Jahrhundert, anbringen lassen, der von der Fragwürdigkeit und Vergeblichkeit schnöder Fleischeslust handelte. »Jeder von uns«, murmelte Sbiffio, »jagt dennoch seine eigene Lust.«

Dann trat er an den Schreibtisch und hob den Telefonhörer ab.

* *
*

In dem Krankenhaus, das nach dem Milden Hirten benannt ist, bedurfte Mgr. Doensmaker keiner Ausweise; denn dort herrschte Empfänglichkeit für kirchliche Ausstrahlung, und über die verfügte Doensmaker in hohem Maße. Er trug den Nimbus kirchlicher Kompetenz so bestimmt wie ein Erzengel auf byzantinischen Mosaiken. Ehrfürchtig wichen Vorhänge von Pförtnern, Vinzentinerinnen und Assistenz-Ärzten zur Seite, nur Suora Bridget war erwählt zu geleiten, sie tat es erschauernd und lieblich-errötend zwischen den plissierten Schläfenmasken ihrer Tracht. (Die Kleiderreform für Nonnen war noch weit, weit weg, denn 1953 war, erinnern wir uns, der herbstliche Höhepunkt im Zeitalter Pius des Zwölften.)

»How is the patient?« fragte Doensmaker leutselig; er mochte Nonnen, und er war stolz auf sein Englisch. »Mittelschwerer Schock«, kam es irisch-melodisch zurück. »Aber natürlich können Sie ihn besuchen. Sie *müssen* ihn besuchen, Monsignore: mehr als die Hälfte seines Befundes ist Angst – und Ungeduld.«

»Angst wovor?«

Die Nonne schüttelte den Kopf, gestärktes Leinen raschelte. »Er hat es nicht gesagt, ich habe nicht gefragt. Oder glauben Sie, ich hätte fragen sollen?«

»Sie sind eine getreue Tochter – eine getreue und kluge«, sagte Doensmaker leicht bewegt. Hinter der Erste-Klasse-Tür lag oder saß Dwight Enigmatinger, B. A., M. A., Ph. D., Chef-Bibliothekar der Dubuque University Library und Vize-Präsident der IFLA *(International Federation of Library Associations)* in Kissen und Polstern und Gipsen. Dem Monsignore genügte ein seraphischer Blick: dieser einfache Mann in den Zwangsjacken der Medizin war mit Verzweiflung angefüllt wie ein Glasballon mit Salzsäure. Suora Bridget hatte sich schon zurückgezogen (zwischen kirchlichen Personen bedarf es, wenn sie wirklich kirchliche Personen sind, keiner Winke), und Doensmakers Augen neigten sich über die Haselmaus-Augen des Opfers.

»Wir haben Dummheiten gemacht«, sagte er schlicht. »Aber wir werden alles in Ordnung bringen. Für sensible Menschen wie uns ist es schwer, nicht an der Schwere des Lebens zu verzweifeln – manchmal. Ich kenne dies. Wo läuft der haarfeine Strich zwischen Versuchung und Vollbringung? Aber denken wir daran, daß es vor dem Herrn nichts wahrhaft Schweres gibt – nichts, das in Seiner Hand nicht leichter wöge als der Sperling. Ich komme als Ihr Seelsorger ...«

»Der Zettel«, krächzte es aus den Bandagen. »Haben Sie den Zettel gekriegt, Father? Das Rezept?« Die Haselmaus stand kurz vor dem Vagus-Tod: Subjekt in der Gewalt seiner Feinde.

»Bedenken wir, es gibt nur zwei unverzeihliche Sünden: Vermessenheit – und ihr Gegenteil. Es wird nichts von Ihnen verlangt als Vertrauen.« Doensmaker zog das kleine Blatt aus der Soutane, las es, blickte flüchtig lächelnd auf Enigmatinger und wieder zurück auf die Botschaft, legte sie sanft aufs Deckbett und schnipste sie an: »Was soll das?«

Ächzend warf sich die Haselmaus nach vorn, aber sie saß in der Falle ihrer Gebresten, sie fiel zurück und bedeckte das Gesicht mit den Händen: »Meingott. Verloren, verloren.« Kurze Hände wühlten über den Schädel, suchten nach Locken, die längst dahin waren. »Die Roten«, schnatterte es aus der Maus. »Die Roten. Die Kommies. Die haben das Ding. Es ist nicht anders möglich, *it all fits in.* Die haben das Ding von Marx oder Engels oder Bakunin, und das lief damals alles über Mazzini, über die römische Republik damals, 1848 auf 49. Da war der Heilige Vater verduftet, mußte er ja, da waren die Archive jedem Zugriff offen, und da haben sie's gemaust, die Roten. Meingott, Father, organisieren Sie wen. Irgendwen von den Leuten, *auf die's ankommt,* verstehen Sie. Ich darf doch nicht darüber schreiben, das macht's nur noch schlimmer, wenn wir das jetzt an die große Glocke hängen ...«

»Wir wollen uns beruhigen, Doktor Enigmatinger. Wir wollen an die Lehre der Väter denken, daß jedermann, auch Sie, über ausreichende Gnade verfügt, um auch die schwersten ...«

»Hören Sie zu, Father. Ich bin Projektleiter im Vatikan, verstehen Sie. Projekt Silberstreif. Wir nehmen alles auf mit diesem 60000-Dollar-Zuschuß, 30000 von den *Knights of Vespucci,* 30 von der Wannamaker Foundation. Wir mikrofilmen die gesamte vatikanische Bibliothek, verstehen Sie, falls einmal die Kommies, die Roten, hier in Italien, und falls der Heilige Vater ganz schnell verduften muß ...«*

»Und dabei –« (Doensmakers Augen stießen auf ihn hernieder wie die stählernen Klauen eines Jagdfalken) »– dabei wollen Sie auf diesen Titel gestoßen sein?« Der Falke hielt fest, die Maus nickte zitternd, und Doensmaker lächelte kaum merklich. »Das ist unmöglich.«

»Unmöglich? Hören Sie mal, ich bin Fachmann.« Einen

---

* *Silberstreif, Projekt,* siehe Anhang!

Augenblick sank die Verzweiflung im Glasballon, Würde der Identität wölkte empor, denn nichts belebt und kräftigt den Fachmann mehr als Zweifel an seiner Kompetenz. »Und überhaupt, was wissen Sie ...« Teilweises Verstehen war plötzlich da und ließ den Bibliothekar nicken: »Sie sind also doch von denen, auf die's ankommt. Dann will ich Ihnen was sagen.« Seine Stimme sank zu einem fast unhörbaren Flüstern. »Der Titel ist da. Er steht auf einem einzigen ausgefransten, vergilbten, halb kaputten Blatt in den unkatalogisierten Beständen – in einer Ramschkiste. Und wissen Sie, was das für ein Blatt ist? Eine Schenkungsliste. Von 1592.«

Flink tat Doensmaker drei Schritte zur Tür, drehte den Schlüssel im Schloß und kehrte ans Bett zurück, wobei er den Bibliothekar nicht aus den Augen ließ. Sein eigener Blick blieb unerbittlich, kein Mitleid war darin geschrieben, denn hier war, möglicherweise, eine Schlacht mit den finsteren Mächten und Kräften der Lüfte eröffnet. »Sie sind«, sprach er als Richter, »in einer Situation, in der äußerste Offenheit die einzig mögliche Verhaltensweise ist. Alles, was Sie jetzt berichten, berichten *können!* – ist Beichte, das heißt siebenfach versiegelt. Sie sind nicht verloren, niemand ist verloren vor dem Richtspruch, aber Rettung kommt nur durch rücksichtslose Offenheit. *Welche Schenkungsliste?*«

»Teile der Bücher und Handschriften eines gewissen Enzo Rotaserrata, Sohnes des Camillo Rotaserrata, eines angeheirateten Neffen des Leonardo da Vinci. Steht da, unter dem Blatt. Und wissen Sie, was drüber steht? ›Die wahren und furchtbaren Geheimnisse des Großmeisters.‹ Steht da.«

»Und das fanden Sie ...«

»Ja eben. In einem saumäßigen Zustand, unverantwortlich, aber lesbar.« Wieder flüsterte er raschelnd, ein Tierchen, das hinter dem Fallengitter hin- und herhuscht. »Die ganze Schenkung ist sonst da im Archiv, verstehen Sie? Alles da, richtig katalogisiert, nach Numerus Currens. De Magia Posthuma, der Phlegon de Mirabilibus, alles. Bloß der Traktat nicht, der Traktat über die Raum-Zeit-Strömungen, von ihm ...« (ein Hauch nur) »... vom Meister selber. Der konnte doch alles. Ist nachgewiesen. Alles, was er zeichnete und plante, war ausführbar, habe ich selber gecheckt. Da ging also was mit diesen Raum-Zeit-Strömungen, ein Waffensystem vielleicht, eine Maschine ... Und wo ist der Traktat? *It all fits in.* Da war diese römische Republik unter Mazzini ... Holy smoke, Father, sehen Sie sich doch den Blödsinn an, den diese Roten verzapfen, ist doch alles gegen die menschliche Natur, wer möchte sowas schon, aber sie sind doch im Vormarsch, sie reden von der Notwendigkeit der Geschichte, ist doch Bullenscheiße, macht uns doch keiner vor, aber sie sind im Vormarsch, und sie sind so verdammt sicher ... *it all fits in.* Da war diese römische Republik unter Mazzini, und der war ein Freund von Karl Marx, ein ganz enger, nächtelang haben die miteinander diskutiert, habe ich selber gecheckt, Father. Die haben den Leonardo, die Kommies. Ohne den kämen die doch gar nie hinten hoch ...«

»Einen Augenblick. Sie nehmen also an, daß die größte Waffe Leonardos in der Hand des Feindes ist?«

»Annehmen? Das ist zwingend logisch. Ganz klar. *It all fits in.*«

»Und deshalb, gewissermaßen aus verzweifelter Loyalität oder loyaler Verzweiflung, aus Anhänglichkeit an die Sache des Felsens Petri, haben Sie einen Selbstmordversuch unternommen? – Erstaunlich, erstaunlich. Ein ganz neues Motiv.« Mgr. Doensmaker tat etwas sehr Merkwürdiges; er setzte sich, holte aus einem Geheimfach seiner Soutane eine Packung Nazionali, zündete eine davon an und blies Rauch in die Luft; Menschen unter Menschen. »Die Kirche«, sagte er leise lachend, »wird Ihnen sicher verzeihen, ganz sicher. Schon deshalb, weil auch Sie der Kirche einen ganz schweren Fehler zu verzeihen haben.«

»Ich – der Kirche?« Enigmatinger begriff nicht, aber der Umschwung lag in der Luft, eine rosige Emulsion aus Scham und Glück stieg wahrnehmbar durch die Säure der Verzweiflung empor.

»Einen sehr schweren Fehler, und zwar auf Ihrem ureigenen Fachgebiet. Eine Unterlassungssünde ersten Ranges. Man hätte spätestens im 19. Jahrhundert die Betreuung unserer unkatalogisierten Bestände einer deutschen oder amerikanischen, vielleicht auch einer niederländischen Gruppe übergeben müssen. Sie sind, lieber Freund, das indirekte Opfer romantischer Schlamperei.«

»Und«, begann Dwight zu strahlen, »der Tractatus?«

»Etwas mehr Vertrauen sollten Sie schon auf den Felsen Petri setzen, Doktor. Wenigstens in diesem Fall.«

Das Opfer war frei, die Falle geöffnet, verschwunden die Feinde ins Nichts, wo sie hingehörten, und der große Meister stand unter dem richtigen Banner. Hinter Gips und Bandagen begann sich ein anderer Enigmatinger zu regen, ein heroisches Herz. »Was soll ich tun?« fragte er – die klassische Frage aller Sendungsbereiten von Hesekiel bis Lenin.

»Ich bin sehr froh, daß Sie dies fragen und nichts anderes.« Doensmaker rauchte noch und saß mit übereinandergeschlagenen Knöcheln, sein Maximum an Informalität – aber er war wieder der unerbittliche Richter. »Sie sind jetzt Adept, Doktor. Ich brauche Ihnen nicht zu sagen, was das bedeutet. Ihre Mutmaßungen betreffend die ungeheure Wichtigkeit des Traktats sind voll und ganz gerechtfertigt. Sagt Ihnen der Name Camillo Rotaserrata etwas?«

»Ich muß gestehen ...«

»Sie müssen keine Unwissenheit gestehen, denn den Namen gibt es nicht mehr. Wir haben ihn beseitigt – nicht gründlich genug, wie Sie uns bewiesen haben. Aber er mußte beseitigt werden, weil Camillo Rotaserrata eines der größten Ingenieur-Genies aller Zeiten war – Leonardo hat ihn deshalb mit seiner Nichte verheiratet. Eine Frage des geistigen Erbes, verstehen Sie? Es gibt ihn nicht mehr, weil –«

»Weil ...?«

»Weil es sein Werk gibt.« Doensmaker neigte sich vor, griff nach Dwights heiler linker Hand, hielt seine Augen auf den Bibliothekar gerichtet und betonte jedes Wort: »Das Gerät heißt ›Erfindungsreiche Raum-Zeit-Maschine‹, *Macchina Ingeniosa Spazio-Temporale,* kurz *MYST* genannt. – Das *MYST,* das heißt das Y –« (Doensmaker lächelte leicht, was nicht täuschte und nicht täuschen sollte) »– mußten wir unseren Operateuren genehmigen. Diese Schlüsselsoldaten sind in der Regel Deutschschweizer und weigern sich, in einer Mistmaschine zu reisen.«

Enigmatinger glühte nun ganz, feurig und hellrosa. Die Welt war im Lot, lotrechter als je zuvor. »Sie verstehen nun«, nickte der Monsignore. »Und damit, Dwight, gehören Sie nicht mehr sich selbst.«

»Aber das habe ich doch nie«, stammelte Dwight. »Da ist Myrtle, das heißt Mrs. Enigmatinger, da ist Dian und Philip und ...« Und Mark, wollte er sagen, ferner die *Knights of Vespucci,* der eminente katholische Männerorden der USA, ferner die Dubuque U., die Wannamaker Foundation, die IFLA ... Aber er sagte es nicht mehr, es war offensichtlich töricht und lächerlich, über diese schwindenden Gestalten und Buchstaben auch nur ein Wort zu verlieren – jetzt, da die Fahne aufgerichtet, der Eid gesprochen war.

»Dwight«, sagte der neue General, »Sie haben drei Befehle. Erstens: zu schweigen. Dieser Befehl ist permanent. Zweitens: gesund zu werden. Und drittens: mich zu besuchen, sobald...«

»Sobald ich einen Krückstock halten kann.«

»Das ist der rechte Geist. Wir brauchen Sie, Dwight, wir brauchen dringend erstklassige Rechercheure wie Sie. Ich werde sehen, was ich unauffällig bei Ihrem Projekt machen kann – wie heißt es doch?«

»Silberstreif. Projekt Silberstreif.«

»Ach ja. Nun, das werden wir in Ordnung bringen. Merken Sie sich folgende Adresse, aber schreiben Sie dieselbe nirgends auf: Via Garibaldi, 164, Dritter Stock.«

»Garibaldi ist gut«, kicherte Dwight, und Doensmaker lächelte väterlich: »Ich sehe, daß Sie Ihren amerikanischen Sinn für Humor zurückgewonnen haben. Da ich Sie in erster Linie als Seelsorger aufgesucht habe, bin ich darüber sehr froh. Das Türschild trägt die Bezeichnung ›Fabio Garetti, Esportatori di Lusso‹. Auch das Vorzimmer gehört dieser Firma; wir hielten dies für nützlich. Der Name Ihrer neuen Dienststelle lautet: Geheimkongregation zur Reinigung der Quellen – CONGREGATIO SECRETA AD PURIFICANDOS FONTES. Niemand hat den Namen je verraten.« Er sagte den letzten Satz wie nebenbei, aber er sah

Enigmatinger so an, daß dieser trotz des wiedergefundenen Lebenssinnes bis in den Nacken hinein erbleichte.

Die Nazionale war zu Ende geraucht, Doensmaker erhob sich. »Bis zu Ihrem Besuch denn, Dwight. Und die Bernini-Kolonnaden sind schon vergessen. Mit dem Fahrer des Cadillac werde ich selbst noch ein Wort sprechen.«

»Welchem –? Ach so.«

* *
*

Auf dem Gang sah sich Mgr. Doensmaker kurz um und ging auf einen mittelgroßen, kräftigen Mann mit weißem Laborkittel und Stethoskop zu. »Doktor«, sagte er sehr bestimmt auf deutsch, »hinter dieser Tür liegt einer der wichtigsten Mitarbeiter meiner – *unserer* Dienststelle. Sie sind mir dafür verantwortlich, daß er sich möglichst rasch erholt, und daß ihm – nichts zustößt. Besucher sind vorläufig fernzuhalten; notfalls bitte ich um Rückfrage, ich werde unsere Telefonnummer – aber das ist nicht nötig, glaube ich. Wir werden von Ihnen regelmäßig Berichte erhalten. Sagen wir tägliche. Ich werde dies auch Ihrem Vorgesetzten mitteilen.«

Der Arzt, der ein ziemlich starkes Kinn, ein unregelmäßiges verwegenes Gesicht und die schmalen, faltigen Jägeraugen der Alpenrasse hatte, sah ihn an, wie man jemand über Kimme und Korn oder über eine Schwertspitze ansieht. Ein wenig Verachtung lag in dem Blick, die Verachtung der Front für den Stab. »Wird gemacht, Monsignore«, sagte er auf italienisch; seine K-Laute waren zu guttural.

3

Rom, Herbst 1953

Auszug aus dem Protokoll der

463. Sitzung

des Inneren Ausschusses der

CONGREGATIO SECRETA AD PURIFICANDOS FONTES

(im Folgenden: CSAPF) vom 4. November 1953

Anwesende:

Praefectus Congregationis, Se. EM. Card. X
P. Intrepidus Echevarría O. P.
Erzbischof Brendan Kilmaine
Mgr. I. Doensmaker (für die Theoretische Abt.)
Mgr. G. Sbiffio-Trulli (für die Exekutive)
Der Actuarius (für das Protokoll)

Tagesordnung:

1. Die neue Protokoll-Methode
2. ›Il Progetto Reale‹
3. Verschiedenes

PRAEFECTUS: Oremus.

MGR. I. DOENSMAKER: *(spricht als Eingangsgebet die ›Oratio ad tollendum schisma‹)*

ALLE: Amen.

PRAEFECTUS: Bevor wir zur zentralen Frage unserer heutigen Sitzung kommen, soll als Punkt Eins die neue Protokollierungs-Methode besprochen werden – die, wie ich höre, keiner eingehenden Erörterung bedarf. Dazu alles Nötige von der Exekutive – bitte.

MGR. G. SBIFFIO-TRULLI: Ständig der Bürde der Verantwortung gewahr, welche das unwandelbare und huldvolle Vertrauen Sr. Heiligkeit uns, der unwürdigen Exekutive dieser ehrwürdigen Kongregation ...

PRAEFECTUS: Das Wesen unserer Congregation bewahrt uns davor, in offiziellen Bulletins zu erscheinen. Wir brauchen also auch ihren Stil nicht zu kopieren. Fahren Sie bitte fort, mein Freund – aber so, wie es Ihrem schlichten Herzen entspricht.

SBIFFIO-TRULLI: *(führt aus, daß die Kirche sich nie gescheut habe, die modernsten Mittel der jeweiligen Zeit ihrem Auftrag dienstbar zu machen; und dies entspreche auch, wie aus einigen bekannten Bemerkungen hervorgehe, den Absichten des Hl. Vaters. Die Exekutive empfehle deshalb, sich eines Geräts zu bedienen, welches die Großzügigkeit einer US-Laien-Organisation, der ›Knights of Vespucci‹, beschafft habe, und das allen technischen Prüfungen standhalte. Es handle sich dabei um den Tonverzerrer AUDIO GARBLER [A/G, Mark V], mit dem sich nicht nur alle Gespräche ohne Schwierigkeiten aufnehmen ließen, sondern der sie auch für profane Ohren unentschlüsselbar entstelle. Nur mit Hilfe des Zusatzgerätes AUDIO ADJUSTER [A/A, Mark V b] könne das Gespräch glockenrein abgehört werden. Dieser Adjuster sei so eingestellt, daß er nur mittels zweier, unabhängig zu vergebender Schlüsselwörter seine Aufgabe erfüllen könne):*
Es liegt demnach völlig in den großzügigen Händen dieses Ausschusses, welche Personen ermächtigt werden sollen, das Protokoll abzuhören. Es ist ferner in das Ermessen dieses Ausschusses gestellt zu entscheiden, ob und in welchem Umfang die stattliche Anzahl der bisherigen Protokolle ebenfalls auf dieses geheimnisvolle Gerät übergehen soll – oder ob sie in den bisherigen, teilweise schon recht mitgenommenen Akten verbleiben. Die Exekutive erlaubt sich darauf aufmerksam zu machen, daß im Fall der Verschlüsselung der historischen Protokolle durch eine ermächtigte Persönlichkeit alle schriftlichen Dokumente der Vergänglichkeit überantwortet werden könnten – ein Zustand, der ohne Zweifel den hehren Absichten des hochseligen Gründers dieser Congregation entspräche.

PRAEFECTUS: Wird hierzu das Wort gewünscht?

DOENSMAKER: Daß Ew. Eminenz der Inhaber des ersten, gewissermaßen des vornehmeren Schlüsselwortes sein wird, steht wohl außerhalb jeder Diskussion.
(Zustimmung)

Die Natur der Arbeit der CSAPF legt darüber hinaus nahe, das zweite Schlüsselwort jener Instanz anzuvertrauen, welche des Zugangs zum Protokoll am meisten bedarf. Dies ist die Theoretische Abteilung, da sie die Erforschung und Programmierung des jeweiligen Unternehmens bis zum eigentlichen Einsatz der MYST ...

SBIFFIO-TRULLI: Das ist irrig, teurer Kollege. Die Exekutive, deren Aufgabe die unmittelbare Ausrüstung jedes Unternehmens ist, kann wesentlich rascher und dringlicher auf die Konsultation der letzten Protokolle angewiesen sein. Ich erinnere hier an den Fall des Projekts Streitkolben ...

PRAEFECTUS *(rügt Sbiffio wegen der unautorisierten Unterbrechung, dieser entschuldigt sich, Praefectus erteilt P. Echevarría das Wort).*

P. INTREPIDIUS ECHEVARRÍA O. P.: Dies ist, Eminenz, das typische Hickhack zwischen Theoretischer Abteilung und Exekutive, das ich nun schon seit 1775 erlebe. Wir müssen einen Präzedenzfall finden. Er ist meines Erachtens in der Kontroverse unter Gregor XVI. über die DONA ET QUALIFICATIONES OPERATORUM, also das Reglement über Ausbildung und Eignungsprüfung der Operateure gegeben. In dem Streit um die Qualifikationsmerkmale – vielleicht hat der Actuarius die Güte, die entsprechenden Protokolle für die nächste Sitzung ...

(Praefectus entscheidet, daß bereits in dieser Sitzung abgestimmt werden solle. Die Abstimmung ergibt ein Stimmenverhältnis 3 : 2 für die Theoretische Abteilung. – Ferner wird beschlossen, die Protokolle seit 1870 mündlich auf A/G zu speichern.)

PRAEFECTUS: Danke. Wir kommen zum Hauptthema der Sitzung. Wie Ihnen bekannt ist, hat die Executive für dieses Thema und für das Unternehmen, mit dem wir uns zu befassen haben, das Codewort *Progetto Reale*, also ›Königsprojekt‹, vorgeschlagen; diese Wahl erfolgte mit vollem Recht. Ich glaube der Zustimmung unseres unfehlbaren Gedächtnisses, des Paters Echevarría, sicher zu sein, wenn ich dazu feststelle, daß noch kein Projekt von so umfänglicher und zentraler Bedeutung auf den Agenda der CSAPF stand.

ECHEVARRÍA: Jedenfalls nicht seit Bestehen der Congregation. Das geplatzte Luther-Projekt allerdings …

DOENSMAKER: Bitte nicht, Ehrwürdiger Vater. Es ist wohl nicht sinnvoll, Salz in mühsam vernarbte Wunden zu reiben. Erfreulicherweise haben wir mittlerweile die Quellenlage-Theorie entwickelt, welche …

ECHEVARRÍA: Ich traue ihr nicht. Ich habe ihr nie getraut. Aber lassen wir das.*

PRAEFECTUS: Bitte. – Gehen wir also nach unserem Usus vor, und lassen wir die Theoretische Abteilung ihre Einführung vortragen. Aber laßt uns alle die Tatsache nicht aus den Augen verlieren, daß die Befassung mit diesem Vorhaben auf eine Audienz zurückgeht, die Seine Heiligkeit der Fürstin Araktschejewa zu gewähren geruhte. Sie ist, trotz ihres prawoslawischen Namens, eine Säule der rechtgläubigen Kirche. Soviel zur Verdeutlichung des Hintergrundes.

EXZ. BRENDAN KILMAINE: Soll das heißen, daß hier ein *Auftrag* Sr. Heiligkeit vorliegt?

ECHEVARRÍA: Exzellenz, ein Auftrag Sr. Heiligkeit liegt niemals vor. Es widerspräche der Natur unserer Arbeit.

PRAEFECTUS: Ich danke Ihnen, Vater Echevarría. Es ist das Lebensgesetz der CSAPF, daß S. Heiligkeit mit ihr nichts, überhaupt nichts zu tun hat. – Aber nun, bitte, Mgr. Doensmaker.

DOENSMAKER *(führt aus, daß die zentralen Probleme des Abendlandes trotz einer oberflächlich als ›Fortschritt‹ bezeichneten Entwicklung im Grunde seit geraumer Zeit völlig festgefahren seien. Der Plan, nach dem die CSAPF vorgehe, der sog. Große Plan, trage dieser Stagnation Rechnung und habe sie notgedrungen in die kurzfristigen Dispositionen miteinbezogen.*

Nun zeige sich jedoch eine neue, grundsätzliche Möglichkeit. Jüngste Untersuchungen hätten die Hypothese erhärtet, daß die Weichen der Christenheit im Jahre 1688 so unheilvoll

---

* Zum Luther-Projekt: siehe *PPPP-(4 P-)Methode* im Anhang!

umgestellt worden seien. In jenem Jahr habe sich ein Juwel im Diadem der Christenheit, nämlich die Britischen Inseln, endgültig auf einen romfeindlichen Kurs begeben.):
Auch eminente Denker und Schriftsteller, die unserer Kirche nicht angehören (und England zählt einige davon!), haben für diese Weichenstellung, diese geistliche und moralische Vorentscheidung, ein höchst eindrucksvolles Bild gefunden: seit jenen Tagen ist das poetische, das phantasievolle, das spirituelle Wappentier Englands, nämlich das Einhorn, zurückgedrängt worden, unterdrückt worden von dem Löwen, das heißt dem brutalen Beutemacher ohne metaphysisches Gespür. Die letzte Dynastie, welche das Einhorn ernstnahm, waren aber die Stuarts. Und es ist keineswegs ein Zufall, daß diese Dynastie niemals ihre Verbindungen zum Heiligen Stuhl zerrissen hat, ja, daß eines ihrer liebenswerten Mitglieder, Heinrich von York, schließlich selbst Kardinal der Kirche geworden ist – trotz des Nachteils, den dies für seine Erbansprüche bedeutete.*
(Die britische Entscheidung gegen die Stuarts sei fast hundert Jahre vor der Unabhängigkeitserklärung der USA gefallen; somit sei auch die Geschichte der sog. Neuen Welt unter diesem Gesichtspunkt einzuordnen. Damit liege auf der Hand, daß das Problem, welches die christliche Welt heute am meisten bewege, nämlich das Vordringen des marxistischen Atheismus und seiner nur halbherzigen Abwehr durch die sog. Freien Nationen, letzten Endes eine Konsequenz jenes Siegs des ›Löwen‹ über das ›Einhorn‹ sei.)
Nun hat sich wunderbarerweise eine Gelegenheit geboten, diese fundamentale Schwäche in etwa zu korrigieren. Immer weitere Kreise auf den Britischen Inseln beginnen zu begreifen, daß der Abfall vom Hause Stuart gewissermaßen eine Erbsünde der Inseln darstellt; und sie sind gewillt, eine entsprechende Tat zu setzen. Dazu kommt eine mitteleuropäische Konstellation, welche den Heiligen Stuhl nicht gleichgültig lassen darf. Die legitime Thronfolge der Stuarts ist

---

* Siehe *Thronfolge, Legitime,* im Anhang!

nämlich strikt genealogisch durch die Königin Maria Theresia seligen Andenkens auf ihren Sohn, also den Kronprinzen Rupprecht von Bayern, und dessen Nachkommen übergegangen, also auf das Haus Wittelsbach.* Dessen Chef vereinigt nun in seiner erlauchten Person die Würde eines Hauptes der Häuser Wittelsbach, Stuart, Tudor, Plantagenet und Cerdic; angesichts der unwandelbaren und unbezweifelbaren Treue der Wittelsbacher zum Heiligen Stuhl ein wahrhaft bedeutender Fingerzeig der Vorsehung. Bayern, durch jenes Produkt des niederösterreichischen, letzten Endes protestantischen Antiklerikalismus namens Hitler vorübergehend in Verruf geraten, ist heute willens und in der Lage, seine eigenständige Rolle als Vorkämpfer des Guten und Wahren wieder unter Beweis zu stellen. Wenn wir, mit den leisen Mitteln der CSAPF, dieser Loyalität entgegenkommen können, sollten wir das tun; wir würden einem Erbrecht Platz schaffen, das sich aufs glücklichste mit den Endzielen unseres Programms koordinieren ließe.

PRAEFECTUS: Wir dürfen unserm Sohn und Mitarbeiter Doensmaker zu diesen lichtvollen Ausführungen gratulieren. – Das Wort hat unser Vater Echevarría.

ECHEVARRIA: Mein Votum kann warten. Um einige zusätzliche Gesichtspunkte in die Debatte zu bringen, schlage ich vor, zuerst unsere Exzellenz Erzbischof Brendan zu hören.

PRAEFECTUS: Alle einverstanden? – Exzellenz, bitte.

KILMAINE: Danke, Eminenz. Zunächst ist hier ein Wort zur Geschäftsordnung am Platze. Vielmehr eine Anfrage. Ich habe sehr verwundert festgestellt, daß Bruder Doensmaker die Sitzung mit dem Gebet *ad tollendum schisma*** eröffnet hat. Ich darf in aller Ehrfurcht Ew. Eminenz fragen, ob diese Wahl mit Ihnen abgesprochen ist.

PRAEFECTUS: Wir hielten Mgr. Doensmaker für befähigt, selbst einen Text zu wählen.

KILMAINE: Aha.

* Siehe *Thronfolge, Legitime*, im Anhang!

** Zur Behebung eines Schismas.

SBIFFIO-TRULLI *(kichert).*

PRAEFECTUS: Ich bitte, Mgr. Sbiffio-Trulli. - Weiter, Exzellenz.

KILMAINE: Da unser Kollege Doensmaker ein Mann von hoher Intelligenz ist - mein voller Ernst, Eminenz -, hat er diesen Text nicht ohne Vorbedacht gewählt; er hat damit bereits angedeutet, welchem Kurs er zu folgen gedenkt. Und diesem Kurs muß ich leidenschaftlich widersprechen. Welches Schisma kann hier, in unserem Zusammenhang, eigentlich gemeint sein? Etwa der Anglikanismus? Er ist, meinem schlichten Verständnis nach einfach Ketzerei, sonst nichts. Wenn man sich die Geschichte dieser kleinen Sekte seit Heinrich dem Achten ansieht ...

DOENSMAKER: Die apostolische Sukzession, lieber Mitbruder, ist im Fall der anglikanischen Kirche als gesichert zu betrachten - wenigstens in der Mehrheit der Diözesen. Damit hätten wir das klassische Kennzeichen nicht einer Häresie, sondern ...

KILMAINE: Und die ganze Entwicklung, die Sie selbst in Ihrem Exposé angesprochen haben? Was ist damit, he?

PRAEFECTUS: Ich bitte um einen angemessenen Fortgang der Debatte. Exz. Kilmaine hat das Wort. Aber auch ihn bitte ich um Mäßigung. Es ist bekannt, daß Sie *fortiter in rem* gehen, aber wir wollen die *suavitas modi* ...

KILMAINE: Ich bin zerknirscht, Eminenz. Ich habe mich hinreißen lassen, und zwar völlig unnötig. Es geht zunächst gar nicht um Theologie, sondern um konkrete historische Anliegen. Diese sind im Exposé unseres Freundes Doensmaker entschieden zu kurz gekommen. Ich würde seine Ausführung auch als lichtvoll bezeichnen, aber als eine Art von lichtvoll arrangiertem obskurantischem Nebel. Warum hat er zum Beispiel ausgerechnet jenes Wappentier, das Schotten und Bayern gemeinsam ist, nämlich den Löwen, dem gefräßigen Calvinismus zugeordnet? Diese Art heraldischer Interpretation wird noch seltsamer, wenn man bedenkt, daß das phantasievoll-poetische Moment, welches er im Einhorn symbolisiert sieht, eine Gabe der Kelten an die Insel ist. Schon in der Artussage, in der unendlich bewegenden Legende vom See Aphallijn ... aber lassen wir das, es würde uns auf Gebiete führen, in denen die meisten von uns, speziell unser teurer Mitbruder Doensmaker, nur äußerst vorsichtige Schritte wagen sollten.

DOENSMAKER: Eine Zwischenfrage: sind dies ihre konkreten historischen Anliegen, Exzellenz?

KILMAINE: Wieder haben Sie recht. Verzeihen Sie meine wenig zielgerichtete Erregung. Machen wir es also kurz: hier soll eine fraktionelle Ansicht zum Leitfaden für die CSAPF gemacht werden. Ziel dieser Fraktion ist es, den historischen Status quo auf den Inseln zu festigen und sich dem Hochanglikanismus gefällig zu machen. Aber der Status quo auf den Inseln, Bruder Doensmaker, ist imperialistisch, und zwar längst vor Schaffung des Empire. Sein Kennzeichen war und ist die Unterdrückung der Kelten. Der Sinn einer Unterstützung der Stuarts kann nur darin liegen, daß wir – übrigens völlig in Übereinstimmung mit den Tendenzen der Gegenwart – diese Unterdrückung beenden. Keltische Kraft, Frömmigkeit, Freiheit will die Fesseln kalter germanischer Herrschaftsgier abschütteln ...

SBIFFIO-TRULLI: Sie wären demnach, Exzellenz, der Ideologe der keltischen Fraktion? Das verspricht interessant zu werden.

DOENSMAKER: Den Ausdruck ›Fraktion‹ sollten wir wohl nicht von unseren Feinden übernehmen; ebensowenig wie den Ausdruck ›Imperialismus‹.

KILMAINE: Das ist auch völlig unnötig, Freund Doensmaker. Ich bejahe die Restitution des Hauses Stuart. Ich begrüße die Tatsache, daß sein Erbe dem Haus Wittelsbach zugefallen ist. Und ich wette mein historisches Wissen gegen Ihre Schisma-Theorie, daß bei der Vorbereitung unseres Unternehmens von der Praxis her die wirklichen Verhältnisse zutagetreten werden. Der Kern, die Kraft der Restauration wird in Schottland liegen.

DOENSMAKER: Wollen Sie damit sagen, daß die selbstlose Arbeit der Jakobiten in England, die ausgezeichnete monarchistische Grundlage ihrer Überzeugungen ...

KILMAINE: Lächerlich. Frühstücksroyalisten sind das. Archivwürmer. Frustrierte Feudalisten. Das hätte schon Prinz Charles Edward wissen müssen, dann hätte er 1745 nie den Tyne überschritten, und Schottland wäre heute eine selbständige, freie Nation unter katholischem Szepter. Wenn es an die Restauration geht, wird der historische Gegensatz zwischen Gaidheal und Sassenach ...

PRAEFECTUS: Wie bitte?

KILMAINE: Verzeihung - zwischen Kelten und Angelsachsen zum Tragen kommen. Ich darf nochmals in modernen Kategorien zusammenfassen: unsere Chance, die Sache der Stuarts zum Sieg zu führen, liegt in der Wahrnehmung einer absolut modernen Tendenz, nämlich der Tendenz zur Befreiung unterdrückter Kolonialvölker vom kapitalistischen Imperialismus.

(Bewegung)

ACTUARIUS: Soll das ins Protokoll, Eminenz?

DOENSMAKER: Sehr abzuraten. Marxistische Termini ...

KILMAINE: Unsinn. Ich *bitte* darum, es zu Protokoll zu nehmen. Wir Kelten waren immer die treuesten Söhne Roms - bitte, sehen Sie in der Kirche zu San Stefano Rotondo nach, lesen Sie den Grabstein des Königs von Cashel und Thormond, Donatus O'Brienus, der 1053 sein Reich dem Heiligen Stuhl vermacht hat, und nennen Sie mir einen einzigen anderen König der Christenheit, der das getan hat. Aber wenn ich wählen soll zwischen der englischen Heuchelei, die Gott sagt und Kattun meint, und den tapferen schottischen Arbeiterführern, dann weiß ich, wo meine Sympathien liegen. Die treuen Kelten wurden immer verschaukelt, auch hier in Rom, und es wird Zeit, daß sich das ändert. Ich habe gesprochen.

ECHEVARRÍA: Ketzereien.

DOENSMAKER: Nun, so kategorisch würde ich ...

ECHEVARRÍA: Ketzereien. Was katholisch ist, wird und wurde nördlich der Alpen nie begriffen.

KILMAINE: Nur von den Kelten, mein Vater.

ECHEVARRÍA: Schon etwas von der Synode von Whitby gehört?

KILMAINE: 7. Jahrhundert, ich bitte Sie!!

ECHEVARRÍA: Nun, es gehört doch zu unserem Operationsgebiet, oder täusche ich mich da?

(Schweigen)

ECHEVARRÍA: Bitte. Und die Stuarts, Freund Doensmaker, sind immer auf dem Zaun gesessen, ein Bein im wahren Glauben und eins in der Ketzerei. Gerade die Anglikaner verehren Karl I. als Märtyrer *ihrer* Kirche.

DOENSMAKER: Aber gerade das wäre doch ein Ansatzpunkt, um ...

SBIFFIO-TRULLI: Verzeihen Sie, Eminenz, eine demütige Anfrage der Exekutive?

PRAEFECTUS: Wir verzeihen sie nicht nur, wir erwarten Erleichterung.

SBIFFIO-TRULLI: Die Exekutive ist wie immer bedingungslos zur Ausführung aller Befehle bereit. Aber sie wartet auf Führung. Kann sie, nach dem Stand der Erörterungen, voraussetzen, daß die *grundsätzliche* Zustimmung zu dem Königsprojekt besteht?

PRAEFECTUS: Im Prinzip ja. Aber natürlich in Übereinstimmung mit der allgemeinen und ständigen Verpflichtung dieser Congregation, den überzeitlichen Auftrag der Kurie nicht aufs Spiel zu setzen.

KILMAINE: Das heißt wohl, daß wir jederzeit wieder herauskönnen müssen, ohne uns den Hintern zu verbrennen.

DOENSMAKER: Exzellenz, ich bitte Sie ...

ECHEVARRÍA: Er hat völlig recht, Doensmaker.

SBIFFIO-TRULLI: Dann würde ich den bewährten Weg vorschlagen, die Exekutive zusammen mit der Theoretischen Abteilung die Grenzen und Möglichkeiten unserer Einwirkung abstimmen zu lassen und demnächst die konkreten Umrisse eines solchen Unternehmens diesem Ausschuß wieder vorzulegen.

KILMAINE: Ausgezeichnet. Ich unterstütze diesen Antrag. Dann wird man ja sehen, wo die konkreten Möglichkeiten liegen. Ich wette mein historisches Wissen gegen Doensmakers Schisma-Theorie, daß sie in Schottland liegen werden.

ECHEVARRÍA: Zustimmung – da ein übergeordneter Wunsch vorliegt.

PRAEFECTUS *(nach einer Pause):* Es liegt *nicht* vor, Vater Intrepidus.

ECHEVARRÍA: Ich bin korrigiert und bitte um Verzeihung.

PRAEFECTUS: Und Sie, Mgr. Doensmaker?

DOENSMAKER *(nach einer Pause):* Zustimmung.

(Aufgrund dieses Beschlusses wird ein Sonderausschuß gebildet, dem Mgr. Sbiffio-Trulli, Mgr. Doensmaker und Dr. Enigmatinger als Peritus angehören. Die Vorarbeiten sollen bis zur 464. Sitzung abgeschlossen sein.)

* *
*

»Das haben Sie gut, das haben Sie *sehr* gut gemacht, teuerster Mitbruder«, sagte Doensmaker. Seine Augen sprühten blaues Feuer, sein Mund lächelte – er war also ungemein wütend.

Sbiffio-Trulli saß im violetten Armsessel und bot das Bild bestürzten Mißverstandenwerdens. »Caro collega! Es war doch *Ihre* Sitzung, ganz zweifelsfrei! Sie haben alles bekommen, was Sie wollten! Es sei denn ...« sein demütiges Körperlein zog sich zusammen, »es sei denn, Sie gestehen Freund Kilmaine, der, wie wir wissen, ein Nichts ist ...«

»Es geht um den Plan. Den *Plan,* verstehen Sie das nicht? Doensmaker nahm den Totenschädel in die Hand und versuchte zum hundertsten Male, einige braune Unreinlichkeiten zwischen den Backenzähnen mit Hilfe eines Brieföffners zu entfernen. »Kilmaine ist der klassische Neinsager, das wissen wir, aber in unserem Falle ...«

»Sie scheuen die Wette?« fragte Sbiffio-Trulli mit seiner stillen Stimme. Doensmaker antwortete nicht. Er warf den Brieföffner auf den Schreibtisch, lehnte sich zurück und fixierte seinen Blick auf das Distichon unter dem Faun, welches von der Vergeblichkeit schnöder Lust handelte.

»Ich mache Ihnen einen Vorschlag. Als Freund«, fuhr Sbiffio-Trulli fort. Doensmakers Lider zitterten, er fürchtete Sbiffio-

Trulli als Freund mehr als alles andere. »Wir beanspruchen den Eisernen Reservefonds, Sie reisen nach England. Sofort. Oder sobald es geht. Sie erforschen an Ort und Stelle, ob Ihre – ich will sagen, ob die gesamtbritische Lösung praktikabel ist. Erst nach Ihrer Rückkunft, so schlage ich vor, findet die erste Sitzung des Sonderausschusses statt. – Oder ...« er neigte sich vor, ganz besorgte Anteilnahme, »... wie kann ich Ihnen sonst entgegenkommen?«

»Kelten«, sagte Doensmaker und stellte sorgfältig den Schädel zurück. »Kelten.« Er hieb mit der flachen Hand auf den Tisch, stand auf und wanderte ruhelos in dem kleinen schäbigen Büro auf und ab. »Die Karte sticht nicht. Sie hat nie gestochen. Das wissen Sie doch selbst, teurer Mitbruder. – Ich bitte Sie: wissen Sie das nicht?!«

Er war stehengeblieben, eine Hand zu Sbiffio-Trulli gereckt, er rang zum erstenmal um wahres Verständnis. Der Neapolitaner verweigerte sich; er glitt nach vorn, bis er kaum mehr auf der Kante des Sessels saß, sein Buckel rieb gegen abgenützten lila Samt, sein Blick kam glasschwarz unter dem Brauenbogen hervor: »Treue, caro collega, hat eine sehr unangenehme Folge: sie muß gelegentlich honoriert werden. – Aber«, sagte er plötzlich und rasch, »was soll die Erregung? Sie nehmen das nächstmögliche Flugzeug. Sie recherchieren an Ort und Stelle. Sie stellen fest, ob mit dem englischen Potential das Anliegen seiner Heiligkeit ... entschuldigen Sie, ein Versehen, ich weiß. Sie fliegen jedenfalls. Die Exekutive trägt die Kosten.«

»Sie begreifen«, sagte Doensmaker nach einer Pause, »Sie begreifen *hoffentlich*, was auf dem Spiel steht.«

»Aber wir spielen doch nicht!« rief Sbiffio-Trulli bestürzt. Er rief es so ehrlich, daß es nur abgrundtief verlogen sein konnte. »Wir versuchen unsere Pflicht zu tun, das ist alles.«

»Ich werde sie tun«, erwiderte Doensmaker seufzend. »Lassen Sie bitte das Flugticket besorgen.«

4

Enigmating/Oberbayern, Sommer 1953

Dr. Gebesser, Chef der Rara-Abteilung der Bayerischen Staatsbibliothek, saß mit seiner Begleitung am langen Tisch im Gasthof Binder und aß Lebernockerlsuppe. »Das freut mich, daß wir das gefunden haben«, sagte er zu seiner Begleitung, einem Fräulein Vulpius. »Das ist was für Kenner.«

»Stimmt«, sagte der junge Mann am anderen Ende des Tisches. »Ich eß schon die dritte. Die beste in Bayern. Oberbayern. Der Postwirt in Pfinsting, eventuell – naa, der aa net. Ich stamm aus Aubing, aber ich komme immer eigens da her und eß dann immer drei.«

Dr. Gebesser erschrak wie jemand, der im Dunkeln unverhofft einem großen kräftigen Mann begegnet. Und das tat er, denn es war dunkel in der Gaststube, weil es ein bayrischer Sommermittag mit grau rinnendem Regen war und weil die Gaststube noch bayrisch war. (Bedenken wir, welches Jahr wir schreiben: noch hat das Hinterland die Akkumulations-Augen nicht aufgeschlagen, der Gasthof Binder bietet noch die klassischen kleinen Fenster, die Vierzigwattbirnen mit konischen Papierschirmen, bietet an der Wand die Vereinstafel mit den vielen ovalen Photoporträts, einige Reh-Gwichteln und Schießscheiben über schwarzbrauner, ölfarbengestrichener Holztäfelung. All dies wird die Epoche des Resopal, des Schmiedeeisens, der Breitwandfenster, der Lampenzylinder aus Kathedralglas mit gefältelten Leinenschirmen nicht überleben. Aber noch, werter Leser, haben wir Zeit.) Dr. Gebesser spähte über das gewürfelte und geflickte Tischtuch in die Dämmerung: »Das hab ich net gemeint – eigentlich«, antwortete er behutsam. »Ich rede von der Kirch. Romanisch. Elftes auf zwölftes Jahrhundert. Sehr eindrucksvoll.«

»Die beste Nockerlsuppen von Oberbayern. Lebernockerl«, wiederholte der junge Mann drohend. »Da bin i Kenner. Weil Sie sagen von Kenner.«

»Wirklich exzellent, Sie können recht haben«, meinte der Doktor, Rückzug in der Stimme. Die Begleitung, eine Norddeutsche im Dirndl, warf ihm einen langen Blick zu, dann, aus schrägen Katzenaugen, einen noch längeren dem großen jungen Mann, dem Kenner von Lebernockerlsuppen. Sie erkannte ihn; die Bibel gesteht dieses Recht zwar nur dem Mann zu, aber die Zeiten haben sich eben geändert. Fräulein Heike Vulpius erkannte, daß diese Tracht mit grünen Stößen und Weste, diese Sicherheit in der Beschränkung vielleicht von gestern war, aber wahrscheinlich von morgen oder übermorgen sein konnte. Da steckte Geld dahinter. Und mehr.

»Elftes Jahrhundert. Sie sind demnach von der Kunst?« fragte der junge Mann aus der Dämmerung. Er rülpste leise, trank sein Bier aus, wischte den Mund ab und kam um drei Stühle herum in den Lichtkegel. »Ich hätte eine wichtige Frage, wenn Sie nichts dagegen hätten. Die mich interessiert, heißt das.« Jäh streckte er dem Dr. Gebesser eine große rote, mit orangefarbenem Flaum bestickte Rechte über den Tisch entgegen. »Krauthobler ist mein Name. Jimmy Krauthobler.«

»Gebesser. Rudi Gebesser«, sagte Dr. Gebesser, der ein umgekehrter Snob war und in solchen Situationen den Akademiker nicht heraushängen ließ. »Kann ich Ihnen behilflich sein?«

»Bin so frei«, sagte der Mann und setzte sich neben Fräulein Vulpius, so nah, daß ihre nackten Arme gegen den Stoff des Trachtenärmels rieben. Sie rückte nicht weg. Jimmy Krauthobler stierte den Doktor eine halbe Minute lang an, er überprüfte sichtlich seine Vertrauenswürdigkeit; dann überwand er eine Hemmschwelle, griff in die Brusttasche und holte einen Vierfarbendruck-Prospekt hervor, den er auseinandergefaltet über den Tisch reichte. »Stimmt das, daß ich dem da gleichschaue?« Unwillkürlich sprachen beide, Jimmy und Rudi, das feierliche Hochdeutsch, welches das eigentliche dramatische Bühnenbayrisch ist.

Die Titelseite des Prospekts trug einen bunten schottischen Hochlandkrieger, der, offensichtlich einen Schlachtschrei ausstoßend, mit Schwert und Rundschild auf den Beschauer losstürmte. EINMALIGE GELEGENHEIT! stand knapp über seinem farngeschmückten Barett, und darunter: SÖHNE VON HUNDEN, KOMMT UND HOLT EUCH FLEISCH!

»Eigentlich –«, begann Dr. Gebesser. Eigentlich war er für mittelalterliche Miniaturmalerei zuständig, aber er sprach es nicht aus, er war, wie erwähnt, ein umgekehrter Snob. So nahm er den neuen Auftrag ohne Wimperzucken an. Prüfend ließ er den Blick vom Prospekt zu Jimmys Brauen wandern, von ihnen zurück zum Prospekt, zurück zu Jimmy, der fast widerwillig erläuterte: »Runtergerissen bin das ich, sagt der Bernrieder. Der Bernrieder aus Aichach.«

Kein Zweifel: die niedere, rötlich überlockte Stirn, die etwas zu kurz abgeschnittene Nase, die knittrige Braue, vor allem aber die ganze Konstruktion des Gesichts, seine unregelmäßig-heroische Wildheit und Musikalität ... Dr. Gebesser nickte, Schicksal schwebte über leeren Suppentellern. Er öffnete den Prospekt und las:

WÄREN SIE GERN EIN LAUBHRAIGH-NAN-EILEAN (McLAWRIE OF THE ISLES)?

Der Clan McLaubhraigh-von-den-Inseln, einer der ältesten und ruhmreichsten in der ruhmreichen Geschichte des Hochadels, lädt Sie ein,

EHRENMITGLIED

zu werden! Er ist der erste Clan, der dem pp. kontinentalen Publikum diese Möglichkeit eröffnet!

Nähere Einzelheiten erfahren Sie bei der

McLAWRIE OHG.,

Frankfurt/M. 8, Postfach 232.

»Ist das ein Jux?« fragte Gebesser, und Jimmy schüttelte langsam den Kopf: »Das hat der Bernrieder zugeschickt gekriegt, weil er im Stein-Erden-Kalender als Unternehmer drinsteht. Aber der ist dafür nix. Der hat nicht – der verfügt nicht über – das Künstlerische.«

»Und Sie?«

»Eben. Wie der mir gleichschaut, also das zwingt doch zu Überlegungen. Meine Lage ist kurz gesprochen dahingehend, daß ...«

»Moment«, sagt der Doktor hastig. »Lassens mich das noch

schnell durchlesen.« – Er las, während Jimmy, unfähig, den endlich gefundenen Durchbruch aus seiner künstlerischen Einsamkeit wieder zuzudämmen, unaufhaltsam weitersprach:

»... daß vom Geld her alles stimmt. Ich habe einen Ogilvie-Sportwagen, wenn Sie sich vorbeugen, können Sie ihn durch des Fenster da sehn, Dreikommazwo Liter, sechstausendfünfhundert Umdrehungen ...«

Als Ehrenmitglied des Clans haben Sie folgende RECHTE:
1. Sie dürfen Ihrem bürgerlichen Namen den Namen OF McLAUBHRAIGH hinzufügen, nebst der gälischen Form Ihres christlichen Namens. (Verzeichnis einiger gälischer Namen siehe letzte Seite!)

»... hundertfünfadreißg Pe-Eß, von Null auf Hundert in siebenkommafünf, Sie der geht Ihnen unterm Arsch weg, entschuldigens Fräulein, ist aber Tatsache. Ferner ...«

»Sie heißen doch Jakob, oder?« unterbrach ihn Gebesser. »Schauns, so täten Sie heißen, wenn Sie ein McLawrie werden.« Er reichte den Prospekt längsgefaltet hinüber, sein Daumennagel markierte den Vornamen: Seumas.

»Säumaß Maklauri«, sagte Jimmy tief und feierlich. »Das waar doch was.« Zum erstenmal sah er Fräulein Vulpius voll an, sah die grüngrauen Augen und den viereckig geschminkten kleinen Mund und das winzige feste Kinn von oben. »Oder waar das vielleicht nix?«

Gebesser sah, daß es ziemlich schnell ging zwischen Säumaß und Heike; er sah in sich, versuchte Wut zu generieren, war dazu nicht fähig und kam zu dem ehrlichen Schluß, daß er im Grunde froh war: er war gesellig, nicht lüstern, entschied er. So aus dem Bad der Selbstkritik hervorgegangen, las er weiter:

2. Sie dürfen den KILT in den Farben (Tartan) des Clans (grün und gelb auf türkis; Dress: türkis und gelb auf karminrot tragen, nebst dem SPORRAN (Tasche aus Fell);
3. Bei Gala-Anlässen erwerben Sie auch das Recht, den CLAYMORE, das heißt das Breitschwert, zu tragen.

Wichtig! Die originalen Schwerter des Clans haben das Firmenzeichen des Passauer Wolfs sowie die geätzten Schlagwörter ›No Union‹ oder ›To hell with England‹ (wahlweise). Sie sind ebenso wie alle anderen Artikel über die

McLAWRIE OHG.,
Frankfurt/M. 8, Postfach 232
zu beziehen.

»... Ferner«, sprach nun Jimmy ausschließlich zu Heike, »hab ich aufgrund meiner Familie ein Kieswerk. Jungunternehmer, so laßt sich das schon umschreiben. Also von daher stimmts, da wären Bedürfnisse und Tatsachen schon in Deckung. Aber das wärs ja gar nicht, Fräulein ...«

Die MITGLIEDSCHAFT ist an folgende BEDINGUNGEN geknüpft:
1. Ehrenhafter Lebenswandel im Sinne unserer Altvorderen.
*2. Eintrittsgebühr von **£** 850, Jahresgebühr von **£** 50.*
(»Nanana!« brummte Gebesser.)
2. Informiertheit betr. die Genealogie des LAUBRAIGH (= ›CLAN CHIEF‹).
4. Mindestens zweimalige Teilnahme an den Festivitäten des Clan-Tages, des 27. Dez., auf Schloß ROAG.
Wichtig! An diesem Tag schlug der vierte LAUBHRAIGH im Jahre 1064 den nordischen Seeräuber Sigurd Haifischauge und vierteilte ihn, wonach er ihn den Schweinen vorsetzte. Dieser Brauch fällt in die Weihnachtszeit und war deshalb immer eine Ursache großer Freude.
5. Beherrschung des Schlachtschreies.
›Chlanna nan con thigibh a so's sibh féoil!‹ zu deutsch: ›Söhne von Hunden, kommt und holt euch Fleisch!‹
Wichtig! Diesen Schlachtschrei führte der Clan vor den Camerons von Lochiel!

»... Wenn man das Durchschnittliche so anschaut, den Bernrieder zum Beispiel; ich mein', es passiert da schon was, man geht zu Berti Hoyer, in den Morchelstuben is allaweil a Hetz, dann Hasen verzarren, Sie entschuldigen Fräulein, aber das ist auch eine Tatsache. Man ist mobil, gegen früher. Aber das Höhere? Wissens meine Leut in Aubing, die gehen ja noch in d'Kirch. Politisch bin ich da auch dafür ...«

6. Mindestens einmaliger Besuch auf dem Schlachtfeld von Culloden 1746.
Wichtig! Dort Auszeichnung von Uisdean McLAUBRAIGH (Gilli-brataich des Laird) gegen das MUNRO-Regiment.
Alle Fahrten arrangiert die
McLAWRIE OHG.,
Frankfurt/M. 8, Postfach 232.

»... dagegen ist eh nichts einzuwenden, schon wegen des Bodeneigentums, ohne das wär' ich arm und reinlich. Aber ...«

»Moment, Herr Krauthobler!« rief Gebesser. »Habens das gesehen? Das ist gut!«

Wieder ging der Prospekt hinüber, diesmal markierte der Daumennagel den Punkt 7 der Mitgliedschafts-Bedingungen:

7. Anerkennung der legitimen Stuart-Thronfolge in Schottland. Siehe vorletzte Seite!

»Legi-time Thronfolge«, meditierte Krauthobler. Er hatte die Linke um Heikes Schulter gelegt, seine Rechte hielt die eine Seite des Prospekts, Heikes Linke die andere, ihre Gesichter lagen nebeneinander, ein altmeisterliches Bild liebender Eintracht unter traulicher Lampe, über Lebernockerlsuppentellern. »Na und?« fragte Fräulein Vulpius kurz und kantig, Jimmy gefror etwas, denn norddeutsches Unverständnis für bunte Dynastik zog wie eine Eiswolke durch den Lichtkegel.

»Das ist gut, das ist wichtig!« proklamierte Gebesser unbeirrt.

»Das ist das Wichtigste an dem Verein. Für uns Bayern, heißt das.«

Jimmy schnaubte durch die Nase: »Soll das heißen, daß was nicht stimmt mit der Elisabeth?«

»Schon lang nicht. Seit 1688. Die Stuart-Thronfolge läuft eben anders. Wissens, wer da jetzt König wär?«

»In Schottland?«

»In England *und* Schottland. Unser Rupprecht. Rupprecht von Wittelsbach. Den lassen die hochleben. Tatsache.«

Jimmy Krauthobler löste den Arm von der weiblichen Schulter, langsam und betroffen, wie eine Schildwache, die bei solchem Tun vom Ronde-Offizier ertappt wird. Stürme zuckten um seine roten Brauen, die Augen darunter wurden gläsern und ungeheuer. »Machens keine Witz'«, sagte er drohend. Es war offensichtlich in dieser Frage nicht mit ihm zu spaßen.

»Ich werd mich hüten. Schauens doch nach, vorletzte Seite. Da steht der Stammbaum. Geht über den Kardinal Henry von Savoyen und Modena und von da an über die Maria Theresia, die letzte Königin, zum Rupprecht.«*

»Alles auf meine Rechnung, Katharina«, sagte Krauthobler heiser und entschlossen zur Bedienung, zog den Prospekt an sich, faltete ihn, steckte ihn in die Brusttasche und erhob sich. »Sie entschuldigen schon.« Einen Augenblick noch war die massige Front seiner grüngrauen Joppe mit den Hirschhornknöpfen und dem V der Samtweste im Licht, dann drehte er sich um und ging, ging weg von der jähberaubten Vulpius, weg vom vertrauten Nockerltisch, ging und öffnete die Tür zum plattengedeckten Gang, der schwarzgrau und trüb im Türrahmen stand. Die Hand an der Klinke, wandte er sich nochmals um, Unhöflichkeit war nicht beabsichtigt, aber das, was er erlebte, überstieg seine Kraft. »Entschuldigens«, war alles, was er zu sagen fand. Dann trat er in den rinnenden Regen.

Quer über den Hof stapfte er zum Ogilvie, er ließ an, drosch den kurzen Gangknüppel nach vorn und gab Gas, von Null auf Hundert in siebenkommafünf. Die Ebenen und Forste an der

---

* Siehe *Thronfolge, Legitime,* im Anhang!

alten Rosenheimer Landstraße schossen an ihm vorbei, graue Rastertupfen hinter Wasservorhängen, aber sein Ich war mühsam, tastend unterwegs, tastete sich voran an den Spieltisch der schicksalhaften Einsätze, der gelebten Poesie.

Ihr beurteilt ihn falsch, strenge soziologische Richter, wenn ihr ihn zwischen Kieswerk und Nockerlkennerschaft und verzarrten Hasen einspannt, in das Diagramm seiner animalischen Bedürfnisse, ihn dort aufspießt und abtut als Produkt einer parasitären Klasse, zum Untergang verurteilt. Ihr habt recht und doch nicht recht. Ihr seht zu wenig, ihr seht nur die Kohlen im Keller und die Schmalzhäfen auf dem Schrank und das Geld im Beutel. Aber es gibt mehr in diesem Leben, es gibt den Hunger nach der Bedeutung. Denn es gibt eine Tatsache in Jimmy Krauthoblers Leben, die er niemand anvertraute, keinem der verzarrten Hasen und keinem Bernrieder, keinem der zufälligen Weggefährten und -gefährtinnen, auf die er zurückverwiesen war:

Als er fünf Jahre alt wurde, traf ihn der Blitzschlag der Kunst, fast buchstäblich. Damals und nie wieder. Sein Onkel Quirin hatte auf der Auer Dult ein gipsernes Tiefrelief hinter Glas und Rahmen erstanden, in gelblichen und bräunlichen Tönen gehalten; es stellte den bleichen, schönen Kopf Ludwigs des Zweiten von Bayern dar, umgeben von Genien mit Posaunen und Girlanden und von den Abbildungen seiner Schlösser. Durch Schnurzug und Nockenwalze konnte hinter der bleichen Königsstirn ein Lied reproduziert werden – eben das von den Bergen, auf denen die Freiheit wohnt und die tausend Schlösser stehn, und von des Sees finsterer Nacht, zu der der König verurteilt wurde. Ein Gesamt-Kunstwerk also. Jackl (der Jimmy war eine Nachkriegs-Erscheinung) hatte dem Onkel bei der Wandmontage beigestanden, war ihm danebengestanden, hatte ihn aus übergroßer Spannung, ja, Überwältigung dann am Hosenbein gezogen, als Quirin, auf prekärem Küchenhokker stehend, mit Kinn und beidhändig, im Mund die letzten beiden Schraubhaken, in die schwierigen Befestigungsprobleme vertieft war. Dübel, Haken und fünfeinhalb Pfund Kunst waren gleichzeitig herabgedonnert, hatten ihn niedergeworfen und sein formbares Gehirn erschüttert. Seitdem klafften Bedürfnisse und Tatsachen für Jimmy unheilbar auseinander – trotz der Bedarfsdeckung durch das Bodeneigentum.

Jimmy ist vorherbestimmt, verurteilt zur Freiheit der Berge und zu des Sees finstrer Nacht – des Sees, in dem die keltischen Könige von Artus bis auf Ludwig warten. Denn der See Aphallijn ist nicht durch Längen- und Breitengrade zu fixieren.

In triefenden Wäldern, in Moos und nassen Schwämmen, in Seegrotten und granitenen Höhlen erwachen die Barden. Fingal stimmt die goldene Leier. Er sinnt auf den Lobpreis für Seumas McLaubhraigh, den Führer der Männer. Jimmy hat seinen Lebenszweck.

* *
*

»Keine Angst, der bleibt dir schon«, sagte Dr. Gebesser boshaft zu der nackten Wut in Heikes Augen. Er glaubte sich in landsmännischer Psychologie auszukennen; aber er war eben doch, wie sich herausstellen sollte, kein Kenner.

5

Rom, Sommer 1953

Arnold Füßli begegnet, ohne es zu wissen, dem Königsprojekt zum erstenmal auf der Audienzrampe; an dem Eingang, der von den nördlichen Kolonnaden in den Vatikanpalast hinaufführt.

Es handelt sich um eine wichtige Gruppe; offensichtlich wichtig, denn mündliche Weisung vom Maggiordomo ist ergangen, die Jourwachen zu verstärken. Je drei und drei stehen die Gardisten links und rechts hinter der Doppeltür, in den Blau- und Orange-Uniformen, die Hellebarden im Winkel von siebzig Grad schräggestellt, die blendendweißen Handschuhe auf Ohrenhöhe am Schaft, die Gesichter von stählernen Sturmhauben mit den roten Büschen überschattet. Füßli als Runden-

Offizier steht halbrechts gewendet vor dem rechten Spalier, das Dienstschwert gezogen und halb zu den Schuhspitzen gesenkt.* »Achtung steht«, befiehlt er halblaut. Über die Stufen stapfen und trippeln und stolpern junge und rüstige und gichtige Beine herauf, umhüllt von dunkelgrünen und weißen Hosen mit breiten Biesen, von roten und schwarzen Soutanen. Prälaten und Monsignori und einige Komture und Ritter der Orden des Hl. Sylvester und des Hl. Gregor, die Zweispitze mit zittrigen Ellbogen gegen die Fräcke klemmen. Allen voran erreicht die Fürstin Araktschejewa den dunkelroten Läufer der Rampe, sie ist ganz in Schwarz gehüllt, mit einem schwarzen Spitzenschleier über hohem Schildpattkamm, ihre Schritte sind lang, dynamisch, entschlossen. Der Hauptmann mag sie auf Anhieb nicht. Der Schleier knistert, das lange schwarze seidenchangierende Kleid raschelt, die verdrängte Luft rauscht mit einem Aroma von Chypre und Bitterkonfitüre durch die kurze Hecke der Hellebarden. Sie eilt die Rampe empor, als gälte es, zum erstenmal seit 1527 den Vatikan im Sturm zu nehmen.

Füßli gibt die erforderlichen Kommandi, die Hellebarden werden angezogen, die Gardisten schwenken halbrechts und halblinks ein und treten weg. Er könnte auch wegtreten; er kalkuliert, daß er eine halbe Stunde Zeit hätte, um einen trockenen Weißen zu trinken; den Hauswein aus den Gütern des Deutsch-Ungarischen Kollegs, den er (als kleine und geheime Sondervergünstigung) gratis erhält.

Er tut es nicht. Er legt die Sturmhaube hinter dem Pult am Fenster zur Linken ab (auch eine kleine Irregularität, die er sich, ungeschriebenen Gesetzen zufolge, leisten darf), setzt das Barett auf und tritt in die Flügeltür, während er an den Handschuhen nestelt. Er ist unruhig, seine Jägernase wittert, hinter Parfüm und Konfitüre wittert sie Beute oder Gefahr. Ist es das Gerücht, daß Seine Heiligkeit wegen dieser Audienz seine Abreise nach Castel Gandolfo um einen Tag verschoben hat? Oder ist es die grundsätzliche Durchbrechung des Pius-XII-Sy-

---

* Panzer werden zu Privataudienzen nicht getragen. Im übrigen ist das entsprechende Reglement seit den Reformen der 60er Jahre wesentlich vereinfacht.

stems von Isolation und Massen-Audienzen? Etwas liegt in der Luft ...

Die Touristensaison ist fast vorbei; auf der Treppe und im Lichtschacht der Kreuzung mit den Kolonnaden dümpeln nur ein paar devisenbegrenzte Briten, einige Leute aus der Provinz (aus der Emilia?) und ein deutsches Flitterwochenpaar, eminent katholisch und gut gewaschen. Der Bräutigam erklärt der Braut etwas aus dem Baedeker – nein, es ist etwas Besseres, ein historischer Romführer vermutlich, denn Füßli hört ›Lateranvertrag‹ und ›Konkordat von 1929‹.

Hinter dem Paar sieht er den einzelnen Mann und ist sofort gespannt. Der Mann hat für den ungeübten Blick nichts Auffallendes; er ist würdig, richtig würdig, zirka 55 bis 60 Jahre alt. Er steht im Sonnentrapez, ohne zu blinzeln, er trägt einen weißen, noch sandfarben durchstriemten Schnurrbart, einen sorgfältigen Scheitel zwischen leicht verwirrten, schütteren Haaren, dichte unregelmäßige Brauen, handgenähte dunkelbraune Sämischlederschuhe, einen sportlichen Londoner Anzug, der bei näherem Hinsehen doch aus New York ist, eine diamantenbesetzte Hufeisennadel in der Clubkrawatte. Der Mann fixiert ihn, Füßli, dann lächelt er, und das Lächeln ist gräßlich.

Der Mann setzt sich in Bewegung. Sein Schritt ist ungewöhnlich, er ist trainiert, aber gleichzeitig langsam und tastend, wie der Schritt eines Athleten auf dem Schleppseil. »Verzeihung«, sagt der Mann sehr höflich zu der deutschen Braut, er ist voll in sie hineingerannt, trotz des vorsichtigen Schritts. Der Bräutigam bleibt mitten in seinen kirchengeschichtlichen Ausführungen stecken, er sieht beleidigt und schüchtern aus (im Jahre 1953 weiß man als Deutscher nicht genau, ob man von Ausländern absichtlich angerempelt wird oder nicht). Die Braut weicht viel hastiger zurück, als es die körperliche Situation erfordert, so, als dehne sich der Brustkorb des Mannes unsichtbar über den Tweedstoff hinaus – und Füßli begreift: er ist betrunken. Stinkend und majestätisch betrunken.

Sorgfältig nimmt er Stufe um Stufe, ohne Füßli einen Moment aus den Augen zu lassen. Der Offizier spürt Angriffslust in seinen Adern, die Reflexe des herausgeforderten Kämpfers.

Vielleicht muß er gleich unangenehm zu dem reichen Säufer werden. Aber der macht vorläufig keine Schwierigkeiten, er bleibt anderthalb Schritt vor Füßli stehen, wenige Zentimeter außerhalb der Aggressionszone. Offensichtlich hat er gelernt, mit sich und seinem Problem umzugehen; hat er ein eisernes Regiment in den zerrütteten Provinzen seiner Psyche aufgerichtet. Seine Fahne enttäuscht etwas; man sollte in seinem Fall wenigstens mit Chivas Regal rechnen dürfen oder mit einem steinalten Calvados – aber das, was hier zu riechen ist, geht nicht über das Obstschnaps-Niveau von selbstbrennenden Alpenbauern hinaus.

Füßli bleibt auf dem Sprung. »Keine Massen-Audienz heute«, sagt er höflich. Die Augen des alten Knaben, der jetzt im Schatten steht, sind blutunterlaufen; um seine Nase liegt ein Netzwerk violetter Adern wie ein Gitter, das um ein rastloses Raubtier hochgezogen wurde.

»Danke«, sagt der Alte, »danke. Sie haben Dienst hier, nicht wahr?« Er spricht das Englisch von Leuten, die sechs Pässe haben.

»Ich habe Dienst hier, und ich muß für Ordnung sorgen.« Füßli betont das Wort ›Ordnung‹ leicht, aber unüberhörbar. Das gräßliche Lächeln ist wieder da. »Aber sicher. Sie stehen unter Eid. Dem heiligsten, den es gibt: dem Eid des Schlüsselsoldaten. Verwendet man den alten Ausdruck noch? Ich finde ihn sehr gut.«

»Er wird nicht mehr verwendet.«

»Der Schlüsselsoldat verfügt auf seine eigene bescheidene Art über die Macht, zu binden und zu lösen. Nein!« Er erhebt die Hand, die einen Karneolring trägt. »Sagen Sie nichts. Ich weiß, Sie wollen mir widersprechen, und selbstverständlich haben Sie recht. Denn dogmatisch wie kirchenrechtlich ist meine Feststellung ... inkorrekt. Aber dennoch. Sagen Sie mir vertraulich: Sie haben eben die Fürstin Araktschejewa kennengelernt?«

»Ich habe nach dem Reglement die Wache heraustreten lassen.«

»Prälaten und Ordenskomture, ich weiß. Ich kenne mich

etwas aus. Antiquarische Forschungen, Steckenpferd unter Steckenpferden, schamhaft gefühlte Verpflichtung des Nichtstuers. Aber ganz vertraulich?«

»Was meinen Sie?«

»Welchen Eindruck machte Ihnen die Fürstin?«

Füßli schiebt etwas das Kinn vor: »Sie nehmen sich allerhand heraus. Sie vertragens also doch nicht. Scheren Sie sich, Sie ... ich bin im Dienst.«

Die Ruine lacht höflich und diskret. »Sie konnten die Fürstin auf Anhieb nicht leiden, stimmts?«

Der Hauptmann weicht zurück, als weiche er einer gefährlichen Quart des Settimo Capobue aus. Sie hat fast seinen Rock gestreift. »Was wollen Sie eigentlich?«

»Ich will ein Unrecht korrigieren. Besser: einen unberechtigten ... Eindruck richtigstellen. Der Fürstin ist übel mitgespielt worden. Sehr übel. Man zwingt sie ins Dunkel, aber sie gehört ins Rampenlicht. Sie darf es nicht betreten – bisher. Finstere Mächte, wissen Sie.«

»Ich habe den Eindruck«, kontert Füßli scharf, »daß Sie mit dem Weib verheiratet sind.«

Die Riposte ist brutal, sie müßte sitzen, aber der Alte lächelt unverändert. »Sie sind rasch, mein Freund, ich erwarte nichts anderes von einem Schlüsselsoldaten. In der Tat, ich bin Fürst Araktschejew.«

In der Tat! Jetzt müßte er einen Radmantel aufschlagen, und man müßte die Epauletten sehen können, die Fangschnüre, die fünfzehn Orden vom Heiligen Kyrillos und Konstantin und Georg und Michael undsoweiter: ich bin Fürst Araktschejew. Aber dieser schmierige Alte im westlichen Tuch bleibt unverändert; vertraulich spricht er jetzt, fast kupplerisch, wenn auch noch immer in der Abstandszone: »Wissen Sie, ich hatte den Einfall, einen großen Namen zu haben. Seitdem ist mir nichts mehr eingefallen, fürchte ich. Reichtum ohne Einfälle und eine streng moralische Frau – sehr aufreibend. Sehr.«

»Immerhin«, meint der Hauptmann, »könnten Sie sich eine bessere Sorte Schnaps einfallen lassen. Das sollte nicht so schwer fallen.«

»Das haben Sie auch bemerkt? Sie enttäuschen mich überhaupt nicht.« Der Fürst nimmt eine Silberflasche aus der Hüfttasche des Sakkos, er schraubt den Juwelenverschluß ab, kippt den Flacon horizontal und schiebt die Mündung unter den Schnurrbart. Damit ist Füßli ein präziser Grund zum Eingreifen gegeben: grobe Ordnungsverletzung innerhalb des Wachbereichs. »Meine Befugnisse«, sagt er hart, »genügen, um Sie hier wegzuexpedieren, und zwar cito citissime.«

»Zweifellos.« Der Fürst schraubt die Juwelen auf die Flasche und läßt sie in Sekundenschnelle verschwinden; nicht aus Angst, aus Gewohnheit. »Aber Sie tun es nicht. Schon gar nicht, weil Sie nicht wissen können, was die Fürstin dazu sagen würde. Ich weiß es auch nicht. Aber ich weiß, was sie eben tut.« Er beugt sich vor; einen Augenblick fürchtet der Hauptmann, er könne ihn vertraulich am Arm fassen. Er spürt Wut und ist dennoch wehrlos, sein Training hat nichts vorgesehen für die Behandlung reicher, betrunkener, aber womöglich verbündeter Fürsten mit und ohne Land. Solche, die er umbringen kann, liegen ihm eher. Dabei müßten doch Erfahrungen vorliegen: so etwa wie der ist der Prinz Karl Eduard in Rom herumgewandert, mit den heroischen Fetzen der Erinnerung behangen, warm von der Geborgenheit seiner hurerischen Gemahlin und seiner Branntweinflasche, so vielleicht vor ihm der keltische König Donatus O'Brien im 11. Jahrhundert, so die paar Dutzend Entthronter und Verstoßener, die hier, unter der trügerisch-riesigen Garbe des Doms, wie Mäuslein herumhuschten und nach den Körnern der Hoffnung suchten ...

»Die Fürstin«, flüstert der Betrunkene und räuspert sich, »die Fürstin liegt augenblicklich zu Füßen Seiner Heiligkeit; wenn nicht wörtlich, so doch figurativ. Sie fleht Seine Heiligkeit an, sich für das Schicksal des Hauses Stuart zu erwärmen, zu engagieren. Sie beweist Seiner Heiligkeit zwingend, daß die Not, die auch Sie spüren, Hauptmann, dessen bin ich völlig sicher ... Oder wissen Sie nicht, von welcher Not ich spreche?«

»Seine Heiligkeit befaßt sich nicht mit so altem Seich«, knurrt Füßli. Aber der alte Fürst sieht ihn nur belustigt an, er weiß es besser, und Füßli weiß, daß er es besser weiß, und runzelt die Stirn und wird rot.

»Die Not ist doch da, mein Freund«, sagt der Fürst und umfaßt mit wohlgekleideter Geste die Rampe, die Kolonnaden, die Fassade von Sankt Peter, die Vatikanstadt und das ganze päpstliche Rom. »Sie sind doch selbst ein Teil dieser großen alten Form, sind Sie nicht stolz darauf? Und sie rinnt aus, der uralte Wein rinnt aus, unaufhaltsam, spüren Sie es nicht? Riechen Sie nicht den Duft des alten Weins, der sterbend duftet?«

»Ja was. Nix da. Stinkt doch alles bloß nach Benzin«, sagt der Hauptmann plötzlich heftig. Der Fürst nickt ihm zu, sein Lächeln wird strahlender, intimer. »Sie sagen es. Nach Benzin und Touristen. *Man* hat uns eingeholt, mein Freund; wir sind nicht mehr Religion, wir sind nicht einmal mehr Poesie, wir sind – Farbphotos.« Er streckt, ohne sich umzuwenden, den linken Arm nach hinten, und wie auf seinen Befehl stürzt eine Keilformation von Überseeischen in den Lichtschacht, mit Spiegelreflexen und Kleinfilm und Idiotenboxen und Schmalfilmschnurrern, knipsen ihn und den Offizier, wie sie alles Erreichbare knipsen: Tiefseeungeheuer auf der Safarijagd nach Menschen. Füßli ist oft genug photographiert worden, es gehört sozusagen zu seinen zumutbaren Dienstpflichten; aber er hat sich noch nie irritiert gefühlt, erst heute und jetzt. »Wollen Sie die Kameras kaputtmachen?«

»Zu spät. Sie vermehren sich durch Spaltung, wie Krebszellen. Überdies: ich will nichts mehr. Ich wollte nur unsere Not beschreiben. Ihre Durchlaucht die Fürstin glaubt das ändern zu müssen.«

»Mit den Stuarts?« Füßli lacht fast vergnügt. Er schüttelt den Kopf, während der Fürst wieder trinkt. »Das gibt allenfalls noch mehr Dias.« So hat er noch nie geredet; höchstens im Feld, an den Feuern bei Marignano oder Novara oder bei Edessa, wenn die Krieger über die Fahne lästern, für die sie sterben, – aber hier? Er überlegt, ob er nicht schon Verrat begeht. Verrat in Gedanken, Worten – und vielleicht schon Werken? Er wirft einen kurzen Seitenblick auf den Gardisten Franz Defunderoll, der halblinks hinter ihm auf Posten steht – aber dessen langes Gesicht mit den rundlichen Backen und dem immer etwas beleidigten, halbgeöffneten Mund registriert nichts, kein Verständnis, so oder so.

»Sie sind hart, Hauptmann«, sagt der Fürst. »Das ändert sich. Die Jahre schreiten fort – wie bei mir. Man begreift dann besser, was der Mensch braucht. Viel ist es gar nicht.«

»Sterben muß er lernen.« Füßli spricht es aus und merkt, daß er bisher nie daran gedacht hat, daß er es aber tatsächlich lernt. Nicht nur von deutschen Bihändern oder toskanischen Dolchen. Der alte Säufer macht ihn konfus.

Der alte Säufer steht stockstill vor ihm. Dann streckt er ihm die rechte Hand hin, und Füßli gibt ihm die seine – ein unvorstellbarer Bruch des Reglements. »Ich danke Ihnen«, sagt der Fürst leise. »Darauf habe ich gewartet.« Er ist überhaupt nicht mehr betrunken. »Es ist besser, daß ich mich verabschiede, die Fürstin und ihr Gefolge werden jeden Augenblick von der Audienz zurückkehren, und Sie müssen die Wache heraustreten lassen. Nur noch dies.« Er zieht den Karneolring ab und hält ihn einen Augenblick so, daß der Sonnenschacht, rötlich und trüb, durch den Stein leuchtet, wie Feuer unter der Asche. »Kennen Sie das alte deutsche Soldatenlied? ›Nimm den Ring von / meinem Finger ...‹«

»›Nimm den Ring / von meiner Hand‹«, nickt Füßli und nimmt den Karneolring entgegen. Er denkt sich nicht das Geringste dabei.

»Das Lied stammt aus einem sehr dummen Krieg – 1870/71. Man müßte bessere Gelegenheiten finden. Die wünsche ich Ihnen. Leben Sie wohl.«

Der Fürst dreht sich um, steigt Stufe um Stufe die erste Treppe hinab, überquert den Lichtschacht und nimmt dann die paar Stufen auf den freien Platz. Füßli starrt ihm nach; er hofft, daß der Mann sich nicht umdreht, denn nicht der Fürst im Newyorker Anzug, sondern er, Arnold Füßli aus Nidwalden, würde dann zu Salz oder Schlimmerem erstarren. Aber der Fürst dreht sich nicht um.

Füßli schaut den Karneol an. Er ist uralte Arbeit, spätes Mittelalter vermutlich, und bestimmt nicht russisch oder sonstwie östlich. Er kommt ihm vage bekannt vor.

Die halblaute Stimme tönt von Ferne die Rampe herab: »Attenzione!« Es ist der Verbindungsoffizier der Nobelgarde. Füßli fällt ins Reglement zurück, er knarrt die Kommandi, zweimal drei Gardisten treten heraus, schwenken auseinander, stehen starr unter den Sturmhauben mit den roten Büschen, in den blauen und orangefarbenen Streifen des Michelangelo, die Hellebarden im Winkel von siebzig Grad ausgestellt, die weißen Handschuhe auf Ohrenhöhe um die Schäfte gelegt. Hauptmann Füßli wendet sich nach Westen dem Aufgang zu, Scharlach, Violett, Schwarz, Moosgrün kommt herabgewakkelt, herabgetrippelt, Zweispitze werden unter Spitzenärmeln festgehalten, Zwicker und Brillen wippen. Auf halbem Wege die Rampe herab teilt sich die Eskorte, die Fürstin in Schwarz strebt auf ihn zu, entschlossen und bitter. Noch immer riecht sie nach Chypre und Konfitüre. Mandeln, fällt Füßli ein, sind auch das Geruchskennzeichen von Blausäure. Die Fürstin schüttelt einen Augenblick lang den Schleier zurecht, einen Augenblick durchbohrt ihn der schwarze Pfeil ihres Auges, es genügt.

Verdammt, sagt sich Füßli, der halbrechts schwenkt und den Degen senkt, verdammt. Die Alte ist mindestens fünfundvierzig. Außerdem: so was passiert nur während eines Auftrags. Erfahrungssache. Dienst ist Dienst, und Schnaps ist Schnaps. Aber heute hat er Dienst und Schnaps vermischt, und jetzt hat ihn die Fürstin A. gefangen. Durchbohrt mit einem schwarzen Pfeil.

Er liegt auf der mönchistischen Matratze in seinem Dienstzimmer, raucht und starrt zur stuckierten Decke hinauf. Er trinkt den trockenen Weißen, etwa drei Gläser. Er spürt nichts. Er läutet. Franz Defunderoll, der Abgelöste, kommt und nimmt im Türrahmen Haltung an.

»Bring 'en Grappa, 'en Stock Brandy, was se' hann'«, sagt er gegen die Decke. Die Unterlippe von Franz Defunderoll zittert etwas und wirkt beleidigter, aber er steht stramm und geht. Die Privilegien des Hauptmanns sind ungeschrieben, aber wirkungsvoll.

6

Insel Roag, Weihnachten 1953 / Ein Symposion

Wie ein dicker eisengrauer Kater schob und rubbelte sich die *Bonnie Prince Charlie XVI* an den Strohballen und Autoreifen der Mole, schien sich durchzukrümmen und zu strecken, stieß mutwillig mit Kopf und Flanken. Es war halb drei Uhr nachmittags, aber auf diesem halbarktischen Breitengrad schon dunkel, und ein halbes Dutzend von Wolkengeschwadern schob sich in verschiedenen Höhen und in verschiedenen Windrichtungen übereinander. Die Lampen an den Spanten der *Bonnie Prince Charlie XVI* kritzelten Lichtellipsen an den senkrechten Granit der Molenwand, leuchtende Geschosse aus Salzwassertropfen kamen von unten aus der schmatzenden See geschnellt und kreuzten sie in ballistischen Parabeln. Jimmy Krauthobler fand es ganz gemütlich nach der Überfahrt: ihm pressierte es gar nicht.

Er stand auf dem Vorderdeck, fast vorn am Steven. Gebannt wartete er auf jede Achterbahnbewegung nach oben: eine Bewegung, die ihn meterhoch über das Pflaster der Mole emportrug. Dann erblickte er über einigen Schieferdächern das fahlschwarze, wildbetürmte, von drei oder vier tückischen trübgelben Lichtaugen durchbrochene Vampirschloß, das auf der Granitkuppe der Insel stand, und er war glücklich. Daß Schloß Roag von einem minderwertigen viktorianischen Architekten stammte, verbarg die holddämonische Nacht, und außerdem war Jimmy auf Dr. Gebessers Gebiet kein Kenner. Für ihn war alles richtig – genau hundertprozentig.

Hinter ihm wurden die Gummizüge ausgehakt, mit denen die Ehrenmitglieder des Clans McLaubhraigh an die Reeling gezurrt waren. Eóghan Knoegles of McLaubhraigh, in den fernen Breiten und Lebensbezügen des dampfigen Maintals als Erwin Knoegles, Mehrheits-Inhaber und Juniorchef der Firma FRAPULAG (Frankfurter Putzlumpen-AG) bekannt, plumpste kalkweiß und würgend im letztmöglichen Augenblick nach vorn aus der Luke in der Reling aufs Land und klammerte sich an einen bovistförmigen Polder; sein Magen suchte vergebens nach Speiseresten, die er noch von sich geben konnte. Sein Auge glänzte kaltgläsern und irr im Widerschein der Sturmlampen, gern hätte er in diesem Augenblick nochmals achthundertfünfzig Pfund Sterling erlegt, um diesen 27. Dezember ungeschehen zu machen. Andere Ehrenmitglieder, in klatschnassen Gummimänteln und Südwestern, formierten sich schräg gegen den Sturm gelehnt zu einer kläglichen Marschsäule, träumten tränenden Herzens von Blautännchen in warmluftgeheizten Wohnzimmern, von Spekulatiustellern und Spieleisenbahnen. Jimmy lachte laut in das Heulen aus Nordnordwest, dann merkte er, daß er der Letzte an Bord war, schon winkte ein bärtiger schottischer Pirat mit weitausholendem Arm ihm zu. Er wartete den nächsten Lift nach oben ab, ging in die Knie und kam zwei Höhenmeter von oben in einem Satz auf die Mole. Er rutschte auf den breiten, flechtenglitschigen, schleimigschimmernden Platten des Molenpflasters, fing sich, stand aufrecht – ein echter McLaubhraigh. Kommt, Söhne von Hunden!

Der Pfeifer kam gemessen die Steintreppe von der Kuppe herunter. Sein Plaid, die Bänder seiner Mütze, die Bänder an den Zierstöcken des Dudelsacks standen waagerecht flatternd nach vorn. Schubweise kam das Winseln des Pibroch mit dem eingesprenkelten Wind: »Willkommen, Söhne der Streitaxt, beladen vom Tribut des Südens, Ihr Siegreichen in jeder Schlacht auf den grünen Feldern von Alba!« winselte der Pibroch. Die Siegreichen aus Offenbach, Niederlahnstein, Rüsselsheim, Winsen an der Luhe und Dingolfing stapften ihm blöde entgegen, in den Nordnordwest hinein. Seumas Krauthobler aber, der gezeichnete Gefolgsmann eines keltischen Königs, hörte das Lied im Hinterkopf und lebte bedeutend.

* *
*

Thurbiton Hall, Essex

»Die Geschichte: das ist ein Konflikt, der nie endet: zwischen *uns* und *ihnen. Sie,* das sind die Barbarenhorden, die das Römische Reich zerstörten und Europa auf ein halbes Jahrtausend ins Dunkel warfen. *Sie* sind die Nivellierer, die Bilderstürmer, die nichts Schönes vertragen, weil es ihre Häßlichkeit entlarvt. *Sie,* das sind Heinrich VIII. und die beiden Cromwells: Mietlinge der Macht. *Sie* sind die Sansculotten und die SA und die Kommissare und, ja, heute auch die neuen Intellektuellen, zweifelsohne. Und *wir*? Wir waren bei den letzten Legionen, unter den Trümmern Roms begraben. *Wir* kämpften für die Plantagenets, *wir* haben Konstantinopel für die Christenheit halten wollen. *Wir* wurden geschlagen bei Marston Moor und Naseby; bei Culloden und in der Vendée. Trotz aller Gegenbehauptungen sind es *wir,* die die ächzende Welt zusammenhalten, weil es ohne die großen grundlegenden Gefühle und Loyalitäten keine Zivilisation gibt. *Wir* hatten selten Erfolg – und doch sind wir nie ganz besiegt«, sagte Cynthia Dobson hallend.*
»Nehmen Sie Milch zum Tee?«

»Danke«, sagte Mgr. Doensmaker vage und erhielt Tee mit Milch, den er nicht mochte.

»Legionen«, fröstelte der Architekt mit dem fixen Lächeln und dem schiefen Hals, der Swinnick hieß. »Irgendwie sind die auch etwas unheimlich, wissen Sie. Zuletzt ohnehin meist Barbaren. Waräger, solche Völker, mit *Nasenpflöcken.* Mich gemahnt das an Christenverfolgung.«

Doensmaker rührte mit klammen Fingern seinen Milchtee. In den Heizungsröhren gurgelte etwas, was nicht Wärme sein konnte, denn die wurde fürs Gewächshaus benötigt.

»Hmf«, machte der Boxer neben der Heizung – nein, es war nicht der Boxer, es war Dobson, der Gastgeber. »Also genaugenommen, diese Christen waren schon Typen. Abwegig, wenn Sie mich fragen. Später ja, so ab Konstantin, da waren sie ...«

»Abwegig«, kicherte der Architekt und sah Doensmaker mit

* Siehe *Danksagung und Widmung*!

warmer Bitte um Einverständnis an. »Das wäre ja noch nicht ohne weiteres ein *Grund,* für die Löwen etcetera, was meinen Sie, Monsignore?«

Trage auch dies, treues Herz der CSAPF, schon Hündischeres hast du ertragen für den Großen Plan. Hierher hast du dich durchgefragt, durchgerungen, hier, hat man dir gesagt, hier in Thurbiton-on-Lyme, noch genauer gesagt in Thurbiton Hall, bei den Dobsons, schlage das Herz des englischen Jakobitismus, von hier reiche das System der Nervenstränge ins ganze traditionsbewußte Reich. Hier galt es also auszuharren. Er wehrte das rote Gesicht von Exzellenz Brendan Kilmaine ab, das sardonisch aus dem kalten Nebel zu steigen schien – apage, Santana!

»Rom – so sehe ich das überhaupt nicht«, sagte der Mann, der im Fauteuil neben dem Boxer saß. Sein Profil war höchst eindrucksvoll vor einer der langen dunkelgrünen Samtportieren arrangiert, die das hohe Fenster voll lichtgrauen Winters einrahmten. Er trug eine Samtjacke in der Farbe des Boxers und eine Shantungseidenkrawatte. Draußen pfiff ein träger, aber kalter Wind auf palladianischen Säulen wie auf hohlen Schlüsseln. »Rom«, wiederholte er, »eine etruskische Militärkolonie. Das Recht müssen sie aufschreiben – aufschreiben! Könige müssen das nie. Rom ist ein opportunistischer Machtbegriff. Immer gewesen.« Er hieß Odds-Dilley.

»Vorsicht, R.C.s sind im Raum«, mahnte der Architekt.

Doensmaker erinnerte sich, daß die Formel für ›Roman Catholics‹ stand.

»Eben«, sagte Odds-Dilley. »Die haben es begriffen; das göttliche Recht der Könige. Älter, wissen Sie. Welteingewandt. Heidnisch. *Fromm.* Artus. Boadicea. Die mittelalterliche Kirche hat das gelernt, und sie begreift es heute noch, weil sie es verschweigt. Die Stuarts wurden katholisch; warum wohl? Weil der Katholizismus älter ist als Rom. Rom, das ist Wilhelm von Oranien – genauso.«

Trügerischer Morast. Die Heizung gurgelte schwächer, und der Boxer knurrte sie entschlossen an. »Wir mußten den Nordflügel schließen«, sagte Cynthia Dobson. »Noch etwas Tee?«

»Heizung gegen Kamine. So läßt sich das konkretisieren«, lächelte Swinnick mystisch. »Die kommerziellen Klassen haben die Kamine abgeschafft, weil sie es verlernt hatten, wie man sich anmutig an einen Kaminsims lehnt. Es war zu *schön* für sie, wissen Sie? Und die so eminent *praktischen* Heizungen funktionieren nicht. Wie alles, was sie einführten.«

Harre aus, mein Herz, in der Kälte.

* *
*

Schloß Roag

Das Dinner begann, wie es sich am Clan-Tag gehört, mit dem formellen Einzug. Der Chief, Calvin (vielmehr Cailean) McLaubhraigh, genannt »der Laubhraigh« (eine Ehre, die er nur mit dem Chislhom teilte), wurde eingeführt: 1. vom Dudelsackpfeifer in voller Aktion, 2. vom Gilli-brataich, also dem Bannerträger, 3. dem Cean-cath mit dem Clanschwert und 4. dem Gilli-sporain. Die Würdenträger schritten die Treppe von der offenen Doppeltür hinab in den Saal, durch ein Spalier von McLaubhraighs, die Kienfackeln trugen; sie formten zusammen mit dem braungrauen Torfrauch, der rhythmisch im Takt der Windstöße aus dem Kaminviereck getrieben wurde, ein dichtes, festliches Aroma. Die Ban-tigherna, also die Gemahlin des Laubhraigh, nahm anmutig schneuzend zur Linken ihres Herrn Platz, während der Ceanleuchd-tighe, obgleich, wie ja bekannt, nicht der eigentliche Türsteher, sich in der Nähe des Eingangs postierte.

Beim Einzug standen alle. Die Ehrenmitglieder hatten das Privileg, dem wärmenden Kamin am nächsten zu stehen, und Eóghan Knoegles of McLaubhraigh warf sich regelmäßig nach vorn, um den Hustenreiz abzufangen. Tränenden Auges stieß er im braungrauen, rötlich durchwachsenen Torfnebel mit den gedrechselten Stäben des Dudelsacks zusammen, den der Pfeifer unabweislich um den langen Eichentisch schleppte.

Seumas Krauthobler of McLaubhraigh spürte keinerlei Anfechtung der Seele und des Leibes. Ihm erschienen die neugotischen Kreuzgewölbe und die langweiligen Ahnenbilder ehrwürdig, Mief kannte er aus niedrigeren Wirtsstuben, wo er profaner war. Hier, aus Torf und Kienfackeln gebildet, war er erhaben, Ruch urweltlichen Opfers. »Des san Burschen«, murmelte er voll Hochachtung. Schräg hinter dem Laubhraigh stand Angus Eichelberger, Lektor für Keltisch an der Universität Wisconsin, den Calvin McLawrie nach seiner Wahl aus Übersee mitgebracht hatte. Calvin McLawrie hatte als Broker in Minneapolis etwas von Investitionen gelernt, Keltisch war eine sehr wichtige Investition. Der Laubhraigh hob das nackte Schwert, das vor ihm auf dem Tisch lag, ein paar Zoll an und schlug flach auf die zweizölligen Planken – das Festmahl konnte beginnen.

* *
*

Thurbiton Hall

»Odds«, sagte der Architekt und blickte aus dem Fenster, »wissen Sie, woher dieser Belgier kommt?«

Zwischen den Säulen draußen standen Kinder und sangen. Sie waren in Schals und Wollmützen verpackt, und man sah ihre Münder auf- und zugehen. Vermutlich sangen sie ›Gotts Ruh mit euch, ihr frohen Herrn‹ oder ›Hört der Herold-Engel Sang‹, aber selbst wenn es zu hören war, glaubte man doch nur den Wind zu hören, den jahrmillionenalten Lausbuben, der spöttisch auf den Kolonnadenschlüsseln der Zivilisation pfiff.

»Italiener«, sagte Odds-Dilley. »Toskana. Nein, nicht ganz Toskana, seine Manieren sind nicht gut genug. Ziemlich hemdsärmeliges Bologna.«

»Komisch. Ich dachte, er sei Belgier, weil er so gänzlich *amorph* ist. Monsignore, Monsignore – merkwürdig. Wenn, dann steht es schlimm um Rom. Wo haben die Dobsons den nur aufgetrieben?«

Odds-Dilley musterte den wintrigen Park, wo Doensmaker, in mehrere Lagen Wolle gehüllt, zweihundert Meter von den Kindern entfernt auf- und abwandelte und sein Brevier las. »Wissen Sie was«, sagte er abrupt, »das ist kein Monsignore. Monsignore lesen ihr Brevier nicht bei zehn Grad unter Null. Das ist Tarnung.«

»Sie sind der Weltmann«, kicherte der Architekt, es war nicht besonders taktvoll, denn schließlich leitete Odds-Dilley eine Fischfabrik in Prestonpans und hatte nicht viel Urlaub. »Wenn er kein Monsignore ist, was dann?«

»Er hat mich gefragt, wie die Londoner City zu einer Restauration stünde. Die *City*, ich bitte Sie! Wissen Sie, was ich glaube? Er ist geschäftlich hier.«

»Sie meinen, Finanzier? Belgischer Finanzier. Wie aufregend.«

»Unsinn. Irgendein Agent ist er. Mittelsmann. Vermutlich mit honduranischem Paß oder dergleichen. Und vermutlich für einen reichen Deutschen.«

»Agent provocateur?«

»Ankäufer. Mit Kommission. Wie lange glauben Sie denn, daß es mit den Dobsons noch gut gehen kann?« Er stieß mit dem Fuß gegen die kalte Heizung, die nur sanft stöhnte.

»Sie meinen – Thurbiton Hall – ein Deutscher –? Ein *reicher* Deutscher –? Wie grauenvoll. Wie ab-so-lut grauenvoll.«

* *
*

Schloß Roag

Von Burgunder verstand man auf Roag nichts, und der Hirsch, den der Laubhraigh mit einem symbolischen Schwertschnitt geehrt hatte, war ein zähes und schlaues altes Tier, in einem Dutzend Jagdsaisonen den sportlichen Waidmännern entschlüpft. Ochsenkiefrig und ochsenäugig kauten die McLaubhraighs aus Osnabrück, Böblingen, Braunschweig und Schweinfurt; sie neigten sich langsam wie vollreife Ähren im Wind, wenn der Pfeifer hinter ihnen vorbeischritt. Sie waren unterworfen, eine weihevolle Leere, aus tausend Schmerzen gewoben, hatte sie umstrickt, die Leere kurz vor der Enthüllung eines großen meditativen Geheimnisses. Jimmy, der Kenner, hatte in einigem schneller begriffen als sie; er nahm wahr, daß der Laubhraigh selbst aus einer geschnittenen Karaffe eine fast wasserhelle, zartgelbe Flüssigkeit trank, er hatte das Glas hingereckt und war mit einem Blick männlichen Einverständnisses belohnt worden: Schotten sind im allgemeinen fair, wenn sie auf mögliche Kenner stoßen. Der hausgemachte Whiskey war glorios: zimmerwarmer, unverschnittener, torfig-feuriger Straight Malt, mindestens zwölf Jahre alt.

Die wäßrigrötliche Süßspeise wurde gereicht, dazu bräunlichklebriger Port aus trüben Decantern. Die Kienfackelmänner stießen die Fackeln nach unten, einige Augenblicke lang war die Halle ein Vorzimmer düsterer Höllen, dann flammten neue Fackeln fauchend empor. Angus Eichelberger trat an den Kamin, er trug den kleinen Clarsach, die Harfe, in weißer Hand, drehte an den Stimmknöpfen und räusperte sich.

»Es gibt keine Kraft außerhalb des Clans McLaubhraigh«
(sang er) »Kein besseres Geschlecht gibt es auf Erden …
Das vornehmste ist es unter allen Geschaffenen,
Wo Tapferkeit und furchtbarer Mut zu Hause sind …
Die Sperber der Inseln mit dem Mut des Blitzes …«

* *
*

Thurbiton Hall

»Ich möchte wissen, wieso Oddsy den mitgebracht hat«, sagte Oberst a. D. Dobson zu seiner Gemahlin und entfernte den heißen Ziegelstein aus seinem Bett. »Sonderbarer Bursche. Extrem sonderbar.«

»Er spricht von Aktion, Morgan«, sagte Cynthia und legte letzte Hand an ihre Lockenwickler.

»Aktion? Wieso Aktion? Höchst sonderbar.«

»Morgan«, sprach Cynthia hallend (soweit es die Haarspangen zwischen ihren Lippen zuließen), »wir müssen endlich das Einhorn gegen den Löwen führen. Es ist Zeit. England muß wieder England werden. Denk an diese scheußlichen Sozialisten. Denk an Thurbiton Hall.«

»Wieso Thurbiton Hall. Kinder haben wir nicht, und wenn ich an deinen Neffen Leslie denke …«

»Manchmal, Morgan, geht es einfach um Prinzipien.«

»Du hast wohl recht. Davon verstehe ich nichts.« Dobson

arrangierte sich in den Kissen und griff nach dem Memoirenband FÜNFZEHN JAHRE IN BURMA. Kennison, der Verfasser, war mit ihm in Sandhurst gewesen, dann in Übersee; und er, Dobson, war einigermaßen gespannt, wie sich der kleine Bluffer um die peinliche Episode beim High Tea des Gouverneurs herumschwindeln würde. Cynthia Dobson arrangierte sich mit präpariertem Haar neben ihm und griff nach MORTON DEVERETT, EIN JAKOBIT AM HOFE GEORGS IV. Zehn Minuten lang regierte glückliche eheliche Stille zwischen orangefarbenen Leselampen, der Wind draußen säuselte fast gemütlich.

Nach zehn Minuten und zwölf Sekunden richtete sich der Oberst kerzengerade auf, nahm das Glas Portwein vom Nachttisch und trank es mit einem Zug leer. »Monsignore«, sagte er. »Da stimmt doch was nicht. Hat den vielleicht Swinnick mitgebracht?«

»Morgan«, verwies Cynthia sanft. »Das ist nicht deine Art, dieser moralische Zynismus. Auf Kosten eines liebenswerten Freundes.«

Der Oberst war überfordert; Seelenlabyrinthe waren nicht seine Sache. »Also angenommen, er will Aktion. Ich meine, als Monsignore müßte er doch einen gewissen Überblick haben. Monsignore, das ist doch eine Art Stabsoffizier.«

»Bist du ein Defätist, Morgan?«

»Unsinn. Weiß gar nicht, was das ist. Ich denke an dich, Cynthia.«

»An *mich*?« Der Gedanke war neu, war revolutionär, und Cynthia Dobson fuhr ebenfalls hoch und ließ MORTON DEVERETT aufs Deckbett sinken. Sie wandte ihrem Gemahl einen zutiefst besorgten Blick zu.

Der spürte die Notwendigkeit, genauer zu werden, er kämpfte sich mannhaft durch Seelen-Unterholz. »Ja doch. Verflixt noch mal, Cynthia, du hast jetzt alles unter Kontrolle für den 29. Mai. Für das Dings, das Gala-Dinner am Restaurationstag. Die Königin wird den ranghöchsten Dudelsackpfeifer von den Royal Scots schicken. Also das ist doch ein Durchbruch, verdammt noch mal. Eine Anerkennung unserer Tradition. Wenn wir jetzt die Dynastie stürzen ...«

»Du meinst, sie gibt uns den Sergeanten nicht? Den Pfeifer ...«

»Ich fürchte nein, Cynthia.«

Schicksal senkte sich schweigend herab, eine halbe Minute lang. »Nein«, flüsterte Cynthia erstickt. »Nein. Das kann uns die Queen nicht antun. Nach dieser aufreibenden Korrespondenz, nach einer so huldvollen Zusage ...«

Von tiefem, unartikuliertem Mitleid bewegt, betrachtete sie der Gemahl. »Irgendwo muß sie wohl die Grenzen ziehen, weißt du«, sagte er mannhaft. »Sie wird es nicht gern tun, klar. Keine persönliche Animosität oder dergleichen, darüber ist sie erhaben, aber wenn wir sie sozusgen stürzen ...«

Cynthia Dobson legte den MORTON DEVERETT auf den Nachttisch, sie zog den Gazeschleier um ihre Wickler attraktiv zurecht und wandte sich voll Morgan zu. Sie sah ihn neu: einen muskulösen, unerschrockenen Intellekt hinter der vertrauten Fassade militärischer Begriffsstutzigkeit. »Du überraschst mich gelegentlich, Morgan«, sagte sie eine Oktave tiefer. Jemand hatte dies einmal ihre Fagottstimme genannt. An diesem Abend erfuhr der Oberst nicht mehr, wie sich Kennison um den Skandal beim High Tea des Gouverneurs herumschwindelte.

* *
*

Schloß Roag

Es war soweit. Gilli im Dress-Tartan (türkis und gelb auf karminrot) der McLaubhraighs schritten die Tische entlang und gossen aus umflochtenen Flaschen den Hausgemachten in die Gläser. Rote Gesichter mit hervortretenden Augen blakten im Dunst der Fackeln, der Dudelsackpfeifer fingerte auf enthemmten Gefühlen, die Apotheose stand bevor. Cailean der Laubhraigh stemmte sich mit beiden Händen auf die Tischplatte, er erhob sich und wuchtete den schweren Ehrenpokal mit dem geschnittenen Wappen und der Umschrift *Bha Bliadhna a' Prionnsa**

---

* Das *Jahr des Prinzen*: 1745/46, das Jahr des großen schottischen Aufstands, siehe Anhang!

zum Kreuzgewölbe empor. »La'ies 'n' Gennlmen!« rief er würdevoll (vielleicht nicht ganz mit dem wahren Tonfall des Clanchefs, aber auch die Sprechergewohnheiten der Handelskammer von Minnesota sind nicht ohne Würde), »i' spreche nun – ich spreche den Toast – auf unseren – legitimen Souverän, *Ruppert of Bavaria*!«

»The King!« brüllte Jimmy, er starrte schadenfroh auf die Ehren-McLaubhraighs aus Lübeck, Trier und Gelsenkirchen, die »the King« murmelten, brabbelten, schnaubten. Er allein, Seumas, hatte das mit vollem Bewußtsein kommen sehen, sein Ruf allein fügte sich harmonisch in den donnernden Hochruf der echten Sperber von den Inseln ein. In diesem Augenblick schritt er über die Regenbogenbrücke des letzten heldenhaften Entschlusses. Winzigklein unter sich wie aus einem Flugzeugfenster sah er das Kieswerk in der schwäbisch-bayrischen Hochebene, die Baugründe, auf denen Krane ihre Mantis-Arme schwenkten, sah ein paar Dutzend verzarrte Hasen, sah das lächerliche Schema der philiströsen Bedarfsdeckung, in dem er bisher vegetiert hatte. Er kippte die sieben Schluck Straight Malt in seinem Becherglas, er trat wuchtigen Schrittes um den Tisch, und während eine frische Lage Torf ihre Weihrauchschwaden aus dem Kamin spie, reckte er Cailean dem Laubhraigh eine große rote, mit orangefarbenem Flaum bestickte Rechte entgegen.

* *
*

Thurbiton Hall

Doensmaker war im Gewächshaus, um Brevier zu lesen und Wärme zu erfahren. Er hatte Gewächshäuser immer gehaßt; sie waren ihm Augenbeweise satanischen Wucherns, das den Samen des Wortes nicht unter Dornen, sondern unter Orchideen, fleischfressenden Pflanzen ersticken läßt. Aber was blieb ihm übrig? Die toten Kamine, die trügerischen Heizungen, die leblosen Kommunikationsstränge von Thurbiton Hall hatten ihm keine Wahl gelassen.

War die Mission gescheitert? Stand er vor dem Schachmatt?

Er interpretierte seine Lage anders, und er dachte nicht daran, schon aufzugeben. Die Tee-Konversation und die schläfrige Intelligenz, hinter der sich dieser Elite-Zirkel verschanzte, täuschten ihn keinen Augenblick; ja, in gewisser Weise bewies ihm diese Technik der Verschleierung, daß er auf dem richtigen Weg, zumindest auf der richtigen Spur war. Leider war seine Zeit nicht allzu üppig bemessen, demnächst (und das hieß heute) mußte er eine offene Aussprache erzwingen.

Er schritt zwischen hüfthohen Tischen voll geiler botanischer Monstren auf und ab, er skandierte die längst vertrauten Psalmverse, während ihm der Schweiß unters Kollar rann. Er bemühte sich, das schadenfrohe irische Gesicht von Exzellenz Brendan Kilmaine von den Brevierseiten zu verdrängen, es gelang ihm nur teilweise. Und plötzlich blieb er stehen, von der Faust einer schwarzen Überraschung gestoppt.

Das Gewächshaus war durch eine Drahtglaswand in zwei Abschnitte geteilt; in sie war eine kleine Tür eingelassen, die jetzt offenstand. Zwischen der linken Außenwand und der Tür war ein sorgfältiger Komposthaufen mit abgeflachten Böschungen errichtet worden, und aus ihm ragten die Spitzen von zwei sorgfältig geputzten Schuhen hervor. Sie ragten in etwa fünfzehn Zentimeter Abstand, rechts und links vom Grat des Komposthaufens, und sie waren leicht nach außen geneigt, soweit man das an den allein sichtbaren Kappen feststellen konnte.

»Was ist, Monsignore?« Das war die Stimme der Gastgeberin, die in der nächsten Abteilung Manipulationen an dampfiger blaugrüner Vegetation vornahm. Sie trat in die Tür und stemmte die Rechte, in der sie ein heidnisch geformtes Messer hielt, in die Hüfte.

»Oh, Sie meinen Bates«, sagte sie, seiner starren Blickrichtung folgend.

»Ah, Bates.« Die Information bedeutet nicht viel, aber Doensmaker bemühte sich, die richtige Stimmlage zwischen Interesse und Distanz zu halten.

»Sehr schade, wissen Sie. Er war sehr gut mit Orchideen. Ein Rückschlag für Thurbiton Hall. Aber ...«

»Er war hannoveranischer Agent, wissen Sie«, sagte jemand

hinter Doensmaker. Odds-Dilley wars, er stand im schmalen, plattengedeckten Gang zwischen den Tischen und wirkte kaum weniger entschlossen als der Boxer, der den Monsignore grämlich-prüfend wie ein alter Ringprofi betrachtete.

»Hätte ich nie gedacht von ihm. Hielt ihn für Unteroffiziers-Material«, ergänzte Dobson, der Hausherr, der schnauzbärtig hinter Cynthia im Türrahmen erschien.

»Bates war plötzlich so *fanatisch*. Redete immer über *Aktion*. Das hat ihn natürlich verraten«, kicherte ferne hinter Riesenfarnen Swinnick. »Agent provocateur.«

»Offensichtlich.«

»Zweifelsohne.«

»Schade. Er war sehr gut mit Orchideen.«

Doensmaker warf einen letzten Blick ins Brevier, las den Psalmvers ›Vom bösen und ränkevollen Menschen errette mich‹ und klappte zu. »Sie entschuldigen mich jetzt«, sagte er und wischte den Schweiß von den Brauen, »aber wenn ich den Mittagszug von Thurbiton nach Browsey erreichen will, muß ich sofort packen.«

»Kein Grund zur Aufregung, in dieser Jahreszeit hat er meistens ein halbe Stunde Verspätung«, sagte Cynthia, aber sie gab bereitwillig die Tür frei, durch die Doensmaker dem vorderen Ausgang des Gewächshauses zuschritt. Der Oberst quetschte sich gegen einen Trogtisch voll geiler Botanik, um ihn vorbeizulassen.

Swinnick wartete, bis er das Klappen der Außentür hörte. »Das war, glaube ich, eine durch und durch *taktvolle* Lösung«, kicherte er hinter Farnen. Cynthia stieß ihr heidnisches Messer in einen Topf voll Blumenerde, bückte sich und zog aus dem Komposthaufen die beiden Halbschuhe, die sie mit wenigen raschen Bewegungen leerschüttelte.

* *
*

»Dees pack ma', sagens ihm das«, drängte Säumaß. Angus der Barde übersetzte für ihn, er übersetzte dringlich, aber nicht dringlich genug für Krauthoblers lodernde Entschlossenheit. »Sagens, dreihundert Freiwillige hab ich schon. Die Senftlgauer Schützen machen mit und die Veteranen von Jarezöd und der Brummachervater von Angelskirch – siemadachzg ist der. Für die Trattation gengas durch dick und dünn, sagens ihm das. Für Ruppert of Bavaria. Des san Burschen. Senftlgauer Stutzen und die Maklaurie-Claymores mitanander, unwiderstehlich.«

Dröhnend schlug er sich gegen die Brust, Säumaß von Neu-Aubing: »Von der Basis her stimmts. Das garantier ich.« Nur noch die Treuesten harrten aus, letzte Vasallen des Festes. Fetter kalter Torfrauch, Alkohol, der zu den Kreuzgewölben emporstank, das Pulsen der letzten drei Kienfackeln kündeten vom Ende des Glorreichen Siebenundzwanzigsten. Cailean der Laubhraigh war höchst zufrieden. Das Programm hatte sich bewährt. Selbst auf der Streckfolter würde nun keines der kontinentalen Ehrenmitglieder mehr zugeben, daß der Tag nicht glorreich war, ein Höhepunkt der Existenz. Sie hatten alle zuviel investiert: finanziell, psychisch und körperlich – um nicht darauf bestehen zu müssen mit allen Fasern ihres Gemütes. Das Jahr 1953 war also eine gute Ernte. 1954 konnte man sie wiederholen, mit demselben, vielleicht etwas erweiterten Programm. Dann allerdings, 1955, war Neues fällig.

Halten wir, werter Leser, an dieser Stelle folgendes fest: die McLaubhraighs hatten Calvin-Cailean nicht umsonst aus dem fernen Minnesota geholt. Nach dem Tod seines Vorgängers, der mit 92 Jahren ohne direkte Nachkommen dem Graugrünen Hebridischen Riesenfußpilz erlegen war, stand es schlecht um den Clan. Cailean-Calvin hatte die Herausforderung, die so an ihn ergangen war, furchtlos angenommen, und er hatte furchtlos und unorthodox gehandelt. In einem anderen Jahrhundert wäre er sicher zu einem der berühmtesten Viehdiebe der Highlands geworden – damals lebten die Clans davon. Hier und heute galt es intelligenter vorzugehen. Die McLawrie-OHG war brillanter gewesen als jeder Viehraid über den Great

Glen hätte sein können, und schon akkumulierte sich Mehrwert – nicht nur für den Laird selbst, sondern auch für die Seinen.

Was der rothaarige Krieger aus der Ferne da vorschlug, war neuer Rohstoff, der geformt werden konnte. Cailean kalkulierte: Landung und Sammelpunkt in Loch-nan-Uamh, am historischen Platz von 1745; bayrische Schützen mit Lodenhüten, Jankern und Stutzen, Andreaskreuz und der goldene Löwe auf den weißblauen Ruten, Pfeifer und Blechmusik – das war vielversprechend. Angus Eichelberger würde wegen der Filmrechte in London verhandeln, und das Allerkostbarste war vermutlich der Nachrichtenwert, der die Wirkung von zehntausend breitgestreuten kontinentalen Inseraten übertreffen würde.

»Es wird teuer werden, wir dürfen die Kosten nicht scheuen«, sagte er zum Barden, der übersetzte. »Schlag ei', schlag ei'!« schrie Säumaß entflammt und umfaßte die Rechte seines Kriegsherrn mit gußeisernen Pranken. »Wir bleiben in Verbindung«, sagte Cailean lächelnd. Sein Blick traf durch Rauch- und Nebelschwaden; so mochte Keppoch die Seinen angeblickt haben, als er auf dem Moor von Culloden durch den Eisenhagel schrie: »Mein Gott, wollen mich meine Kinder verlassen?«* Sie verließen ihn nicht, die Söhne von Hunden. Cailean der Laubhraigh wußte es noch nicht: auch er hatte in diesem Augenblick einen unwiderruflichen Schritt getan, kein Kriegshäuptling ruft nach der Treue der Seinen, ohne sich selbst dabei zu verändern.

Inspiration überwältigte den Krauthobler, er sprang auf den Eichtisch, er schwang die Mütze mit dem Farnbüschel: »Schtuart forever, juchu!« Blutroten Auges sahen die letzten Ehren-McLaubhraigh zu ihm auf, stumm und neidvoll. Der Chief aber schlug mit dem Claymore auf die Planken, und der Pfeifer intonierte den Zapfenstreich.

* *
*

---

* Näheres siehe unter *Jahr des Prinzen* im Anhang!

Schnellzug Browsey–London

»Tee mit Milch, Sir?« fragte der Zugkellner mit den dünnen blauen Schulterstücken den schlanken, in mehrere Lagen Wolle gehüllten Priester, der im Zweiter-Klasse-Abteil saß. Der Priester war nach vorn gebeugt und hatte die Daumen der Fäuste, die auf den Tisch gestützt waren, tief in die Augen gebohrt – ein müder, sehr müder Mann mit einer beginnenden Grippe.

»Danke«, sagte er, ohne aufzusehen, und erhielt Tee mit Milch, den er nicht mochte.

7

Rom, März 1954

Dwight Enigmatinger humpelte längst nicht mehr. Die Treppen zum dritten Stockwerk des Hauses Via Garibaldi 164 nahm er jugendlich-stürmisch, zwei Stufen auf einmal – wenigstens bis zum vierten Absatz. Es war dies gut fürs Herz, hatte er sich sagen lassen, und dieses Herz wollte er sich bewahren, breites Leben, sonnenüberglänzt, lag vor ihm. Projekt Silberstreif war existentiell unnötig geworden.

Die Geschäfte der Firma Fabio Garetti, Esportatori di Lusso, schienen sehr gut zu gehen, denn das Vorzimmer wurde wieder einmal ummöbliert; man folgte hier allen geistlosen Wendungen der Ausstattungsmode. Viereckige Dinge aus Mahagoni und Teak und Stahl und Polstern wurden von kräftigen Männern ballettartig im Raum bewegt; nur in der Nordwestecke des Zimmers hatte sich bereits ein Deposit aus Glastisch, Topfpflanzen, bläulichem Neonlicht und einem Nickelsessel gebildet, in dem eine langbeinige, träge Dame mit verklebten Wimpernperücken und rechteckig geschminktem lila Mund saß.

»Morning Hekátey«, sagte Dwight und winkte mit der dunkelbraun gebuckelten Rindsledermappe, in der die Geheimnisse des *Progetto Reale* verschlossen waren. Hekate senkte ihre Wimpernspeere etwa einen Millimeter, das Lächeln, das sie Dwight schenkte, glich der drohenden Verheißung einer glimmenden Zündschnur.

Natürlich hieß sie gar nicht Hekate. Enigmatingers Privatname für sie ging auf ein Mißverständnis, und zwar ein philologisches, ihrer allerersten Begegnung zurück. Damals hatte er sie in unverständlichem Italienisch gefragt, wie sie heiße; sie hatte etwas anderes verstanden, was mit ihrem Beruf zusammenhing, und hatte ›Ekaté‹ geantwortet. Hekate hatte ihre Lehrzeit unter der deutschen Besatzung bei Caserta gemacht, und der Ausdruck ›Ekaté‹, ein Eigen-Idiom der dortigen teutonischen Fallschirmjägersprache für absolutes erotisches Desinteresse*, hatte ihr des öfteren gute Dienste geleistet. Da sie Dwight (aus jedem sichtbaren Grund) für einen Deutschen hielt und da ihr Verstand begrenzt war, hatte sie diese Formel angewandt, um überhaupt ins Gespräch zu kommen. Nun war es zu spät, etwas daran zu ändern, und Enigmatinger, dessen katholisch-amerikanischer Jansenismus in Rom bereits aufs angenehmste zerbröckelte, fand es pikant, in einem vatikanischen Büro von der antiken Höllengöttin und ihren feueräugigen Hunden bewacht zu werden.

Die beiden anderen Herren der Sonderkommission warteten bereits auf ihren traditionellen Plätzen: Doensmaker hinter seinem Schädel, dessen Gebiß er mit einem Pfeifenreiniger bearbeitete, und Sbiffio-Trulli in seinem lila Sessel. Für ihn, Enigmatinger, war ein zweiter Sessel der gleichen Machart, aber wesentlich weniger abgenutzt, besorgt worden. So waren Respekt und Seniorität aufs klarste dokumentiert.

Doktor Dwight Enigmatinger war beiden zugetan, wenn auch auf verschiedene Weise. Hinter Doensmaker stand noch der Nimbus des Richters und Erlösers aus dem Ospedale Pastor Clemens, stand der sakrale Respekt, während er für Sbiffio-Trulli nicht ganz die Hochachtung aufbringen konnte, die ihm als Offizier des innersten Kreises zweifellos zustand. Er hob die Mappe auf die Knie, entnahm ihr den gesichtslosen Akt, stellte

* E. K. T., Abkürzung für ›Eiskalte Titten‹. (Authentisch.)

die Mappe ab, schlug den Akt auf und zog einige maschinengeschriebene Blätter nach vorn: er war bereit.

»Es wäre sehr albern, Dwight, Sie zu fragen, ob Sie bereit sind«, lächelte der Erzengel hinter dem Totenschädel. Sbiffio-Trulli wand sich in eine möglichst unbequeme Position und klatschte in die Hände: »Die schottische Variante also!«

Enigmatinger war überrascht. Was hieß ›schottische Variante‹? Gab es eine andere? Oder war etwas an dem Gerücht, daß Doensmaker in England gewesen war und dort negative Eindrücke gewonnen hatte? Dann wäre dieses Wort von der Variante nichts als ein kleiner Scherz unter geistlichen Herren.

Er begann mit dem Vortrag. »Aufgabe: Unterstützung der Stuart-Restauration mittels Aktionen, die den begrenzten Möglichkeiten der CSAPF entsprechen. Sie können nur flankieren; das heißt, sie können nur eine andere, im strikten Sinn politische militärische Aktion unterstützen bzw. fundieren.

Eine solche Aktion ist in Vorbereitung, und zwar zeichnet sich die Zusammenarbeit des loyalen Clans McLaubhraigh mit loyalen Einheiten bayrischer Gebirgsschützen und Veteranen ab. Die Fürstin Araktschejewa ...«

»Wir wollen uns an unsere Verabredungen halten und sie ›Saba‹ nennen«, schlug Doensmaker sanft-verweisend vor. Enigmatinger wurde rot wie ein beim Unterschleif erwischter Schüler der guten alten Zeit (der er war), verneigte sich kurz und dozierte weiter: »Saba hat bedeutende Privatmittel bereitgestellt, aber eine zentrale Finanzierung ist dies noch nicht.«

»Wäre unter Umständen Ihre Patenorganisation bereit?« unterbrach Doensmaker aufs neue. Enigmatinger nickte kurz, fast unwillig; er hatte dies längst eingeleitet. Er sagte nicht, daß er die *Knights of Vespucci* mit lügnerischen Nachforderungen für Projekt Silberstreif aufs Kreuz zu legen gedachte: er hielt das nicht für wichtig, die Sache ging über alles. »Die Sonderkommission sollte eine Finanzierung vorschlagen, die den Möglichkeiten des MYST-Geräts und der historischen Gerechtigkeit entspricht. Diese Finanzierung ist möglich.«

Die Monsignori beugten sich vor, sie musterten ihn gespannt. »Trefflich, trefflich!« krächzte Sbiffio-Trulli. »Wahrheit,

Schönheit und Macht in einem! Ich bin auf der Folter, Dottore, rasch rasch!«

»Wenige Wochen nach der Schlacht von Culloden, also im Frühling 1746, landete eine französische Fregatte an der schottischen Westküste bei Arisaig. Sie brachte einen kleinen Vorrat an Waffen und Munition, vor allem aber Hilfsgelder in Höhe von 40000 Louisd'or. Die benachbarten Clans, die von der Niederlage ihres Prinzen noch nichts gehört hatten, nahmen sich eine Kommission, etliche hundert Louisd'or, zur eigenen Verfügung, der Rest ...« (er unterbrach bedeutsam) »... der Rest, also 40000 Goldstücke minus ein paar hundert, ist bis heute noch nicht aufgefunden. Er muß in der Nähe des Landungsplatzes versteckt sein.«

»Aahh!« strahlte Sbiffio-Trulli. »Ich sehe schon unseren Miles Helveticus, wie er ...«

»Doktor«, schnitt Doensmaker trocken ab, »das wird Schwierigkeiten geben. Antiquarisch-numismatisches Geld in dieser Menge verträgt keinen Markt. Wir haben da unsere Erfahrungen.«

»Die Exekutive hat diese Erfahrungen, meinen Sie«, konterte der Gnom genüßlich, »und die sind gar nicht so schlecht. Das Übliche ist ein Transfer vor, sagen wir dreißig Jahren ...«

»Umgießen in moderne Standardbarren?«

»Gut, Dottore, Sie begreifen schnell! Wir deponieren sie, mittels unseres Miles Helveticus, in einer offiziellen Bank, mit Anweisung auf Auszahlung per Vollmacht. Magnifico!« Der bucklige Monsignore glitt im Stuhl vor und zurück und zerfaserte die lila Seidenquaste der Armlehne.

»Nun, wahrscheinlich können wir diese Einzelheiten Ihrem Bravo überlassen«, lächelte Doensmaker in einer Weise, die nur ein braver Soldat wie Enigmatinger nicht gefährlich finden konnte. »Er ist ohnehin ein perfekter Schieber.«

»Wollen wir versuchen, teurer Mitbruder, ihm etwas *nachzuweisen*?«

»Oh, nein, nein. Ich sagte *perfekter* Schieber. Und ich begreife, daß man, wie Paulus sagt, dem Ochsen, der da drischt, nicht das Maul verbinden darf. Das gleiche gilt natürlich für seine amourösen Abenteuer: alles strikte im Rahmen der Legalität. Ein Ritter ohne Furcht und Tadel, ein wahrer Sir Galahad.«

»Caro collega, wir ermüden unseren Peritus mit Nebensächlichkeiten«, lächelte Sbiffio-Trulli. »Fahren Sie fort, Dottore.«

Enigmatinger räusperte sich bescheiden. »Darüber hinaus besteht für die CSAPF die Möglichkeit, die Landung der loyalen Streitkräfte, falls und wenn sie erfolgt, fast augenblicklich in einen Sieg zu verwandeln.«

»Sieg?« Glasschwarze und feuerblaue Augen fixierten den Bibliothekar, er spürte den süßen Wein des Erfolgs in den Adern, *seines* Erfolgs. »Aber sicher. Wissen Sie, die Rechtmäßigkeit eines Königs von Schottland beruht auf einem einzigen Kriterium: er muß auf dem Stein von Scone gekrönt sein.«

»Stein von – was?«

»Scone. Scone in Pertshire. Auch Jakobskissen, Schicksalsstein, keltisch Lia Fáil genannt. Jeder Schottenkönig muß auf ihm sitzen, wenn er gekrönt wird, das ist gerade der Trick. Und jahrhundertelang war er in der Abtei Scone, bis er … ja, bis er eben geklaut wurde.«

* *
*

Scone 1296

König Edward setzt über Granit und Ginster und Broom, sein Rappe schäumt. Schon fliegen rechts die grauen Mauern der Abtei heran und vorüber, schon öffnet sich vor dem kleinen Hügel der Platz mit dem zertrampelten Gras. Über Platz und Hügel wimmeln Mönche wie Ameisen, geschäftig auf Leben und Tod.

„Halt!“ ruft der König donnernd. Er hat die Stimme der Macht.

Die Männer in den Kutten erstarren. Rote und braune Gesichter wenden sich langsam ihm zu; Gesichter über verschlissenen Skapulieren, Gesichter unter roten und sandfarbenen und weißen Haaren, keltische, piktische, skandinavische Gesichter. Rechts und links vom König kommt das Gefolge auf, zügelt die Rosse, das Janken der Sättel, das Klirren von Harnisch gegen Halsketten, von Kreuzheft

gegen Panzerstahl verstummt, nur das Hecheln der Gäule ist noch zu hören. Zwei oder drei der Mönche lassen etwas zu Boden sinken – eine regelmäßig geformte, rötlich-graue Last. Grimmiges Lächeln huscht über die Lippen des Königs und über sein schmales Gesicht und ist verschwunden.

„Brindolf", sagt er seitwärts. Ein Zelter schnaubt, Brindolf der Kaplan klettert ächzend herab und verneigt sich:

„Was befiehlt mein Herr und König?"

„Sprichst du gaelisch? Lallans?"

„Lallans etwas besser, Herr."

„Nimm Latein. Das eine oder andere dieser Wildschweine wird es wohl können. Frag, wer der Abt ist."

Die Mönche stehen unbeweglich in Gruppen, über den Hügel verteilt wie die Chöre eines Mysterienspiels, Furcht und Feindschaft auf den Gesichtern. „Quis vestrum Abbas?" quiekt Brindolf, dessen eigene Angst nur durch die königliche Gegenwart gezügelt wird. Es regnet leicht, Wolken wie schwarzgraue Säcke treiben von der Ebene her auf Schloß und Abtei zu.

Ein vierschrötiger Mann mit grauen Augen tritt vor, seine Nase ist gebrochen und nach links zusammengeheilt. „Ecce Johannes Abbas."

Neben dem König schneuzt sich Sir Pembroke durch die Finger: „Den kenn ich, Sire. Sean von Nairn, er hat an der Grenze manchen guten Mannes Sturmhaube zerspellt. Mit dem erlaubt mir ein Wort." Der König antwortet gar nicht; es geht um Größeres hier als um Blutzwist. „Sag ihm, Brindolf, seine Torknechte brauchen sich nicht mehr mit diesem Stein zu schleppen. Er wollte ihn verstecken lassen, nicht wahr? Das kann ich besser. Ich nehme ihm die Last ab. – Ist ein Schmied im Dorf, Sir Alan?" wirft er seitwärts dem Pembroke hin, der grüßt und schlechtgelaunt nach rechts wegtrabt.

Holprige lateinische Sätze fliegen hin und her. Der Abt spricht stoßweise, sein S zischelt zum Sch hinüber, seine Wörter fließen ineinander wie die unordentliche keltische Musik. „Was will er?"

Brindolf stößt seine Übersetzung zwischen die klagenden Perioden des Abtes: „Er ruft unser Erbarmen an, Herr – das größte Heiligtum des Landes neben Sankt Columbans Gebeinen – das

Kissen Jakobs, wo der heilige Patriarch den Engelstraum träumte – der Lia Fáil, ja so heißt es, der Stein des Geschicks – der große Kenneth der Zweite hat ihn zu Urväterzeiten aus dem Westreich Dalriada hergebracht ..."

„Eben den such ich. Das Jakobskissen. Den Stein des Schicksals. Und vor allem den Krönungsstein, den hat er vergessen, der Schurke." Lächelnd lehnt sich der König im Sattel zurück, dann nach vorn und blickt dem Abt geradewegs in die Kriegeraugen. „Sag ihm, er wird gut verwahrt werden. In meiner Stadt London werde ich einen Stuhl machen lassen, und in dem wird der Stein ruhen für ewige Zeiten."

Brindolf übersetzt hastig. Bei der Phrase „in civitate mea Lundiniensi" werfen die Kelten und Pikten ihre Köpfe zurück, die roten gerupften Hälse werden über den Kuttenrändern sichtbar, und ein Tenor stimmt heulend die Lamentationen des Propheten Jeremias an. König Edward stemmt die stahlberingten Füße in die Bügel, daß sie sich ringeln wie der Hinterleib der Wespe, er richtet sich auf und zieht die Zügel an, er wirft den Kopf zurück und lacht hell und klar über die Jeremiade der Mönche hinweg.

„Sag ihnen, Brindolf, daß ich ein frommer Mann bin. Ich bin Edward der Bekenner. Ich werde diese Inseln unter den Heiligtümern einen. In meiner Abtei zu Gladstonbury habe ich schon den Heiligen Gral. Glaubt dieser Raufbold Johannes, daß sein Stein mehr wert ist als der Gral? Hier, vor ihm, steht der König der Angeln und Sachsen, der Waliser und Scoten, und das wird so bleiben bis ans Ende der Zeiten. Genug. Treibt sie auseinander."

Links und rechts traben Rosse an, ein Teil des Trosses schwingt sich aus den Sätteln, Breitschwerter fliegen aus den Scheiden, flache Klingen klatschen auf Tonsuren. Die Ameisen stieben auseinander, Reisige beugen sich über den rötlichen Sandsteinquader, der bereits aus dem Thronsitz gelöst war. Nur hinter den riesigen Ginsterbüschen heult noch der Klagechor: „... die Tochter meines Volkes ist grausamer als der Strauß in der Wüste ..."

Um die Ecke der Abtei jagt Sir Pembroke heran: „Der Schmied ist bereit, Sire!"

„Gut." Der König schwingt sich nun selbst aus dem Sattel und steigt den Hügel empor. Selbst er, der Furchtlose, spürt die grausige Weihe der Jahrhunderte, den Dunstkreis des fremden Königtums, den er durchstößt. Er beugt sich über den Stein, der auf den Stufen des Sitzes liegt ... „Sie haben die Inschrift entfernt!" kräht Brindolf voll Entrüstung. Einen Augenblick steht der König starr, und „Sollen wir die Tafel suchen?" fragt Alan Pembroke, in seiner Stimme klingt Hoffnung auf Brand und Plündern und fröhlichen Mord, aber der König lächelt wieder sein schmales Lächeln: „Auf die Inschrift kommt es nicht an. Sie war ohnehin nur schlechtes Latein, und auch ohne sie werden sich die Scoten um ihren Schicksalsstein versammeln, wo immer er sich findet. Das Reich ist vereint. – Knechte! Ihr bringt den Stein zum Schmied, ich wünsche rechts und links an den schmalen Oberkanten zwei Ringe, damit man die Tragstange durchstecken kann. Auf diesen säuischen schottischen Straßen brauchen wir Saumtiere dafür." Er hebt die Augen prüfend in die Richtung der Sonne, deren Licht weißlich hinter den Wolkensäcken schimmert. „In drei Stunden geht's zurück nach Stirling. Bis dahin, meine Herren, haben wir uns einen Schmaus verdient. Reiten wir!"

Schuhe fahren in Steigbügel, die Abgesessenen tauchen wie Tauchenten empor über die Wellen der Sättel, sie springen wieder über Granit und Ginster und Broom, der Rappe des Königs allen voran, das Janken der Riemen, das Knirschen der Brünnen, das Klirren der Kreuzhefte gegen den Stahl verliert sich in der Ferne.

Abt Sean ist furchtlos stehengeblieben, die Hände in die Ärmel der Kutte geschoben. Er hat sich nicht gebückt, als die Klinge eines Reiters seine Tonsur traf, ein dünner Faden Blut rinnt ihm in den Kragen.

* *
*

Rom, März 1954

»... bis er eben geklaut wurde«, schloß Dwight Enigmatinger.

»Sie meinen diese kürzliche Affäre – Weihnachten 1950?« fragte Doensmaker.*

---

* *Schicksalsstein*, siehe Anhang!

»Nein, das war ja nur der Versuch einer Restitution. Ich meine die ursprüngliche Entführung durch Eduard den Bekenner, 1296. Der baute ihn in den Krönungsstuhl der Westminster-Abtei ein, und da ist er seitdem. Man kann ihn besichtigen. Nur weil die englischen Könige bei der Krönung daraufsitzen, sind sie Könige von Schottland, verstehen Sie?«

»Und Sie schlagen vor ...«

»Ja.« Enigmatinger warf die Papiere zu Boden neben den lila Sessel, er stand auf, fuhr sich mit der Linken über die Glatze, während er, zutiefst aufgerührt, mit der Rechten umherfuchtelte. »Es müßte eine relativ moderne Operation sein, am besten nach 1924, weil da eine Königliche Kommission alle Kunstschätze inventarisiert hat, einschließlich des Steins – wir wollen keine anachronistischen Scherereien, wenn Sie mich recht verstanden haben, Monsignore.«

»Allerdings«, sagte Doensmaker langsam. »Aber im 20. Jahrhundert, ich bitte Sie – die Quellenlage ...«

»Das ist das Tolle an unserem Baby!« schrie Enigmatinger begeistert, zwei Finger legten sich auf verschlossene Lippen, er dämpfte die Stimme: »Wenn die Operation erfolgreich ist, ändert sich *gar nichts* an der Quellenlage, verstehen Sie? Eine Kopie wird angefertigt, wird bei Nacht und Nebel in die Abtei praktiziert – wir haben die Vorlage von 1950, fünfundzwanzig Jahre früher ist von ernsthaften Sicherungsmaßnahmen überhaupt keine Rede –, wird ausgetauscht, den echten Stein schaffen wir nach Norden, das wäre im einzelnen festzulegen, ob nach Scone oder anderswohin, und wenn unsere loyalen Truppen anlanden: Bingo! – haben sie den Stein und können Rupprecht krönen. An Ort und Stelle. Die Lissy, das arme Mädchen, ist dann überhaupt nie Königin von Schottland gewesen, aber das brauchen wir erst dann zu sagen, verstehen Sie? Wir legen eidesstattliche Erklärungen vor von dem Fälscher meinetwegen ...«

»Ich glaube, teurer Kollege«, kicherte Sbiffio-Trulli, »wir sollten unserem Dottore gratulieren, finden Sie nicht?«

»Sehr keltisch das alles.« Doensmaker war weiß geworden, er sah krank um die Nase aus. »Aber im Zusammenhang logisch.«

»Im Zusammenhang perfekt, Father!« rief Enigmatinger. »Die perfekte Zeitbombe. Das Ganze steht und fällt doch mit der Legitimität. Von da her rollen wir den Laden auf. Wir haben den Stein. Wir setzen den Ruppert drauf, wir krönen ihn. Bums! Der ganze hannoveranische Saftladen ist im Eimer. Entschuldigen Sie die Ausdrucksweise, aber ...«

»Der Enthusiasmus, wir verstehen«, winkte Sbiffio-Trulli. Er kauerte sich tief in seinen Sessel, er schob sein Zwergengesicht nach vorne, er hob die langfingrigen, knochigen Hände parallel zueinander und schob sie beschwörend dem Kollegen entgegen. »Einwandfrei, mein Teuerster. Vom Gesichtspunkt der Exekutive aus. Vorausgesetzt, daß unser Operateur nicht in eine nebensächliche Falle gerät – und bei unserem Miles Helveticus ist das so gut wie ausgeschlossen –, sind beide Unternehmungen, die von 1746 und die modernere, die wir einmal Unternehmen Lila Fáil nennen wollen, optimal. Kein Eingriff ins überlieferte Raum-Zeit-Gewebe ist beabsichtigt, die Theoretische, *Ihre* Abteilung, braucht keine mühsamen Recherchen nach Originalquellen, denn es wird, der Natur der Sache nach, keine Veränderung irgendwelcher Quellen geben! Optimal, absolut optimal. Und sehr sicher für unseren Operateur. Ich gestehe, daß ich vor jedem Auftrag um die Existenz meines Freundes Físseli zittere, aber sollte der Ausschuß diesen Plan genehmigen, werde ich weniger zittern als je bisher.«

»20. Jahrhundert«, sagte Doensmaker nach einer Pause. »Die Quellen sind unendlich vermehrt. Zeitungen, Inserate, alles überkreuzt sich, alles stellt Öffentlichkeit, also Quelle dar, alles verschränkt sich. Wir nähern uns den Grenzen des Möglichen.«

»Father! Das schaffen wir! Pfeifen wir doch auf die Spesen, setzen wir ein, was wir haben, rekonstruieren wir die Epoche. Suchen wir einen Typ, der unserem Operateur möglichst genau ähnelt, lassen wir ihn in diese Identität reinschlüpfen wie in einen Handschuh. Ich garantiere Ihnen, das schaffen wir. *Ich* garantiere es. Vom Research her geht das.«

Die drei sahen sich an. Sie wußten alle, daß der Doktor recht hatte. Erfolg stand am Horizont ihrer demütigen Arbeit – glänzender Erfolg.

»Teurer Freund«, flüsterte Sbiffio-Trulli und umschmeichelte Doensmaker mit glasschwarzem Blick, »ich entschuldige mich nachträglich bei Ihnen. Ihre Seelsorgsarbeit an unserem Dottore hier war für die CSAPF ein unschätzbarer Dienst. Das Königsprojekt schreitet nun, dank ihm, voran, unaufhaltsam voran. Sie haben die Voraussetzungen geschaffen. Ich entschuldige mich und gratuliere.«

Doensmakers Augen wurden schmaler, seine Lippen zitterten. Er begann zu lachen, fast unhörbar, dann lauter, hemmungslos. Er glitt vom Stuhl hinter dem Schädel und schlug mit einem sanften Laut auf den Teppich.

»Holy smoke!« keuchte Enigmatinger bestürzt, machte zwei Schritte um den Schreibtisch herum und ließ sich unbeholfen auf ein rundes Knie nieder. Er bettete das Haupt seines Seelsorgers, das ganz weiß und still geworden war, in seinen Schoß und blickte über den Schreibtisch. »Was ist los? Was hat er?«

Stirn und Augen Sbiffio-Trullis waren für ihn gerade noch über der Schreibtischkante zu sehen. Sie standen genau rechts von dem Schädel, dessen gelblich-reines Gebiß keine fünfzig Zentimeter von Enigmatingers Nase entfernt war. Stirn und Augen des Neapolitaners waren nicht weniger verschlossen wie das Gebiß. Dahinter, im lila Dunkel, jagte der immer und ewig frustrierte Faun die schöne Nymphe Lavinia, und der lateinische Vers kündete von der Vergeblichkeit der schnöden Lust.

»Freude«, sagte Sbiffio-Trulli, der ganz scharf nachzudenken schien. »Übergroße Freude. Er hängt so an dem Großen Plan, wissen Sie. Wir sprechen uns noch – deshalb.«

8

Oberbayern, Mai 1954

›Vorbei‹, sprach der junge Graf und spähte sinnend dem anziehenden Gewitter nach. Die maigrünen Linden der Allee erglänzten wieder unter dem Strahl der Sonne, und Millionen Regentropfen brachen das goldene Licht in Abermillionen

schimmernder Sterne. ›Dies ist vorbei. Durch alle Stürme haben wir uns das Recht auf unsere Liebe erkämpft, du. Und so . . .‹, er sprach es wie einen Schwur, ›. . . so soll es bleiben.‹

In Lindas blauen Augen, glänzte da nicht auch je ein Regentropfen? Sie legte ihre weichen Arme um seinen Hals, sah ihm tief ins Antlitz und nickte: ›Auf immer und immerd

Das A und das R der Schreibmaschine hatten sich hintereinander gehakt. Bodhelm von Pruskowitz steckte seine spitze Nase in das Amphitheater des Typenkorbs und schnipste mit dem Zeigefingernagel von unten gegen die sperrigen Lettern. Sie hüpften nach oben und plumpsten dann auf ihr Bettlein zurück. Auf immer und immerdar. Bodhelm stierte auf die letzte Seite seines Manuskripts, es würde STÜRME ÜBER LINDENTHAL heißen und demnächst unter einem seiner Pseudonyme, dem einer Klara von Gernrath, in der Reihe der »Minna-Romane« erscheinen. Es bedurfte nur noch zweier Buchstaben, eines Anführungszeichens und eines Punktes. Aber irgendwie ging das über seine Kraft.

Bodhelm von Pruskowitz, Generalstabsoffizier außer Verwendung, erhob und streckte sich, trat an die kleine Holzbrüstung seines Arbeitsplatzes (einer vier qm großen Balkonterrasse), stützte seine Unterarme auf das Geländer und sah blinden Auges auf den Tanninger Weiher hinaus. Sein Häuschen, das er als Literatenzuflucht nebst einem bescheidenen Gärtchen gemietet hatte, war die einzige menschliche Behausung an den Wiesenufern des stillen Gewässers. Das weiße Mittagslicht kam von Süden und zeichnete die winzigen Kreise, die dort sichtbar wurden, wo Fische nach Mücken schnappten. Die Forsythien waren verblüht, aber der Goldregen setzte eben zu dieser Tätigkeit an. Wieder, wie schon so oft, spürte Bodhelm das sanfte gefährliche Netz aus Stille und kleinen raschelnden Lauten, das sich um ihn zusammenzog, das Netz der lockenden Nymphe. Wozu – wozu? sang ihm die Nymphe ins Ohr, wozu Klara von Gernrath, wozu Ambros Achleitner (sein anderes Pseudonym, unter dem er bayrische Heimatromane publizierte)? Du hast genug, Bodhelm, genug für die Deinen, genug für eine Maß Bier im Deckelkrug, für einen schönen weißen

Rettich, für ein Stück Schwarzgeselchtes, für die Würzen des Abends. Wozu das Ringen, Ruheloser? Du kannst daheim sein.

Er straffte sich: so ging das nicht. Jedenfalls nicht für einen Pruskowitz. Er verließ auf drei winzigen Stufen die winzige Terrasse, er suchte die Quelle seiner Inspiration und seiner Kraft.

Sie hieß *Sonne von Masuren* und war ein orangefarbener fabrikneuer Traktor, fachgerecht mit Zeltstoff zwischen den dichten Büschen getarnt. Die *Sonne von Masuren* (seine Söhne nannten sie Sonny) war nicht nur seine kastalische Quelle, sondern die einzige, aber wichtige Räson für seine dichterische Tätigkeit. Die ihm zustehenden Ruhebezüge hätten für die redliche Ernährung seiner selbst und seiner Familie durchaus genügt, aber die Raten für Sonny wollten bezahlt sein. Sie kamen auf zirka eineinhalb Heftroman-Manuskripte im Monat, auf zweieinviertel hatte es Bodhelm mittlerweile gebracht, den Rest investierte er in landwirtschaftliche Fachliteratur. Denn bald, sehr bald würden die Volkspolacken, die roten Schlachzizen in Masuren abgewirtschaftet haben, und dann galt es, die Fahne der Pruskowitzens auf den Traktor zu pflanzen und in die Heimat zurückzukehren, um den vorväterlichen Boden den Brombeeren und den Wölfen zu entreißen. Für diese Stunde stand, immer vorschriftsmäßig in Schuß gehalten, die *Sonne von Masuren* bereit. Liebevoll hob Bodhelm einen Zipfel der grünbraun gefleckten Zeltbahn und streichelte das Orangerot, das wie eine obszön-erregende Verheißung aus der Hülle schimmerte.

»Finger weg«, sagte eine metallische Stimme. »Diese Art zu träumen ist ein bißchen pubertär für Sie, Bodo.« Die Stimme kam durch die dichten Ruten des japanischen Quittenstrauchs; es war die Stimme der Fürstin Araktschejewa, die er fürchten gelernt hatte, wie ein Sünder die Trompete Gabriels zum Jüngsten Gericht fürchten mag. Er verneigte sich, überlegte blitzschnell, ob die Quittenzweige einen Handkuß erlaubten, entschied negativ: »Durchlaucht! Darf ich Sie auf die Terrasse bitten?«

Die Fürstin durchbrach die Vegetation. Sie konnte es ohne

Schwierigkeiten, denn sie war kräftig und zudem nach Altausseer Art gekleidet. Sie nahm Bodhelms Arm, geleitete ihn zum Schreibplatz, warf einen Blick auf das Blatt in der Maschine, tippte

ar.‹

und riß das Blatt von der Walze.

»Schluß damit. Schluß! Schluß!« rief sie, zutiefst moralisch engagiert. »*Damit* uns hinzuhalten, Bodo – eine Schande! Jimmy wartet, hören Sie?« Sie hob einen Finger, und wie abgesprochen schallte vom Seeweg herauf, der am Zaun entlangführte, die Mehrklanghupe eines Sportwagens.

»Durchlaucht«, erklärte Bodhelm steif und stand am Geländer, eine Verkörperung ohnmächtiger Mißbilligung, »ich habe Ihnen doch klarzumachen versucht, daß Ihre Fahne nicht meine Fahne sein kann.«

»Gerede! Sind Sie, Bodhelm von Pruskowitz, Schwertadel oder nicht? Denken Sie an Eugen von Savoyen, an Moritz von Sachsen, an Kosziusko und Lafayette: alle sind sie auf der falschen Seite berühmt geworden, wenn es nach Ihnen ginge. Schwertadel ist Schwertadel: er kämpft, wo er gebraucht wird. *Und wir brauchen Sie, Bodo.*«

»Meine Fahne ...«

»Welche meinen Sie denn? Welche ist Ihre? Preußen, schwarzweiß? Spätestens seit 1933 fragwürdig. Hakenkreuz? Nanana. Schwarzrotgold, sowieso nicht. Ich kenne Sie.« Ihr Deutsch war makellos bis schnoddrig, mit fast amerikanischen Spracheigenheiten und einer darunterliegenden romanischen Melodie. »Ich schlage vor, daß Sie sich wenigstens die Tatsachen einmal ansehen. Sie brauchen gar nichts mitzunehmen, das Wetter ist ausgezeichnet und wird so bleiben, Ihre Linda hat den Grafen und kann ihn mit ihrer schönen Seele undsoweiter sicher ein paar Stunden allein amüsieren, und die Rate für Sonny ist gesichert. Los. Bitte.«

Bodhelm wollte nicht gehen und ging doch; wie in vielen preußischen Herzen saß auch in dem seinen eine hoffnungslose Verehrung für die russische Hocharistokratie.

Die Fürstin und Bodhelm trugen beide alpenländischen Loden; Säumaß dagegen, der am Steuer seines Ogilvie saß, flammte im Tartan seines Clans, das Breitschwert hatte er von außen an die Tür geschnallt. »Chlanna nan con«, grüßte er bieder. Die Fürstin schwang sich ohne Umstände in den Notsitz, Bodhelm zog eine spitzigen Knie fast bis zur Augenhöhe empor und fand so neben Jimmy Platz. Der ging, wie bekannt, in siebenkommafünf auf hundert, was angesichts des Zustands des Seeweges kühn war. Oben auf der Leiten wurde er etwas erträglicher, und neben dem Weiler Tanning mündete er in eine Teerstraße. Es ging in Richtung Riedering und Rosenheim.

»Sie müssen schon entschuldigen, daß' ohne Ihnen nicht geht«, sagte der schottische Krieger ernsthaft, während er sägend die Kurven schnitt. »Es ist leider eine historische Erfahrung, daß mir Bayern bloß unter fremder Führung unbesiegbar san. Entweder preußisch oder französisch. Aber nachdem der de Gaulle, Sie entschuldigen schon ...«

»De Gaulle wäre an sich frei«, schrie die Fürstin gegen den Fahrtwind. »Wir haben nach Colombey-les-deux-Églises geschrieben. Schließlich müßte es ihm gut in den Kram passen, weil es gegen England geht. Aber er will seine Memoiren schreiben. Ein bißchen zu früh, würde ich vermuten.«

»To hell with England!« schrie Jimmy-Säumaß lachend und schlug von außen gegen sein Schwert, es knallte gegen das Türblech. »Sie müssen das nicht so auffassen, aber der de Gaulle wäre eben politisch schon recht zweckmäßig gewesen. Schottisch-bayrisch, französisch-bayrisch: alte Interessen. Sehr gemeinsam.« Er wischte zwischen einem Lastwagen und einem Traktor durch, der Laster hupte fluchend, Säumaß hob majestätisch die Rechte. Der Ogilvie bog vor Rosenheim nach Norden ab, erreichte Grießstätt über Vogtareuth, der Himmel war heraldisch weißblau, die Kirchen vorschriftsmäßig spitz oder zwiebeltürmig, es war eine Lust zu leben. »Nimm den Ring von / meinem Finger«, sang Säumaß, und »Zwischen Hammelburg und Kissingen, / da liegt mein Schatz begraben.« Er brach ab, von dunklem Taktgefühl bewegt, und erklärte wieder umständlich: »Da sehn Sies selber, 1866, da ham mir Bayern verloren, und warum, weil wir nicht unter preußischer Führung waren. Siebazg-oanasiebazg, da wars dann das Gegenteil.« Sein Horizont hatte sich entschieden geweitet, sein Geist spielte frei mit Jahrhunderten und Allianzen. »Er hat recht, wissen Sie«, schrie die Fürstin. »Wir brauchen Sie für saubere Generalstabsarbeit. Die politische Strategie können Sie mir überlassen. Es kann gar nichts schiefgehen, glauben Sie mir. Schottland gärt vom Tyne bis Stornoway, die Schottische National-Partei wächst ständig an, alles, was nötig ist, ist ein Katalysator-Effekt. Prinz Charlie kommt wieder!« Den letzten Satz hatte sie wie einen Schlachtruf ausgestoßen ... Wo kommt sie eigentlich her? blitzte es durch Pruskowitzens Gehirnwindungen, die Frage schien irgendwie bedrohlich, er verdrängte sie.

Sie überquerten den Inn auf einer Pontonbrücke und kurvten durch Rott, damals noch kein Punkt auf der politischen Karte der Bundesrepublik. Dann hielt Säumaß genau nach Westen, Emmering und Aßling zu. Kurz vor Schalldorf öffnete sich ein Forstweg, Jimmy schlug hart nach links ein, und der kleine Wagen verschwand zwischen den dunklen Fichten mit den hellgrünen Frühlingstrieben.

Im Waldgebiet zwischen der Attl und Rott am Inn erstreckt sich ein altes Torfmoor mit schwarzbraunen Abstichen, mit hohem seidigem Riedgras auf nassen Buckeln, mit Krüppelkiefern und Erlenhecken. Säumaß hatte es nach schweißtreibendem Studium der schottischen Geographie und der alten Kampftaktik der Highlanders gewählt. »Nemma's Prestonpans«, erläuterte er. »Da san die Hochländer hintenrum, durchs Moor. Ham die Engländer überhaupt nicht gemerkt.« Seine Horizonte hatten sich, wie erwähnt, beträchtlich erweitert.

Hier übte das Oberländische Expeditions-Corps.

Die Schützen aus dem Senftlgau mit den dunkelbraunen, die Schützen aus Lohbach mit den moosgrünen, die Veteranen aus Jarezöd mit den graugrünen Jankern hüpften von Deckung zu Deckung, sie übten in lockeren Linien, schießen taten sie nicht, weil das bei der Nähe der Kreisstraße aufgefallen wäre. (»Mit dem Forstmoasta besteht eine gewisse lockere Absprache«, erklärte Jimmy.) Bodhelm von Pruskowitzens professionelles Auge erkannte sofort einige taktische Schwächen, sie waren jedoch korrigierbar, und das Menschenmaterial war ausgezeichnet. »Ausgezeichnetes Menschenmaterial«, sagte er automatisch. Die Fürstin sah ihn scharf an und lächelte.

Den Jarezödern gelang der Durchbruch zur alten Torfhütte, wo ein Union Jack als Trophäe aufgepflanzt war: der Dieringer riß ihn als geübter Maibaumkletterer von der Stange. Die Jarezöder Fahne, die Fahne des Veteranenvereins mit dem dicken gemütlichen Löwen aus Gold obendrauf und den gestickten Bändern der Jungfrauen von Taglaching, der Kegelbrüder von Thann und der Feuerwehr von Brettschleipfen, erschien zwischen zwei Krüppelkiefern, sie ruhte in der knöchernen Faust des Brummacher-Vaters von Angelskirch, der sie siegreich emporschwang und dann in den Torfboden rammte. »Kemmts, Hundsbuam, und holts enker Fleisch!« krächzte er vergnügt und schlug sich auf die krummen bundledernen Schenkel. Kehliges Gebrüll antwortete von rechts aus den Erlen, von links aus dem Torfstich, den die Senftlgauer furchtlos durchwateten. Der Schützenmajor, ein Apotheker Eschburger, kletterte über ein paar Wasenstücke aus dem Stich heraus und salutierte mit bärbeißigem Säbel die Fürstin, die mit Säumaß und Bodhelm am Sportwagen neben der Hütte stand. »Melde OEC bei Feldübung!« Die Fürstin nickte knapp: »Lassen Sie sammeln!«

Die bayrischen Scharen ordneten sich zum offenen Carré, die moosgrünen und dunkelbraunen und grauen Schützen mit den Buschen an den Hüten und den Fahnen und den Stutzen, in die sie frischen Laubbruch steckten. Das Gras war noch gelblich, frische Halme drangen durch, die Schlachtreihe der Fichten gegen Osten wiegte sich gravitätisch im Wind, und aus dem Bruch jenseits der Forststraße kam frech und klar der Tölzer Schützenmarsch. Über dem bunten Corps bauten sich Wolken aus Silberblech auf, in lauterem Blau, das ein einziger scharfer schnurgerader Kondensstreifen durchzog.

Säumaß war vorgetreten in der fürchterlichen Pracht des Clans, er hatte sein Breitschwert gezogen, er salutierte die Fahnen, den Apothekermajor, er rannte das Schwert tief in den Torf und riß es wieder heraus. »Mannder!« schrie er, »das Haus

Schtuart, das Haus Schtuart und Wittelsbach ...« Dann versagte ihm die Stimme, aber mehr brauchte es auch nicht. Die Fürstin straffte sich, aber sie sprach nicht, sondern sie wandte sich nach links und sah Bodhelm an, hart und stetig.

In Bodhelm von Pruskowitzens Gehirn knackte etwas. Klara von Gernrath und Ambros Achleitner sanken wie Geister beim Schlag Eins ins Wesenlose. Er wußte plötzlich, daß es wieder galt. Es galt wieder, wie es seinerzeit auf der Vimy-Höhe gegolten hatte, am Annaberg, dann im Weichselbogen und bei Maubeuge und an der Metaxaslinie und bei Marsa-Matrukh und bei Mnogodarstwoje Ssjelo. Mitten im reduzierten, abgeschnallten und halb narkotisierten Europa erhob sich eine Fahne, zog einer den Degen, rief die alten Bleche zum Kampf.

Bodhelm von Pruskowitz war daheim, auf immer und immerdar. Aus völlig freiem Willen trat er vor, hob das Haupt und rief schneidend: »Ka-raden!«

9

Loch nan Uamh, April 1746

Auf dem Sund haben sich, malerisch wie ein Seestück, die *Bellona* und die *Mars* und die *Greyhound* und die *Terror* beschossen, französische und britische Fregatten. Feurige Skalpelle sind aus den grauweißen Rauchbäuschen gezuckt, die an den geschwungenen Flanken und den Takelage-Kulissen aufgehängt waren. Füßli, auf dem Schrägpult eines Uferfelsens liegend und das Gefecht durch ein Prismenglas beobachtend, war davon nur oberflächlich beeindruckt. Er kennt die Rückseite oder vielmehr die Innenseite dieser hübschen Öl-Sujets, nämlich die niedrigen Zwischendecks mit dem Gestank des Schwarzpulvers, dem grauroten Schleim auf den Eichenplanken, dem Gebrüll der zurückspringenden Kanonen und der tobenden Geschützmeister. Er hat nur darauf gewartet, daß sich dem historischen Szenario folgend die Segel aus dem Sund entfernten; und das taten sie denn auch, während lichte Regenböen über den bläulichen gerippten Schiefer des Meeres fegten.

Sein Auftrag ist einfach genug. Er ist diesmal nur Zuschauer, nicht Akteur. Er hat die verwilderten Burschen in Plaid und Kilt erwartet, die nun wie geschickte Indianer durch das Gestrüpp der Uferlinie kriechen, den verlockenden Kisten und Fässern zu, welche *Mars* und *Bellona* zur Unterstützung eines schon geschlagenen Prinzen an seinem historischen Landeplatz hinterlassen haben. Die Brandyfässer sind für die Clan-Männer und später für den Prinzen interessant, die Pulverfässer schon nicht mehr; aber der Schwerpunkt seines, Füßlis, Auftrags liegt in den eisenumbänderten Seekisten, die grobgeschätzt 40 000 gute goldene Louisd'or enthalten sollen.

Die Freude der Clanmänner bei der Begegnung mit dem geistigeren Teil des Depots ist offensichtlich herzlich und ungeheuchelt. Ein Offizier, an Silberbrosche und buntgewirkten Kniestrümpfen kenntlich, fuchtelt zwar mit dem Breitschwert und bellt keltische Kommandos, die der Seewind zu Füßlis Versteck emporträgt – aber sein Ingrimm ist rein formal. Er nimmt anmutig den Becher entgegen, der aus einem eingetriebenen Fäßchen gefüllt wird, und der Toast auf den Prinzen, von dessen Niederlage hier noch nichts bekannt ist, entspricht dem freudigen Anlaß.

Muskulöser als nötig gehen die Schotten nun an die Arbeit, und die erste Partie hievt die erste Goldkiste auf die Schultern. Füßli schraubt am Glas; gestochen scharf sieht er die stoppligen Gesichter vor sich, sieht den taumelnden Anstieg über Felsbrocken und Heidegras zu einem flachen Sattel der ersten Höhenzüge. Vorsichtig läßt er sich von seinem Granitpult gleiten, läuft im braungrünen Tarnanzug des 20. Jahrhunderts von Deckung zu Deckung, umkreist den ersten amphitheatralischen Rang der Bucht und schiebt sich zwischen Farnbüscheln in das ideale Versteck eines Belauschers.*

---

* Aus literarischen Gründen wurde die Lage des Verstecks geändert. Nach zuverlässigen Quellen ist der Schatz in der Nähe des Loch Arkaig vergraben.

Schräg unter ihm knallen die Hacken und kratzen die Spaten; sie heben das Versteck aus, das nun über 200 Jahre lang Ludwig des Fünfzehnten Gold der Welt entziehen wird. Er, Füßli, braucht keine Aufzeichnungen und keine Landkarte. Er ist geübt, das Versteck ist seinem Gedächtnis eingraviert. Er gönnt den schon Geschlagenen die paar Handvoll Louisd'or, die sie für ihre bescheidenen Eigenbedürfnisse aus der Kiste schaufeln. Einen trügerischen Sommer lang werden Brandy und Gold durchs westliche Hochland und über die Inseln zirkulieren, werden die Träume einer phantasievollen Rasse ein letztes Mal mit Glanz beleben, mit dem Glanz einer Chance, die nicht mehr besteht – bis die entsetzlichen Rotröcke auch über das letzte unfruchtbare Ufer des Nordwestens kommen werden. Diese Kelten da unter ihm werden es nicht mehr erleben, daß das Gold, das sie vergraben, sieben Generationen später einer verlorenen Sache, ihrer Sache, neuen Auftrieb verleihen wird. Füßli weiß, was er wissen muß, sein Auftrag ist schon beendet. In einigen Stunden, gegen Abend, werden die Männer von Mull mit ihren Booten um die südliche Spitze der Bay herumkommen und ihren Anteil am Feuerwasser holen. Auch das ist nicht Füßlis Sache. Er spielt einen Augenblick lang mit der Idee, sich selber ein Fäßchen zu holen – es wäre witzig zu erproben, welche Wirkung die Zeitreise auf Brandy hat: ob sie ihn wohl zu edler Reife bringen könnte? Aber er verscheucht den Gedanken sofort, die MYST ist nicht geräumig genug für solche Eskapaden.

Sie wartet auf ihn keine fünfzig Schritt vom Ufer, sorgfältig getarnt hinter Felsen, Riedgras und Gestrüpp. Füßli entfernt die Zweigfächer, die er vor dem Einschlupf angeordnet hat, nähert sich der heimlich schimmernden Grotte auf den Knien – und hält atemlos inne.

Ein Zwölfpfünder der *Bellona* oder der *Greyhound* ist irregegangen. Er hat den Sund überquert und sitzt dicht vor Füßlis Nase im braunschwarzen nassen Turf. Er hat im Einschlagen den äußersten Drahtkäfig des erfindungsreichen Polyeders gestreift, hat nichts zerstört, aber einen Draht, einen silbernen, kunstvoll gedrehten, leicht verbogen und angekratzt. Einen

Millimeter weiter nach rechts, und die Kugel hätte ihn durchschlagen.

Füßli bleibt auf Händen und Knien, er läßt den Kopf sinken und flucht lang und leise auf eidgenössisch. Der Schweiß rinnt ihm von der Stirn und tropft auf den Turf. Dann zieht er sich völlig in die Deckung, ordnet die Zweige hinter sich und biegt ganz behutsam, mit zwei Daumen und zwei Zeigefingern, den Draht zurecht. Zitternd klopft er an die Halterungen der nächsten Kristalle, an die Nervenknoten des diffizilen Geflechts. Er hat schon Grimmigeres erlebt, aber noch nie ist das Gerät selbst in Gefahr gewesen, sein einziger dünner Strang zurück in die pfarramtlich bestätigte Wirklichkeit. Und noch nie hat er sich so zurückgesehnt wie jetzt, da ihn doch nichts anderes zieht als die Hoffnungslosigkeit sterblicher Leidenschaft.

Keine zwanzig Meter hinter sich hört er kurzes Rufen und Lachen der Kelten, die sich um eine weitere Kiste scharen. Der Draht ist äußerlich wieder in Ordnung, gerade führt er von einem Knotenpunkt zum nächsten, die kürzestmögliche Verbindung. Füßli schlüpft durch die Silberseiten eines Dreiecks, steht im Gerät, schwingt sich auf den Purpursattel. Er streichelt den großen Mittelstift aus Platin, der im Großen Knoten die Rückkehr garantiert. »Zruckh i' de' Seich«, sagt er, aber diesmal sagt er es voll bangseufzender Hoffnung.

10

Rom, Juli 1954

In diesem Jahr, werter Leser, gab es in Europa noch sehr wenig Klimaanlagen; und sicher keine in einem durchschnittlichen römischen Hotel wie dem *Merveille* (Nähe der Spanischen Treppe). Dennoch hatte Dr. Enigmatinger ein durchschnittliches Zimmer dieses Hotels zur anonymen Klause seines Aufenthalts gewählt. Er saß an dem Juliabend, auf den wir uns nun konzentrieren wollen, triefend am kleinen Schreibtisch, vor sich eine kleine Lampe und einen kleinen Ventilator, der die heißen Luftmassen etwas umverteilte, und schrieb an seine Frau Myrtle.

Er schrieb flüssig, fröhlich und völlig verlogen. Im Detail schilderte er die immer neu auftauchenden Schwierigkeiten eines Projekts Silberstreif, an das er sich noch dunkel erinnerte. Er tat dies um so flüssiger, als er erst vor kurzem mit ähnlichen Schilderungen 60 000 Dollars aus den Rittern des Vespucci herausgeholt hatte, er fühlte keine Beschwernis darüber, denn rein blieb stets sein Herz. »Sag Dian, wenn sie aufs College will, dann muß sie bessere Noten heimbringen«, schrieb er. An Ostern war er zuletzt in Dubuque gewesen, hatte Myrtle und Dian und Mark und Philip zum letzten Mal gesehen. Eine absurde Episode. Hierher gehörte er, ins harte geduldige Rom, wo er in einem stickig-heißen Hotelzimmer an der eigenen Deckgeschichte arbeitete, ein perfekter Agent.

Es klopfte. Dwight fuhr zusammen wie unter einem Peitschenhieb: wer klopfte? Seine offiziellen Kontaktstellen waren Archive, Bibliotheken, das amerikanische Dolomitanerkolleg bei Poli, niemanden ging seine Mönchsklause im *Merveille* etwas an. »Herein«, sagte er dumpf und mißtrauisch.

Die Tür öffnete sich einen Fußbreit. Knapp über der Klinke erschien die Krempe eines priesterlichen Schaufelhuts, dem das Harlekinprofil von Mgr. Sbiffio-Trulli folgte. »Ist es erlaubt, Dottore?«

»So was«, stotterte Enigmatinger. Er sprang auf, angelte nach dem Kimono auf dem Bett (sein Körper in dampfender Netzunterwäsche war kein Anblick, den er geistlichen Augen zumuten wollte), stürzte, den linken Arm noch im Ärmel, auf den Hocker zu, der neben dem Bett stand, dienerte Sbiffio-Trulli dorthin, wischte einen Packen Wäsche auf den Boden, besann sich, dienerte Sbiffio-Trulli vom Hocker wieder weg ums Bett herum zum Schreibstuhl, der einzigen komfortablen Sitzgelegenheit: »Nein so was – heilige Makreele – was verschafft mir die Ehre?« Es war ein Ballett auf enger Bühne, der gekrümmte schwarze Gnom und der runde karmin- und golddrachenumhüllte Bibliothekar, mit wedelnden Ärmeln und brauen-, schulter-, händezuckenden Entschuldigungen. Etwas, dachte

Enigmatinger während dieser Evolutionen, etwas stimmt ganz und gar nicht. Er knipste die Schreiblampe aus, um wenigstens eine zusätzliche Wärmequelle zu eliminieren; hinter den geschlossenen Fensterläden lag das Zimmer nun in kupferner Dämmerung.

Der Monsignore saß. Sanft rieb er die Handflächen aneinander: »Erlauben Sie mir zu raten, was Sie denken«, sagte er halb lächelnd. »Sie denken, daß etwas nicht stimmt – ja? Und Sie haben damit hoffentlich nicht recht. Zuvörderst: keine Umstände. Ich störe Sie, das ist unverzeihlich, und ich bin untröstlich. Glauben Sie mir bitte, daß ich es wirklich bin. Irgendwie scheint es meinen Freunden immer so schwer zu fallen, meinen Versicherungen zu glauben, aber – kurz, ich weiß nicht, wo beginnen.«

»Beginnen wir von vorn«, schlug Enigmatinger vor; verhandeln hatte er gelernt, How To Put Your Partner At Ease. Er hatte den Hocker mitten ins Zimmer gestellt, er saß breitbeinig, um den Ventilatorlüftchen die Chance zu geben, an möglichst viel Hautoberfläche zu gelangen, er trank warmes Mineralwasser und kombinierte vergeblich. Dies alles war höchst irregulär.

»Dies alles ist höchst irregulär, ich weiß«, Sbiffio-Trulli wand sich im ungewohnten Stuhl. »Beginnen wir also von vorne, das heißt beim Großen Plan. Das Wort ist Ihnen natürlich ein Begriff ...«

»Ich habe noch kein Diagramm gesehen«, erwiderte Enigmatinger und nippte am Glas (Play Them Close To Your Chest). Die Sache bereitete auf widerliche Weise Vergnügen: fliegenumsummt in einem heißen halbdunklen Zimmer sitzen mit dem eigentlichen Herrn des MYST-Geräts, während von draußen die Rufe der Kutscher an der Scala di Spagna hereindrangen – irregulär, aber gewaltig.

»Diagramm!« Der Harlekinkopf flog vor Vergnügen hin und her. »Ich erkenne amerikanische Gründlichkeit. Es gibt natürlich keines. Der Plan ist eher ein Kunstwerk. Behutsame Hände haben ihn jahrhundertelang geformt, unter tausend Schmerzen und Enttäuschungen, aber auch kleinen Triumphen; dort etwas angefügt, dort etwas weggenommen, neue Gleichungen und Verbindungen hergestellt – Sie verehren unseren Freund Doensmaker, nicht wahr?«

»Verehren!« Fassungslos starrte Enigmatinger den kleinen Prälaten an, seine Äuglein zogen sich zusammen. »Hören Sie, ich will da in nichts gegen Doensmaker, daß wir uns verstehen ...«

»*Gegen Doensmaker?*« Zwei große lange Hände hoben sich bleich und beschwörend im Dunkel. »Um Gottes willen! Il mio carissimo collega! Neinnein! Ich möchte vielmehr, daß Sie ihn *verstehen.* Das ist alles. Und der Große Plan ist der Schlüssel, das ist das Zweite oder vielmehr das Erste. Deshalb sprechen wir darüber.«

»Doensmaker ist der Boß«, erklärte Enigmatinger bedächtig. »Wenn Mgr. Doensmaker es nicht für richtig hält, daß ich etwas Genaueres darüber weiß ...« Wovor hatte er eigentlich Angst? Denn Angst hatte er, das stellte er plötzlich und überrascht fest.

»Sie brauchen keine Angst zu haben, etwa gegen seinen Willen von mir informiert zu werden«, lächelte der Gnom mit liebenswürdiger Grimasse. »Was kann ich Ihnen schon wirklich erzählen? Sie kennen unsere Arbeit – in etwa. Sie wissen, was die MYST ist. Sie kennen die Lage der Welt und der gespaltenen Christenheit. Was, so frage ich Sie bei allen Heiligen, kann ich Ihnen da erzählen, was Sie nicht schon wüßten? Unser Gerät muß sinnvoll eingesetzt werden. Spektakuläre Veränderungen der Geschichte sind nicht möglich: gegen die Hauptströmung, die sich in der Quellenlage dokumentiert, kann nicht gehandelt werden. Es ist versucht worden – mit makabren Resultaten. Haben Sie schon etwas vom Luther-Projekt gehört?«

»Luther? Sie meinen Martin, *den* ...«

»Ganz recht, *den*. Er hatte, wie Sie vielleicht gelesen haben, auf der Wartburg eine Teufelserscheinung. Das war natürlich kein Teufel, soviel Mühe brauchte sich der nicht zu machen, sondern der päpstlich angeheiratete Vetter Erimbaldo Cassariparo, der versuchte, ihn zu ermorden – mit Hilfe des MYST-Geräts. Ein Projekt des 17. Jahrhunderts, in den schwärzesten

Jahren des 30jährigen Krieges konzipiert – und natürlich zum Scheitern verurteilt. Sobald ein Operateur versucht, gegen die Quellenlage zu handeln (genauer: gegen eine nicht mehr revidierbare Quellenlage zu handeln), also etwa Luther umzubringen, wird er entmaterialisiert. (Das hatte der arme Ketzerfürst gesehen und in seinem übertriebenen Selbstgefühl an eine persönliche Aufmerksamkeit des Gottseibeiuns geglaubt.) Die MYST hat eingebaute Regeln, die sie dann selbständig, aber leer zum Ausgangspunkt des *laqueus clausus* zurückbringen. Bis 1740, also bis zum Beginn einer soliden theoretischen Arbeit im Schoße der CONGREGATIO SECRETA, waren diese Gesetze unklar, und wir haben so mindestens zwanzig tüchtige Männer verloren. (Die Archive enthalten darüber natürlich keine Angaben.) Und auch später sind einige im Felde von Raum und Zeit verschwunden. Selbst die beste theoretische Vorarbeit kann Lücken haben, wissen Sie. Deshalb zittere ich jedesmal, wenn sich unser Schlüsselsoldat Físseli in der silbernen Grotte von uns verabschiedet, um seine gesunde – ja, um seine Rückkehr überhaupt.«

»Demnach müßte ein großer, ein Gesamtplan –«, sinnierte Dwight, »wenn er demnach – tja, der müßte also – der müßte zukunftsorientiert sein. Der müßte Weichen stellen, unterhalb der Quellenlage ...«

»Sie haben es, stimatissimo Dottore, Sie haben es ja!« jubelte Sbiffio-Trulli und rieb die Hände in entzückter Waschbewegung. »Was brauche ich Sie zu informieren? Ihr scharfer Geist informiert Sie selbst! Der Plan ...« (seine Stimme senkte sich zum Flüstern) »... der Plan soll die Linien von Kirche und Welt wieder zusammenführen, piano, piano, allmählich, behutsam. Tendenzen in der Vergangenheit sind aufzuspüren, Kraftlinien, Keimlinge, Embryonales – Sie begreifen, nicht wahr? Eine Korrektur in einem Renaissance-Stammbaum (das war unser vorletzter Einsatz, sehr sehr hübsch übrigens, mit einer prachtvollen Prinzessin – genug darüber!), eine Rathaus-Intrige im barocken Flandern, spektakuläre Rettung eines mohammedanischen Künstlers in den Kreuzzügen, ja auch dies ... Bergung eines verwundeten freiwilligen Offiziers der päpstlichen

Zuaven auf einem Schlachtfeld von 1860, der später Führer der bayrischen Sozialdemokratie wurde ...«

»Vollmar?«

»Sie sind glänzend belesen! Georg von Vollmar in der Tat. Dieser Einsatz ist sozusagen ein klassisches Beispiel unserer Methode: eben jetzt beginnt er sich bezahlt zu machen, der marxistische Affekt der deutschen SPD schwindet zusehends – einer der kleinen Triumphe, von denen ich sprach.* All dies: ein Kunstwerk eher, Dottore. Wir – ja, unser Freund Doensmaker, Sie, ich – wir sind etwas wie eine Bauhütte. Wir dienen einem Dom, der Jahrhunderte zur Vollendung braucht, wir haben Geschicklichkeiten, wir kennen einige Regeln – aber letzten Endes sind wir *Künstler,* ein künstlerisches Kollektiv, das sich über Zeit und Raum erstreckt. Und deshalb mache ich mir so große Sorgen um unseren Freund.«

»Vorsicht«, sagte Dwight mit rauher Stimme. »Vorsicht Monsignore. Er ist der Boß.« Heiß rieselte der Schweiß an seinen Waden hinab, draußen wurde es dunkler, ein greller Motor schrie.

»Vorsicht, gewiß. Äußerste Vorsicht. Äußerste Behutsamkeit. Wir – ich kann ruhig sagen: die CSAPF – haben noch selten einen Geist wie Mitbruder Doensmaker besessen. Einen so unerbittlichen Geist – *assolutamente inesorabile.* Er hat den Großen Plan völlig verinnerlicht, hat ihn seinem Gehirn eingeprägt, seinen Nerven ...«

»Er ist unentbehrlich, meinen Sie.«

»Unentbehrlich!« zischte Sbiffio-Trulli entzückt. »Sie sind großartig, Dottore! Es ist ein Vergnügen, sich mit Ihnen zu unterhalten! Sie haben den Finger sofort auf die entscheidende Wunde gelegt. Denn Sie begreifen die Wunde, nicht wahr? Sie sehen den Abgrund, der sich in diesem Wort verbirgt: unentbehrlich?!«

»Ich – also wenn Sie mit mir darüber reden wollen, daß wir ihn loswerden müssen – oder wollen ...« Enigmatinger stützte die Hände auf die fetten Schenkel, drehte die Ellbogen nach

---

* Hier irrt Sbiffio-Trulli. Vgl. *Vollmar, Georg von,* im Anhang!

oben, klitschnaß und drohend saß er im flammenden asiatischen Kimono wie ein siamesischer Ringer und stierte den Versucher an.

»Loswerden –? Sie verwirren mich. Es geht darum, ihn zu *behalten.*«

»Versteh ich nicht. Wenn er unentbehrlich ist ...«

»Es gibt«, sagte Sbiffio-Trulli ganz still und bewegungslos, »nicht nur in unserer Congregation, sondern in der gesamten Kirche eine einzige wirkliche und wahrhaftige Unmöglichkeit: nämlich die Unmöglichkeit, sich für unentbehrlich zu halten. Wer dies versucht – sich für unentbehrlich zu halten, meine ich – entmaterialisiert sich ebenso sicher wie unser armer Cassariparo seinerzeit bei Luther. Es ist nämlich absolut gegen die Quellenlage. Die Quellenlage der Kirche kennt eindeutig und absolut keine Unentbehrlichkeit.«

Enigmatinger wußte, daß das stimmte. Eine halbe Minute lang starrten sich die beiden an ohne Laut. »Gut«, sagte er schließlich. »Okay. Weiß ich. Aber – Doensmaker. Der Monsignore, meine ich. *Sie* sagen, daß er sich für unentbehrlich hält. Warum?«

»Das sage nicht ich, das haben Sie selbst erlebt.«

»Wieso ich? Was ...«

»Sie haben ihn doch in Ihren Armen gehalten, als er ohnmächtig wurde.«

»Ah, so läuft das.« Dwight wurde wütend, überlegte sich, ob er den Gnom an Kragen und Taille packen und hinauswerfen sollte, dachte an die Kirchenstrafe, die auf Mißhandlung von Klerikern steht, ging also nur zum Waschbecken und warf sich ein paar Handvoll Leitungswasser ins Gesicht. »Sie wollen mir was weismachen. Es konnte hundert Gründe gehabt haben: Überarbeitung, übertriebene Askese ...«

»O Dottore!« Sbiffio-Trulli fuchtelte verzweifelt. Enigmatinger sah nur schwarze Arme und Hände vor den Lichtstreifen der Fensterläden. »Sie verehren ihn. Gut, warum nicht? Er hat Sie der Verzweiflung entrissen – natürlich weiß ich das, Sie müssen verzeihen, es war und ist kein Geheimnis. Aber ich – *kenne* ihn. Ich kenne ihn und verehre ihn auch, jeder tut das, der ihn kennt. Sicher, er macht mir gelegentlich die kleine Freude, mich für gefährlich zu halten, das gehört zu den milden Würzen unseres Alltags, aber – *begreifen* Sie ihn doch! Er hält das Königsprojekt, besser gesagt seine schottische Variante, für unmöglich; er sieht darin einen groben Verstoß gegen den Großen Plan, bei dem wir noch dazu erhebliche Mittel und erhebliches Prestige riskieren. Nun, so lange es keine konkrete Möglichkeit zu geben schien, das Projekt zu fördern, so lange konnte er gelassen bleiben. So lange war der Große Plan – das, was er darunter versteht, sicher sicher, aber er versteht ihn eben sehr, sehr gut! – nicht gefährdet. Und Sie, ausgerechnet sein Treuester, Dottore, haben ihm den Stoß gegeben, mit Ihrem ausgezeichneten und durchdachten Vorschlag!«

»Unsinn«, keuchte Dwight. »Kann er doch gar nicht. Jemand wie Doensmaker geht doch nicht gegen die Congregation. Das Königsprojekt ist doch ein klarer *Auftrag*, verflixt noch mal.« Wieder warf er sich Wasser ins Gesicht, dann auch gegen das Netzhemd über seinem Bauch und gegen die Waden. Sbiffio-Trulli kicherte leise: »Gesprochen wie ein wahrer Sohn des Gehorsams.« Dann schwieg er.

Enigmatinger drehte sich taumelnd um. Über ihm, hoch über den orangeroten Mönche-und-Nonnen-Ziegeln des Hotels *Merveille*, drehte sich das Firmament, ihn schwindelte. Was dieser Neapolitaner da andeutete, war der Untergang der Welt. »Ungehorsam«, stammelte er. »Sie behaupten, der Monsignore – könnte ungehorsam – Saboteur vielleicht sogar – Raus. Raus.«

»Nein.« Der Kleine war plötzlich sehr bestimmt. »Sie mißverstehen mich wieder. Natürlich wird die Theoretische Abteilung ihre Pflicht tun, mein teurer Kollege vor allen anderen. Der Innere Ausschuß hat Ihren Vorschlag gebilligt, der Vorschlag wird also durchgeführt: CSAPF locuta, causa finita. Zumindest wird alles tadellos vorbereitet werden. Aber ...«

»Aber?«

»Unser Freund wird nach wie vor davon überzeugt sein, daß es seine Pflicht ist, unheilvolle Folgen von dem Großen Plan abzuwenden.«

»Aber wenn Sie recht haben, dann glaubt Doensmaker nicht,

daß er andere Folgen überhaupt haben könnte! Es gibt keine Alternative!«

»Ihre Logik ist zu dualistisch. Neben unheilvollen und segensreichen Folgen gibt es ein Drittes: überhaupt keine Folgen. Das Projekt könnte verschwinden, als wäre es nie gewesen.«

»Sabotage? Niemals. Nie. Sie verleumden ihn. Raus.«

»Caro Dottore! Sie verstehen plötzlich gar nichts mehr, verblendet wie Sie sind von der an sich löblichen Tugend der Loyalität. Sie brauchen mir doch kein Wort zu *glauben!* Sie haben das Projekt praktisch in der Hand, Sie sind der beste Rechercheur, seit ich für die CSAPF zu arbeiten die Ehre habe. Sie kennen auch die Interna unseres Betriebs, den Aktengang und so weiter. Ich werde kein Wort mehr über diese Angelegenheit verlieren, es ist völlig unnötig. Sollte Ihnen, stimatissimo amico, auffallen, daß irgendeine Besonderheit – etwa eine Linie der Nachforschung, die nichts mit dem allgemeinen Zweck des Projekts zu tun hat – oder sollte Material nicht regelmäßig an die Exekutive weitergegeben werden ...«

»Absägen wollen Sie ihn. Längst klar.« Enigmatinger knipste am Schalter neben der Tür, eine kahlgelbe Birne glomm auf, der Neapolitaner saß krumm und verlegen in ihrem traurigen Licht. »Wir beenden das Gespräch.«

»Aber es *ist* zu Ende, Dottore!« rief Sbiffio-Trulli bestürzt und rutschte vom Stuhl. Er schwitzte überhaupt nicht; in hochgeschlossener Soutane hatte er dieses Duell in der Vorhölle makellos durchgestanden. »Ich halte Sie von Ihren Verabredungen ab. Entschuldigen Sie.«

»Ich habe keine Verabredungen. Das wissen Sie wahrscheinlich ganz genau.«

»Nun, nun«, kicherte der Monsignore, »dann eben keine. Mir brauchen Sie doch keine Rechenschaft abzulegen, ich bin nicht Ihr Beichtiger. – Sollte Ihnen«, er wandte sich ab und suchte seinen Schaufelhut auf dem Schreibtisch, »sollte Ihnen im Zusammenhang mit unserem Gespräch irgend etwas auffallen, dann ...« Er trat auf Enigmatinger zu, reckte ihm die überraschend wohlgeformte Rechte hin und sah ihm funkelnd ins Auge, »... wenden Sie sich nicht an mich, sondern an den

Präfekten unserer Congregation, Se. Eminenz Kardinal X. Aber nur wenn Sie ihn, unseren gemeinsamen Freund und Kollegen, loshaben wollen. Wenn Sie ihn dagegen *behalten* wollen ...« Er tippte mit dem Zeigefinger an seine eigene schmale Brust. »Das ist fair, nicht wahr?«

Enigmatinger sah dumpf auf ihn herab, ein triefender erschöpfter Ringer. War der Kampf nach Punkten an den Zwerg gegangen? »Auf Wiedersehen, Monsignore«, sagte er töricht.

»Arrivederci, mein eminenter Freund!« rief Sbiffio-Trulli lebhaft, wand sich um ihn herum, stand schon in der offenen Tür: »Und viel Vergnügen noch heute abend!«

Die Tür schloß sich adrett und lautlos.

Dwight stierte sie an, ehe er am Schalter drehte. Im Dunkeln tappte er zum Schreibtisch, drückte auf den Knopf der kleinen Lampe und kämpfte sich aus dem Kimono, den er zerknüllt aufs Bett warf. Er sah den unterbrochenen Satz an Myrtle, er nahm ihn nicht wahr, zuviel drehte sich in seinem Kopf. Der Verdacht, den ihm der Zwerg einflößen wollte, war Unsinn, barer Unsinn selbstverständlich. Aber dennoch: der Tempel war geteilt, der Vorhang zerrissen – er, Dwight Enigmatinger, der Treuesten einer, war in den schwersten und tückischsten Kampf von allen verwickelt: den Kampf rivalisierender Priesterschaften. Kampf unter der Einen weißgelben Fahne: es durfte nicht wahr sein und war doch wahr. Was sollte er tun? Den Zwerg anzeigen? Und bei wem? Würde nicht einfach sein Wort, das eines demütigen Laien, gegen das eines Berufenen stehen, eines ...

Moment. Er konnte ja gar nichts melden. Was war schon passiert? Man hatte sich über den Großen Plan unterhalten, über Doensmakers mögliche persönliche Schwierigkeiten, und er, Dwight, war gebeten worden, die Augen offenzuhalten. Das war alles. Der Bursche war clever. Gerissen. Er hatte ihm, dem Ahnungslosen, alles aus der Nase gezogen oder in den Mund gelegt, und zuletzt hatte er ihm noch die Beweislast zugeschanzt. Sie verstanden ihr Handwerk, die Herren mit der feinen italienischen Handschrift. *Er* sollte Doensmaker anzeigen, darauf lief es hinaus. Nicht bei Sbiffio-Trulli, sondern bei – einem Kardinal.

Rascher drehte sich das Firmament über dem Hotel *Merveille*. Dwight wurde es schlecht, er drückte die Knöchel gegen die Augen und wünschte sich – tatsächlich, einen Drink. Einen sauberen Bourbon. Nicht einen, sondern vier. Oder sechs. Sollte er läuten? In diesem Hotel funktionierten meistens die Klingeln nicht. Und für die Bar müßte er sich umziehen. Ging das alles von oben aus? Wollte man Doensmaker von oben kaltstellen? Oder wollte Sbiffio-Trulli etwas in die Theoretische Abteilung einschmuggeln, etwas Belastendes ...

GENESIS SIEBEN. Eiskalt und eisklar stand das Schlagwort plötzlich auf seiner Netzhaut. Er hatte die Akte vorgestern angelegt – auf Doensmakers ausdrücklichen Wunsch. Vom Fachstandpunkt aus ein Kinderspiel: es handelte sich um eine Aufstellung der jüngsten Anlagen der Hydro-Elektrischen Behörde in Schottland, ab 1945. Er hatte keinen Zusammenhang mit dem Königsprojekt gesehen, sah ihn auch jetzt noch nicht – aber die Akte ging nicht weiter. Sie war unter Verschluß. Ein Besuch beim British Council hatte genügt, die Liste lag vor. Doensmaker hatte sie durchgesehen, zwei oder drei Namen abgehakt, leuchtend gelächelt und den Hefter mit einem Siegelring verschlossen. »Erledigt«, hatte er gesagt. Aber er hatte die Akte nicht weitergegeben. GENESIS SIEBEN –

Enigmatinger riß den Brief nach Dubuque heran, den er bei Ankunft Sbiffio-Trullis unterbrochen hatte; er ließ den angefangenen Satz stehen und begann einen neuen Abschnitt. Er hatte nur Mineralwasser zu sich genommen, aber seine Schrift war betrunken. »Myrtle Myrtle«, schrieb er, »weißt Du, was ich möchte, ich möchte mit Dir zu Tony's Seestrand-Restaurant fahren, ich möchte drei eiskalte Martinis trinken, oder sonst drei Drinks, Bourbons, sechs oder sieben, Deine Hand halten, ich möchte Dich in meinem Arm halten, ich möchte ...«

Er warf den Füller hin: es war Schwindel. Er hustete auf Sublimierung. Myrtle war einen Viertelglobus von ihm entfernt, etliche tausend Kilometer zu weit für das, was er brauchte. Und überhaupt: Myrtle.

Er knüllte den Brief zusammen und warf ihn in den Papierkorb. Es klopfte, und die Tür ging sofort auf. Im Rahmen, vom Licht des Korridors umzeichnet, sah er Hekate. Sie trug ein Kleid, das zwei Nummern zu eng war, ihr Haar war starr und schwarz um das leere Gesicht fixiert. Ihre Rechte war gegen den Rahmen des Türstocks gestützt, mit der linken Schulter lehnte sie an der anderen Seite, und in ihrer linken Hand baumelte eine volle Flasche Bourbon. Langsam lächelte sie: leer und bedrohlich.

»Ekatté, Dottore«, sagte sie. »'ave a drink?«

Ende des ersten Buches

ZWEITES BUCH

Flora oder
Der gespaltene Fels

Wenn die Stürme des Berges kommen,
wenn der Nord die Wellen hoch hebt,
sitz' ich am schallenden Ufer,
schaue nach dem schrecklichen Felsen. –
Morgen wird der Wandrer kommen,
kommen, der mich sah in meiner Schönheit,
ringsum wird sein Aug' im Felde mich
suchen, und wird mich nicht finden.

OSSIAN, in der Übersetzung von J. W. GOETHE
in DIE LEIDEN DES JUNGEN WERTHERS

1

Rom, September 1954

Vor dem Antritt einer bedeutenden Mission trifft sich Füßli in der Regel mit Fabio Garetti. Der Grund ist geschäftlich, aber einfach: die Ruhebezüge eines Offiziers der Schweizer Garde sind bescheiden, und der Leistungssportler (Agenten sind Leistungssportler) ist mit dreißig, spätestens mit 35 überständig. Zusätzliche Vorsorge ist also geboten, aber sie bedarf außerordentlicher Kanäle. Garetti verfügt über solche, und er ist innerhalb der Grenzen seines Metiers ein fairer Partner (Füßli schätzt, daß er nicht mehr als 40 Prozent nimmt).

Das Treffen ist zwanglos wie immer; diesmal in einem Gehsteig-Café der Via dei Santi Quattro, zwischen San Clemente und dem Kolosseum. Füßli wartet, er trägt einen altmodischen englischen Anzug und einen militärischen Schnurrbart, hinter sich zwischen Mauer und Stuhllehne hat er einen Geigenkasten abgestellt. Er trinkt einen doppelten Espresso, das Wetter ist sonnig, aber angenehm kühl.

Garetti kommt wie immer schwungvoll. Er zwängt seinen Cadillac schräg ins Halteverbot, pflügt, den Rückspiegel konsultierend, mit silberrückigem Kamm sein antikes Lockenhaar, schwingt sich aus dem Sitz und schlendert über die Straße – ein schöner, harter Römer, hart wie Coriolan und ungefähr so demokratisch. Er trägt einen lichtblauen rohseidenen Maßanzug und eine gleichfarbige rohseidene Krawatte; er haßt übertriebene Farben. »Arno«, sagt er knapp und grüßt mit nach außen geschwenktem Zeigefinger. Er bestellt nur Chininwasser – in seiner Branche gilt es fit zu bleiben.

»Wie gehen die Geschäfte?« fragt Füßli. »Comme ci comme ça«, antwortet Garetti, und damit ist das Thema erschöpft, die beiderseitigen Intimsphären respektiert. Füßli hat einen Brandy zusätzlich bestellt, und zwar gegen seine Gewohnheit; er ist irritiert, der Zustand hoffnungsloser Passion irritiert ihn wie ein

Schwarm Insekten von außen, als gehöre er nicht zu ihm, und gewisse Aspekte des kommenden Auftrags gefallen ihm auch nicht. (Einer davon hat mit dem Geigenkasten zu tun.) Er beginnt mit dem Konkreten: »Nehmen Sie auch moderne Klassiker, oder klassische Moderne, Fabio? Dufys der Zwanzigerjahre vielleicht, in die Richtung? Können Sie das plazieren?«

»Wege werden sich finden«, winkt Garetti ab. Auch er ist nervös, er trommelt mit dem Ringfinger gegen die blecherne Tischplatte. Der Ring zeigt Schlange und Adler in Topas geschnitten, frühes 17. Jahrhundert (er hat ihn vor zwei Jahren Füßli abgekauft). »Sie wissen, daß ich Ihnen noch nie Fragen gestellt habe, Arno. Vertrauen war sozusagen immer die Basis.«

»Bargeld war immer die Basis, Signor Garetti«, kontert Füßli gleichmütig. »Ich wüßte nicht, was da zusätzliches Vertrauen zu suchen hätte.« Was will der Kerl? Ihn ausquetschen? Er ist etwas enttäuscht von Garetti.

Der sieht ihn erst an, gekränkt, weil mißverstanden. »Ich gebe Ihnen«, sagt er abrupt, »eine Information. Vielleicht ist sie nicht das Geringste wert, vielleicht sehr viel. Alors ...« Er spreizt die Hände.

»In beiderseitigem Interesse, nehme ich an?«

»Möglich. Aber kenne ich Ihre Interessen, Capitano? Das Wichtigste in meiner Branche ist es, offen zu sein, möglichst lange. Das überrascht Sie vielleicht, aber ...«

Füßli lacht etwas: »Nicht im geringsten. Vorausgesetzt, man respektiert sich.«

»D'acc.« Garetti kultiviert französische Redensarten, weil er sich von der amerikanisierten Plebs seines Berufsstandes abheben will. Er nimmt ein flaches längliches Päckchen aus rohseidener Jackentasche, legt es aufs Tischchen zwischen Espressotasse und Chininwasser und Schnapsglas: »Paßt in den Überzug einer Pall-Mall-Packung.« Er drückt auf eine fingernagelgroße Taste: »Ascolti!«

Der Recorderdraht zirpt leise und zierlich wie eine Spieluhr, aber die Prosa, die er wiedergibt, ist breiig-betrunkener Midwest:

»... no good, Hekátey. Mag das nicht. Überhaupt nicht. Bin vereidigt ... Keine gute Taktik. Kein Wort, schsch. Alles *top secret*. Bin vereidigt, die Fahne. Aber trotzdem lausige Art, einen Laden zu schmeißen. Genesis Sieben, hihi. Was sollsch. Eigene Akte, Subprojekt, abgespalten. Gespaltener Fels. Geteiltes Haus. Und jetzt verschwunden, Hekátey. Weg, *vamoose*. Unfair. Unfair gegen den Dings, den Schweizer. Schicken ihn los, weiß nix, Mist. Großer. Bin doch kein Schwein, Hekátey, sollch ... Meldung mach'ng ... vielleicht doch Schwein ...«

»Bis hierher. Draht war zu Ende.« Fabio drückt auf den Rücklauf, ein betrunkener Zwerg schnattert. Fabio sieht Arno ruhig an.

»Komischer Name, Hekate«, sagt der.

»So heißt sie natürlich nicht. Eine Erfindung von dem Dicken – questo Americano grasso grasso. Er arbeitet in der Via Garibaldi.«

»Mir kein Begriff.«

»Gut. Schon gut.« Fabio ist würdevoll. Nicht gerade böse, aber würdevoll. »Selbstverständlich weiß ich sonst gar nichts. Ich kassiere dort die Miete, das ist alles.«

»Skrupel?«

»Merde!« ruft Fabio fast wütend. »Ich werde mich hüten. Dieser kleine Monsignore, der Neapolitaner mit dem Bukkel –«

»Ja?«

»Er hat den *mal'occhio*.« Blitzschnell bildet er die Faust mit den abgestreckten Fingern, den Merkurkopf, der gegen den Bösen Blick schützt. »Nichts gegen ihn persönlich, compris? Aber man muß sich hüten. Ich lasse keinen Papierkorb anrühren in diesem Büro. Giulia – ich meine Hekate, das ist etwas anderes. Das fällt in meine Kompetenz.«

Arnold Füßli schweigt und konzentriert sich auf das Stilleben auf dem Tisch: Espressotasse mit halbleerer Zuckertüte, Schnapsglas, Chininwasser, Drahtrecorder. Er versucht gar nicht erst nachzudenken, es nützt ihm wenig.

»Stimmt es«, fragt Garetti leise und beugt sich vor, »daß es einen Fabio gegeben hat, welcher der Zauderer hieß?«

»Es stimmt. Ein römischer General. Er soll damit Hannibal fertiggemacht haben. Mit dem Zaudern, so heißt es.«

»In meiner Position wäre das verfehlt. Ich kann mir Zaudern nicht leisten. – Sie verstehen, was ich meine: wenn ich irgendwie behilflich sein kann ...«

Das ist ein reelles Angebot – Fabio Garettis Dispositionen gegen die Konkurrenz sind berühmt gründlich und erfolgreich, aber nie nachweisbar. Füßli ist echt bewegt: »Grazie. Grazie tante. Noch weiß ich mir selber zu helfen, Kamerad.«

Fabio zuckt die Achseln. »Wie Sie wollen.« Er winkt dem Kellner und beschreibt einen Kreis über dem Tisch, er will alles bezahlen, auch er ist also bewegt. Er steckt Füßli jäh die Rechte mit dem Ring hin: »Gute Reise. Buon' auguri. Mille auguri.« Er steht auf, wirft den Recorder spielerisch in die Luft und steckt ihn ein.

»Moment bitte.« Füßli nimmt den Geigenkasten und reicht ihn über den Tisch. »Würden Sie das in Verwahrung nehmen, bis ich wiederkomme?«

»Unbesehen.«

»Es ist ein Schwert. Ein Andenken.«

»Sie fürchten darum?«

»Ich kann es diesmal nicht mitnehmen, das ist alles.«

»Diesmal?« Fabios Blick wird eisern. »Überlegen Sie mein Angebot. Das Ganze sieht nicht gut aus, mein Freund.«

Füßli fühlt sich begriffen, aber er streckt wortlos dem Römer den Geigenkasten hin, mit geradem rechten Arm. Fabio übernimmt ihn mit perfekter Verbeugung, schwingt ihn einmal vor und zurück, springt vor einem hupenden Topolino über die Fahrbahn. »Und ich habe diesem Dicken das Leben gerettet!« ruft er lachend – sein Lachen ist unerwartet und von außerordentlicher Schönheit. »Quel bête!« Er schwingt sich in den Cadillac, der heulend zurücksetzt, er reißt den Wagen in den Verkehr und grüßt nochmals mit der gehörnten Faust, Wunsch und Abwehr vereinend.

Hauptmann Arnold Füßli steht langsam auf. Namenlose Spektren umstehen ihn, aber er ist vereidigt. Vielleicht ist er abgeschrieben, vielleicht wird sein Nachfolger schon trainiert (seinen Vorgänger hat er auch nie gekannt). Er legt einen kurbairischen Silberheller auf die Untertasse (sein kleiner Aberglaube vor Missionen) und geht, ein altmodischer Engländer mit militärischem Schnurrbart. Beim Kolosseum erreicht er ein Taxi.

* *
*

»Das erste Mal«, sagte Sbiffio-Trulli wehmütig, »daß ich meinen Schützling, meinen Miles Helveticus nicht allein auf die Reise schicke.«

»Das erste Mal«, antwortete Doensmaker sanft, »daß er nicht weiter zurück als 1927 reisen wird. Der Anlaß ist einzigartig.« Sie standen beide vor dem Verschlag der MYST, keine zehn Meter von ihnen pulsten die Druckmaschinen der EPHEMERIDAE des Heiligen Offiziums.

Füßli war pünktlich. Er nickte den geistlichen Herren zu, Sbiffio-Trulli entnahm seinem Ärmel die doppelt bebarteten Schlüssel, die die Tür des Verschlags öffneten.

»Sie sind ...?« fragte er rituell.

»Captain Harold Whyte-Footling«, antwortete Füßli gelangweilt.

»Sie haben die Angaben zur Person bei sich?« fragte Doensmaker.

»Nein«, sagte Füßli. In seinem Blick lag die leise Verachtung der Front für den Stab. »Ich habe sie restlos memoriert. Das ist Standard-Verfahren. Clubadressen, Gesellschaftsnotizen, alles.«

»Es ist vielleicht gut, Kollege Doensmaker«, kicherte Sbiffio-Trulli, »daß Sie sich von der lückenlosen Arbeit der Exekutive an Ort und Stelle überzeugen können.«

Das Schloß war geöffnet, sie überschritten die Schwelle, Sbiffio-Trulli klinkte sorgfältig die Tür ein. Leonardos Polyeder erstrahlte. »Aufgabe?« intonierte er.

»Erstens: Sicherung des Goldschatzes von Loch nan Uamh. Zweitens, Sicherung des Krönungssteins, auch Stein von Scone oder Lia Fáil genannt.«

»Hier«, warf Doensmaker ein und reichte Füßli einen verschlossenen Umschlag, »werden Sie nach Ihrer Ankunft die genauen Anweisungen über das Versteck des Steines finden.«

Füßli war im Begriff gewesen, sich in den Polyeder zu schlängeln, er hatte schon ein Knie am Boden, aber er stand wieder auf, nahm den Umschlag und wog ihn in der Hand. »Das«, sagte er kalt und fixierte Doensmaker, »bin ich nicht gewöhnt.«

»Auch wir«, erwiderte Doensmaker, »sind das nicht gewöhnt. Aber die Bedeutung des Projekts erfordert ungewöhnliche Sicherheiten.«

Füßli steckte den Umschlag in die Brusttasche: »Very well.« Er war schon unterwegs. Er schlüpfte in den Polyeder, erstieg den Purpursattel, prüfte die Silberstifte mit den winzigen Edelsteinknäufen, die in den verschlungenen Kurven des Großen Knotens steckten. »Ich bin justiert auf –?« fragte er nun selbst rituell.

»Auf die Scheune der verfallenen Farm Les Ginèvres, dreieinhalb Kilometer südöstlich von Cherbourg«, fiel Sbiffio-Trulli ein. »Von dort aus werden Sie ...«

»... werde ich mich nach Cherbourg begeben und die Ankunft des Passagierdampfers *Adelaide*, Route Sidney–Singapur–London, abwarten. Ich werde mich als blinder Passagier an Bord begeben. Hinter mir in der Bereitschaftstasche des Sattels werde ich einen kompletten Abendanzug finden – hoffentlich«, fügte er vorschriftswidrig hinzu.

»Er ist dort.«

»Was für ein Typ ist eigentlich dieser Whyte-Footling?« fragte Füßli mit der Informalität des Privilegierten. »Ein äußerst negativer Typ«, kicherte Sbiffio-Trulli.

»Das hoffe ich.« Füßli ergriff den Hebel mit dem Greifenkopf. Leise begannen die Silberdrähte zu vibrieren und zu glühen: die MYST war aktiviert, war bereits ein geschlossenes Energiefeld. Der Hauptmann schloß die Augen. »Pax vobiscum.«

»Angelus Raphael prótegat te sicut protéxit pium Tobiam«*, intonierten Sbiffio-Trulli und Doensmaker gemeinsam – einen

* Der Engel Raphael beschütze dich, wie er den frommen Tobias beschützte.

liturgischen Augenblick lang waren alle persönlichen Widrigkeiten aufgehoben, und noch nach fünfzehn Dienstjahren bei der CSAPF bewegte Sbiffio-Trulli dieser Augenblick. Füßli drückte den Hebel mit dem Greifenkopf nach unten, das Gerät leuchtete auf und verschwand.

2

An Bord der *Adelaide*,
zwischen Cherbourg und London,
Anfang März 1927

»Captain Whyte-Footling, nehme ich an?« Zwei Herren, im Smoking, nach Portwein riechend, an der Reling der *Adelaide*.

»In der Tat.« Frischer, feuchter Wind, Sterne wechselnd bewölkt.

»Zigarette?« Zweimaliges Pulsen des Streichholzes: »Meine Marke!«

»Warum kehren Sie nach England zurück?« Ein bläulichweißer Schaumfächer aus Bugwellen, unter ihnen am Rumpf entlangziehend.

»Freudiges Ereignis.« Diabolisches Lachen hinterm Goldmundstück. »Tante Mildred zu den Heldenahnen versammelt. Vierhunderttausend hinterlassen – Pfund. Widerwillig, nehme ich an, aber sie hatte keine Wahl.«

»Wie interessant. Das wird Ihre jakobitischen Freunde im Montrose Club freuen.«

»Ich weiß nicht, wer Sie sind, Sie Bastard, aber der Montrose Club interessiert mich einen Dreck.«

»Wie doppelt interessant. Sie können sich also voll auf die Roulettetische im Club Nummer 15 konzentrieren.«

»Ich beginne zu begreifen: Sie wollen schnorren. Stellen wir klar: ich bin für das größtmögliche Glück der größtmöglichen Zahl, und diese Zahl ist Eins. Ich werde die vierhundert Giganten verflüssigen und damit nach den USA entschweben. Nach New York, um genau zu sein, wo ich Geschäftsverbindungen zum Alkohol-Import unterhalte. Zufrieden?«

»Warum nicht? Ich sehe, daß Sie den Wert des Geldes schätzen gelernt haben – im Gegensatz zu Ihrer Vergangenheit, die Sie zu rascher Ausreise nötigte.«

»Ehe ich Ihnen die Fresse poliere, Sie Hurensohn, eine psychologische Feststellung: habe Wert des Geldes schätzen gelernt, also nicht Charakter verbessert. Wertschätzung von Geld vielmehr Charakterverschlechterung unwiderruflichen Ausmaßes. Klar? Zufrieden?«

»Sie wissen gar nicht wie sehr, Captain. Sie haben mir sozusagen moralisches Heimatrecht in England von 1927 verschafft.«

»Sie sind nicht besoffen, Sie Lump.«

»Überhaupt nicht. Leben Sie wohl.« Arnold Füßli appliziert einige Handkantenschläge, Whyte-Footling geht auf Deck.

Die Taschendurchsuchung ergibt einen britischen Reisepaß auf den Namen Harold Whyte-Footling, geboren 6. VII. 1897 in Kensington (sehr brauchbar), £ 225 16s. 4d. in der Währung des Empire (als Ergänzung willkommen), eine Packung brauner Zigaretten mit Goldmundstück, einen Brief von dem Anwaltsbüro Abercrombie & Mulford, betreffend die Erbschaft von Miß Mildred Whyte, Kensington (ditto), drei Kondompackungen (charakteristisch) sowie einen Kabinenschlüssel (wesentlich). Um Whyte-Footling wird mittels eines Manila-Seils ein Hilfsanker verhakt, dann stellt Füßli den rechten Fuß vor, beugt sich, wippt prüfend in den Beingelenken und Knien, während er die Last taxiert (48 zusätzliche Pfund wollen bewältigt werden) und reißt dann beidarmig, mit schwellenden Muskeln. Einen Augenblick steht ein T, von zwei fast identischen Herren im Abendanzug gebildet, unter den Sternen der See, dann fällt der Waagrecht-Balken in den Fächer der Bugwellen. Mit einer Geschwindigkeit von etwa 16 Knoten entfernt sich die *Adelaide* vom Ort solcher Ereignisse.

3

London, März 1927

»Zurück von Australien, Sir?«

Captain Whyte-Footling faßt den Portier scharf ins Auge. Das Antlitz des Dienenden bleibt aufmerksam und unbewegt, und Whyte-Footling schließt, daß eben eine Anspielung auf seinen Akzent erfolgt ist.

»Etwas windig auf der Länge der Seychellen«, antwortet er und wirft das Cape zu schwungvoll ab, so daß der Dienende es gerade noch im Flug erwischen kann. Das Licht auf den weinroten, changierenden Seidentapeten ist angenehm, die exzentrisch geformten Flaschen mit den klassischen Drinks sind in Abständen verteilt, ein Stimmen-Uhrwerk, von dezentem Gelächter geölt, ist aus dem Inneren des Casinos zu vernehmen. Zweifellos wird man sich demnächst ein wenig mit der indischen Frage befassen müssen, aber die Geschäfte gehen gut, die Beziehungen zu Signor Mussolini, der die italienischen Züge an pünktliche Abfahrtszeiten gewöhnt hat, sind ausgezeichnet, und die Frage der deutschen Reparationen wird einer friedlichen Regelung zugeführt. Das Imperium ist souverän und vital. Eigentlich, denkt Whyte-Footling, ist das alles recht spaßig.

Er fühlt sich besser als gestern abend. Gestern abend, das war Montrose Club gewesen, mörderisch. Schlimmer als ein Giftmischermahl im Mailand der Sforza. Die Theoretische fand den Montrose Club besonders gut, weil schon der Name nach Stuarts und Jakobiten riecht – aber er ist zu exklusiv. Jedes Wort und jede Geste sind dort ein Geheimsignal, auch fünfzehn Jahre Australien entschuldigen keine Ignoranz, man ist Montrose oder man ist es nicht. Er hat den Toast auf den König über dem Wasser richtig ausgebracht (der Drink hat in einer bestimmten Ellipse über der Fingerschale zu kreisen), er hat authentische Laute im Gespräch mit den richtigen Leuten hervorgestoßen, aber trotzdem blieb das Wolfsauge des Rudels auf ihn gerichtet und die Lefzen über den Reißzähnen hochgezogen: der Dunst des Außenseiters macht reizbar.

Die Theoretische, findet Whyte-Footling, war wieder einmal zu schlau mit seiner Existenz. Das ist schon öfters vorgekommen, und das begründet die Notwendigkeit eines wirklich souveränen Operateurs. Von nun an wird er ohne Rezept vorgehen, wird nach der eigenen Nase steuern, das war schon in Edessa so, in Utrecht und in der Picardie, und die CSAPF ist dabei gut gefahren. Hier, im Casino Nummer 15, ist es besser, hier ist es teuer und ordinär, neben alten Namen sind junge Banknoten grundsätzlich willkommen, auf dem Schlachtfeld des Geldes gelten in jedem Jahrhundert die gleichen einfachen Regeln. Schon die Marquis des 17. Jahrhunderts haben die Töchter bürgerlicher Armeelieferanten geheiratet.

»How wonderful to see you!« jubelt ein Frack, kommt auf ihn zu, die Rechte halb zum Händeschütteln, die Linke waagrecht zum Freundschaftsgriff nach dem Ellbogen ausgestreckt, Goodwill leuchtet zwischen Brauen und Ochsenkinn. Der Mann hat ganz deutlich keine Ahnung, wen er begrüßt; Schatten der zweiten Jahrhunderthälfte, der sogenannten *human relations,* fallen voraus. »Was möchten Sie spielen?«

»Stud Poker jemand?« fragt Whyte-Footling brutal. Er wird den fremden Stallgeruch jetzt wie eine Fahne vor sich hertragen, Angriff ist die beste Verteidigung, Söhne von Hunden kommt und holt euch Fleisch. Ein Dutzend Gesichter über schwarzen Fliegen und rosigen Dekolletés wendet sich ihm zu, Empörung wird gezückt, jemand holt schon aus: »Hören Sie mal ...«, aber: »Kapital!« ruft eine Stimme mit Autorität, »kapital!« und die Bajonette senken sich, Friede und Freundlichkeit schwebt von den Kandelabern hernieder. Eine ganz junge Mädchenstimme lacht ohne Skrupel: »Sie haben einen Partner, Mister. – Sid, du gibst, ja?«

»Kapital«, sagt die Autorität zum dritten Mal. »Der Duft des Mississippi. Ich habe New Orleans immer schon gemocht. Ich mache mit, Mister ... öör ...«

»Whyte-Footling.«

»Ah, der Captain von ganz unten! Willkommen auf der Smaragdinsel.« Die Autorität hat die Mitgliederliste gut im Kopf.

Das Mädchen, das Stud Poker spielen will, hat dunkelbraunes

Haar mit rötlichen Lichtern und Augen, die nördlich vom Malojapaß selten sind. Ihre Hände sind schlank und halten etwas Rosafarbenes, ein Grenadine-Mixgetränk wahrscheinlich. Ihr Kleid ist backfischhaft in einer Zeit, die sich aufs Backfischhafte versteht, mit Reihen von Straß. Ihre Figur paßt zum Kleid und umgekehrt, ihre Haut ist olivfarben, Nase und Nüstern deuten auf Energie. Später, in zwanzig Jahren vielleicht, wird sie keine leichte Partnerin sein, aber was kümmert das den lizensierten Zeitwanderer? Die dienende Klasse hat bereits vor dem dritten »kapital« begonnen, den Tisch zu arrangieren, ein taufrisches Pokerdeck liegt auf, und Sid greift danach, um zu geben.

Captain Whyte-Footling taxiert ihn und findet, daß er selbst noch immer besser hierherpaßt als dieser Sid. Der ist zwar auch vital und souverän, aber eher in der Art eines Rattenkönigs, der sich in einer Spirale von Kellerkämpfen nach oben gebissen hat. Die Revers seines Smoking sind einen halben Zoll zu breit, der Brillantring mindestens 30 Gramm zu schwer, und der Schmiß an seiner linken Wange könnte aus Heidelberg oder Marburg stammen, wenn er nicht so merkwürdig gekrümmt und fransig wäre: eher gefeilter Schlagring aus Brooklyn.

Geben kann er, das muß man ihm lassen. Die glatten Vierecke mit dem roten Rückendekor kommen in schräger Schicht angeschossen wie eine Kunstfliegerstaffel. Stud Poker ist primitiv, reine Nervensache, wie schon das Ecarté zur Zeit Ludwigs des Fünfzehnten: der Hauptmann ist vorbereitet.

»Ich bin Flora. Flora Amphlett Ferroccio«, sagt das Mädchen. Ihr Akzent schwankt zwischen Chicago und Montreux. »Chicago? Montreux?« fragt er, und Flora zuckt lachend den dünnen Träger ihres Kleides zurecht: »Sie sind im Bilde, Captain ...«

»Harold.«

»Sie sind doch Captain, oder?«

»Sozusagen.« Seine offenen Karten sind Herzzehn, Pikkönig, Karosieben, er erhöht trotzdem. »Und Sie?«

»Geboren Cicero, Illinois, aber sechs Jahre bei Madame Doutrier. Sie kennen Madame Doutrier?«

»Ich kenne den Militärbetrieb. Das läuft wohl ungefähr aufs

gleiche hinaus.« Man spielt jetzt ernsthaft; nach einer halben Stunde hat Sir Winston etwas über siebzehn Pfund mitgenommen, die Autorität etwas über fünfundzwanzig Pfund zugesetzt, dann kehren die beiden Herren zu den für sie passenden Spielen zurück: die Autorität zum klassischen Poker und Sir Winston zum Roulette. Sid als Dealer bleibt.

Flora müßte eine miserable Pokerspielerin sein, denn ihr Gesicht ist ein Aprilhimmel, aber sie ist im Gegenteil verdammt gut, ihre Stimmungen wechseln zu rasch, sie verwirren den Gegner. Sid hat ihr aus einer langen schwarzen schmalen Brieftasche knusprige Noten zugeteilt, bald braucht sie keine mehr, und der Captain darf öfters in die Brusttasche greifen, dorthin, wo das Herz sitzt. Vorsicht, mahnt Füßli den Captain, das ist kein Legendenplot, das ist das hundertfach umgepflügte und tausendfach plattgewalzte 20. Jahrhundert. Er hat ein Achterpaar auf dem Tisch, Flora nur einzelne, er erhöht kräftig, die vierte Karte von Flora ergibt ein Fünferpaar und die fünfte einen Drilling. Über der leicht geschwungenen schmalen Nase bildet sich eine winzige Falte, während sie einstreicht.

»Schade eigentlich«, sagt Whyte-Footling lächelnd zu Sid, »daß Miß Ferroccio immer gewinnt. Sie sieht so aus, als ob sie gern einmal verlieren würde.« Er sieht den Dealer dabei nicht an, er ist ohnehin sicher, daß der mogelt. Flora seufzt: »Wie recht Sie haben. Wissen Sie, ich habe immer nur gewonnen, Daddy sorgt dafür. Gewonnen gewonnen. Es hängt mir zum Hals heraus.«

»Ich gönne Ihnen die Enttäuschung, hören wir auf.«

Flora versucht ihren Gewinn in ein Glasperltäschchen zu stopfen, Sid greift zu und bringt den Stapel hinter dem breiten Smokingrevers unter, dort ist genügend Platz. »Und jetzt?« fragt Flora.

»Ich stehe zu Ihrer Verfügung. Zuerst, würde ich sagen, etwas Großes, Kühles voll Gin. Wohlgemerkt, ich spreche nicht über die Frau, die ich liebe.«

»Aua, Mann, Sie haben zuviel Readers' Digest gelesen und meinen, das sei amerikanischer Humor.«

Zum Souper geht man zu Armand's, weil Browser im PUNCH darüber geschrieben hat (abfällig, aber man tut's). Das Essen ist gut, der Wein frisiert, aber nicht so unverschämt, wie dies in ähnlichen Lokalen dreißig Jahre später der Fall sein wird. Sie essen zu zweit an einem kleinen Tisch, Sid hat auf Floras Wunsch an einem Nebentisch Platz genommen, es paßt ihm nicht.

»Woher kommen Sie, Harold? Was suchen Sie denn in London?«

»Ich komme von weither.«

»So sehen Sie aus. Als wären Sie noch nicht ganz da.«

»Stimmt in gewisser Weise. Ich habe eine – hm, unglaubliche Reise hinter mir, meine Landbeine wackeln noch, die Zirkulation in den Kniescheiben stockt. Ich mußte einen Mitpassagier ins Wasser schmeißen, weil der Kerl ekelhaft war. Außerdem habe ich einen Auftrag, über den ich nachdenken muß.«

»Gefällt es Ihnen hier nicht?«

»Bei Ihnen selbstverständlich, sonst mäßig. Ich durfte mein Schwert nicht mitnehmen.«

»Ihr – Schwert? Sie Armer. Ernsthaft. Sie sehen aus wie jemand, der ein Schwert braucht. Nicht aus praktischen Gründen, sondern einfach ...«

»Danke. Sie beurteilen Menschen sehr gut, ich möchte wissen, wie Madame Doutrier das gemacht hat. Aber manchmal ist es schon auch praktisch, wissen Sie. Mein Schwert heißt Al-Aktal und wurde von Jassif Muhabbat in Damaskus geschmiedet. Im 12. Jahrhundert.«

»Woher haben Sie das Ding?«

»Vom Hersteller. Ich habe ihm einen Gefallen getan.«

Flora wirft den Kopf zurück und lacht. Ihr Hals ist in dieser Position sehr reizvoll. Sid am Nebentisch blickt sauer, er folgt der Konversation und mißbilligt die Leichtigkeit, mit welcher der Sinn für Humor wie der Sinn für Romantik seines Schützlings ausgenützt werden.

»Jedenfalls: wenn mir das Ding fehlt, bin ich nervös. Das erste, was ich tat, als ich nach London kam, war ein Gang zu James Smith & Sons, Ltd., in der New Oxford Street 53. Disraeli hat bei denen seine Schirme und Stöcke machen lassen, und sie haben auch Stockdegen.«*

»Stockdegen –? Toll. Wo ist er? Wo haben Sie ihn?«

»Ich habe mir doch keinen gekauft. Ganz hübsch, die Dinger, aber nichts für schnelle Aktion. Das Herausziehen ist langwierig. Kein Ersatz für Al-Aktal. Und überhaupt, von der Praxis her komme ich auch ohne Schwert zurecht.«

Das sagt er absichtlich für Sids Ohren, die immer röter und länger werden.

»Und Ihr Auftrag?«

»Zunächst ein privater: Liquidation des Vermögens meiner Tante Mildred. Darüber hinaus etwas unbestimmt.«

»Das freut mich.«

Captain Whyte-Footling lehnt sich zurück. Zum ersten Mal seit seiner Ankunft im Jahr 1927 fühlt er sich restlos wohl. Die Atmosphäre in dem Lokal ist etwas hochgedonnert, aber im Grunde naiv und selbstbewußt im Vergleich mit der grauhaarigen apokalyptischen Welt der Nachkriegszeit – und in der Konversation mit Frauen ist er immer auf sicherem Boden, nichts kommt ihnen romantischer vor als die Wahrheit, von welcher er einiges zu bieten hat. Montrose hat er vorläufig hinter sich, einiges Angenehme – wenn er Enigmatingers Gesellschaftsnotizen trauen darf – vor sich. Heute nachmittag hat er sechs Sandsteinquader in den exakten Ausmaßen des Steins von Scone bei einem Steinmetzen bestellt: nichts ist unauffälliger als eine Engros-Bestellung, der Weise verbirgt ein Blatt im Walde.

»Wenn Sie wollen«, sagt Flora bedeutungsvoll und neigt sich vor, »gebe *ich* Ihnen einen Auftrag.«

»Glänzende Idee. Und der wäre?«

»Wissen Sie, was der Krönungsstein ist?«

Arnold Füßli, Harald von Luetzelbeyn, Messer Arnaldo Piecorto hat schon einiges überlebt, aber dies überrascht ihn. Unwillkürlich blickt er zu Sid hinüber, der gleichmäßig-sauer an den Tournedos Rossini kaut, und macht sich gewaltsam klar,

* Auch Schirmdegen. D. Verf.

daß dies nur für ihn, für den Eingeweihten, eine Sensation ist. »Sie meinen das Ding in der Westminster-Abtei?« fragt er und hofft, daß es blasiert genug klingt. »Was ist damit?«

»Das Ding!! Hören Sie ...« Flora Ferroccio unterbricht sich, seufzt abgrundtief und auf italienisch: »Mamma mia! ... Harold, ich schulde Ihnen eine Erklärung.«

»Das sagt, soweit ich unterrichtet bin, im Jahre 1927 noch immer der Gentleman.«

»Sind Sie nicht spießig. Ich habe meine sechs Jahre bei Madame Doutrier abgesessen, übrigens nicht in Montreux, sondern im Engadin, aber deshalb bin ich nicht auf den Kopf gefallen. Ich muß Ihnen Zusammenhänge ...«

»Moment Moment, ich kombiniere. Chicago–Montreux–Sid. Sie stammen aus einem reichen Elternhaus, das sich einen Leibwächter für die reisende Tochter leisten kann. Der Name Ferroccio allerdings ...«

»Was heißt allerdings? Natürlich ist Daddy steinreich, er ist schließlich Bierbrauer.«

»In den USA?«

»Wo sonst? Ich weiß, was er ist. Er ist Gangster. Na und? Bin ich eine Ziege wie meine Klassenkameradin O'Rourke, die immer vom Bankhaus ihres Vaters redete, wo jeder wußte, daß er Whisky-Schmuggler ist? Ist doch spießig. Die Leute zu Hause wollen trinken, die Regierung verbietet es, mein Daddy stellt's her, importiert's und verkauft's den Leuten. Aber das ist Nebensache. Flora, Harold, Flora!« Sie blickt ihn tragisch an. »Flora – Amphlett – na?!«

Füßli beugt sich vor, stützt sein Kinn auf die übereinandergelegten Fäuste und starrt Flora an. Sie beginnt ihm zu gefallen. Einige Handbreit hebt sich der finstere Bann, den die Fürstin mit Chypre und Bittermandeln über ihn geworfen hat, er erspäht von ferne Leben ...

Flora Amphlett Ferroccio. Der Mittelname klingt schottisch. Gedächtnis-Asteroiden kreisen, Erinnerungen an den Schnellkurs vor Antritt der Mission ... »Ist Ihre Mutter Schottin?« fragt er, Flora nickt, und schon ehe sie nickt, stimmt es.

Whyte-Footling lehnt sich zurück und spielt mit dem Stengel

des Weinglases. »MacDonald«, sagt er. »Flora MacDonald, die Blume des Hochlands. Natürlich.«

»Natürlich!!« jubelt die Tochter Frankie Ferroccios aus Cicero, Illinois, und winkt dem Kellner: »Eine Flasche Pommery Brut, tout de suite, pronto, los, los! – Hast du das gehört, Sid? Er hat's getroffen, auf Anhieb!«

Sid nickt bleich. Ihm paßt die ganze Entwicklung nicht, er hat im Rückenmark das Bild eines Papa Ferroccio verwahrt, der bald gräßliche Rechenschaft fordert: dieser Whyte-Footling hat alle Merkmale des europäischen Wüstlings, der ihm als Feindbild eingeprägt worden ist.

»Passen Sie auf!« ruft Flora und entnimmt ihrem Straßkleid irgendwo einen Drehbleistift (Kugelschreiber gibts ja noch nicht, macht sich Füßli klar), wischt eine Serviette heran und beginnt zu zeichnen: oft geübte heraldische Haken. »Meine Mutter stammte von einem Reginald Amphlett, der ...« Die Haken verlieren sich in den nebligen Höhen nordwestlich des Great Glen. »Ich bin«, schließt sie triumphierend, »eine legitime und unbestreitbare Tochter von Flora MacDonald, der Blume des Hochlands, der unerschrockenen Streiterin für unseren ewigen, unsterblichen Bonnie Prince Charlie! Haut Sie um, was?«

»Total«, gesteht Whyte-Footling. »Aber ich weiß noch nicht, was der komische Stein in der Abbey damit zu tun hat. Ich meine ...«

»Harold!« Floras Auge wird wieder tragisch. »Die Sassenach haben ihn *geklaut*, wissen Sie das nicht? Unter Edward, dem sogenannten Bekenner. Ja, da staunen Sie, aber meine Mamá hat mir alles eingedrillt, sie hat mich mit den Liedern von 1745 gewissermaßen ihrer Milch entwöhnt. – Ist das shocking, wenn ich das sage?«

»Entwöhnung ist ein häufiger und notwendiger Vorgang, würde ich sagen«, antwortet Füßli gleichmütig. Er ist Zeitgenosse von 1954, die Tabus von 1927 sind ihm nicht ganz geläufig, er bemerkt immerhin, daß Sid, der wie alle Gangster konservativ ist, Symptome des kulturellen Schocks aufweist.

»Richtig! Das determiniert eben. Das weiß man doch seit diesem Winter, wie heißt er gleich, Siegfried Freud ...«

»Sigmund«, korrigiert Füßli. Selbst vor den Grenzen des Vatikanstaats von 1954 hat der Name nicht haltgemacht.

»Ich sehe, Sie sind im Bilde. Glauben Sie vielleicht, ich will mich mit irgendeinem Politiker oder Bankier oder Brauer im Mittelwesten zur Ruhe setzen? Ich sehe Höheres vor mir. Ich sehe das Geschick einer Nation in meiner Hand. Ich sehe …«

»Mit anderen Worten: ich soll diesen Stein klauen. Stimmt's?«

Der Kellner ist mit der Pommery-Flasche eingetroffen und geht durchs Ritual des Öffnens. »Wie heißen Sie?« fragt ihn Flora.

»Webley, Madame«, sagt der Kellner (wir befinden uns in einer Zeit, wo es überall in den Industriestaaten noch einheimische Kellner gibt). »Tom Webley. Aber wenn Sie eine Beschwerde haben sollten, dann wenden Sie sich bitte direkt …«

»Unsinn. Ich bin Amerikanerin, ich glaube an Demokratie. Tom, dieser Herr hier hat unheimlich viel Hirn, und außerdem ist er *faszinierend*. Ich möchte, daß Sie mit mir das Glas auf ihn erheben.«

»Es ist kein drittes Glas da, Madame.«

»Unsinn. Ich trinke aus der Flasche.«

Man sieht, daß Tom Webley einiges gewöhnt ist, aber das nicht. »Wenn Sie mich einen Augenblick …«

»Miß Flora«, sagt Sid würgend vom Nebentisch. »Vielleicht wär das …« Er weist auf sein Weinglas.

»Danke Sid. Du bist auf deine Art ein Gentleman, na was solls. Auf Bonnie Prince Charlie.« Tom Webley trinkt mit, er verneigt sich reserviert und entschwindet.

»Na?« fragt Flora sachlich über den Rand des Glases, und Captain Whyte-Footling nickt mit halbem Lächeln: »Das wäre – vielleicht – zu machen.«

»Hurra!« ruft Flora und wirft ihr Champagnerglas über die linke trägergeteilte Schulter nach rückwärts. Sid zuckt zusammen bei dem Krach, den das Glas auf dem Parkett macht, und seine Rechte schießt vollautomatisch nach der linken Achselhöhle, die eine Wölbung aufweist.

»Sid MacGonigle«, sagt eine heitere Stimme vom Eingang her.

Sie gehört einem neuen Gast, einem kleinen Mann, der in einwandfreiem Anzug, die Nelke im Knopfloch, an den Stufen von der Doppeltür herab verharrt. Er hat die vier Finger jeder Hand in die klappenlosen Taschen des Dinner-Jacketts gebohrt, die Daumen sind außen geblieben. Sid, als Sid MacGonigle der Namenlosigkeit jäh entrissen, verharrt einen Augenblick mit geducktem Kopf, seine Hand wandert verschämt zum Tischtuch zurück.

»Tony!« heult er dankbar. »Mensch Tony, komm!«

»Das«, belehrt Flora den Captain, »ist Tiny Tony, er hört es nicht gern, aber er heißt so. Ein Geschäftsfreund meines Vaters.«

»Es freut mich, ihn kennenzulernen«, versichert der Captain, und es ist nicht einmal gelogen. Der kleine Mann, der jetzt an zwei Tischen vorbei auf ihn zukommt, hat den Blick, den er mag: das unerschrockene Hinschauen auf alles, was Leben und Tod und Erkenntnis betrifft. Er küßt Flora die Hand, er klopft Sid auf die Schulter, er verbeugt sich vor Whyte-Footling: »Anthony Barlowe«, sagt er.

Sid ist enthemmt, er winkt dem Kellner, die Tische werden zusammengeschoben, sie sind jetzt zu viert, ein Demokratisierungsprozeß.

»Tony ist der reellste hier in England«, versichert Sid. »Wahre Klasse. Wie heißt die Firma, Tony?«

Tony lächelt etwas gequält, aber nicht unsicher. »Good Wines Limited. Kein Höhepunkt literarischer Erfindung, gebe ich zu. Aber nach Vorschlägen wie ›Hands Across The Sea‹ oder ›Benefactors International‹ ...«

»Tony«, rankt Sid seine Erklärungen weiter, »ist wahre Klasse. Spanische Weine hauptsächlich, auch Brandy. Das sagt Mister Ferroccio auch, wahre Klasse. Ich meine ...«

»Tony«, erklärt Flora und legt ihre Hand auf seine, die kaum größer ist, »vergessen Sie Sid. Er ist hier unglücklich, er versteht die gesellschaftlichen Signale nicht. Ich, wenn Sie es erlauben, nenne Sie Tiny Tony.«

»Von Ihnen«, erwiderte Tiny Tony, »würde ich mir keinen schöneren Namen wünschen.« Die Feststellung ist zweideutig, aber ohne Hintergedanken formuliert. Harold Whyte-Footling beschließt, die Aufrichtigkeit weiterzutreiben. »Mister Barello, nehme ich an?«

Affront hängt in der Luft, es kommt auf Tiny Tony an, was er daraus macht – er bleibt undurchdringlich höflich. »Wenn Sie wollen – gerne.«

»Ich will nichts. Aber ich bin Kämpfer gegen das Vorurteil. Immer gewesen. Einer meiner engsten geschäftlichen Mitarbeiter heißt Fabio Garetti. Ich bringe ihm fast unbegrenzte Hochachtung entgegen.«

Nun sind die anderen einen Augenblick lang weit weg, harte helle Küsten erscheinen, weißes Licht auf Pinien, Feigenbäume zwischen Säulenstümpfen. Weder Harold noch Tony wissen, ob sie einander zu Freunden oder zu Feinden bestimmt sind, aber die Koordinaten sind klar: man kann zum Konkreten übergehen.

»Wann kriegen wir das nächste Shipment?« fragt Sid plump. Tony reagiert, lächelt kaum sichtbar: »Es wird Druck ausgeübt«, sagt er.

»Was für Druck?« röhrt Sid. »Ist doch Quatsch. Kellner, noch einmal Kitzelwasser. Druck, das möchte ich schon sehen ...«

»Zehn Prozent plus«, sagt Tiny Tony. Er trinkt gemessen wie ein Mann in einem römischen Gehsteigcafé.

»Plus was?«

»Plus auf unseren Preis. Ich wurde nicht gefragt, was unser Preis ist, es hieß einfach zehn plus. Unbesehen. Von Cheeks Seraki.«

»Seraki!!« MacGonigle erstickt fast vor Lachen, schenkt sich Champagner nach, trinkt und prustet einen regenbogenschimmernden Tropfenfächer über den Tisch. »Cheeks – aus Philly! Der ist *nix*, total *nix*!«

»Ich stimme Ihnen zu«, nickt Tiny Tony. »Da Cheeks, wie Sie sagen, *nix* ist, liegt die Vermutung nahe, daß jemand anderer beteiligt ist.«

»Quatsch. Zehn plus. Das ist doch nirgends drin. Nirgends. Man will Sie aufs Kreuz legen, Tony.«

»Mich – oder vielleicht den Vater unserer bezaubernden Miß

Flora.« Tiny Tony verneigt sich sitzend. »Es fiel der Name Meyer Marmaladowski.«

»Meyer Marmalade!« lärmt Sid fröhlich weiter. »Meyer Marmalade ist doch *nix*.« Sein Prahlen klingt so hohl wie der Bauch einer Toten-Urne, er schwitzt trübe und wagt nicht, sich die Stirn zu wischen.

»Vielleicht«, schlägt Whyte-Footling vor, »sollten wir das Geschäftliche hier abbrechen. Unsere Prinzessin, die Blume des Hochlands, eben aus den formenden Händen von Madame Doutrier entlassen ...«

»Quatsch«, sagt die Blume des Hochlands, das prinzeßliche Produkt von Madame Doutrier. »Aber langweilig seid ihr tatsächlich. Was machen wir mit dem Abend?«

Whyte-Footling weiß es, es steht auf Enigmatingers Liste.

»Ich habe die Ehre, zu Gruyters eingeladen zu sein. Ein Dancing.«

»Gruyters? Kenne ich. Vom Finishing-Unterricht bei Doutrier. Ein Muß für Debütantinnen. Sie machen sich, Harold.«

»Nicht mein Verdienst. Schatten meiner Tante Mildred.«

»Juchuu!« ruft die Blume des Hochlands und beginnt den Aufbruch zu organisieren: »Sid, mach das doch mit der Rechnung.« Tiny Tony entschuldigt sich mit einer Bewegung in Richtung Toilette, Whyte-Footling folgt ihm. Ein erstes Bild beginnt sich zu formen, das Bild einer Organisation, die eine veränderte Quellenlage so wenig brauchen kann wie die CSAPF, wenn auch aus anderen Gründen (und sind die Gründe wirklich so verschieden? Es ist nicht Füßlis Sache, darüber nachzudenken).

»Ich könnte«, sagt Whyte-Footling vor den goldumkrusteten Spiegeln, die sich vom Eau-de-Cologne-Zerstäuber Barellos leicht beschlagen, »bei der Erweiterung Ihrer Verhandlungsbasis vielleicht behilflich sein.«

»Ich mag Ihren Stil, Captain. Woran denken Sie?«

»Gold. Zirka tausend Barren.«

»Beachtlich. Und die Zusammenhänge?«

Der Captain zündet eine braune Zigarette mit Goldmundstück an. »Ohne jedes Risiko. Sehr langfristig. Ein Depot bei der besten Bank, die wir finden können, bei der unauffälligsten, würde ich sagen. Mindestens zwanzig Jahre vorausbezahlt. Ich denke an Schottland.«

»Hm«, sagt Barlowe-Barello. »Aber Geschäfte beruhen auf Gegenseitigkeit. Auf gegenseitigem Vertrauen, meine ich.«

»Sie erinnern mich immer lebhafter an meinen Freund Garetti.«

»Was brauchen *Sie*?«

»Eine Organisation. Sehr klein, aber effizient. Barrengußform oder -formen, ein Auto, ein Boot – c'est ça.«

»Sie sind«, sagt Tiny Tony, »entweder sehr leichtsinnig oder sehr gut.«

»Partner in verschiedenen – Jahren und Regionen haben sich in der Regel für das Letztere entschieden. Einige«, lächelt Whyte-Footling gemessen und drückt die braungoldene Kippe aus, »... zu spät. – Meine Adresse ist das Clariston.«

»Ché grandezza!« ruft Barello heiter. »Sagen Sie, sind Sie direkt von Australien gekommen?«

Whyte-Footling zuckt die Achseln: »Meiner Information nach ja.«

Tiny Tony schüttelt ihm die Hand: »Wir werden sehen. Clariston, gut.«

Flora im Pelz und Sid im Kamelhaarmantel warten schon am Ausgang. »Gruyters, hopp!« ruft sie. »Wie ist's dort? Butlerhaft oder munter?«

»Butlerhaft *und* munter. Man schrieb etwas von ›Schwerpunkt Charleston‹.«

»Oh! J'aime fort le charleston«, sagt der Schützling von Madame Doutrier.

4

Rom, September 1954

»Angelus Raphael prótegat te sicut protéxit pium Tobiam«, intonierten Sbiffio-Trulli und Doensmaker gemeinsam. Füßli drückt den Hebel mit dem Greifenkopf nach unten und vorwärts, das Gerät leuchtete wie ein Blitz und verschwand.

»Zwanzig, dreißig, allerhöchstens vierzig Sekunden«, erklärte Sbiffio-Trulli, »einige unbedeutende Friktionen, mit denen zu rechnen ist. Aber diese Sekunden sind qualvoll für mich. Ich fühle mich sehr solidarisch mit unserem Miles Helveticus, und man weiß nie ...«

»Niemand ist unentbehrlich«, erwiderte Doensmaker. Unter der gelben Birne sah er unerbittlich aus, *assolutamente inesorabile.* »Wie wahr – im Prinzip!« rief Sbiffio-Trulli. »Ich habe mich kürzlich mit einem sehr klugen Mann darüber unterhalten. Aber dennoch, dennoch formt das allzumenschliche Herz Bedingungen ...«

»Ecco!« Doensmaker hob die Rechte. Ein Netz von Silberdreiecken glühte, zwischen zwei Lidschlägen geblendeter Augen schwächte es sich zu gemütlichem weihnachtlichen Funkeln ab, eine große Christbaumdekoration ohne Kern.

»Leer«, sagte Sbiffio-Trulli, *»vuoto.«* Die zwei Silben klangen wie trauernde Hämmer in Katakomben: kein Miles Ecclesiae saß auf dem Purpursattel, die MYST genügte sich selbst. »Wir haben nicht genau genug gearbeitet, collega. Físseli, oh Fisseli! Ne absórbeat eum Tartarus ...«*

»Ecco!« sagte Doensmaker zum zweiten Mal. Er wies auf den Purpursattel: mit einem Gummiband, wie es zur Verpackung von kleinen Einkäufen Verwendung findet, war dort ein länglicher Briefumschlag befestigt.

Die Macchina war nicht mehr aktiviert, und jeder konnte durch ihre weiten Maschen greifen; selbst Sbiffio-Trullis kurzer Arm mußte nur bis zum Ellenbogen eintauchen, um den Umschlag zu erreichen. Das Gummiband glitt nach vorn, der Verjüngung des Sattels folgend, und sprang dann schnalzend ab.

Zwei Monsignori standen halb einander zugewandt; zwei Monsignori hielten, Sbiffio-Trulli mit der rechten und Doensmaker mit der Linken, je eine Ecke des unbeschrifteten Umschlags, zwei Monsignori lächelten Mord und Schwefel durch schwindende Schleier der Höflichkeit.

---

* Möge die Unterwelt ihn nicht verschlingen.

»Dies«, sprach der Neapolitaner, »ist absolut und unbestreitbar eine interne Angelegenheit der Exekutive.«

»Dies«, sprach der Flame, »betrifft aller Voraussicht nach die sachliche und moralische Qualifikation eines Operateurs und fällt demnach aufgrund der Beschlüsse der 147. Sitzung in die Zuständigkeit der Theoretischen Abteilung.«

»Die Exekutive ist durchaus in der Lage, diese Zuständigkeit zu erkennen – falls sie gegeben ist. Nach Prüfung des Inhalts wird er im Bejahungsfall ordnungsgemäß der Theoretischen zugeleitet.«

»Die Theoretische zieht es vor, Angelegenheiten ihres Geschäftsbereichs in eigener Zuständigkeit zu behandeln. – Hören Sie!« rief Doensmaker mit veränderter Stimme. »Sie wissen, daß dies ohnehin nicht zwischen uns verbleiben wird. Es wird so oder so nach *oben* gehen – zum Praefectus, wenn nicht weiter.«

»Gemeinsam also«, sagte Sbiffio-Trulli sanft. Er riß seine Ecke ab, fuhr mit dem Zeigefinger unter die Schmalseite und schlitzte sie auf. Doensmaker schüttelte, drei Stücke Papier glitten heraus, alle drei erwischte Sbiffio-Trulli an der rechten und Doensmaker an der linken oberen Ecke, der Umschlag verschwand in Doensmakers Soutanen-Ärmel. Nacheinander hoben sie die Papiere ab, betrachteten sie und schoben sie hintereinander.

Das erste war ein Mietschein für das Gewölbe Nummer 2 der Caledonian Bank, Zweigstelle Oban, dreißig Jahre Vorauszahlung waren darauf quittiert und ein komplizierter Schlüssel mit Heftpflaster attachiert.

Das zweite war ein Schnappschuß. Er zeigte Hauptmann Whyte-Footling im Jagddreß, mit Knickerbockers, Schirmmütze und Wickelgamaschen, der den Arm um die Schultern eines Wilden legte. Der Wilde trug ausgefranste Hosen, eine Lammfellweste mit den Zotteln nach außen, einen Tam mit Wollquaste und einen Schäferstock. Er lachte aus Haar- und Bartwild ein heidnisches Lachen ins Objektiv. Links im Bild war noch die Ecke einer Steinhütte zu gewahren, rechts das Hinterteil eines Collie. Zwischen den Männern stand ein rechteckiger Stein, auf den Whyte-Footling seinen linken Schnürstiefel gestellt hatte.

Im Hintergrund, fast bis zum oberen Bildrand, zogen kahle steile Hänge empor, quer abgeschlossen durch das dunstige graue Profil eines sanften Gipfels.

»Ah!« sagte Doensmaker, er erkannte den Ben Chonzie.

Das dritte war das abgetrennte Viertel einer Speisekarte, auf der noch *Prawn – Smoked Salmon – Finnan Haddie* angeboten wurde. Auf der Rückseite stand mit Bleistift geschrieben: »Mission abgeschlossen. Ich kündige. F.« Die Handschrift war unbestreitbar und den beiden Herren wohlbekannt.

Zwei Monsignori sahen sich an.

»Es gibt«, sagte Sbiffio-Trulli, »keinen Präzedenzfall.«

»Man«, sagte Doensmaker, »kündigt der CSAPF nicht.«

Da dies keine Behauptung, sondern eine Tatsache war, schwieg Sbiffio-Trulli. Doensmaker bückte sich und fischte das Gummiband aus der MYST, das auf eine Turmalingruppe gefallen war: jedes Stück Evidenz konnte wichtig sein in der nun folgenden, Leben und Tod betreffenden Untersuchung.

5

London, März 1927

Ein reicher Vorfrühling ist dies für Captain Whyte-Footling, bekränzt mit geistlicher Ruhe, mit Schönheit in glitzernden Sälen und maßvoller krimineller Spannung. Die Londoner Saison dröhnt ihrem Ende zu, nicht nur tanzt er *le charleston* bei Gruyters, er tanzt *la valse lente* auf dem Ball der Herzogin von Dorchester, *le tango* im Clariston, *le shimmy* mit alt- und neureichen Motorcar-Enthusiasten, die es sich in den Kopf setzen, wie Attilas Horde ins leere Brighton einzufallen. Flora Amphlett Ferroccio liegt beim Tango zu leicht im Arm, den lüsternen Beugeschritten des Mannes fehlen etwa 20 kg Gegengewicht. Beim English Waltz ist sie zu ehrlich für die Schmetterlings-Balzfiguren, aber beim Charleston ist sie perfekt: glitzernde Lumpenpuppe an himmlischen Drähten, Zicklein in Silberlamé. Die Bands haben vor wenigen Jahren gelernt, was kommerzielle Präzision ist, und sie verbinden sie noch mit der alten, rigorosen Musiker-Schulung: die sechsfachen Saxophon- und Trompetenschläge, die maulenden Wau-Wau-Dämpfer verkünden: *Es wird nie einen Schwarzen Freitag geben.* (Und wie sollte es ihn auch für Whyte-Footling geben, jetzt, da Tante Mildreds Werte erst langsam, dann immer schneller auf seine Konten rutschen? Abercrombie & Mulford machen das, die alte Familienfirma.) Er bewegt sich jetzt sicherer, der Captain, er redet über Bloomsbury und neue Sachlichkeit, wissende Ignoranz ist ein Zustand, den er aus allen Jahrhunderten kennt und beherrscht. Selbst im Montrose-Club, wo er sich (wegen Enigmatingers Liste) zwei- oder dreimal sehen lassen muß, werden die Wölfe zutraulicher.

Schnatternde Aufbrüche in Pelzen und Zylindern; schwarze Kühler mit senkrechten silbernen Grillstangen; Küßchen im Fond, während Sid mit mißbilligenden Ohren steuert. Weiter geht man nie: Dornröschen schlummert, er begehrt Dornröschen nicht, denn es träumt vom Erscheinen des Märchenprinzen (des Prinzen Karl Eduard, einst ihrer Ahnfrau bei der Märchenflucht des Sommers 1746 verheißen) und erwartet nichts anderes als die selbstlose Bereitwilligkeit ihres Ritters: *Ich liebt' euch nicht, liebt' ich nicht Ehre mehr.*

Dann die geistliche Ruhe: Westminster Abbey. Zwischen ein und vier Uhr, wenn die Spinnweben der gotischen Ewigkeit unter den Gewölben hängen, wenn man den Angstschweiß, den Verräterschweiß, den Raubkatzenschweiß riecht, der in allen Brokaten hängt, zwischen denen Thron und Altar sich buhlerisch vermischen. Zwischen ein und vier Uhr, da arbeitet er am Krönungsstuhl. Das einzige Gerät, das er in der ersten Woche braucht, ist eine papierdünne Feinsäge, um das offene Schnitzwerk unsichtbar von der Vorderfront unter der Sitzfläche zu lösen. Er hat einen Seidenschal unter dem Stuhl aufs kosmatische Pflaster gebreitet, um das Sägemehl aufzufangen; Papier oder Zellophan wären beim schnellen Entschwinden zu geräuschvoll. Im Licht der Blendlaterne erfährt er jede Maserung des alten Throns, jede Narbe und Entstellung durch Tourismus, Krönungen, dumme Restaurationen. Mitleid stellt sich ein mit dem verwetzten, gemarterten Hebammenstuhl, der als einziges

Möbel in dieser Riesenscheune der Glory von wirklicher Sterblichkeit kündet (wie viele Könige und Königinnen wurden hier zu blutiger Existenz geboren?).

Geräusche vom Langschiff, Geisterhusten in den Kreuzrippen sorgen für die maßvolle kriminelle Spannung. Whyte-Footling knipst dann die Laterne aus (er hat die Schalterfeder so eingestellt, daß dabei kein Laut zu hören ist), rafft den Schal zusammen und huscht in eine der Königskapellen; ein nächtliches Wiesel, aber ein Wiesel ohne Furcht. Je nach dem Ursprung der Geräusche, ob sie näher dem nördlichen oder dem südlichen Querschiff entspringen, wählt er seine Route, kauert hinter einem Sarkophag oder ersteigt ihn auch, um zwischen halskrausigen Ladies und Gentlemen, zwischen Edelleuten und ihren Gemahlinnen, die respektabel ihr letztes Beilager vollziehen, mit offenen Augen und gefalteten Händen den Jüngsten Tag zu erwarten. Er formt Sympathien auf diese Weise; in der Reihe der südlichen Kapellen zieht er die des hl. Edmund vor, streckt sich wohl auch hinter Anstruthers Sarg aus; in den nördlichen liebt er die Monumente der Bromley und Puckering sowie das entstellte Antlitz des Richard Harounden (oder Harweden?) 1420 bis 1460. Man hat im Jahre 1927 noch nicht dem törichten Hang nachgegeben, die Ahnen mit lebhaften Farben zu bemalen, sie sind steinern grau und fern, und so mag er sie; die Farben des Mittelalters kennt er ohnehin, die mag er lebendig.

Fast immer ist seine Vorsicht überflüssig; nur zweimal schlurft ein Verger aus gestaltlosem Pflichtgefühl durch den Chorumgang und wirft einen Blick ins Sanctuarium der Krönung, und einmal kommt, von Portweinträumen gebläht, der Clerk of Works persönlich und geistert übers kosmatische Pflaster. Aber selbst wenn er den Stuhl überprüfen würde; selbst wenn er, wie jener Frechling des 18. Jahrhunderts, etwa aufgrund einer Wette die Nacht auf dem Thron zu verbringen beschlösse: wie könnte er die haarfeine Sägeritze entdecken?

Oft bleibt auch der Gast länger zwischen den Ladies und Gentlemen liegen, als der Anlaß es erfordert; manchmal auch begibt er sich in die Kapelle Heinrichs des Siebten, deren hundert steinerne Regenschirmgerippe vom Licht der Straßenlampen konturiert werden. Er setzt sich dann in das Chorgestühl des Bath-Ordens, vorzugsweise in den Stuhl des Marschalls Haig, hinter das große, goldgeschnittene Matutinbuch. Er erwägt schläfrig, sein Wappen, den kleinen Fuß argent auf dem Feld gule, auf den Klappsitz neben dem der Inselgeschlechter zu schrauben: Fueßli was here. Ins Hauptschiff dringt er nur vor, um sich den Transportweg durchs Nord-Transept genau einzuprägen: die Empire-Bastler auf ihren speckig glänzenden Marmortrommeln, die Peel, Gladstone, Canning, Disraeli langweilen ihn, Tumore der Macht, nicht länger bösartig. In häretischer Reichs-Abtei gewinnt Arnold Füßli, ein römischer Agent, goldene geistliche Früchte.

In der zweiten Woche wird die Arbeit komplizierter. Zunächst gilt es eine Entscheidung zu treffen. Whyte-Footling hat die sechs Quader erhalten, er hat die Risiken abzuwiegen: Feinarbeit an der Kopie hier, in der Kathedrale, an Ort und Stelle – oder vorläufiger Austausch des Schicksalssteins mit Quader A, Feinarbeit unter ständiger Bezugnahme auf das Original irgendwo in sicherer Bleibe an Quader B, zweiter Abtei-Besuch mit Austausch von A gegen B, endgültige Verleimung des Schnitzwerks. Beide Möglichkeiten haben ihre eigenen Gefahren und Vorteile.

»Da wäre die Frage von Roylton Magnum«, sagt Duncan Abercrombie, der Seniorpartner der Firma, zu seinem augenblicklich wichtigsten Klienten. »Sehr schöner Besitz in den westlichen Midlands.«

»Ich kenne die Pläne«, winkt der Captain. Der graue Duncan blickt ihn kurz an und – ganz ungewöhnlich für einen Partner der Firma Abercrombie & Mulford – unterdrückt ein Husten des Erstaunens. »Sie kennen –?«

»Ja nun. Es ist wertvoll, nicht wahr? Ich habe den Wert des Geldes kennengelernt, Sir – in einer harten Schule.«

»So scheint es, Captain, in der Tat. Ihre Dispositionen sind, um das so auszudrücken, extrem konservativ. Nicht, daß unsere Firma einen Ruf der finanziellen – Bravour hätte, aber ...«

Ich weiß vom *Schwarzen Freitag,* du nicht, denkt Füßli. Drum gehe ich in Immobilien und Staatsanleihen und Gold, spielt ihr nur Golf auf dem Vulkan, mit dem Krater als achtzehntem Loch. »Nun, was meinen Sie zu Roylton Magnum?« fragt er laut.

»Ihre persönliche Anwesenheit dort wäre doch erforderlich. Wenigstens vier Tage oder eine Woche lang, Captain. Übrigens sehr reizvoll dort, sehr abgeschieden.«

»Exzellent. Genau das brauche ich.« Es ist also soweit.

»Es ist soweit, Flora my flower«, sagt er, während er sich im Tango-Wippschritt über sie beugt. »Morgen abend müssen Sie mir Sid borgen.«

Zum erstenmal schlägt sie die Augen wahrer Hingabe auf. »Wie schön, Harold, wie schön.« Die Ranken öffnen sich, Dornröschens Schloß wird sichtbar. Die böse Fee (hat sie nicht Porträtähnlichkeit mit der Fürstin Araktschejewa?) verliert ihre Macht.

»Natürlich gehe ich mit.« – »Ausgeschlossen.« – »Das, Harold, dürfen Sie mir nicht antun.«

Whyte-Footling erkennt: sie wird kommen, so oder so. Und technisch hat es vielleicht sogar Vorteile, wenn sie mitkommt.

An diesem Abend gibt es keine Küßchen im Fond, und Sid, der bereits seine Anweisungen für morgen nacht hat, fährt aufsässiger als gewöhnlich. »Stein«, knurrt er. »Könige. So'n Quatsch.« Er prahlt wieder in der Finsternis wie ein erschrecktes Kind, denn über Papa Ferroccios Zornesbild schieben sich die fürchterlichen Masken der Geschichte. Sid MacGonigle, einst Concrete MacGonigle genannt wegen der Fertigkeit, mit welcher er die Füße von Geschäftsfeinden bis zu den Knöcheln in Zementblöcke goß und sie dann im Michigansee versenkte, fürchtet sich wie jeder Neandertaler vor den Geistern der Ahnen.

Whyte-Footling springt vor dem Clariston aus dem Bugatti, küßt Floras Hand, summt gutgelaunt, während er im Liftkäfig hinaufrattert zum vierten Stock, er öffnet die Tür zu seiner Suite. Das Licht brennt. In einem Armstuhl sitzt ein Moloch aus ungeheuren Karos in Beige und Grau, mit beigenen Schläfenlocken, grauen Kinnen und Tränensäcken, wurstförmiger Nase und hängender violetter Unterlippe. »Hei Sportsfreund«, sagt der Kröterich, kein Kuß wird ihn je in einen Prinzen verwandeln.

»Hei«, antwortet der Hauptmann, den man nicht so leicht erschreckt. »Mit wem habe ich die Ehre?«

»Kummer machngse mich«, sagt die Unterlippe. »Wa'm laufense Kondakt nich an, höh?«

Kontakt, welcher Kontakt? Whyte-Footling hat es sicher gewußt – vor der bewußten Unterredung auf der *Adelaide*. Aber er ist nicht in der Quellenlage, die Theoretische kannte ihn nicht, und er kennt ihn auch nicht. Der Moloch trinkt aus einer flachen Flasche, Whyte-Footling gewinnt Zeit: »Da habe ich was Besseres für Sie«, tritt an die rotbraune Regency-Kommode und entnimmt ihr einen zwölfjährigen Scotch. Er steht dabei mit dem Rücken zum Ungeheuer, das kitzelt etwas im Rückgrat, aber Furchtlosigkeit ist angezeigt.

»Kann det nich«, brabbelt es hinter ihm. »Kreislauf. Trinke Pop.« Trauer hängt über ihm.

»Dann gestatten Sie mir einen«, lächelt Whyte-Footling unter militärischem Schnurrbart. Er hat einen möglichen Zipfel der Geschichte erwischt, er hält ihn fest; Whyte-Footling hat Verbindungen zum US-Alkoholgeschäft, er hat angedeutet, daß er sie erweitern wird, um vierhunderttausend. »Im übrigen«, sagt er, »treffe ich meine eigenen Dispositionen.«

»Nix«, sagt der trauernde Moloch und trinkt; ein Schandfleck ist er in diesem Salon von Holzrot und Crème. »Nix da. Se steing ein, gudd. Se steing nich ein – raus fliegnse. Uffde Neese.«

Der Akzent ist Flatbush oder Brooklyn, mit ethnischen Eigenheiten. Also Ostküste. Persönlich haben sie sich noch nie gesehen, sonst würde der Kröterich anders reagieren. Whyte-Footling hat kombiniert, soweit es geht, er wagt den Sprung ins Dunkel. »Frage der eingebrachten Anteile, Meyer Marmalade«, sagt er. »Ich muß meine Geschäftsbasis verbreitern.«

Der Kröterich ist benannt, offenbar richtig, er schüttelt kummervoll die Kinne. »Wir feifen, Se danzen. So läuft det, Sportsfreund.«

»Gut«, gibt Whyte-Footling heraus. »Dann übernehmen Sie – bei Flora Ferroccio.«

Der Molch-Moloch hält einen Augenblick töricht die flache Flasche zwischen Knackwurstfingern hoch, dann kichert er, daß Unterlippe und Karos schüttern. »Rotzfrech«, sagt er zwischen zwei Fettbeben. »Rotzfrech, aba nich doof. Frankie'n sin Baby vernasch'n. Babbi mit unner Druck setzn. Hörnse zu, Sportsfreund. Det macht uns'e Maschine, klar? De gude olle New-Joisey-Maschine. Geen Grund zur Innervenziohn.«

»Im Frühling«, erklärt Whyte-Footling und trinkt zwölfjährigen Scotch, »im Frühling wendet sich die Phantasie eines jungen Mannes leicht Gedanken der Liebe zu.«*

»Dreckslimey«, brabbelt Meyer Marmalade. »Stil ooch noch. Dreckskerl.« Er bläht sich auf und quetscht sich durch diesen einfachen Prozeß aus dem Armstuhl, watschelt auf langen gelben Halbschuhen zur Tür, wo er sich umdreht. »Sie«, sagt er und richtet eine Knackwurst auf die untadelige Hemdbrust des Captain, »Sie sin'n Schnorrer. Klar? Sie – sin nix. Tiny Tony, der haddwas zu biet'n, Sie nix. Frankie sin Baby – miese Tour. Obermies. Will Ihn'n was sang: Se gomm'n rein wie schriftlich, sonst: bäng. Uffde Neese. Mänsch, Se ham Phantasie, denggn Se an die New-Joisey-Maschine. Sieße Dräume.«

Dann empfiehlt er sich. Er geht, wenn man erst einmal hinhört, überraschend leise.

Whyte-Footling nimmt den geräumigen Platz im Armstuhl ein, zündet sich eine Zigarette an und trinkt Scotch. Er denkt nach. Es gibt dazu ein halbes Dutzend Möglichkeiten, keine davon ohne Gefahrenprozente. Soviel ist klar: Whyte-Footling, der Erbschaft entgegenfiebernd, hat Kontakte mit Meyer-Marmaladowski und einer New-Jersey-Maschine, also einem Alkoholkonzern der amerikanischen Ostküste, angeknüpft. Frankie Ferroccio, Floras Erzeuger, liegt dieser Maschine quer. Cheeks Seraki und Meyer Marmalade, entschlossen, Tiny Tony einzukaufen. (Antonio Barello hat übrigens gestern dem Captain begrenzte Unterstützung zugesagt.) Zehn plus hat man ihm ge-

* A. Tennyson, *Locksley Hall.*

boten – Monopol-Kampftaktik, sonst nichts: die würden wohl nicht lange gezahlt werden.

Arnold Füßli, anderzeits und anderwärts als Arnaldo Piecorto, Harmonis Mikropodos, Arnault-ès-Petitz-Piés bekannt, steht auf vertrautem Grund: dem Boden absoluter Gefahr, dem Boden des Kampfes aller gegen alle. »Wenn's weiter nichts ist!« lacht er und begibt sich ins Badezimmer.

6

Rom, Oktober 1954

Franz Defunderoll legte zum sechsten Mal an in der Pose des *combat shooting:* die Knie locker, die Linke mit der Pistole fast gestreckt, die Rechte vorgeworfen, und schoß das Magazin leer. Acht Schläge kreuzten sich in den Echos der Halle. »Fünf Herztreffer auf 40 Schritt«, lobte der Instrukteur. »Benissimo. Und nun bitte im Sitzen, 90 Grad nach rechts gewendet. Ja so. Auf zwanzig Schritt. Pronto?« Der Instrukteur drückte auf einen beleuchteten Knopf, die Scheibe schnellte aus der Ritze im Betonfußboden, puang – puang – puang – acht Schuß aus dem Magazin der nächsten Pistole. »Vier Herztreffer. Auf die Distanz genügend – aber nicht mehr. Wir streben Perfektion an, mein Herr – perfezione, prego.«

Franz Defunderoll nickte, sein langes Kinn kam in Bewegung, er wischte Schweiß von der Stirn, griff wieder nach der ersten Luger und schob ein neues Magazin ein. »Wer einmal auf die CSAPF geschwört, / hat nichts mehr, was ihm selber gehört«, sagte er sich halblaut vor. Im Geist rekonstruierte er seinen Sitz im MYST-Gerät, er rückte auf dem simulierten Sattel hin und her und tröstete sich damit, daß er Linkshänder war: man hatte ihm hundertmal versichert, daß er den Sattel nicht verlassen müßte, alles sei genau justiert. Wenn alles in Ordnung ging, dauerte es zehn Sekunden, fünf Sekunden. Er konnte die Rechte am Greifenkopfhebel halten, während er mit der Linken schoß: geradeaus oder nach links oder nach rechts an der Brust vorbei. Nichts war von ihm verlangt als maschinelle

Genauigkeit. Mehr konnte und wollte er nicht leisten. Und dennoch: Erwählung lastete wie ein Gebirge auf seinen graubündischen Schultern.

* *
*

Fürst Araktschejew trat ohne anzuklopfen durch die Bürotür mit der Aufschrift ›Fabio Garetti, Esportatori di Lusso‹. Das Vorzimmer war wieder umdekoriert worden; der Schwerpunkt lag jetzt auf Antiquarischem: Kupfer- und Messingurnen, Pferdekandaren, Reliquiaren und Waffen. Auch Hekate war der Umdekoration zum Opfer gefallen, sie war ersetzt durch ein honigblondes Mädchen mit schmaler Hakennase und Brille.

»Sei gegrüßt, Bellezza«, sagte der Fürst. Weil es draußen regnete, trug er einen Radmantel. Seit seinem letzten römischen Besuch war das violette Adergeflecht in Wangen und Nase etwas dichter geworden, aber seine Augen brannten grau und hart, das Raubtier bereitete den Ausbruch vor.

»Sie wünschen?« näselte die neue Vorzimmerdame mit dem grotesken Hochmut derer, die überteuerte Dienstleistungen vermitteln. Der Fürst setzte sich, schlug ein hellgraues Bein übers andere, klemmte den linken Saum seines Radmantels zwischen die Schenkel, entnahm einem Platin-Etui eine braune Zigarette mit Goldmundstück und zündete sie an. »Ich wünsche Ihren Chef, Bellezza.«

»Signor Garetti ist nicht zu erreichen.«

»Tatsächlich? Bitte nehmen Sie dies zur Kenntnis.« Er reichte einen Zettel über den Tisch, die Bellezza bemerkte dabei seinen Ring, einen Karneol von antiker Arbeit. Auf dem Zettel stand:

> »Fürst Grigorij Antonowitsch Araktschejew ist berechtigt, mein Schwert Al-Aktal entgegenzunehmen.
>
> Dank und Gruß ... F.«

»Die Handschrift«, bemerkte der Fürst, »ist Ihrem Chef bekannt. Bitte handeln Sie.«

»Signor Garetti ist nicht zu erreichen«, wiederholte die Blonde; trotz ihres intellektuellen Profils war auch sie ein Geschöpf von geringem Verstande. »Aber er ruft gelegentlich an. Ich werde ihm dann Ihre Botschaft übermitteln, kommen Sie morgen wieder oder rufen Sie uns an – hier unsere Karte.« Durch das Vorzimmer haspelte seitwärts wie eine Krabbe ein buckliger Priester mit traurigen Augen, machte Bücklinge und verschwand hinter der inneren Tür. Die Blonde hielt in der Rechten noch die Karte, die sie dem Fürsten anbot, aber ihre Linke war um einen Anhänger geschlossen: eine Korallenfaust mit zwei abgestreckten Fingern.

»Das«, erklärte der Fürst, »ist unerträglich. Mein Freund wird zornig sein. Ich bin es auch.« Er stand auf, ohne die Karte zu nehmen, er drückte die Zigarette auf der Glasplatte des Empfangstisches aus und warf den Stummel in eine Messingurne. Er trat an die Wand und riß eine nachgemachte Pike aus den Mauerhaken. Er glich in diesem Augenblick dem Stenjka Rasin, den das Lied so beschreibt:

> Finster zuckts um seine Brauen,
> Wilde Wetter ziehn heran –
> Hej, nun bist du, Stenjka, wieder
> Der Kosaken-Ataman!

Er sah aus wie jemand, der bereit ist, das Lokal zu zerlegen, und was noch beunruhigender war: er sah aus wie jemand, der es sich finanziell leisten kann. Die Bellezza sprang auf und trat einen Schritt zurück, ihre Kniekehlen nahmen den rollenden Bürostuhl mit.

Mit finster zuckender Braue und halb erhobener Pike musterte der Fürst sie, dann das Mobiliar. Er hielt inne, um seine Lippen spielten Muskeln – die wilden Wetter verzogen sich, er brach in Gelächter aus. »Wo verbirgt der Weise ein Blatt? Im Walde!« rief er und trat an die Wand. Neben der Lücke, die er durch das Abnehmen der Pike gebildet hatte, diagonal zwischen den nachgemachten Hellebarden, Äxten und Degen, hing ein langes, bläuliches, leicht geschwungenes Schwert mit eingeätzten fließenden arabischen Lettern. »Ich nehme lieber das«, sagte er, warf die Pike weg und griff sich das Schwert. Er ließ die Klinge durch einen Halbkreis pfeifen, verneigte sich: »Sspassibo! Ich grüße Ihren Chef!« und machte auf schwarzen Wildlederschuhen kehrt. In der Bellezza erstarrte jeder Protest, sie hörte durch die geschlossene Tür das deutsche Lied, das er sang, während er die Treppe hinuntereilte: »Nimm den Ring von / meinem Finger ...«

Aber sie verstand kein Deutsch, noch weniger als Hekate.

* *
*

»Sie wissen«, sagte inzwischen der traurige kleine Priester in seinem fast weiß gewetzten Samtsessel, »daß ich von der geheimnisreichen Tragödie um unseren Miles Helveticus ebenso niedergeschmettert bin wie Sie. Aber warum bestehen Sie darauf, Unerträglichkeit auf die Trauer zu häufen, hochgeschätzter collega, warum?«

Doensmakers Lächeln verkündete nichts als einen kleinen persönlichen Triumph: er hatte endlich den rechten oberen Eckzahn seines Schädels zu vollkommener Reinheit gebracht, es verblieb nur noch das Problem der Molare. »Aber ich bitte Sie«, erwiderte er, »ich weiß nicht, worüber Sie sprechen.«

»O doch. Ich spreche über den Unglückseligen, den Sie zu diesem Sonderkurs abgestellt haben. Über den Kopf der Exekutive hinweg, aber diesen Kummer bin ich schon gewöhnt. Der Mann ist jedoch völlig unbrauchbar für den Großen Plan. Ihn etwa mit Físseli oder auch nur mit seinem Vorgänger Trumber zu vergleichen, wäre grotesk.«

»Das ist richtig, mein Freund.« Doensmaker war gesammelte Ruhe. »Und es ist auch keine Rede davon, daß er ihn etwa *ersetzen* sollte. Sie haben doch seit Jahren einen Nachfolger im Training, oder täusche ich mich da?«

»Eine selbstverständliche Aufgabe der Exekutive ist es, für Kontinuität zu sorgen. Um so verwunderlicher ist es, daß daneben dieses überflüssige Sondertraining ...«

Doensmaker erhob die Rechte warnend. »Sie verkennen, mein Freund, die Lage. Meine Abteilung hat damit gar nichts zu tun. Ich habe dem Praefectus lediglich die Fakten unterbreitet, die wir kennen, seine Erschütterung brauche ich wohl nicht zu beschreiben. Der Praefectus ist nach reiflicher Überlegung ...«

»... bei der Sie zweifellos sehr geholfen haben ...«

»... zu dem Schluß gelangt, daß diese einmalige Lage einmalige Maßnahmen erfordert.«

»Wozu die einmalige Primitivität der Maßnahme nicht passen will. Ein unterdurchschnittlicher Mann wird herangezogen, wird völlig einseitig ausgebildet ...«

»Aus Rücksicht auf Sie, mein Freund.« Mit einem Federmesser ging Doensmaker die braunen Zahnsteinkeile auf der Kaufläche des rechten oberen Weisheitszahns an. »Die Operation der MYST, der Einsatz qualifizierter Agenten in Übereinstimmung mit den jeweiligen Erfordernissen des Großen Plans und den Aufträgen des Inneren Ausschusses ist und bleibt das verbriefte Recht der Exekutive. Hier ...« (er blies über die Kaufläche) »... handelt es sich um eine ganz simple administrative Sache.«

»Sie meinen«, ergänzte Sbiffio-Trulli höflich, »um einen Henker.«

»Man kündigt, wie Sie wissen, der CSAPF nicht.« Mgr. Doensmaker stand auf und plazierte den Schädel auf einen Stoß von sechs Akten. Sbiffio-Trulli stand nicht auf, aber blickte ihn an: »Die Maßnahme, die Sie im Auge haben, setzt eine Benutzung der MYST voraus. Meine persönlichen Bindungen an Físseli waren immer wesentlich enger als die Ihren, aber sie sind unbedeutend, verglichen mit der Verpflichtung, die ich gegenüber dem Erbe des großen Leonardo fühle. Ein Rustikus wie dieser Defunderoll ...«

»... wird sich nicht die Freiheiten bei seinem Auftrag herausnehmen, die sich unser Arnaldo, wie wir wissen, laufend geleistet hat, mit dem bekannten Resultat.«

»Dem *un*bekannten Resultat.«

»Caro collega!« Doensmaker lächelte blauäugig, neigte sich nach vorn, die Fingerspitzen auf die Schreibtischplatte gestützt.

»Was der Praefectus in dieser Sache anordnet, wird durchgeführt, sonst nichts. Ich bin Befehlsempfänger, sonst nichts. Aber es ist ein wesentlicher Aspekt des notwendigen Vorgehens, daß Franz Defunderoll – auch er ein Miles Helveticus, bitte – einen ganz speziellen, ganz begrenzten Auftrag ausführt, sonst nichts. Soweit zu diesem Fall. Ich könnte mir allerdings vorstellen ...« (seine Stimme wird heiterer, sein Blick desgleichen) »... daß die ganze Affäre Einfluß auf unsere künftige Politik ausüben wird. Unsere Operateure haben bisher, wie es dem unvollkommenen Stand unserer Technik entsprach, meist sehr selbständig handeln müssen. Aber in den letzten Jahren haben sich die Methoden der Theoretischen so verfeinert, lassen sich die Operationen so genau umgrenzt bezeichnen, daß dies immer unnötiger wird. Der Schwerpunkt wird sich von den Entschlüssen an der Front auf die exakte Stabsarbeit verlagern.«

»Ein historischer Irrtum, stimatissimo collega. Der beste Soldat unseres Jahrhunderts ist der Guerrillero. Ein höchst selbständiger Typus.«

»Ich glaube, es ist Zeit, das Büro zu schließen.«

Sbiffio-Trulli wand sich aus dem Sessel, wobei er tief seufzte. Doensmaker war an den Kleiderständer mit den S-förmigen Hartholzhaken getreten und nahm seinen Schaufelhut herunter. »Wie geht es«, fragte Sbiffio-Trulli, »eigentlich Ihrem Schützling, dem amerikanischen Bibliothekar? Bei unserem letzten Zusammentreffen machte er einen, wie soll ich sagen, verstörten Eindruck.«

»Sind Sie sein Beichtvater?« Doensmaker verharrte, ohne sich umzusehen, die Hand auf der Türklinke.

»Aber aber! *Sie* als sein Retter, Sie sind doch viel eher zu dieser Rolle berufen! Im übrigen ist er, wie ich höre, nach wie vor fleißig. Er verbringt endlose Stunden im British Council – wenn auch oft unrasiert. Er brütet über Bildbänden aus dem schottischen Hochland. Besonders hat es ihm die Photo-Dokumentation ROB ROY COUNTRY – RUND UM DEN BEN CHONZIE angetan. Er hat, wiederum nach einer im allgemeinen zuverlässigen Quelle, zahlreiche Seiten daraus ablichten lassen. – Er hat doch nicht zufällig ...« (Sbiffio-Trullis Stimme wurde unmäßig freundschaftlich) »... jenen sonderbaren Schnappschuß zu Gesicht bekommen, welcher ...«

»Beten Sie für ihn«, sagte Doensmaker ebenso freundschaftlich. »Er ist in schlechter Gesellschaft.«

»Wer ist das nicht?« Sbiffio-Trulli behielt dieses letzte Wort, während sich die Tür betont von außen schloß. Der kleine Priester trat an das Gemälde mit Nymphe und Faun, die barocke Unterschrift lautete frei übersetzt:

Lüstern verfolgt die Lust
Erfüllung im Haine des Lebens:
Aber die Törin zerstampft
Ziel und Erfüllung zugleich.

7

Unterwegs nach Loch nan Uamh,
April 1927

Zwischen Clydebank und Loch Lomond, halbwegs auf der Strecke nach Arisaig, kommt es zum ersten ernsten Krach zwischen Flora Amphlett Ferroccio und Captain Harold Whyte-Footling. Er wird in einem 1925er 3-Liter-Bentley ausgetragen, genauer im angepaßten Semi-Sports-Viersitzer-Chassis (by Vanden Plan). Die Regenplane ist geschlossen, weil der April auch hier und hier besonders wechselhaft ist. Der Captain ist bei dem Krach aus zwei Gründen im Nachteil: erstens argumentiert Flora in italienischer Manier, mit figurenreichen Händen, rollenden Augen und Rs, während er als Kelto-Germano-Illyrier zu karger Disputationsweise neigt; zweitens ist die Route so festgelegt, daß er nur selten das Lenkrad oder die dreißig Straßenmeter vor dem Kühler vernachlässigen kann. Der Bentley ist zwar, dem Jahrzehnt und der Tradition der britischen Autoindustrie entsprechend, ein sehr solides Fahrzeug, aber die Regensicherung von Cabrioletts war und ist in jedem Jahrzehnt ein ungelöstes Problem. Und so teilen unsere beiden Reisenden (Flora in einem kleidsamen Shooting Cape in den Farben ihres Clans MacDonald, grün-roten Kreuzbalken auf blauroten Feldern abgesetzt; Harold in graubraunem Mackintosh mit gleichfarbiger Jagdmütze) wenigstens ein Handikap demokratisch: die gelegentliche Störung ihres Streits durch weißgraue oder khakifarbene Wasserfontänen, die in wechselnden Winkeln durch verschiedene schwache Stellen der Überdachung oder der Seitenabdeckung schießen.

»Ich verstehe Sie nicht, Captain Whyte-Footling. Wir haben das Heiligtum, den Schicksalsstein, im Gepäckraum.« (Fontäne von schräg links oben.) »Ganz Schottland lauscht, lauscht vom Tyne bis Stornoway, ein einziges weinendes unerlöstes Ohr ...«

»Die Metaphern galoppieren Ihnen weg, Flora my flower.«

»Neinnein, tout un univers de villes auriculaires, wie der moderne Dichter sagt, wartet auf den Anruf, *unseren* Anruf, Captain Harold, den Kuß des Prinzen. Und was wollen Sie?« (Ein Stoß, Flora hopst zwei Zoll vom genoppten Ledersitz.) »Sie wollen kneifen. Sie wollen das Heiligtum *verstecken*. Um Himmels willen! Wir werden das Gold des Prinzen unters Volk werfen, wir werden ...«

»Sie sehen die politischen Gewichte« (scharfe Rechtskurve um zwei Meter hohe Hecke, vermiedenes Schlagloch) »falsch. England ist noch nicht down. Für England sind 40000 Louisd'or ein Katzendreck. Das Empire« (Fontäne) »ist noch ein zu gutes Geschäft. Die schottische Bourgeoisie und der Adel hängen mit drin – noch. Die müssen erst sauer werden. Und sie *werden* sauer, verlassen Sie sich drauf. Wenn wir – verflucht, das war knapp.«

»Lassen Sie sich etwas sagen von einer Tochter des Hochlands, Captain Whyte-Footling. Sie haben kein Gespür für dieses Land. Sie spüren seinen Ruf nicht. Und warum nicht? Weil Sie ein *Krämer* sind, Captain. Ein Geschöpf von 1688. Aber der Prinz und seine Clans, das waren keine Krämer wie Ihr fischblütigen Briten. Der Prinz ...«

»Der Prinz wird diesmal nicht ohne die Lowlanders auskommen, und das sind die fischblütigsten Krämer, die es gibt, principessa. Dagegen sind wir Engländer flammende Romantiker.«

»Lenken Sie nicht ab. Sie haben keinen Sinn für die Andreasfahne, keinen Sinn für die Weiße-Rosen-Kokarde. Wenn wir – Vorsicht, die Katze!«

»Der bittere Dorn an der weißen Rose war die Erfolglosigkeit. Die Organisation, für die ich arbeite, ist nicht gern erfolglos.« (Fontäne von rechts seitwärts, schmale Brücke.) »Sie denkt in Jahrhunderten.«

»*Jahrhunderten!* Darf ich einmal fragen, was Sie überhaupt vorhaben mit dem Lila Fáil, Captain, oder wer Sie sind?«

»Ich – vorhabe?« (Schlaglöcher, in Slalomkurven angeordnet.) »Ich bin nicht auf der Planungs-Ebene.«

»Was ist das, Planungs-Ebene?«

»Verzeihung, ein Ausdruck von morgen. Aber ich könnte mir vorstellen, daß es vorläufig nur darum geht, den nächsten oder übernächsten König von England um die Legitimität in Schottland zu bringen. Eine flankierende Maßnahme, verstehen Sie?«

»Eiskalt ist das alles. Prinz Charlie lebt, die schottische Sehnsucht lebt, die Gaelische Land-Liga lebt. Sie, mein Freund, leben nicht. Sie kalkulieren« (Fontäne von links unten). »Wenn es nicht so regnete, ich würde Ihnen einiges beibringen! Ich würde ...«

»Dort, my flower, über jenen heidekrautbedeckten, von violett in braun und grün spielenden Hügeln des lauschenden Hochlands, steht der Regenbogen. Er sei uns ein Zeichen der Versöhnung.«

»Das würde Ihnen passen: Versöhnung zu Ihren Bedingungen.«

»Flora. Sie können nicht ermessen, wie sehr Sie meine Abenteurer-Phantasie entflammen. Aber von Politik – Mist, das hätte einen Platten geben können! – von Politik verstehen Sie nichts.«

»Wann – hoppsa« (kleiner Sprung des Bentley) »würde Ihrer Meinung nach ich etwas von Politik verstehen, Monsieur?«

»Das Wichtigste an der Politik ist das Verschweigen.«

»Das Lügen, meinen Sie.«

»Das Zweite ist die Fähigkeit, dem anderen beizubringen, daß man das, was man tut oder will, in seinem eigenen Interesse tut oder will. Beides kann ich nur unvollständig; das Erste vielleicht etwas besser. Aber hören Sie trotzdem zu: in dem Augenblick, wörtlich in dem Augenblick, wo Sie gegen meine Instruktionen handeln sollten –«

»Und wer instruiert Sie?«

»Eine Jahrhundert-Organisation, sagte ich doch.«

»Die Tscheka?«

»Lächerlich. Parvenüs. *Ci pensiamo in secoli.*«*

»Sie gehören nicht zufällig«, Floras Stimme wird kleiner, »der Mafia an?«

»Ah, da fragt die Tochter Siziliens. Aber lassen wir das. In dem Augenblick, wo Sie den Stein an die Öffentlichkeit bringen, in dem Augenblick verschwinde ich. Zwangsläufig. Wie Lohengrin für Elsa. Bin dann nie dagewesen. Stellen Sie sich das bitte möglichst wörtlich vor.«

»Das dürfen Sie nicht!!« ruft Flora Amphlett Ferroccio. Sie ruft es so, daß er im Beginn einer ansteigenden Straßenkurve stoppt. Sonne kommt durch, der Regenbogen steht noch mit einem Rest von etwa 80 Bogengrad auf den Hügeln und vor den Wolken, der Bentley steht mit der Nase einem kitschgrünen Abhang zugewandt, und sie küssen sich zum erstenmal wirklich. »Liebst du mich, Harold?« fragt berechtigter achtzehnjähriger Zweifel. Er denkt gewissenhaft nach, sucht in den dumpfen Labyrinthen nach der russischen Fürstin, sieht sie ganz klein und harmlos am Ende einer vatikanischen Treppe, keine Drohung mehr. Er nickt vorsichtig und antwortet: »Meinem gegenwärtigen Informationsstand nach ja.«

»Reden die in deiner Organisation alle so?«

»Stilistisch nicht. Die ziehen eine altmodische Ausdrucksweise vor. Aber der Substanz nach kommt's hin, ja.«

»Also eine Organisation von gestern. Eine altmodische.«

»Eine vorsichtige. Also zukunftsgerichtet. Die Zukunft, mußt du wissen, wird immer vorsichtiger und dabei immer wahnsinniger: Kettenraucher mit Gesundheitsfilter. In einer Generation wird es eher zum Kotzen sein.«

---

* Angeblicher Lieblingssatz der römischen Kurie: »Wir denken hier in Jahrhunderten.«

»Du sprichst uralt, Harold. Du bist in giftige Netze verstrickt, das spüre ich mit der Sensibilität des Weibes. Aber das kriegen wir hin.«

Er lacht frei. »Bitte nicht gleich, principessa. Ich liebt' dich nicht, liebt' ich nicht Ehre mehr.«

Südlich vom Mamore-Wald, auf der Höhe von Kinlochleven, werden sie beschossen. Das ereignet sich gegen 19.10 Uhr in heller Dämmerung. Das Geschoß kommt von rechts durch die Zellophanscheibe über der Tür, etwa zwei Zoll unter dem Dachknickrahmen, und durchquert den Wagen, wo es knapp oberhalb der Türkante austritt. Da sich Flora eng an den Captain hält, wird sie nicht getroffen. Die Blume des Hochlands und Tochter Siziliens schreit nicht auf, nur ihre Hände packen überkreuz die Säume des Shooting Cape. Der Captain läßt das Lenkrad nach links und rechts spielen, der Wagen schaukelt immer stärker, dann schlägt er hart nach rechts ein und fährt mit der Kühlernase in einen Ginsterbusch. Das Auto bleibt stehen, leicht zur Seite und etwas nach vorn geneigt, die starken Ginsterzweige streifen noch am rechten Zellophanfenster entlang. »Müßte eigentlich echt aussehen«, murmelt der Captain. »Bitte entschuldige mich ein paar Minuten«, fügt er hinzu, halblaut und verschämt wie ein Mann, der mal schnell in die Büsche muß. Er öffnet die Tür und rollt ins nasse Erdreich unter dem Busch. Durch die eben ansetzenden gelben Blüten und das Grün sieht ihn Flora, wie er über einen kleinen Steinhaufen robbt, dann ist er verschwunden.

Sie sitzt zurückgeneigt im genoppten Ledersitz, sie hört das schläfrige Schnalzen des Regens gegen die Plane, er setzt wieder etwas stärker ein. Sie überlegt sich, was sie tun soll: ›Nein Harold nein‹ schluchzen? Seinen Plan glaubt sie genau zu kennen. Soll sie stöhnen, wie jemand in Bewußtlosigkeit? Sie hat keine Instruktionen. Harold, das weiß sie, hätte ihr welche gegeben, wenn es nötig gewesen wäre. Also tut sie nichts. Sie sitzt etwa fünfzehn Minuten in großer Einsamkeit. Es kommen keine Autos vorbei. (Wir schreiben, wie erinnerlich, das Jahr 1927.)

»Das«, sagt Harold und klettert durch den Ginster wieder herein, »war Meyer Marmalades Geschoß.« Er sagt es auf deutsch (Tell-Zitate verlangen von ihm, dem Eidgenossen, diese Sprache), sie hat es nicht verstanden, sie sinkt aber gegen seine nasse Mackintosh-Schulter. Er hält sie ein paar Minuten mit der Linken, die Rechte trommelt nachdenklich auf dem Lenkrad.

»Wer war das, Harold? Was weißt du?«

»Nicht genug. Merkwürdige Sache. Der Kerl war überhaupt kein Problem, kam den Abhang runter wie ein Großstädter beim Pilzesammeln, wußte vermutlich gar nicht, was ein Jagdmesser ist. Aber Identifikation? Unmöglich. Sauber wie ein Hundezahn. Nicht einmal Schneider- oder Geschäftsetiketten im Anzug. Demnach Organisation. Gute.«

»Deine altmodische vielleicht?«

»Kaum. Ich tippe auf Meyer-Marmalade. Konzernpolitik. Ich finde, wir müssen uns um deinen Vater kümmern.«

»Mit dem Stein hat das nichts zu tun?«

Er lacht: »Das wäre romantisch, was? Aber Scotland Yard geht doch noch etwas anders vor.« Er legt den Rückwärtsgang ein und setzt auf die geschotterte Fahrbahn zurück. Natürlich hat er über alle Möglichkeiten nachgedacht, während er auf den Schützen wartete, der schlitternd durch Gras und Kraut herabkam. Er hat an ein römisches Straßencafé gedacht, an eine Tonbandrückspielung – aber auch an die Unmöglichkeit, zwei MYST-Einsätze im gleichen Zeitraum durchzuführen; er hat an den grauen Kröterich im Clariston gedacht, er hat sich schließlich für den letzteren entschieden. Es ist ein Sprung ins Dunkel, aber er springt im allgemeinen ganz gut und sicher. »Fahren wir weiter«, sagt er zärtlich und gibt Gas.

Hinter Fort William wird es dunkler und einsamer. Sie fahren schweigend jetzt, zum Nachdenken verurteilt, und halten genau nach Westen, dem sagenumkränzten Loch nan Uamh zu. Sie durchqueren Glenfinnan, den Ort, wo am 19. August 1745 die Standarte gehißt wurde, und Whyte-Footling fürchtet, Flora könnte zu zeitraubender Romantik ausholen, aber sie reagiert nicht, sie sieht geradeaus in die kurze gelbe Scheinwerferzukunft vor dem Kühler. Drei Meilen vor Lochailort beginnt Whyte-Footling verabredungsgemäß nach einer rotweißkarierten Flagge Ausschau zu halten, sie kommt eine Meile vor dem Nest ins Scheinwerferlicht, der Mann mit der Flagge wedelt sie nach rechts in den Feldweg. Der steigt zweihundert Meter an, knickt dann nach Westnordwest ab und taucht in eine Schlucht, über die Strauchgewölbe hängen. Nach hundertfünfzig Metern weitet sie sich in einen Steinbruch.

Zwei Feuer brennen da, am hinteren Feuer sitzen Männer und schmausen, am vorderen, das ziemlich genau in der Mitte des Steinbruchs leuchtet, steht ein kleiner Mann im Trenchcoat. Wohnanhänger sind 1927 noch nicht bekannt, aber es gibt die hölzernen, leicht gewölbten Wohnkarren der Straßenbaubehörden. Einen solchen hat Anthony Barlowe aufgetrieben, er ist eben kompetent.

»Willkommen in der Heimat, Flora Amphlett MacDonald«, sagt er und dreht ein Lamm sachte am Bratspieß. »Wie, Capitano, war die Reise?«

»Etwas stürmisch auf der Länge des Mamore-Walds«, sagt der Captain. Tony lacht höflich wie jemand, der einen Witz nicht versteht, und pinselt Minzenöl aufs Lamm. Die Männer am anderen Feuer wenden sich halb um, einer wedelt mit der Hand, dann murmeln sie weiter und lassen zwei Becher mit Feuerwasser kreisen. Die Nacht ist wohl vergleichbar den Aprilnächten von 1746, in denen in solchen theatralischen Verstecken versprengte Clankrieger berieten: wird es weitergehen mit dem Righ nan Gaidheal*, mit französischem Gold und Breitschwertern? »Drei Hacken, drei Spaten«, sagt Tony. »Genug?«

»Völlig«, erwidert Whyte-Footling. »Mehr wären sich gegenseitig hinderlich. Der zweite Wagen?«

Barlowe weist auf das Dunkel hinter dem Karren – der Gepäckraum eines zweiten Bentley steht lackspiegelig in den Feuerschein. »Den hat Barmey hergefahen, unser Bester. Ich bin mit der *Highland Flower* gekommen, die liegt dreieinhalb Mei-

---

* »König der Gaelen«, ein Ehrenname von Charles Edward.

len von hier bereit, am Nordufer des Loch nan Uamh, an einer provisorischen Mole. Sid ist drauf – und drei malaiische Gentlemen, die ich aus Luang Prabang mitgebracht habe. Sie sind schweigsam und zuverlässig. Barmey wird Sie hinüberbringen, wenn Sie wünschen. Das sollte doch, wenn ich mich nicht irre, so vonstatten gehen?«

»Tragtiere?«

»Fünf Maulesel. Genügt?«

»Vollständig. Säcke?«

»Achtzehn. Beste Jute.«

»Werden wir wahrscheinlich nicht alle brauchen. Wir wollen essen, und dann ...«

»Für Miß Flora«, verneigt sich Tony, »haben wir ein einfaches, aber komfortables Feldbett im Karren bereitgestellt.«

»Quatsch«, sagt die Blume des Hochlands, und Whyte-Footling lächelt: »An Unternehmungen, die sie interessieren, nimmt Flora MacDonald grundsätzlich teil.«

»Das habe ich erwartet«, sagt Barello. Sie essen auf Baumstümpfen sitzend; der Regen ist milde, das Lamm würzig, das Weißbrot leicht mit Knoblauch berieben. Dazu trinken sie trockenen weißen Orvieto aus der Korbflasche.

Zu neunt brechen sie mit Werkzeugen, Säcken und Mauleseln auf. Whyte-Footling hat zwar den nahen Loch noch gar nicht zu Gesicht bekommen, aber sein Orientierungssinn braucht ihn nicht. Er findet im Dunkel den richtigen Saumpfad und den Hohlweg, der etwa zwei Meilen entfernt ist.

Natürlich sind die Heidekrautbüsche nicht mehr die gleichen wie vor 181 Jahren, aber Gesteinsformationen sind konstanter und lassen sich leicht identifizieren, wenn man weiß, wonach man zu suchen hat. Hacken knallen, Spaten kratzen, Blendlaternen beleuchten geschäftiges Metall. Es regnet, keiner der Männer bemerkt es. Eine Hacke trifft auf Bandeisen, die anderen Werkzeuge werden schneller, die zwei morschen Kistendeckel, von Bandeisen geschnürt, liegen frei.

»40 000 Louisd'or«, sagt Whyte-Footling zu Tony, »entsprechen etwa 1000 Barren. Das nur, damit mein Angebot klar ist.« Tiny Tonys Kinn, von unten beleuchtet, nickt seriös. Brecheisen fahren ins modrige Holz, die Deckel platzen wie Pappe. Gold dagegen hat nicht viel gegen 200 Jahre einzuwenden und glänzt unmißverständlich.

»Charlie ist wieder da!« haucht Flora, und: »Du hast es gewußt, Harold, Liebster. Du hast es gewußt.«

»Die Maultiere und die Säcke genügen wirklich«, sagt Tony. »Meinen Glückwunsch, Captain.«

»Ci pensiamo in secoli«, antwortet der bescheiden.

Zurück im Steinbruch, besprechen sie das Nähere. »Ich habe öfters die Erfahrung gemacht, daß halbierte Gefahr von Nutzen sein kann, Barello«, sagt Whyte-Footling. »Deshalb mein Vorschlag mit den zwei Wagen und dem Boot. Wir teilen den Schatz auf; ein Teil geht mit meinem Wagen, den Sie übernehmen können, vier Teile ins Boot. Wir werden Sie mit Ihrem Bentley hinüberschaffen.«

»Sie sprechen von halbierter Gefahr, Capitano. Ist meine Arithmetik schwach geworden?«

»Ich habe mich unpräzise ausgedrückt. Mein Wagen ist leider schon ziemlich beladen – mit einem Sandsteinquader, 26 einhalb auf 16 einhalb auf elf Zoll, ich brauche ihn für denkmalpflegerische Zwecke auf meinen Besitzungen im Norden. Mehr als ein Fünftel, allerhöchstens ein Viertel unseres – Fundes würde ihn überbelasten.«

»Das«, antwortet Barello, »haben Sie fein ausgedacht, es entspricht Ihrem Stil.« Er hat das Feuer wieder angefacht und röstet jetzt kleine Würstchen an Haselnußzweigen, die er ins Feuer hält und herumreicht; Flora, in Barett und Cape, sitzt großäugig und träumt in die Flammen, die Blume des Hochlands auf einem Tableau von Walter Scott. Sie läßt ihr Würstchen kalt werden.

»Immerhin«, wirft Tony hin, »sind 8000 Louis auch noch eine Menge Edelmetall.«

»Gold als solches, mein Freund, ist nicht operativ. Die Spanier haben das zum Beispiel ein Jahrhundert zu spät mitbekommen. Gold spielt nur als Sicherheit eine volkswirtschaftliche Rolle. Ich bin sicher, daß Sie das würdigen. Unsere ursprüngliche Planung bringt Ihnen mehr ein als den Basiswert von achttausend. Nicht, daß ich einen Augenblick an Ihrer Seriosität zweifeln würde, Barlowe.«

Tiny Tony beißt ein halbes Würstchen vom Haselnußzweig und lacht: »Ché grandezza! Ich schätze Sie, Capitano, das wissen Sie. Ich stimme zu. Wo und wann treffen wir uns?«

»Das hängt von technischen Einzelheiten ab. Haben Sie Barrengußformen und Öfen?«

»Formen im Karren. Ebenso einen Schmelztiegel und Anthrazit. Einen guten Brennofen müßten wir uns allerdings erst bauen.«

»Fein. Rekognoszieren Sie bitte morgen früh das Gelände um Oban. Ich kenne es zu wenig, um sagen zu können, wo die nötige Abgeschiedenheit sicherzustellen wäre. Einzige technische Bedingung: Autospur zum Meer. Ich denke etwa an Loch Fenchan, aber Sie haben freie Hand. Wir treffen uns dann am Runden Turm zu Oban, fünf Uhr nachmittags. Sollte ich eher mit der *Highland Flower* ankommen, bereite ich das Nötige bei der Caledonian Bank vor. Das wärs.«

Der Schatz, bereits in fünfzehn Säcke gefüllt, wird aufgeteilt: drei bleiben im Steinbruch, zwölf gehen in Kofferraum und Fond des zweiten Wagens. Die Federn nehmen die Last an. Barmey, ein schiefgesichtiger Mann aus Southwark, übernimmt das Steuer. Flora setzt sich neben ihn, Whyte-Footling links hinten, den rechten Arm um vier Goldsäcke gezirkelt. »Bonne voyage, ma fleur«, sagt Tony. *»Bon!«* korrigiert Flora flink. Alle vier lachen, während der Wagen nach vorn schießt.

Dreieinhalb Meilen sind rasch zurückgelegt, auch wenn ein Teil der Strecke schlecht ist. Zwei Meilen führen am Nordufer des sternüberglänzten Loch nan Uamh entlang. *Bellona, Mars, Greyhound, Terror* sind längst abgewrackt, aber Whyte-Footling könnte sie noch plazieren auf die gerippte Fläche, hinter grauweißen Salvenwolken und unter die Apotheosen der Segel.

Die *Highland Flower* ist kleiner und sehr viel häßlicher als die alten Fregatten. Sie liegt an einer rauhen Mole aus Granittrümmern, ist schwarz und stinkt nach Kabeljau und Motoröl. Sid, in einem seemännischen Phantasiekostüm, und drei kleine Männer in Turbanen und dicken Steppjacken warten auf der Mole. Das Auto kommt auf zwanzig Schritt an die *Highland Flower* heran, dann stoppt Barmey und beugt sich zu Whyte-Footling zurück. »Ende der Strecke, Cäptn. Jetzt müssen Tschingtschangtschung tragen.«

»Tschingtschangtschung? Sind die Herren nicht Malaien?«

»Schon. Aber jeder nennt sie so, weils praktisch ist und weil keiner sie auseinanderkennt. Nur der Chef. Der kann auch ihren Lingo.«

Sid MacGonigle ist über die Granitbrocken herangestelzt. Er öffnet die Tür und hilft Flora aussteigen; den Captain würdigt er nur eines zerfransten Blicks. »Tschingtschangtschung!« ruft er halblaut und schnalzt mit den Fingern. »Bagage, pronto!« Turbane und Steppjacken setzen sich in Bewegung, Barmey und Harold haben bereits Säcke aus dem Kofferraum gehoben und lassen sie behutsam auf die Steine nieder. Sid arbeitet nicht körperlich, wenn Farbige zugegen sind, denen das zusteht. In zwei kurzen Gängen ist die Fracht transferiert, Tsching (oder Tschung) geht ans Ruder, Tschang (oder Tsching) wirft die Leinen ab, Tschung (oder Tschang) verschwindet im Motor- und Frachtraum. Sid salutiert Barmey, der das Auto im Rückwärtsgang dem Ufer zukriechen läßt, es ist etwa zwei Uhr morgens.

»Verstecken, verstecken«, sagt Flora an der Reling, hochländische Sternkonstellationen glänzen in ihren Augen. »Alles wird versteckt. Gold, Kronen, Rechte, Glorie, alles. Das ist Politik, nicht wahr?«

»Genausogut könntest du sagen, England verstecke seine Flotte, weil es nicht damit schießt, oder Rockefeller verstecke sein Bargeld, weil er es nicht vom Dach der Börse unter die Leute schmeißt. Macht, my flower, ist Kredit. Den haben wir jetzt. Zwanzig Jahre mehr oder weniger, was macht das nach zweihundert Jahren aus?« Er weist auf die Cassiopeia, die eben hinter einer Wolkenstandarte hervormarschiert. »Anno 1748 beschworen elf Bürger und Bürgerinnen vor dem Stadtrat von Aberdeen eine Vision, in der sie dreimal den Zusammenstoß von Union Jack und Andreaskreuz, von Roten und Blauen erlebten. Erst beim dritten Mal klappte es, die Rotröcke liefen. So langfristig, Flora, mußt du als wahre Jakobitin denken.«

»Es sind aber *unsere* Jahre, Harold«, sagt Flora. Sie wendet sich ab und schlendert zum Rückschiff, die Bugwelle schäumt, und Whyte-Footling stützt schläfrig die Unterarme auf die Reling und blickt zu den kleinen Inseln hinüber, die schwarz unter dunkelblau und von rechts nach links vorüberziehen. Er ist abgelenkt – oder ist er vielleicht mit einunddreißig schon zu alt für seinen Job? Der Blackjack, der ihm genau gegen den Hinterkopf dröhnt, überrascht ihn jedenfalls völlig.

8

Rom, Herbst 1954

Dwight Enigmatinger, B. A., M. A., Ph. D. und Vizepräsident der IFLA, lehnte in zerknautschten Khakihosen und Netzhemd, unrasiert und übernächtig, im Türrahmen einer winzigen Neubauwohnung an der Via Nomentana. Er trank nicht Bourbon, sondern Tiroler Kranewitter-Schnaps, ein eminent faules Gebräu, aus der Flasche.

»Schlampe«, grunzte er unter Verwendung der übelsten amerikanischen Idiom-Ausdrücke. »Zweigroschen-Schlitz.« Er bezog sich damit auf Hekate, die Mieterin der Wohnung (laut Vertrag, zahlen tat er, Enigmatinger).

Diese hatte somit ihr Ziel erreicht: die offizielle Anerkennung als Mätresse. Äußerlich mürrisch, innerlich zufrieden wie eine Katze in der Sonne, lag sie schräg auf dem französischen Bett in einem Nest aus Illustrierten, Zigarettenpackungen, Decklaken und Bonbonnièren, polierte ihre Nägel und rauchte eine Schwarze. Die Wände waren kahl, mit Ausnahme des scheußlich kolorierten Photos eines scheußlichen teigigen Knaben mit Kommunionkerze (ihr Lieblingsneffe in Caserta) und einer Wachsblume unter Klarsichthülle. Die Möbel waren billig, die papierdünnen Furniere splitterten schon hie und da, und die Schranktür schloß nicht. Es berührte sie wenig. In ihrem

Alter kannte man die Besoldungsordnung und wußte, was einem gerade noch zustand. Ihrem Liebhaber hörte sie nicht zu, sie verstand ihn ohnehin nicht.

»Keine Ahnung von was. Deswegen« (er fuhr mit der Flasche das Zimmer aus) »mache ich mich kaputt. Vohse.« Er wußte natürlich, daß er ungerecht war, aber es kam ihm nicht darauf an, gerecht zu sein. Er warf die Aktenmappe (letztes Verbindungsglied zur CSAPF) auf die Wäschekommode, schnappte mit einer Hand das Schloß auf und holte den Bildband ROB ROY COUNTRY – RUND UM DEN BEN CHONZIE heraus. Die Seite 76 war eingemerkt, das ganzseitige Landschafts-Photo war untertitelt: ›Blick auf den Ben Chonzie talaufwärts durch Glen Turnock.‹

»Aufnahme von 1936. Glen Turnock. Ich bin der Dolch, ich bin das Gift, ich bin der Ephialtes. Hast du überhaupt eine blasse Ahnung, was das ist, Nutte: Genesis Sieben? Und da sieben Tage vorüber waren, überflossen die Wasser der Flut die Erde ... und der Regen fiel vierzig Tage und Nächte ... und die Wasser waren mächtig über alles Maß auf der Erde ... und die hohen Berge unter dem Himmel waren bedeckt ... fünfzehn Cubits über den Gipfeln der Berge stand das Wasser. And all flesh was destroyed that moved upon the earth – ich zitiere Duai-Version, du Hure, ich lasse mir doch nichts nachsagen als Katholik. Das liegt jetzt mehr als fünfzehn Cubits darunter, mein Stein, der Lia Fáil. Das ...« (er klopfte mit dem Knöchel auf die Seite 76) »... ist das Panorama von dem Schnappschuß, ich hätte ihn nicht sehen sollen, ich habe ihn doch gesehen, sie haben den Schweizer hereingelegt, den Miles Helveticus – hat er was gerochen? Und die Wasser herrschten auf der Erde, und Er – Er! – Er!! zerstörte alles Wesen auf der Erde, vom Menschen bis zum Vieh, bis zu allem was kreucht und fleucht, and they were destroyed from the earth. Ist zwar schlechter als die King-James-Übersetzung, aber ich bin Katholik, zitiere grundsätzlich nur Duai. Sie haben dem Schweizer den Umschlag mitgegeben, oberschlau, er sollte nichts mehr checken können, von wegen Glen und Hydro-Electric Board, er sollte nix wissen, vielleicht hat er's doch gemerkt. Mir sagt man nichts, aber die

Aufregung ist da, und der Schweizer ist nicht da, hab mich erkundigt bei seinem Feldwebel, er ist auf Sonderurlaub, heißt es, die haben den Laden dicht gemacht. Ist er desertiert? Wundern täts mich nicht. *It all fits in.*

Was soll ich machen, Hekatey? Meinen Chef hinhängen? Doensmaker? – Was nützt das. Gespaltener Fels, du Miststück. Und alles Fleisch – alles Fleisch – was destroyed . . .« Er beugte sich vor, taumelte, ließ die Flasche fallen und sank auf den Bettrand. Er preßte seine dicken Finger um Hekates Schenkel. »'ave a drink«, sagte die geistesabwesend, ohne von der Illustrierten aufzusehen, die sie nun zusammen mit Pralinen verschlang. »A drink! A drink!« schrie er. »Ich sauf doch schon, zerstörtes Fleisch du, Madenspeck, Rabenaas. Warum drehn sie *mich* durch, die italienischen Herren, warum ausgerechnet mich? War alles so in Ordnung, Projekt Silberstreif, klar begrenzter Auftrag, und dann, und dann ... der Schritt in die schwarzen Wasser, in die Sintflut, ich sauf die Sintflut und den schwarzen Verrat, so oder so, ich komm nicht raus, ououhouuhh ...« Er fing bitterlich an zu weinen, sein runder unrasierter Kopf sank an Hekates knochige Achsel. Dwight Enigmatinger hatte heimgefunden zum Jansenismus seiner überseeischen Kirche.

Knurrend warf Hekate die Illustrierte weg, welche buntfarbige Angehörige des Hauses Hannover-Coburg-Windsor nebst angeheirateten Griechen bei törichten Tätigkeiten zeigte, und widmete sich den Bedürfnissen des Vizepräsidenten der IFLA. Es war lästig, aber schließlich erwartete sie nicht, daß sie die Wohnung umsonst hatte.

9

München/Brüssel/Cannes/Roag
Herbst und Winter 1954

Wachsende geistige Ansprüche (und Erfüllungen) komplizieren das Liebesleben. Jimmy Krauthobler blieb diese Einsicht nicht erspart. Zwar bot die Person von Fräulein Heike Vulpius in hohem Maße alle jene Annehmlichkeiten, die Jimmys Erfahrungen von verzarrten Hasen forderten, doch lieferten seine eigenen, energie- und erosfressenden Unternehmungen der Partnerin Grund zur Unzufriedenheit; ein Grund, der ihm bisher unbekannt gewesen war.

»Nachtmärsche!« schnaubte die Schöne, die ein avantgardistisches Babydoll-Nachtgewand trug. Sie stand an der Wand, die Fäuste geballt. »Warum gehst du eigentlich nicht zu den Gebirgsjägern? Da bekommst du das Ganze wenigstens bezahlt.«

Jimmy-Säumaß lehnte oder flackte vielmehr auf schafwollbedeckter Liege und musterte Heikes Zorn mit schläfrigem Wohlwollen. Er war gerecht: sie hatte einigen Grund. Seine Fußsohlen brannten, seine Waden waren hart wie Eisen, und auch seine sonstige Kondition war perfekt: es gab keinen physiologischen Grund zur Zurückhaltung. Das Ganze war, das erkannte er ohne Schwierigkeiten, ein emotionaler Konflikt; das Geheimnis der Nacht war in ihn gedrungen, das unterdrückte Fluchen und Stolpern der Männer im Tann und zwischen den Latschen, die antizipierte Gefahr, das Elixier der mondlichtbeglänzten Fahne. Aber das konnte er nicht erklären – sollte Heike ruhig bei einer materialistischen Analyse ihrer kargen Beziehungen bleiben. »Nachtmarsch«, sagte er verweisend, »ist das A und O der Gwerilla-Taktik. Wannst es mir net glaubst, frag den Pruskowitz, der is a Preuß.«

»Dämliches Gesellschaftsspiel. Was soll das Ganze? Stuarts, ha! Spiel mit Skeletten. Oder rechnet ihr vielleicht mit dem Ding eine *Chance* aus?«

»Weib«, sprach der Mann, »so redst du mit keinem Säumaß Maklauri.«

»Echt bescheuert!« schrie Heike und stampfte, die festen Haut- und Muskelgewebe unter ihrem Nachtgewändchen bebten. »Bekloppt, total! Nich' alle Tassen im Schrank!« In der Erregung verschob sich ihr Akzent von der Binnenalster in Richtung Berlin-Kreuzberg. »Als Kind zu heiß gebadet. Oder dir ist was auf den Kopp gefallen. Dein oller König Ludwig vielleicht.« Sie wies mit gelacktem Daumen über sich – dort hing tatsächlich das Konterfei des Königs, jenes Gesamtkunstwerk aus dem Besitz des Onkels Quirin, alle fünfeinhalb Pfund, welche Jimmy in heißen Verhandlungen der Witwe des Verblichenen entrissen hatte.

Sie, werter Leser, kennen Jimmys großes Geheimnis. Sie kennen die zentrale Bedeutung des Kunstwerks im Leben unseres Helden. Sie wissen, daß er bisher jede Profanierung, ja jede eitle Nennung dieses Geheimnisses strikt vermieden hat. Jede geringschätzige Anspielung darauf – und sei sie noch so ahnungslos erfolgt – mußte ihn in seinen schwärzesten Tiefen erregen. Er schnellte aus der Horizontale empor und versetzte Heike Vulpius eine massive patriarchalische Ohrfeige. Heike Vulpius fauchte. Sie holte mit kleiner, aber fester Faust aus, stieß an den unteren, goldpapierverklebten Rand des Reliefs und löste es über die Drehlinie der inneren Unterkante aus der Neubauwand von Jimmys Apartment.

Für einen erwachsenen Menschen sind fünfeinhalb Pfund Kunst nicht so viel wie für einen Knaben im Vorschulalter, außerdem war auch der Fallweg kürzer als 1936. Dennoch reichte es zu einer kleinen Gehirnerschütterung.

Heike schwankte lieblich, ihre grünen Augen entleerten sich. »Ich warte auf euch«, sagte sie mit sehr tiefer Stimme. »Ich. Yo el rey. Durch den See – nach Aphallijn.«* Dann sank sie auf den Bodenteppich. Jimmy, zärtlich erschrocken, sammelte sie auf, bettete sie, klopfte verschiedene Wangen, flößte Kognak ein. Sie seufzte und sah ihn ohne Erinnerung an: »Was is los? Schalte mal den Betreuerblick ab, du Schläger.«

* *
*

Der Vorfall führte zur räumlichen Trennung. Heike fand auf den Weg des Ehrgeizes zurück, ging nach Genf und machte das fällige Dolmetscher-Examen (Englisch und Französisch, kon-

---

* Ludwig II. pflegte in seinen privaten Aufzeichnungen von sich selbst als ›Yo el rey‹ zu sprechen. Siehe *Ludwig II.* im Anhang!

sekutiv und simultan) mit gutem Ergebnis. Bereits im Oktober finden wir sie wieder in der Glaskabine eines Rohstahl-Kongreßsaales zu Brüssel, aus der ihr klares Organ die Ausführungen eines Direktors der Union Minière ins Deutsche übertrug. Drei deutsche Herren (einer von Flick, einer von Thyssen, einer von Mannesmann) lauschten ihr mehr oder weniger im Kopfhörer, bis der Vorfall eintrat.

Mitten in dem schönen Satz: »Mit anderen Worten, meine Herren, wir stehen vor einer tiefgreifenden Umschichtung der Allokation nonferröser Metalle und vor der Notwendigkeit einer Reorganisation des Verteilungs-Flusses« verstummte die weibliche norddeutsche Stimme. Eine ganz andere, rauhere Kehle sprach:

> *»Ni fallat fatum, Scoti, quocumque locatum*
> *Invenient lapidem, regnare tenentur ibidem.«**

Flick und Mannesmann nahmen die Hörer ab; Thyssen, der geschlafen hatte, wachte mit erschrockenem Schnapplaut auf. Drei Sekunden, so bezeugte er später, herrschte rauschende Stille in den Hörern, dann sprach eine unbekümmerte Heike weiter über Allokationen und Reorganisationen von Nicht-Eisen-Metallflüssen. Später von einer nervösen Kongreßleitung befragt, stritt sie jedes ungewöhnliche Verhalten ab; aber wie der Wirtschaftsfachmann weiß, wiegt das vereinte Zeugnis von Thyssen, Mannesmann und Flick sehr schwer. (Thyssen hatte Fräulein Vulpius angeboten, das seine leicht zu verändern – unter gewissen Voraussetzungen. Fräulein Vulpius, zu ihrer Ehre sei's erwähnt, hatte abgelehnt.) Sie wurde mit einer Pauschalabfindung von weiteren Kongreßpflichten befreit und fuhr wütend ab.

Es gelang ihr wenig später, gutbezahlte Verwendung beim Aluminium-Kongreß in Cannes zu sichern. Während der Begrüßungs-Ansprache des kanadischen Präsidenten des WAB

---

* »Wenn das Schicksal nicht trügt, / werden, wo immer er liegt, / Schotten finden den Stein, / bei ihrem König zu sein.« Inschrift auf dem schottischen Krönungsstein; siehe *Schicksalsstein* im Anhang!

(World Aluminium Board) verkündete eine zitternde, heulende Stimme, ein Konter-Tenor, in Gaelisch: »Ah, Drummossie! Drummossie! Weh bricht von dir herein über Alba, kein Pardon wird gegeben!«* Hatten die Stahlmänner schon nicht viel Latein verstanden: die Aluminium-Männer (von Haus aus weniger humanistisch orientiert) hatten für Keltisch überhaupt kein Ohr. Sei es, daß die unbekannte Sendestation, die sich Heikes Stimmbänder ausgesucht hatte, den REFA-Fachleuten in Bielefeld entgegenkommen wollte, sei es, daß sie Abwechslung für nötig hielt – jedenfalls hörten die REFA-Leute den Schlachtruf ›Courage et Bavière!‹ (Eggmühl, 1805) in bayrisch akzentuiertem Französisch, aber Verständnis brachten sie auch keines auf.

Das Korrespondenz- und Dolmetsch-Büro, bei dem sie sich schließlich um eine feste Anstellung bewarb, hatte was läuten gehört und bestand auf einer gründlichen Untersuchung in einem modernen Groß-Klinikum. Diese ergab keinerlei pathologischen Befund. Trotzdem zögerte es eine Entscheidung bis zum neuen Jahr 1955 hinaus, und so kam es, daß Heike Vulpius die Fahrt zum Glorreichen Siebenundzwanzigsten in der Übergangsstellung einer Gesellschafts-Sekretärin der McLawrie-OHG mitmachte – sie war schließlich doch auf Jimmy zurückgekommen.

Der Clantag 1954 unterschied sich in einigen Kleinigkeiten von dem des Vorjahrs. Erstens war unter den deutschen Ehrenmitgliedern eine Art Hierarchie im Entstehen – Eóghan Knoegles zum Beispiel blickte voll unverhüllter Verachtung auf die Neulinge, die grünlich an der Reling der *Bonnie Prince Charlie XVI* baumelten, und freute sich bereits auf den Härtetest in Torfrauch, Dudelsack und Wildbret. Zweitens fand vor dem Bankett ein Strategie-Treffen in den Privatgemächern des Laubhraigh statt, an dem neben dem Hausherrn die Fürstin Araktschejewa, Bodhelm von Pruskowitz und Jimmy-Seumas teilnahmen. Dort herrschte dank der guten Ernte von 1953 eine

---

* Prophezeiung eines schottischen Sehers um 1610, die Schlacht von Drummóssie oder Culloden 1746 betreffend.

angenehme Temperatur aus dem Propangaskamin, und der Sherry war auch nicht übel.

Es gab, wie sich rasch herausstellte, zwei Parteien: die Propagandamarsch-Partei und die Nacht-und-Nebel-Partei. Zur ersteren zählten die Fürstin und der Laubhraigh, während Bodhelm und Seumas den Nacht-und-Nebel-Marsch begünstigten – alle vier hatten weit auseinanderliegende Motive für ihre Haltung.

»Ein Feuerwerk«, erklärte die Fürstin. »Die Landung muß ein Feuerwerk sein, das sich bis nach Edinburgh fortsetzt. Schottland ist ein Ohr, das lauscht – vom Tyne bis Stornoway. Es wird den Ruf vernehmen, den Ruf von Glenfinnan, wo die Fahne gehißt wird wie einst, die Kokarden der Weißen Rose ...«

»Durchlaucht«, stieß Bodhelm hervor, der steif am Kamin stand, »gestatte mir zu widersprechen. Kernprinzip: Überraschung. Schlag ins Dunkle – soweit voraus wie möglich. Ziethen aus dem Busch. Lähmender Stich ins kortikale Gewebe.«

»Wir brauchen Publicity«, grübelte der Laubhraigh. »Das Unternehmen ist politisch, und Politik ist Publicity.« Er dachte an die aufreibenden Verhandlungen mit der *Galactic Universal* wegen der Verfilmungsrechte.

»Nachtmarsch«, grollte Seumas, »ist das A und O der Guerillataktik.« Er dachte an Fußblasen, an die emotionalen Folgen des Trainings, positive wie negative, und war als Bauernsohn entschlossen, nichts umsonst wegzuschmeißen.

»Ihr glaubt nicht an Schottland«, rief die Fürstin. »Prinz Charlie lebt, die Scottish National Party lebt, aber ihr kalkuliert – wie die Sassenach.«

»Höh!« rief Seumas aus bayrisch entrüsteter Kehle. »Das Oberländische Expeditions-Corps kalkuliert nicht, Sie Durchlaucht Sie! Das OEC haut drauf!«

»Die AJF meinen Sie – die Allied Jacobite Forces«, korrigierte der Laubhraigh flink, und: »Stimmt!« rief Seumas. »Stutzen und Claymores, das stimmt von der Basis her ...«

»Wir landen«, schlug der Laubhraigh vor, »bei Loch nan Uamh. Der greise Prätendent entsteigt der Schaluppe, die Saltire-Fahne steigt, die Ehrensalven dröhnen.« Hinter seiner schmalen Stirn rollten die Einstellungen für die 35-mm-Kameras ab. »Die Krieger reißen ihre Claymores aus der Scheide ...«

»Chlanna nan con!« brüllte Seumas.

»Wir gehen doch –«, erklärte Bodhelm kalt und präzis, »von der Annahme aus, daß der Prätendent gekrönt werden soll, auf dem Stein von Scone. Wir müssen, bevor sich die Hannoveraner sammeln können, *Fakten* schaffen. In möglichst zentraler Lage.«

»Wo ist der Stein überhaupt?« schreckte der Laubhraigh auf. »In Dundee? Viel zu weit. Schaffen wir nicht.«

»Nicht Dundee. Zentraler. Vorläufig Dienstgeheimnis. Aber alles geplant.«

»Bei El Alamein«, sagte der Laubhraigh tückisch, »habt ihr auch geplant.«

»Wenn Sie«, erwiderte Bodhelm von Pruskowitz beleidigt, »auf meine Dienste verzichten wollen ...«

»Nie«, erklärte Seumas kategorisch. »Mir Bayern san nur unter fremder Führung unbesiegbar, aber dann allaweil. Ein Faktum. Also was is?«

Ein Kompromiß zeichnete sich ab, unter Federführung der Fürstin: Landung im vollen Licht der Außenaufnahmen, dann überraschender Aufbruch, Ziethen aus dem Busch, Guerrillataktik. Inbesitznahme des Steins, Einflug des Prätendenten. »Mittel sind da«, warf sie ein. »Gold. Das Gold von 1746. Es ist *wirklich* alles geplant, Laubhraigh.«

»Ich hoffe«, sagte Bodhelm spitz, »Ihre Clankrieger sind gut zu Fuß.«

Seufzend erhob sich der Clanchef. Noch immer hatte der Kriegsherr in ihm nicht über den gewissenhaften Hauptbuchhalter seiner Sippe gesiegt. »Ladies and Gentlemen, das Bankett wartet. Morgen findet eine Abschlußbesprechung statt. Auf jeden Fall –«, fiel ihm ein, »landen wir im Mai. 29. Mai, Restaurationstag – und außerdem ist das Wetter da meistens gut.« Er dachte an die Außenaufnahmen.

»Ein Zeichen taten wir brauchen«, grübelte Jimmy. »Sozusagen was Höheres, von oben.«

»Um Gottes willen«, murmelte der Chief. In seinen Augen stand nackte Angst, er war Calviner.

Wieder duftete die Halle von Torfrauch, Kienfackeln, Whisky und Burgunder; wieder schnitt der Chief den Hirsch an, und der Pfeifer schritt unermüdlich um die Eichentische. Wieder wurde die rötliche Süßspeise gereicht. Die alten Hasen unter den Ehrenmitgliedern kauten und schluckten munter, zogen den Torfrauch in die Nüstern und grinsten über die Neuen aus Bopfingen, Pirmasens und Kleinschwarzenbach. Angus Eichelberger, der Barde, trat an den Kamin. Er fühlte sich auch zuversichtlicher als 1953, sein Gaelisch hatte sich bedeutend verbessert, und auch mit der kleinen Harfe wußte er besser umzugehen. Er räusperte sich bedeutend, drehte mit weißen Fingern an den Stimmknöpfen und hub an:

»Es gibt keine Kraft außerhalb des Clans McLaubraigh ...«

Dröhnendes Gelächter schnitt die Zeile ab; rauhes, kehliges, gutmütig-spottendes Männergelächter. Es drang aus dem viel zu kleinen Mund von Heike Vulpius, die neben ihrem ständigen Begleiter Seumas am Eichentisch saß. Sie sprang auf, riß eine qualmende Fackel aus der Hand eines Gilli und setzte in einem Sprung über den Tisch zum Kamin. Sie entwand dem unberufenen Barden mit einem Ruck die Harfe, drückte ihm die Fackel in die Finger und warf ihr Haar zurück.

Heike Vulpius sang – nicht *sie* sang, sondern eine Stimme, die um Jahrhunderte wilder aus ihr drang; sang von der Tapferkeit des besten Geschlechts auf Erden, sang von Sperbern der Inseln mit dem Mut des Blitzes. Höher stiegen die Silben, traten in den Wechselchor mit den Kadenzen des Pibroch, die der entflammte Pfeifer zwischen die Verse warf. Die McLaubhraighs aus Böblingen, Bopfingen, Winsen an der Luhe glotzten aus Augen, in denen nur Furcht, kein Begreifen glänzte; die wahren Sperber aber, die Kelten der Inseln und der Hochebene, wurden vom Lobpreis emporgerissen in den unwiderruflichen Entschluß. Cailean der Laubhraigh warf die letzten rationalen Lumpen der Kirk und Minnesotas ab, er begriff den Auftrag, er trat auf die Männer des OEC zu und preßte ihnen die Rechte.

»Haus Schtuart forever!« brüllte Seumas in das Heldenlied, und »Bha Bliadhna a' Prionnsa – es lebe der Righ nan Gaidheal!«

rief der Laubhraigh, und »To Ruppert of Bavaria!« toastete die Fürstin Araktschejewa und warf ihr Glas nach rückwärts in den Kamin. »Thigibh a so's sibh féoil!« brüllten die Krieger im Chor. Die Entscheidung war gefallen, das Zeichen gegeben im Heldenlied, das nun verklang.

»Der Whisky ist Klasse. Aber sonst ist das doch alles kalter Kaffee hier«, sagte später eine kühle Norddeutsche zu ihrem ständigen Begleiter und rümpfte ihre hübsche Stupsnase. Seumas schwieg. Er hegte fernes zärtliches Mitleid für das arme nordische Kind – Gefäß und Brunnenschacht keltischer Weissagung, Opfer einer Erwählung, die wie alle Erwählung von sublimer Willkür war.

10

Schottland, April 1927

Tiny Tony ist dabei, den Semi-Sports-Bentley des Hauptmanns zu beladen, als der lange schwarze Wagen in den Steinbruch einfährt. Sechs Männer steigen gleichzeitig aus sechs Türen aus. Fünf von ihnen tragen breitkrempige Schlapphüte und lange Ledermäntel, vier außerdem Maschinenpistolen. Tonys Männer sind teilweise aufgewacht, zwei räkeln sich unter Zeltbahnen hoch, zwei kommen aus dem Karren. Die Ledermänner haben ein unregelmäßiges Viereck an den Rändern des Steinbruchs gebildet, einer steht in der Einfahrt, alle Mündungen der Chicago-Klaviere sind nach innen gerichtet, alles verläuft sehr geschäftsmäßig.

Der sechste, der Chef, ist informell. Sein Gesicht ist eckig, breiter als lang, vor allem in den Backenknochen. Hart über den grauen Augen sitzt ein zerknautschter Hut mit einer ganz kleinen Feder, wie ihn die Jagdführer in den amerikanischen Waldgebieten tragen. Im lippenlosen Mundwinkel liegt eine tote Zigarre.

Tony geht vom Bentley weg zur Mitte des Platzes, in den

ungefähren Kreuzungsmittelpunkt der Schußfelder, und wirft einen Prügel auf das ersterbende Feuer. »Ich habe Sie nicht gerade erwartet, Cheeks«, sagt er und läßt ein Feuerzeug anschnappen. Cheeks Seraki dreht sein Gesicht um zwanzig Grad weg, er hat seine Zigarre lieber kalt. »Aber wirklich überrascht bin ich eigentlich nicht.«

»Man bleibt am Ball, Tiny«, quetscht Cheeks zwischen Zähnen und Zigarre hervor. »Man folgt den Spuren zwischen den Kaktussen. Marmalade ist da so. Immer gern informiert.«

»Also soll das keine Schlacht werden«, lächelt Barlowe. »Wir wären etwa zahlengleich, aber ...«

»Du hast keine Klaviere, also laß den Quatsch«, brummt Cheeks. »Man redet mitsammen, ist alles.« Er latscht an seinen Männern und an Tonys Cockneys vorüber, es sind zwei scharf unterschiedliche Stämme von Primitiven. Der Regen wird stärker und zischt auf den dunkelroten glutgeschuppten Scheiten. Er kommt an den Bentley des Captain, schnippt mit zwei Fingern den schweren Deckel des Kofferraums hoch. Es ist stockfinster darin, aber Cheeks hat eine Stablampe. Tony ist ihm gefolgt.

»Was soll das? Ist er Baufahrer?« fragt Cheeks und weist auf den Quaderstein. Tony zuckt die Achseln: »Ein Hobby unseres Freundes. Für sein Stammschloß vermutlich. Er hat geerbt, vielleicht kriegt er auch einen Titel. Earl von Canberra.«

»Weiß man. Nur, er investiert falsch.«

»Falsch?«

»Marmalade meints.«

»Hm.«

Cheeks schlägt mit der Faust gegen den einen Sack, der schon im Gepäckraum liegt. Er klirrt. »Is'n das?«

»Gold«, sagt Tony nach kurzer Pause. »Zweihundert Jahre altes Gold. Haben Sie schon mal vom Prinzen Charles Edward gehört?«

Seraki sieht ihn an, seine Backenknochen rutschen hoch, er lacht wohl. »Die Sorte Quatsch, die der Gigolo da Frankies Baby vormacht. Naja, nicht mein Bier.«

»Zehntausend Louisd'or, Goldstücke. Hier – und hier.« Tony

stößt mit dem Fuß gegen zwei weitere Säcke, die noch im Schotter liegen. Die klirren auch. Cheeks winkt einen seiner Ledermänner heran, der hält sein Chicago-Klavier auf Tony, während Cheeks sich bückt und in den einen Sack greift. Er hält inne, zieht die Hand leer heraus und richtet sich auf. »Also«, sagt er hölzern. »Sing schon, Tiny.«

»Ich bin kein Tenor, trotz meiner ethnischen Herkunft«, erwidert Barello. »Ich schlage vor, daß Sie zuerst Ihre eigene Arie abziehen, Signor Seraki. Wegen des Goldes sind Sie doch nicht hier, oder?«

Die unteren Augenlider im eckigen Kopf heben sich leicht, die Oberlippe auch. »Tapfer, der Tiny. – Na schön. Man ist da wegen der vorbereiteten Ladung. Hast doch eine, oder? Sherry, spanischen Brandy, Port?«

»Wer ist man?«

»Die New-Jersey-Maschine.«

»Ist mir neu. Mein Kontrahent heißt Ferroccio.«

»Eben. – Das Boot liegt schon drüben im Loch, deine alte Freundin *Annabelle*. Das ist die Crew.« Er bewegt die Zigarre in Richtung der Ledermänner.

»Ihr habt also«, sagt Barello, »Frankie erledigt.«

Cheeks schiebt den Hut in den fehlenden Nacken, stupst einen Baumstumpf näher ans Feuer und setzt sich, läßt die Zigarre über die vier eckigen Zähne wandern. »Setz dich, Tiny. Boys, packt die Kanonen weg, Ihr könnt einen freundlichen Drink nehmen. Haben deine Schipper einen freundlichen Drink, Tiny? Jetzt wird freundlich geredet.«

»Jetzt, mit anderen Worten, wird's gefährlich«, lächelt Barlowe. »Clansmen, bringt ihm einen freundlichen Scotch. Afore ye go.« Er bleibt stehen.

»Tiny, wir sind die New-Jersey-Maschine, und wir haben Frankie nicht erledigt. Warum denn? Wir machen doch keinen Krach, wenn's nicht nötig ist. Man hat Powwow gemacht in Pittsburgh, man hat das Calumet kreisen lassen, man hat die Lage durchgesprochen. Frankie ist zäh, aber nicht blöd. Er sieht seine Chancen: eins zu zehn bei 'nem Showdown. Gegen ihn. Ist er blöd? Na was denn.«

»Wenn du sie nicht schlagen kannst, schließ dich an«, nickt Barlowe. »Fusion also. Midwest und New Jersey umarmen sich. Hochzeitsglocken läuten.«

»Und Brautjungfern werden stockblau. Du sagst's, Tiny. Alles ist hunkydory. Frankie bringt seinen Laden mit, seine Kontakte, auch die *Annabelle*. Jeder ist happy, die Maschine, Marmalade, Cheeks, Frankie, die Kundschaft.« Jemand bringt ihm etwas Scotch, guten aus Glenlivet, er leert den Becher gefühllos.

»Oha!« ruft Barlowe. »Die Kundschaft auch? Das kann nicht stimmen. Zehn plus, das schlägt doch auf die Verbraucherpreise durch, oder wie wollt ihr das machen?«

»Wer redet von zehn plus?«

»Cheeks Seraki. Jedenfalls erinnere ich mich an ein diesbezügliches Angebot von ihm.«

»Tiny«, sagt Cheeks langsam, »du hörst doch, die Lage ist anders. Die Maschine wird besser, die Maschine ist fortschrittlich, man hat bei Henry Ford gelernt: Masse machts, mehr Masse gibt niedrigere Preise bei gleichem Profit. Der Vorschlag steht auf fünf minus.«*

»Ah.« Tiny Tony nimmt eine Schildpattdose aus der Trenchcoat-Tasche und holt eine kleine Eukalyptuspille heraus. »Die Bürde des Imperialismus: Kanonenpolitik. Große Flotte.« Er beschreibt einen Halbkreis, der die Ledermänner einbezieht, und schiebt die Pastille abschließend in den Mund. »Fragen Sie Frankie, Cheeks: meine Kalkulation war immer reell. Da sind keine Polster drin. Sorry. Die Antwort ist nein.«

»Selber sorry, Tiny. Du bist zäh.«

»Aber nicht blöd. Danke.«

»Du sagst's. Setz dich hin mit'm Bleistift, kalkuliere. Man verfünffacht deinen Verteiler. Bisher geht's nur über den Sankt Lorenz und die Seen, right? Right. Wir haben die Ostküste, von Maine bis Baltimore. *Und* die Seen. Schneid' algerischen Roten in deinen Society-Port, Tiny, kein Schwein merkts. Setz dich

---

* Die meisten Berichte aus der Prohibitionszeit lassen darauf schließen, daß diese Art reifer spätkapitalistischer Kalkulation den damaligen Alkoholunternehmern noch fern lag. Aber unter der Fahne linker Aufklärung ist es gelegentlich nötig, Tatsachen dem Modell der historischen Gesetzmäßigkeit zu opfern.

hin, kalkuliere. Fünf minus ist dicke drin. Da machst noch Kasse.«

»Der Name meiner Firma, Mister Seraki, ist Good Wines Limited. Der Nachdruck liegt auf beiden Adjektiven.«

»Also doch blöd. Rechne andersrum. Die Ostküste ist vernäht. Der Sankt Lorenz auch. Da kommt ohne uns kein Schwanz rein. Rechne, ob du dir ein eigenes Hochseeboot leisten kannst und ob du's auf dem ersten Trip absaufen lassen willst – samt deinen Snob-Schnäpsen. Frankies Chancen waren eins zu zehn, deine, schätze ich, eins zu fünfzig. Fünfundvierzig, fünfundfünfzig rauf oder runter fünf Prozent. Aber das macht nicht viel aus, oder?«

»Also doch Kanonenpolitik. Die New-Jersey-Zerstörer.« Tony spuckt dezent aus, ins Feuer hinein, unweit von Cheeks' Stiefelspitze. Der sieht unter dem zerknautschten Jägerhut empor und entblößt die braunen Zähne. »So ein Alkoholkrieg kann lausig werden. Überleg dirs, Spaghetti.«

»Sie, Cheeks, stammen vermutlich von Eskimos ab? Mütterlicherseits?«

»Mescalero-Apachen.«

»Ah. Amerikanischer Uradel. – Naja. Ich bin, wie erwähnt, zäh, aber nicht blöd. Lassen wir die Hochzeitsglocken nochmals läuten, auf eine Braut mehr oder weniger im Harem scheint es ja Marmalade nicht anzukommen.«

»Is'n Wort, Tiny?« Cheeks steht hölzern auf.

»Jedes meiner Wörter ist ein Wort – fragt Frankie. Ich stelle allerdings eine Bedingung.«

»Die Maschine«, sagt Cheeks, »hört das Wort nicht oft. Und nicht gern.«

»Unsinn. Gott erhalte, Gott beschütze unseren Kaiser Marmaladowski, ich will ihm vor der Brautnacht nicht zu nahe treten. Ich rede von uns beiden, Cheeks. Ein Geschäft – zwischen uns.«

»Geschäft?«

»Das Wort dürfte geläufig sein. Zehn Prozent Anteil für Sie, also viertausend Louisd'or, das sind zirka 100 bis 120 Barren. Hochkarätig.«

Cheeks Seraki neigt den Kopf zur Seite, bei ihm sieht es wie ein schwieriges Kunststück aus. »Zehn Prozent von zehntausend sind tausend. Ich kann rechnen.«

»Das da ...« Barlowe deutet zum Bentley hinüber, »ist ein Viertel oder ein Fünftel. Ich will alles.«

Cheeks geht zurück zum Bentley, er fährt wieder in den Sack, er kommt mit drei Goldmünzen zurück ans Feuer. Er setzt sich auf den Baumstumpf und läßt den Flammenschein über den Kopf des Fünfzehnten Ludwig, über die dreiblättrigen Lilien und die Devise spielen. »Mann Tiny, das ist ja korrekt.« Er beißt in den Rand der Münze: »Hundertprozent korrekt. Woher?«

»Sie haben es gehört. Der Captain war das, ich hänge nur mit drin. Er kannte den Platz auf Anhieb. Das Zeug wurde anno 1746 hier vergraben. Als die Mescaleros noch nichts von New Jersey wußten.«

»Dieser Captain«, sagte Cheeks langsam, »gefällt einem immer weniger. Ich hab ihn nie gesehen, aber er riecht nicht gut. Wir Mescaleros haben eine Nase.«

»Was geht der die Maschine an?«

»Er will ins Geschäft. Kontaktiert uns von Australien aus. Er kommt nach England, läuft Kontakt nicht an, er schmust mit Frankies Baby ...«

Tony wirft den Kopf zurück und lacht. »Cheeks, da gibt's so'n Ding, Liebe genannt, vielleicht haben Sie den Ausdruck schon mal gehört. Der Captain kann sich so was leisten. Schuft plus Klasse. Er ist jetzt auf meinem Boot, der *Highland Flower,* in See. Kein Vergleich mit der *Annabelle*. Er und Flora. Mit den vier Fünfteln.«

»Wer noch?«

»Sid. Concrete MacGonigle, um exakt zu sein.«

Cheeks Seraki lacht zum erstenmal hörbar, alle Kreatur im Umkreis erstarrt mit gefrorenen Adern. »Sid. Der Schlemihl. Naja.« Er blickt von den Goldstücken auf: »Warum eigentlich nicht, Tiny?«

»Gegen zehn Prozent.«

Seraki zuckt mit den Achseln. »Nicht viel, aber du hast mein Wort. Mescaleros reden nicht mit gespaltener Zunge.«

»Auweh«, lächelt Tony. »Also schön. Die *Highland Flower* hat vor etwa einer halben Stunde abgelegt, sie geht jetzt aus dem Sund von Arisaig um Arndamurchan herum und läuft in den Sund von Mull ein. Mit der *Annabelle* ist das, wie gesagt, kein Problem.«

»Der Captain«, knurrt Seraki. »Er gefällt mir nicht. Was will er?«

»Gold, was sonst. Und Frankies Baby. Allerdings ...« Tony bricht ab. Seraki hat die Münzen in der Hand, aber spielt nicht mehr damit, sondern blickt Barlowe an.

»Was?«

»Hm. Er arbeitet *langfristig*.«

Serakis Gesicht verzerrt sich. Langfristigkeit ist die gemeinste Waffe der Langen Messer. Auch die Mescaleros sind ihr erlegen. »Wir kriegen ihn. Wir fahren gleich.«

»Ich«, sagt Tony, »nehme drei meiner Männer mit wegen der Säcke.«

»Nix. Das machen meine Boys.«

»Nix. Das ist meine Bedingung.«

»Boys«, ruft Cheeks halblaut, »an die Kanonen.«

Tiny Tony lacht und nimmt eine zweite Pastille. »Nix zum dritten Mal. Das ist doch *unser* Geschäft. Wenn's zum Knallen kommt, gehe ich über die Runden, das garantiere ich – bis zum K. O. Was erzählen Sie dann Marmalade? Daß mich bei seinem Angebot vor Freude der Schlag getroffen hat? Und wo kommen dann die Snob-Schnäpse her?«

Cheeks denkt nach, dann winkt er, die Kanonen verschwinden unter den Ledermänteln. »Korrekt, Tiny. Also wie?«

»Alles Gold geht mit – und drei meiner Männer. Wir nehmen auch den Bentley mit.«

»Du hast's erfaßt. Alles geht mit.«

»Und Dynamit.«

»Dynamit? Was denn.«

»Überlegen Sie, Cheeks. Wenn's Ärger gibt, ist eine Havarie besser als alles andere. Eine nette, saubere Havarie.«

»Korrekt«, sagt Cheeks, zum erstenmal wirklich respektvoll. »Du denkst sauber, Tiny.«

»Das machen die Spaghetti. Die bauen Stärke in den Gehirnzellen auf.«

* *
*

Captain Whyte-Footling erwacht vom Gestank aus Kabeljau und Motoröl und vom Schmerz in seinen Handgelenken. Sie sind, wie er feststellt, mit Tauen an die Spanten der Reling gezurrt, seine Fußgelenke desgleichen. Er sieht nur schwarze Ufer unter blauer Nacht, er kalkuliert die wankenden, wolkenzerfetzten Sternbilder und schließt, daß das Boot in südöstlicher Richtung läuft – durch die Straße von Mull vermutlich. Seine Hände sind blutleer, sie hängen schwer wie Sandsäcke über die Außenwand ins Nichts.

»Si-id!« ruft eine Jungmädchenstimme mit der kindlichen Kuckucksterz. »Ich sehe – dich! Ich weiß, was du tu-ust!«

Das ist Flora. Sie ist vermutlich irgendwo angebunden wie er. Er neigt seinen Kopf nach hinten, seine Augen gewöhnen sich an das Dunkel, aber er sieht nichts als Reling und einen schwarzen geraden Strich, der den Himmel abschneidet. Es ist die Kante des Blechdachs der Aufbauten. Hinter sich, wohl im Vorschiff, hört er breiiges Kratzen, das er nicht identifizieren kann. »Du mischst Beto-on!«

»Gelernt ist gelernt, Miß Flora«, sagt Sid MacGonigle. Das Kratzen und Schaben wird intensiver. »Ich kann eben sonst nix, Miß Flora.«

»Sid, du machst einen Riesenqua-atsch!«

»So sollen Sie nicht reden, Miß Flora«, sagt Sid gekränkt aus der Nacht. »So nicht. Wo Sie selber nur Quatsch machen. Ausgerechnet mit dem Typ anbinden –« (eine Metallkante haut gegen Whyte-Footlings Knöchel, es tut weh, Sid ist ihm offenbar näher, als er annahm) »– wo Ihr Vater Sie gewarnt hat. So'n europäischer Wüstling. Sie haben mich quasi auf die Sprünge gebracht, Miß Flora. Sie haben den alten Denkapparat von Sid MacGonigle angeschmissen.«

»Was hast du denn gegen meinen Fiancé, Sid?«

»Fiaúnsey! Ha! Das wenn ich schon hör! Der wird Sie vernaschen, Flora, der wird das Blümlein des Hochlands pflücken, und dann byebye Baby! Aber da wird nix draus. Gelernt ist gelernt. Ich muß Meyer Marmalade schließlich was bieten, wenn ich ihn kontaktiere.«

So schnell es geht, zählt der Captain zwei und zwei zusammen. Sid MacGonigle hat sie beide gekidnappt; er hat seine eigenen Vorstellungen und will Geschäfte mit Meyer Marmalade machen. Offenbar ...

»Sid.« Floras Stimme hat sich völlig verändert. Sie ist leise, kalt und brutal. »Du kannst mir nicht alles kaputtmachen, du mieser Schlemihl.«

»Das hätten Sie früher überlegen müssen, Miß Flora. Da hätten Sie eben verdammt ein bißchen Manieren mitbringen müssen aus Ihrem stinkfeinen Froschfresser-Internat. Nicht auf meinen Gefühlen rumtrampeln, jawohl, wenn Sie's genau wissen wollen. Mich nicht an den Katzentisch setzen, wenn Sie mit ihrem dreckigen Limey turteln, und nachts in den fiesen Dom hetzen, wo die alten Götzen rumstehen und rumliegen, und die Fledermäuse flitzen durchs Gewölbe.« Die Sterne über Harolds Gesicht werden klarer, der Himmel bleicher: die Nacht schreitet fort. »Da fängt Sid MacGonigle eben zu denken an, er war immer 'n Schlemihl, läßt sich von Frankie anstellen als Babysitter, wo er selbständiger Unternehmer war, jawohl. Und jetzt ist Frankie futsch, gegen die New-Jersey-Maschine hat er keine Schangse, höchstens eins zu zehn, und Sid, der soll wohl mit in den Mülleimer gehn, was? Aber Sid ist nicht ganz meschugge. Sid schaltet. Er läßt sich nicht verheizen. Er bringt Marmalade was mit. Gold – und Sie, Miß Flora. Als Pfand, gewissermaßen.«

»Und der Captain?«

»Gelernt ist gelernt. Ich habe 'n Sack Portland-Zement, ich hab Sand, ich hab Kies. Und Süßwasser. Wird gleich anziehn – für'n Captain.«

Einige Minuten ist es ganz still bis auf das Tuckern des Motors und Sids Scharren mit der Kelle. Hier liegt nun Arnold Füßli, eingeübt in die Erwartung des Jüngsten Tages, aber gestört in dieser Übung durch die Stimme des Mädchens, die er in der Nacht hört.

»Sid«, sagt die Stimme, sie ist noch kälter geworden. »Du Trottel. Weißt du, wieviel der Captain wiegt? Vierhunderttausend Mäuse. Keine Dollars. Pfund Sterling. Kannst du rechnen, Sid?«

»Nix, Miß Flora. Wir fahren jetzt nach Oban, aber an Oban vorbei, wir laufen Tiny Tonys Depot an. Das kenn ich. Wir liegen hübsch flach eine Weile und kontaktieren Marmalade. Ich bring was mit. Ich fang nicht wieder von vorn an in der New-Jersey-Maschine. Ich steig weiter oben ein.«

»Hör zu Sid. Ist der Captain kalt? Wirklich kalt?«

»Noch 'ne Stunde mindestens. Länger, als der Mix hier braucht. Er wird nicht wissen, was ihm zustößt – ich bin schließlich kein Unmensch.«

»Aber ein Trottel. Was hast du für Garantien gegen Marmalade? Einen Dreck. Wo willst du sonst hin mit Gold? – Vierhunderttausend, denk mal'n bißchen. Meinst du, ich bin von gestern? Der Captain steht auf mich, hast du nicht gemerkt, wie ich das hingekriegt habe?«

Das Scharren hört auf. Die Stille ist eisig, die Sterne sind grün und gemein. »Nein, Miß Flora. Nehm ich Ihnen nicht ab. Können Sie nicht.«

Kaltes Lachen. »Hör zu, Schlemihl. Du kannst noch was lernen. Du schaltest noch zu langsam. Du bindest mich jetzt los, klar? Das Zeug drückt auf mein Sacro-Iliacum.«

»Sie sollten nicht so unanständig reden, Miß Flora.«

»Latein ist nie unanständig, merk dir das. Du bindest mich los. Und ich binde ihn los und mach Theater. Wir ...«

»Aber ich hab ihn doch über die Birne gehauen, wie soll ich ...«

»Das waren Leute von Marmalade. Du und ich, wir haben sie erledigt, und Tschingtschangtschung, klar? Wir haben das Gold von Prinz Charlie gerettet, wir haben ihn gerettet, wir sind Erzengel in Luxus-Ausgabe. Kriegst du jetzt die Gesamtlage mit, he?«

Harold Whyte-Footling hört ein Stöhnen vom Vorschiff – das

Stöhnen eines Mannes an der Grenze seines Fassungsvermögens. »Sie sind besser als Ihr Pa, Miß Flora. Also gut.«

Whyte-Footling lauscht. Jedes Geräusch ist trügerisch unterhalb des Tuckerns des Motors, aber er glaubt Schritte zu hören, Stampfen von Stiefeletten auf Metallplanken. Er macht sich so schlaff wie möglich, und dann spürt er Floras Hand auf seiner Stirn. »Liebster«, flötet sie zärtlich. So zärtlich hat sie noch nie geflötet. »Liebster.« Etwas sägt an seinen Handknoten, ein Messer, zweifelsohne. Dann an seinen Knöcheln.

In diesem Augenblick kommt von links ein mächtiges Geräusch auf, ein Röhren, das sich über den Wind erhebt und hinter den Aufbauten vorbeizieht. Über sich hört Whyte-Footling Dutzende von stählernen Hagelkörnern in Metall prasseln: eine automatische Salve. Er hört Sid schreien; und im gleichen Augenblick gleitet in seine Rechte kühles Material – ein Griff aus Perlmutt oder dergleichen, ein kleiner. »Paß auf, Harold«, haucht es neben seinem Ohr. Kurzes trockenes Husten erklingt am Ruder und im Maschinenraum – die Reaktion von Tschingtschangtschung. Ein Scheinwerfer blendet Kreuzmuster aus Schatten auf die Planken, Muster, die sich verschieben, bis das grelle große Auge fast vor dem Bug steht. »Beidrehen und bereitstehen für Boarding!« kommt eine Befehlsstimme hohl über den Wind. »Beidrehen und bereitstehen ...«

»Marine, Miß Flora?« hört er Sid keuchen. MacGonigle ist wieder Befehlsempfänger.

»I wo, die schießen doch nicht gleich. Sperr doch die Augen auf, Sid!«

»Die *Annabelle*!« staunt Sid. »Das alte Mädchen. Woher kommt, woher kommt ...« Tschingtschangtschung haben Geschwindigkeit weggenommen und sind auf Volle Kraft rückwärts gegangen – Piraterie ist ihnen nichts ganz Fremdes.

»Ahoi *Annabelle*!« jubelt Flora und rennt mit erhobenen Armen ins Scheinwerferlicht. Taue werden geworfen; Whyte-Footling sieht Silhouetten in langen Mänteln, die sich über die Reling schwingen, eine Silhouette im Trenchcoat, eine in einer unförmigen Jacke und einem Jägerhut.

»Tony Mensch!« ruft Sid erfreut – und dann leise, mit einer

hohen dünnen Stimme: »Cheeks. Cheeks Seraki. Ihr habt euch getroffen. Freut mich, freut mich. Ich hab alles da. Alles ist ok. Der Captain ist auf Eis, das Gold ist da. Alles für die New-Jersey-Maschine. Für dich und Marmalade. Ehrlich, Cheeks. Ehrlich.«

Whyte-Footling bleibt ganz still liegen. Er hält es für besser. Er spürt das weiße Licht auf sich wie einen Spinnen-Kokon aus Silber. Er hält die Augen bis auf einen Spalt geschlossen. Der Mann, der Cheeks heißt, steht neben Tony, die beiden betrachten die Situation. Tony gibt leise Kommandos in einer fremden Sprache, Tsching, Tschang und Tschung, die an Deck gekommen sind, nicken und schwingen sich auf die *Annabelle* hinüber. Cheeks lacht zum zweiten Mal in dieser Nacht, das Wasser um die beiden Boote gefriert. »Wieder mal zu spät umgeschaltet, der alte Sid MacGonigle. Da schau, Tiny, er will den Captain einbetonieren. Immer der gute Wille da, aber immer der alte Schlemihl. Immer eigene Zicken, und immer falsch. Naja.«

Sids Schrei setzt einen Moment vor dem Schuß ein. Er dreht sich halb um die eigene Achse und geht auf Deck. Flora hat nicht geschrien.

»Miß Flora«, sagt Tony mit sehr höflicher Stimme, »es ist vielleicht besser, wenn Sie unter Deck gehen.« Whyte-Footling wartet einige Sekunden, dann hört er den widerstrebenden Gehorsam von Stiefeletten auf Metallstufen.

Gleichzeitig fast klirren Säcke auf Deck: einer, zwei, drei. »Was soll das, Tiny?« fragt Cheeks.

»Wir teilen. Gleich hier«, erklärt Tony. »Das Scheinwerferlicht ist sehr gut dafür. Sie kriegen Ihre zehn Prozent, Cheeks.«

»Keine Eile, Tiny«, sagt Cheeks geduldig. »Was machen wir mit dem Beton? Wäre schade drum. Tun wir Sid nachträglich einen Gefallen, Tiny?«

»Ich habe nichts gegen Captain Whyte-Footling.«

»Er ist aber im Weg, Tiny«, sagt Cheeks noch geduldiger. »Rechne nach. Wir können ihn schlecht brauchen. Sehr schlecht.«

»Teilen wir zuerst, Cheeks.«

»Gold, Tiny, wacht nicht auf. Aber der Captain vielleicht. Grundsätzliche Einwände?«

»Grundsätzliche überhaupt nicht.«

»Na also. – Los Boys, schaut mal nach.«

Whyte-Footling macht die Augen fest zu. Er fühlt zwei Hände, dann Schultern unter seinen Achselhöhlen, während er seitwärts, in einer schönen barocken Kurve hochgezogen wird. Seine Arme liegen jetzt rechts und links über breiten Schultern, das Scheinwerferlicht liegt voll auf seinem Gesicht, er läßt den Kopf hängen und wagt wieder zu spähen. Tony steht breitbeinig, mit beiden Händen in den Taschen, die Daumen sind nicht außerhalb der Säume. Zwei Ledermäntel schleppen ihn, drei Ledermäntel stehen im Licht, davon einer neben Cheeks Seraki. Drei von Tonys Männern haben sich verteilt, und dann sind da Turbane, dunkle, sehr entschlossene Gesichter, sorgfältig disponiert zwischen den Ledermänteln wie Deckungsspieler auf dem Fußballfeld.

Er wird hochgehoben, seine Sohlen sinken wieder und berühren den Boden der Kiste, er schwankt, er ist wirklich schwach, ein neugeborenes Kindlein, er lehnt sich schwer auf die Schultern aus Leder. Der dritte neben Cheeks tritt jetzt vor, er hebt die Zinkwanne mit der zähen Mischung und gießt sie langsam in die Kiste. Wie eine große dicke Faust in einem unförmigen Handschuh schließt sich die Masse um seine Füße, seine Knöchel, seine Waden. »Keine schlechte Mischung, eben Concrete MacGonigle«, kichert einer. »Zieht schon an, das Zeug.«

Whyte-Footling beschließt, daß der rechte Moment gekommen ist, er stößt einen schwachen Laut aus, schwankt etwas stärker und legt den Kopf zurück, schlägt die Augen auf, blinzelt und schüttelt sich. Die Schultern unter seinen Armen ducken weg, zwei Hände ersetzen sie, der Betongießer schaut auf und lacht: »Morning, Cap'n.« Zwischen den Silhouetten von Cheeks und Tony steht im Hintergrund die eines Ledermannes, sie ist insofern auffällig, als sie plötzlich keinen Kopf mehr hat. Es hängt dies wohl mit dem krummen asiatischen Säbel zusammen, den der Mann im Turban neben ihm in der Hand hat. Der kopflose Ledermann kippt seitwärts um. »He«, sagt Cheeks ruhig, er ist wie eine Schlange nach links geschnellt und hat schon eine Waffe in der Hand. Whyte-Footling hat mit Mühe und Not den Zeigefinger zwischen Bügel und Abzugshahn der Damenpistole gebracht, die in seinem Hosenbund steckt, aber auf die paar Zentimeter Entfernung genügt das Ding, um den Betongießer zu überraschen. Um andere braucht sich der Captain nicht zu sorgen, die Zahlenverhältnisse sind klar. Aus Tonys Manteltasche fahren ein paar Blitze, Cheeks hustet einmal, seine Waffe fällt auf Metall. »Tiny, du Schwein«, sagt er respektvoll mit glasigen Augen, dann fällt er zwischen seine gefallenen Ledermäntel. Auch die zwei, die Whyte-Footling stützten, sind gekappt, er schwankt nun im zähen Beton wie eine Distel im Wind, Tony lacht und macht zwei Schritte, um ihn zu stützen und ins Gleichgewicht zu bringen. »Saubere Arbeit, Clansmen«, sagt er über die Schulter, dann etwas Malaiisches, was drei weiße Zahnreihen zum Vorschein bringt, und: »Jetzt rüber mit denen auf die *Annabelle,* fix.«

Einer der Ledermänner, so stellt sich heraus, ist schon drüben von den Malaien erledigt worden. Man arbeitet flink, ohne Aufhebens; Tsching (oder Tschang) ist schon mit dem Schrubber unterwegs, während drüben Tonys Cockneys noch sterbliche Hüllen an Spanten und Geländer zurren. Der Motor der *Highland Flower* tuckert jetzt wieder, sie schabt am Geländer der *Annabelle* entlang, kommt frei und macht gute Fahrt. Nach einer Minute etwa rülpst es hinter ihnen, ein dunkelroter Ballon scheint das verlassene Boot von innen platzen zu lassen, es richtet sich nach vorn auf und rutscht schräg nach rückwärts in die schwarzen Wasser der Sound of Mull. »Verflixt, der Beton ist schon hart, Captain«, sagt Tony. »Sie werden sich etwas gedulden müssen, man muß meißeln.«

»Ich mache gerade Kaffee, das kann ich!« ruft eine Mädchenstimme von unten aus der winzigen Kombüse. »Ihr wollt doch Kaffee, oder?«

»Ich trink ihn im Stehen«, antwortet der Captain. Gelächter geht reihum.

»War das alles spontan von Ihnen?« fragt der Captain später, nun ohne Betonstiefel, mit Antonio an der Reling. Frühlicht hebt sich über die Wolkenbänke am Ufer der Wasserstraße.

»Nicht sehr.« Tony lacht kurz und trinkt die dritte Tasse Kaffee, es muß leider mitgeteilt werden, daß er den kleinen Finger etwas abspreizt. »Vermischte Motive, würde ich sagen.«

»Die interessieren mich.«

»In ungeordneter Reihenfolge, wenn Sie erlauben?«

»Ich werde dann selbst zu ordnen versuchen.«

»Bitte. Zusammenfassend ließe sich sagen, daß ich mich nicht gerne für dümmer halten lasse, als ich bin, mag das auch geschäftlich nützlich sein. Da kommt erstens die New-Jersey-Maschine und bietet fünf minus, nachdem sie zehn plus geboten hat. Das Geschäft wird einseitig, ich mag keine einseitigen Geschäfte.«

»Lieber gar keine.«

»Ganz recht. Zweitens wollte mich dieser Apache reinlegen mit dem Gold, ganz klar. Er redete davon, daß Mescaleros nie mit gespaltener Zunge sprechen – aber zufällig weiß ich, daß sie lügen wie gedruckt. Und drittens«, sagt er sorgfältig, »nennt mich ein Mestize nicht Spaghetti.«

»Das alles«, erwidert Whyte-Footling langsam, »ist gar nicht so ungeordnet.«

»Wahrscheinlich nicht.« Der propere Signor Barello stellt seine Tasse hinter sich auf einen Klappstuhl, sein Gesicht ist im Frühlicht hübsch und bleich. »Wahrscheinlich habe ich einfach auf eine Okkasion wie diese gewartet. Das Ganze wurde mir, wenn man so sagen darf, zu unintelligent.«

»Was stört Sie daran, solange Sie selbst gescheit sind?«

»Die Übermacht der Un-Intelligenz; oder: Un-Intelligenz aus Übermacht. Mächtige werden dumm, weil sie es sich leisten können. Warum fusioniert Frankie mit diesen Aasvögeln, ohne mich zu informieren? Warum bietet dieser Meyer Marmalade zuerst zehn plus und hält mich für dumm genug, das für ein reelles Angebot zu halten? Warum kommt Cheeks und spielt imperialistische Flotte, nur wegen eines Angebots von fünf minus? Das Endresultat ist dann dieser MacGonigle, mit seinem dummen panischen Plan, Sie umzubringen, Miß Ferroccio zu entführen, das Geld zu behalten – und das alles, um sich bei der Über-Macht dieser dummen Maschine anzubiedern. Und der Gipfel der Dummheit: weder er noch Cheeks können bis drei zählen. Sonst hätten sie mit den Herren Ali, Mehmed und Mansur rechnen müssen.«

»Den Herren im Turban.«

»Eben denen. Sie hätten natürlich keine Meile außerhalb meiner Direktiven zugelassen – keinen Inch. Aber dann nennt man sie eben einfach Tschingtschangtschung und läßt sie aus der Rechnung. – Nein, Capitano. Männer wie Sie und ich sollten nie für einen Apparat arbeiten. Man wird auf die Dauer nur beleidigt.«

»So nennen Sie das?«

»Jawohl. Man schubst uns herum. Man verheimlicht uns entscheidende Fakten – oder auch nebensächliche, man tut es eben, weil man gern ein bißchen mächtig ist. Man überlegt nicht einmal, ob es nicht nützlicher wäre, uns voll ins Vertrauen zu ziehen. Man sucht lediglich einen Vorwand zur lustvollen Ausübung von Macht.«

»Und Sie nehmen an, daß ich auf eigene Rechnung arbeite?«

»Ich will offen sein, mein Freund. Ich habe Sie geprüft. Da Sie nach dem Überfall am Mamore-Wald keine Verbindung mit der Maschine aufnahmen, war ich zufriedengestellt.«

»Ihr Mann war das?« Whyte-Footling lacht und schüttelt ihm die Hand: »Ché grandezza! Aber der Mann hätte mich treffen können, glauben Sie nicht?«

»Der nicht. Nicht Capitulation Charlie. Er war immer eifrig, aber, um es in der Sprache unserer hingegangenen Freunde auszudrücken, immer ein Schlemihl.«

»Und was gedenken Sie jetzt zu tun, Signor Barello?«

Barello seufzt. »Ich werde mein Leben ändern. Und ich rate Ihnen das gleiche.«

Später, im Strahl der Morgensonne, die über Oban steht, sitzen Harold und Flora verstrickt an der Reling, und sie fragt ihn leise:

»Warst du eigentlich und wirklich ohnmächtig, Harold, ehe sie dich einbetonierten?«

»Vollständig. Warum fragst du?«

»Schade. Ich habe nämlich Politik getrieben, damit mich Sid losband. Ich wollte von dir wissen, ob ich schon etwas Politik gelernt habe.«

»Ich zweifle keinen Augenblick, daß du dich bewährt hast, mein Schatz.«

»Gut. Dann schlage ich vor, daß wir in Oban ein Zimmer als Mr. und Mrs. Whyte-Footling nehmen. Dieser platonische Spaß ödet mich an.«

»Miß Flora, ich bin ein altmodischer Mann.«

»Dann wird es Zeit, daß Sie, Captain, etwas über Frauen lernen.«

Es folgen zwei Tage voll Anmut – alles ist geebnet, nichts mißlingt. Der Zweigstellenleiter der Caledonian in Oban ist ganz Zuvorkommenheit (»Abercrombie & Mulford, aber gewiß gewiß«). Ein idyllischer Anlegeplatz am Loch Fenchan wird gefunden, ein Ofen aus Klinkerziegeln errichtet. Und während der Schatz des Prinzen umgegossen wird, genießt man Käse- und Fleisch-Fondue mit einem waadtländischen Roten, anschließend Früchte und liebreichen Drambuie. Auf Jagdstökken oder Baumstümpfen sitzend, erzählt man: Anthony Barlowe von grotesken Verhandlungen mit Messrs. Burmester, Sandeman und Byass, Flora von der säbelzähnigen Mme. Doutrier, Harold von den wahren Umständen der Affäre Elsa von Brabant (Telramund war, unter uns gesagt, gar nicht einmal im Unrecht). Man lacht viel, am meisten Flora, die alle Schiffe und Brücken bereits verbrannt hat. Und dann übernachtet man im Hotel *Dalriada* (zwei Herrschaften als Mr. & Mrs. Whyte-Footling).

Am Mittag des zweitenTages ist fast alles geregelt, der Fuhrpark versammelt, die letzten drei Säcke von der *Highland Flower* sind an Land gegangen und verwandeln sich aus runden Lilienmünzen in viereckige Briketts. Die Herren Barlowe und Whyte-Footling stehen an der Reling und blicken in die See hinaus. Noch vor Geschäftsschluß wird man das Gewölbe in Anspruch nehmen und mit dem komplizierten Schlüssel versperren.

»Zwei Tage – das konnten wir uns gerade leisten«, sagt Barlowe und nimmt eine Eukalyptuspille. »Meyer Marmaladowski wird wohl heute nervös, morgen leitet er Schritte ein, übermorgen gehen seine Kontakte ins Leere – und dann wird er *wirklich* nervös. Von da an wird's gefährlich, würde ich sagen. Für uns beide.«

»Was werden Sie also tun, Tony?« fragt der Captain.

»Wie schon angedeutet, werde ich ein neues Leben beginnen – mit neuer Identität. Es sind bereits gewisse Rahmenvorstellungen gegeben. Ihnen rate ich das gleiche.«

»Nun«, zögert Harold, »ich habe Verpflichtungen.«

»Ihre wichtigste kenne ich«, antwortet Tony mit eleganter Geste. »Gerade diese macht drastische Schritte erforderlich. Soll ich etwas einleiten für Sie, Capitano? Einen neuen Paß, sagen wir?«

Whyte-Footling schweigt eine Zigarette lang. Dann entnimmt er seiner Brieftasche ein Paßfoto und reicht es dem kleinen Partner. »Für alle Fälle, und vorbehaltlich«, lächelt er schwach. Barello wirft den Kopf zurück und lacht, dann nickt er und steckt das Bild ein. »Gut. Haben Sie einen besonderen Wunsch – wegen des Namens?«

»Nein. Bisher habe ich meine – Künstlernamen immer nach bestimmten Gesichtspunkten ausgewählt, aber dies soll ja, wie Sie sagen, ein wahrhaft neues Leben werden; und kein Neugeborener sucht sich seinen Namen aus. Einzige Bedingung: irgend etwas, das zwanglos viel Geld unbekannter Herkunft erklärt. Etwas Exotisches vielleicht.«

»Gut. Als Verbindungsadresse schlage ich den Tabakverkäufer in der U-Bahnstation Whitechapel vor, er nimmt Briefe entgegen und gibt sie weiter.«

»Adressieren Sie Ihre Mitteilungen doch an Harmon Micropodos.«

»Micro–«

»podos. Griechisch für ›kleiner Fuß‹.«

»Ah. Auf jeden Fall, Capitano: arrivederci. Und: mille auguri. A Lei, ed alla bella signora.«

»Grazie tante.« Die gemeinsame Schlacht ist geschlagen, das Lager von Oban ist aufgelöst.

* *
*

In der Morgendämmerung des dritten Tages erhebt sich Captain Whyte-Footling, nun fast schon wieder Arnold Füßli; kleidet sich wortlos an und verläßt seine schlafende Schönheit. ›Abschließende Mission, Fl. my fl.‹, schreibt er auf einen Zettel. ›Diskretion absolut wesentlich. Geh nach Canterbury, ich werde dich kontaktieren. Vernichte diese Botschaft. Auf ein neues Leben – kiss kiss. H.‹ Vor dem Hotel auf abschüssiger Straße parkt sein Kabriolett, er löst die Handbremse und läßt den Wagen fünfzig Meter rollen, das Manöver gelingt, der Motor springt an, und er wählt die Straße nach Osten.

Die Route, welche heute die Bezeichnung A 85 trägt, ist landschaftlich reizvoll, und der übermüdete Fahrer läßt sich Zeit. Gegen Mittag erreicht er St. Fillans am Ostende des Loch Earn, er biegt von der Straße ab, überquert eine steinerne Brücke und schläft eine Stunde lang im Wagen auf dem leeren Parkstreifen eines Golfplatzes. In Crieff erkundigt er sich nach der Abzweigung in den Glen Turnock, die nicht beschildert ist. Seine Instruktion lautet: ›Drei mi. östl. Crieff, einbiegen nach Norden in den Glen Turnock, ab sieben mi. Ausschau nach geeignetem Depot für den Lia F.‹ Und so biegt er ein.

Hang zur Linken, Abgrund zur Rechten, in dem der Wildbach tost, eine schmale Fahrspur: Geburtskanal der Wildnis, in die er nun gerät. Es ist eine kahle, buschgesprenkelte Wildnis, künstlich entvölkert von der Bodenrente; hinter Granitfelsen und Wolken aus Broombüschen tauchen die schwarzen Masken der Cheviot-Schafe auf und verschwinden. Die Karrenspur windet sich und überquert zweimal auf Planken den Tobel, mühsam zieht der Wagen bergwärts: sieben Meilen in achtundzwanzig Minuten. In der Kimme des Tals ist der Himmel mit seinen weißen und grauen Regenvorhängen zu sehen, und dann, nach einer Kurve von etwa fünfundzwanzig Bogengraden, der Gipfel des Ben Chonzie: grau und kahl auch er.

Das Tal weitet sich etwas. Hunde schlagen an, Collies und Setter, sie rasen auf das Kabriolett zu, Schafe reißen aus und treiben im Aufwind der Angst die Hänge empor. Aus der grauen strohgedeckten Granithütte tritt der Wilde, der hier hütet; er steht in krummen Stiefeln und ausgefransten Hosen, in einer Lammfellweste mit den Zotteln nach außen, mit Mütze und Wollquaste und pfeift den Hunden, er späht, ja, er späht mit klassisch über den Augen gehaltener Hand.

Füßli hält an, der Motor schweigt. Dreimal bellt noch ein Hund, dann regiert Stille. Zwischen den wippenden Rücken und aufmerksamen Köpfen der Setter und Collies stelzt er auf die Hütte zu, die wie eine Arche auf nassem, von Hufen, Pfoten und Stiefeln gewalktem, schwarzem Schlamm schwimmt. Ein Entschluß wird gefaßt.

Er schüttelt dem Wilden die Pranke, sie setzen sich beide auf einen quergelegten Stein vor der Südwand, der Wilde hält den Schäferstab locker zwischen den Knien. Füßli, selbst ein Bewohner wilderer Zeiten und ein Sohn der Berge, weiß es besser, als den Mann sofort mit Erklärungen und Fragen zu überfallen. Er bietet eine Reiseflasche an, das Lebenswasser wird akzeptiert, und der Wilde trinkt zierlich, mit kußbereiten Lippen, die sich aus der Bartwildnis stülpen. Er wischt mit flacher Hand über die Mündung, ehe er die Stärkung zurückreicht, und murmelt etwas auf Gälisch oder Broad Scotch, das sich, seiner Handbewegung nach zu urteilen, auf die Berge, das Wetter oder beides bezieht. Füßli nickt weise zurück und antwortet mit einigen Silben, die philologisch nicht einzuordnen sind. Dann steht er auf, zwinkert, winkt, lockt den Schäfer wie ein Großvater das ostereiersuchende Kind. Dieser Mann, seine graniten eingeengte kleine Welt, diese treuen Hunde: das Geheimnis des Steins wird hier gut gewahrt sein, bis zu dem Jahr, wo der Righ nan Gaidheal zurückkehren wird.

Er öffnet den Kofferraum und weist auf den Quader mit den dreieckigen kleinen Unebenheiten, mit dem abgewetzten

Viereck in der Mitte, das einst die Inschrift trug, mit den leeren Bohrlöchern für die Tragringe; weist darauf und sagt: »Jakobskissen. Krönungsstein.«

Der Wilde schmunzelt, zwinkert verständnisleer und nickt, er schneidet mit einem feststehenden Messer einen Priem von einem Stock Kautabak und schiebt ihn hinter den goldbraunen Bart. Hier ist offenbar nicht viel Patriotismus oder Geschichtskenntnis am Werk. »Stein von Scone«, versucht es Füßli vorsichtshalber. »Lia Fáil.«

Der Wilde läßt das Messer sinken. Seine Augen werden riesig, seine Brauen schieben sich unter wirbelige Stirnlocken und bleiben dort oben hängen. »Lia Fáil!« ruft er staunend und weist mit dem Messer auf den Stein. Im Bart- und Haargestrüpp knistert es, wie anhebender Wind durch das Unterholz fährt.

»Stimmt«, nickt Füßli. »Von London. Kannst du ihn verwahren – hier?« Seine Rechte, in der eine Zehnpfundnote gut sichtbar ist, fährt über Berghänge und Talgrund.

Da lacht der Wilde. So hat es Füßli nicht mehr lachen gehört seit dem westgotischen Spanien: das Lachen ist voll Rausch, Blutdurst, Einverständnis mit Leben und Tod, voll Heidentum und Christentum, voll des Gebets und der Wollust – es ist ein frühmittelalterliches Lachen. Der Wilde schubst Füßli samt seiner Pfundnote weg, er stellt sich breitbeinig an den Kofferraum, fletscht die Zähne und wuchtet den Quader mit schwellenden Muskeln heraus, er torkelt ein paar Schritte bis zur Ecke seiner Hütte und läßt den Quader hochkant in den Schlamm klatschen. Er stößt mit der Spitze seiner kotigen Brogues dagegen, prustet, wiehert vor Lachen, stemmt die Handflächen gegen die Knie vor Wonne und beugt sich weit vor, sprüht einen Fächer braunen Tabaksafts über das Heiligtum.

»Hej!« ruft Füßli böse. Er winkt gebieterisch. »Bring ihn her!« Was ist hier los? Was weiß der Mann, oder was glaubt er zu wissen? Der Wilde schüttelt gutmütig den Kopf: »Guid«, sagt er. »Guid. Ich – paß auf. Ich bin der Wächter des Steins, oder? Der Wächter des Lia Fáil.« Er zwinkert, als berichte er von ungeheuren Taten unter den Frauen, er klopfte die Kruppe des Steins wie die eines gehorsamen Hunds, er lacht wieder laut:

»Sassenach!« jubelt er boshaft. »Sassenach!« und schlägt sich mit der Pranke gegen den Schenkel.

Füßli hat eine Kamera mit Stativ und Selbstauslöser aus dem Auto geholt. Er baut langsam den Dreifuß auf, er schraubt den Kasten fest, zieht den Balg des Objektivs aus und bringt den Selbstauslöser an. Er tritt neben den Wilden, der nach Torfrauch, Priem, Schafdung und Hunden riecht, er legt ihm den Arm über die Schultern und blickt ins gläserne Auge. Es klickt. Der Wilde hat währenddessen nicht aufgehört zu lachen.

Der Hauptmann hält ihm noch einmal die Zehnpfundnote hin, gebieterisch diesmal. Der Kerl reißt sie ihm aus der Hand, wirft sie in den Schlamm und trampelt sie ins Unsichtbare. Unter den Brauen hervor fixiert er seinen Gast, ungeheuer belustigt – und ungeheuer zornig. »Will nichts«, sagt er relativ klar. »Brauch nichts. Bin doch bestellt.«

»Bestellt?«

»Immer bestellt. Hüter des Lia Fáil.«

»Bis der Prinz kommt?« fragt Füßli. »Bis zum Bliadhna na Prionnsa?«

»Der Prinz!« sagt der Wilde mitleidig, dann lacht er wieder, leise beginnend und immer lauter. Er schüttelt dem Gast die Hand, er schlägt ihn gegen den Ellbogen, daß das Gelenk kracht, er bückt sich, wuchtet den Lia Fáil hoch und tapst damit zu seiner Hüttentür, geschüttelt von Lachen und Keuchen. Er verschwindet im schwarzen Rauch seiner Behausung. Zehn Sekunden später – er hat den Stein abgesetzt – erscheint er wieder im Türrahmen, lehnt dagegen, seine letzte, fürchterlichste Fröhlichkeit füllt Berg und Tal, scheucht die Hunde hoch, die nun auf Füßli zurasen und ihn auf federnden Hinterläufen, mit zurückgezogenen Lefzen umtoben.

Er zieht sich in Würde zurück und knallt die Tür des Kabrios zu, er wendet im Schlamm, er schafft es gerade. Er fährt die Spur hinab, die sieben Meilen, von dort wendet er sich nach links, das heißt nach Osten, und weiter nach Perth.

Er nimmt ein Zimmer und geht irgendwohin zum Essen – in ein Fischrestaurant. Er reißt die Speisekarte in vier Viertel, dreht eines davon um und schreibt, während er Finnan Haddie kaut, auf die Rückseite: »Mission abgeschlossen. Ich kündige. – F.«

»Man hat mich hereingelegt«, sagt er eine Stunde später zu sich selbst im klammen Dunkel seines Bettes, während er die zweite Zigarette raucht. Aber wie hat man ihn hereingelegt? Wie paßt alles zusammen – das Tonbandprotokoll der Hekate, das Stichwort GENESIS SIEBEN, die übertriebene Vorsicht der Theoretischen mit seinem Bestimmungsort – und der Wilde da oben mit seinen Schafen und Hunden, der sich selbst als Wächter des Lia Fáil bezeichnet? Er versucht es so oder so zusammenzuzählen, es ergibt keine Summe.

Arnold Füßli weiß nicht, oder noch nicht, daß das Uhrwerk einer mäßig klugen Intrige, das ihn als Rädchen treibt, schon von geheimnisvollen Händen verstellt wird. Sei ruhig, Freund Füßli, auch du wirst das Jahr des Prinzen erleben.

11

Rom, Februar 1955

ORT: *Ein Magazin des Museo Sacro zu Rom.*

Diese Magazine bergen einige der merkwürdigsten Erzeugnisse menschlichen Kunstgeistes diesseits des Atlantik und sollten von allen Reisenden, welche den Status des Rom-Kenners anstreben, unbedingt aufgesucht werden. Da dies jedoch sehr wenige tun, ist der Ort für diskrete Treffs geeignet. Der Raum ist düster, aber von noch zu beschreibenden Lichtquellen diffus und verschiedenartig erleuchtet.

PERSONEN: *Ein diskreter Treff findet hier statt zwischen* MGR. DOENSMAKER *und einem Baron* ISTVAN ZERBOTTI ZU WEDELSTURM, *der allgemein als geheimer Repräsentant des Hauses Windsor-Hannover gilt.*

Der Baron, ein typischer Vertreter des alten k.k. Ministerialadels, hat rote Haare, ein schiefes rotes Gesicht und wird wegen seiner Undurchsichtigkeit allgemein respektiert, wenn nicht gefürchtet. Diese Undurchsichtigkeit wird durch ein chroni-

sches Zittern des rechten Augenlids sowie durch einen noch chronischeren, wahrscheinlich erblich bedingten Stockschnupfen erhöht.

Zu Beginn unserer Szene haben die Herren vor einem der erwähnten Hervorbringungen des menschlichen Kunstgeistes Posto gefaßt, nämlich einem anderthalb Meter durchmessenden, kolorierten Milchglas-Globus, der von innen durch eine elektrische Fassade von Sankt Peter erhellt wird (Geschenk der bolivianischen Regierung, 1928).

DOENSMAKER: Ich will Ihre kostbare Zeit nicht lange in Anspruch nehmen, Baron. Ich mache es deshalb kurz. Wie Sie wissen, erfahren wir durch Zufall das eine oder andere, was anderen – Öffentlichkeiten noch nicht zu Ohren gekommen ist. Die spezielle Information, um welche es sich hier handelt –

ZERBOTTI *(ist vollständig von dem lichtplastischen Kunstwerk, dem Globus, absorbiert):* Profudd, profudd! Sackt Peter, das Licht, das die We't von idden erhellt! Profudder Gedakke!

DOENSMAKER *(sanft, also irritiert):* Ich habe diesen Treffpunkt vorgeschlagen, Baron, weil er Ihren britischen Sinn für Humor ansprechen dürfte. – Die spezielle Information, um welche es sich handelt, möchten wir ohne jede Bedingung, no strings attached, wie ihr Angelsachsen sagt –

ZERBOTTI: Ihred gutd Willd, Bodsidnore, habb wir schod ibber geschätzt. Daß Sie bich hieherbriggd, ist eid Zeichd der Wertschätzugg, das ...

DOENSMAKER: Kurz, es ist eine Information, welche die schottischen Interessen des Hauses Windsor unmittelbar berührt.

ZERBOTTI *(ist weitergeschritten zu einem anderen Kunstwerk, einem Klavier aus Alabaster, das in ganzer Breite nach oben in ein maßstäbliches Modell von Sankt Peter (Alabaster) übergeht – Geschenk der Marianischen Sodalität Pittsburgh, 1937):* Schottische Itteressen! Wudder Puckt, wudder Puckt, gebe ich zu.

DOENSMAKER: Sie erinnern sich an die Diebstahlaffäre von 1950?

Weihnachten 1950? Die Entführung des Steins von Scone aus der Westminster-Abtei?*

ZERBOTTI: Bubbstück. Aber deid, Bodsidjore! Das is' ja exorbitatt! Dieses Klavier! Sackt Peter, aus deb die hibblisched Harbodied für die gadze We't ströhb'! We'ch überraschedde und profudde Sybbolik!

DOENSMAKER: Nun, er ist ja zurückgegeben worden, Ostern 1951, angeblich. *Angeblich.*

ZERBOTTI: Schottladd, Schottladd! Wedd Sie bich fragng, eid Loyalitätsfaß ohde Bodd. Jeddfalls für das Haus Widdso'.

DOENSMAKER *(pflügt sanft, aber etwas verzweifelt durch den Nebel):* Nun, immerhin hängt die Legitimität des nächsten Königs von der Echtheit des Krönungssteins ab. Wir könnten uns vorstellen, daß diese letzte kleine Affäre vom Hause Windsor nicht mit dem nämlichen Gleichmut betrachtet werden könnte, wenn es sich herausstellte, daß ...

JUNGE STIMME, LESEND: Dutschentésima Quadradschésima Sessio. Praesentes: Praefectus Congregationis, Eminentia ...**

DOENSMAKER *(ärgerlich):* Was zum ...

ZERBOTTI: Ein Protokoll, verbute ich.

Die beiden Herren biegen um ein weiteres Kunstwerk: einen neugotischen Schreibtisch mit ungeheuren Aufbauten. Die einzelnen Ausläufer und Fialen stellen die markanteren Kirchentürme der Diözese Linz dar. Im amphitheatralischen Viertelkreis dieser Pracht ist eine kleine Lampe angebracht, welche ein Mikrophon, einen komplizierten, aber nicht allzugroßen elektrotechnischen Kasten und einen Stoß vergilbter Akten bescheint. Hinter diesem Stilleben sitzt ENGELBERT FÜRHOLZER, *ein ›Krebs‹, d. h. ein junger Student des Germanicums im damals noch krebsroten Talar. Er spricht mit frischer, aber etwas eintöniger Stimme in das Mikrophon hinein:*

FÜRHOLZER: Pater Reverendus Ordinis Praedicatorum, Intrepidus Etschevarría ...

---

* *Schicksalsstein*, siehe Anhang!

** »240. Sitzung. Anwesende: Der Präfekt der Congregation, Se. Eminenz ...«

DOENSMAKER *(ist es klar, daß ihm ganz persönlich eine Panne unterlaufen ist: in diesem Magazinraum sitzt einer der sechs jungen Germaniker, die unter strengster Geheimhaltung die gesamten alten Protokolle der* CSAPF *in den Audio-Garbler übertragen. (Beschluß der 465. Sitzung des Inneren Ausschusses.)*

Routinemäßig winkt MGR. DOENSMAKER *dem jungen Alumnus:* Opere tuo usque ad horam quintam exoneratus es.*

FÜRHOLZER *(krebsrot wie sein Talar):* Gratias. *Er räumt fluchtartig seinen Schreibtisch, wobei er auch die Akten mitnimmt.*

DOENSMAKER *(unterspielend, zu* ZERBOTTI*):* Es scheint, daß auch der Vatikan Bürosorgen hat.

Er ist sich bei dieser Bemerkung allerdings nicht sicher, ob ihn der undurchsichtige Baron nicht doch seinerseits durchschaut. Er ist jedenfalls entschlossen, nicht abzulassen, und nimmt den fallengelassenen Faden wieder auf: Wenn es sich also herausstellen sollte, daß der Schicksalsstein, den die schottischen Patrioten an Ostern 1951 in der Kathedrale von Arbroath niedergelegt haben, nicht dem entsprach, der aus der Abtei entwendet worden ist; daß er vielmehr eine Kopie ist, dann würden sich doch gewisse Legitimitätsschwierigkeiten bei der Krönung von Karl dem Dritten ergeben.

ZERBOTTI *ist vor ein weiteres Kunstwerk getreten, das er fassungslos bestaunt. Es handelt sich um ein schmiedeeisernes Netzwerk, über dem ein Boot schwebt; in dem Netzwerk haben sich wie in einem sehr komplizierten Mobile elektrisch zwinkernde Fische gefangen, welche die Wappen katholischer Staatswesen tragen (Geschenk der costaricanischen Vertretung zum Heiligen Jahr 1950). Es ist nicht sicher, ob er mit einem Ohr zugehört hat:* Sehr moderd, *sehr* moderd, Bodsidjore! Udd trotzdeb sehr bewegedd! Sehd Sie, die Fischleid *freued* sich! Sie *wolled* sich fanggd lassd! Wie tief, wie tief! – aber Sie habb' datürlich völlig recht, Bodsidjor: Sie wolled die Jakobitd utterstützd. Dur datürlich. Das

* Sie sind bis fünf Uhr Ihrer Pflicht entbunden.

Haus Widdso' hat sich ibber in Eggladd schwer getad. Ibber frebd gebliebb, wissd Sie.

DOENSMAKER *(völlig – und vielleicht bewußt? – mißverstanden):* Aber Baron! Wir wollen doch diesen alten Chimären nicht nachjagen. Der Vatikan hat vielmehr das Bedürfnis, das echte Bedürfnis, dem Hause Windsor entgegenzukommen! – Sehen Sie, es sieht so aus, als hätten diese Nationalisten den Stein kopiert, und der Stein in der Kathedrale von Arbroath war diese Kopie. Aber in Wirklichkeit liegen die Dinge etwas komplizierter. Wenn dem Hause Windsor –

ZERBOTTI: In Schottland liegg die Digge ibber koppliziert. Eide Folge des Datiodalcharakters. Beider Beidugg dch, Bodsidjor, sollted wir Schottland sich se'bst überlassd. Bit Haddkuß, beider Beidugg dach. Arb, widerspedstig udd uddackbar, das ist udd war Schottladd.

DOENSMAKER: Nun, Baron, überlegen Sie sich die Sache. Stellen Sie das Problem Ihren – Vertrauten dar. Ich bin sicher, daß die Möglichkeit, für die nächste Krönung den wahren Stein wiederzubekommen und gleichzeitig dem schottischen Nationalismus einen Schlag der Lächerlichkeit zu versetzen …

ZERBOTTI: Eide wahrhaft subtile Böglichkeit, tatsächlich. Aber ich buß Ihded dacken für die Böglichkeit, diese profudden Kudstwerke keddezulerdd, Bodsidjor. Wahrhaft erstaudlich. Auf Wiedersehd, Bodsidjore.

Hat DOENSMAKER *erreicht, was er wollte? Er wollte, das ist klar, einem schlechten defensiven Zug – der Abwehr des schottischen Projekts – wenigstens einen kleinen offensiven Vorteil abgewinnen: den engeren Konnex mit dem Hause Windsor. Sollte es gelingen, ihm den wahren Stein zu gegebener Zeit in Aussicht zu stellen, konnte dies die Beziehungen nur verbessern – und der Aussicht, Karl den Dritten auf der Kopie eines Glasgower Steinmetzen zu krönen, konnte das Haus wahrhaft nicht gleichmütig gegenüberstehen. Aber der Baron war und ist, wie wir sahen, undurchsichtig.*

Der Baron seinerseits verläßt das Museo Sacro und begibt sich in ein naheliegendes Café. Dort schreibt er in Blockbuchstaben auf einen Notizzettel:

EINFLUSSREICHE KREISE IM VATIKAN ERWÄGEN UNTERSTÜTZUNG JAKOBITISCHER AKTIVITÄTEN, INSBESONDERE IN SCHOTTLAND – SCHLÜSSEL ZUM KRÖNUNGSSTEIN-ABENTEUER LIEGT IM VATIKAN – UNTERSTRÖMUNGEN BEDÜRFEN GRÜNDLICHER ANALYSE – ERBITTE ERHÖHUNG SPESENSATZ AUF ÜBLICHEM WEGE – Z.

Er zahlt den Espresso und begibt sich in den dämmrigen Camposanto Tedesco. Dort schiebt er den Zettel unter den Grabstein eines nazarenischen Malers. Er, Zerbotti, glaubt für den polnischen Geheimdienst zu arbeiten. Es freut uns mitteilen zu können, daß dies nicht der Fall ist. Er ist lediglich privater Informant eines enorm gebildeten und neugierigen polnischen Diplomaten namens Tadeusz B., der an einem großangelegten Werk über den Vatikan laboriert. (Es wird einige Jahre später unter dem Titel DAS EHERNE TOR *auch in Deutschland erscheinen.)*

12

Ferme Les Ginèvres/London, Frühling 1927

Die steinerne Finsternis des Schuppens riecht nach Hühnerdreck, nach altem Heu, gegorenen Strohabfällen und verschüttetem Apfelmost. Es ist ein Geruch, der Heimat verspricht. Der Captain am Kreuzweg – so oder so in Kürze ein anderer – sitzt auf dem linken Horn einer Deichselgabel, die aus einem zweirädrigen Karren ragt. Er hat die tarnenden Heuschwaden vom silbernen Käfig der MYST geräumt, er hat mit einem Gummiband die Dokumente am Sattel befestigt, welche die Erfüllung seiner Mission dokumentieren werden – korrekt noch in der Desertion. Die große Zehe ist im kalten Wasser – es gilt jetzt den Sprung.

Was macht ihn, den Mann der Tat, zaudern? Ist es der Fahneneid der Garde? Die Loyalität der CSAPF? Der Verlust, der drohende Verlust der ätherischen Heimat zwischen den Raum-Zeit-Säulen des kirchlichen Kontinuums?

Kaum irgend etwas von dem. Die CSAPF ist hauptsächlich Drohung für ihn, er hat das bestimmte Gefühl, verschaukelt, verheizt, für dumm verkauft worden zu sein – ein überständiger Agent, ein Mülleimerkandidat. Und dahinter, darüber, spürt er die Schwefelwolke größeren Verrats, wittert er ein Verbrechen, ein *crimen laesae majestatis* gegen den Großen Plan selbst. Nein, nicht er hat den Bund gelöst, nicht er, der loyale Operateur.

Was ihm den Entschluß schwer macht, ist nicht mehr und nicht weniger als die Liebe zum Gerät. Die alte Sentimentalität des MG-Schützen zu seiner Knarre. Dankbarkeit für die Macht, die ihm diese Waffe so viele Jahre gegeben hat, Erinnerung an Triumphe und Schrecken, zuletzt an den Schrecken und heilsamen Triumph von 1746/1954, als die Existenz der MYST selbst schon verloren schien und die Maschine ihn doch sicher über den Schleifpunkt des *laqueus clausus* brachte. Das, und sonst fast nichts, wird er vermissen.

Was soll's? Mit einem unwirschen Seufzer steht er auf und tritt an das Gerät. Er hat um den Greifenkopfhebel eine kunstvolle Spagatschlinge gelegt, die es erlaubt, den Mechanismus des Auslösehebels von außen zu betätigen. Er treibt mit vier Hammerschlägen aus dem Handgelenk noch einen kantigen Haken in eine Eichenschwelle des alten Bodens; durch ihn legt er den Strick, dessen Zugwinkel dadurch entscheidend verbessert wird. Der Hebel muß ja nach vorn und unten gezwungen werden; zieht er rasch und energisch genug durch, wird der Strick aus dem Gerät schnellen, ehe ihn die Zeit-Rückkehr zerschneidet.

»Zruckh i' de' Seich!« knurrt er nicht ohne Wehmut und klopft einen Kristallknoten des Silbernetzes wie ein Reiter den Hals seines Pferdes. Dann tritt er zwei Schritte zurück, schlingt den Spagat dreifach um die Rechte, wippt prüfend in den Knien und reißt, mit Schulter-, Ellbogen- und Handgelenk den Zugweg verlängernd, die Schnur zu sich heran. Die MYST blitzt, ist verschwunden, die Desertion vollendet.

Er wartet einen Augenblick, bis sich seine Netzhaut wieder an das Sternenlicht gewöhnt hat, das durch die Sparren des Dachs dringt, und bis das glühende Muster des Polyeders von ihr verschwunden ist. Dann nimmt er den leichten Beutel auf, der seine ganze bewegliche Habe enthält, und tappt zwischen zerbrochener Häckselbank und Sägebock, zwischen verrottenden Heu- und Rindenhaufen zum Torbogen, in dem kein Türflügel mehr hängt. In achtundvierzig Stunden gedenkt er in London zu sein, ein Bürger des Empire von 1927.

Gelber Glanz in den Augenwinkeln hält ihn zurück. Er schnellt herum. Genau an der Stelle, wo sie verschwand, schimmert die MYST aufs neue. Sie verglüht nicht. Im Kern des silbernen Kugelnetzes mit den violetten, rosenroten, bernsteinfarbenen Knotenpunkten, auf dem Sattel vor der großen Justierscheibe, sitzt ein junger Mann in den schrägen blauorangen Streifen der Schweizer-Uniform, sitzt, die Rechte am Greifenkopfhebel, der Gardist Franz Defunderoll. Er sitzt und sieht seinen Hauptmann an, mit feuchten Augen und zitternden Lippen.

»Fränzi!« ruft Füßli verblüfft und erheitert. »Defunderoll! Wos moch-sch'n du?«

Der Gardist schweigt. Aus den zehntausend Poren seines Gesichts quellen zehntausend Schweißtropfen, sein überlanges Kinn vibriert, er scheint alle Mühe zu haben, es in den Kiefergelenken festzuhalten, daß es nicht zu Boden fällt. Seine Linke fummelt im Wams, seine Augen werden größer und schwimmen von Tränen, bitten um Buße und Besserung. Füßli kann nicht mehr; er wirft den Bauch nach vorn, den Kopf und die Schultern nach hinten und bricht in unbändiges Gelächter aus.

Das, begreift er, hätte er nicht tun sollen. Die Hand des Gardisten bringt eine bräunliche Luger zum Vorschein und richtet sie auf den Hauptmann, sein Gesichtsausdruck wird ungeheuer beleidigt, und die Hand ist selbständig ausgebildet und zittert nicht. »Wer einmal auf die CSAPF geschwört«, sagt er mit der dicken Stimme eines Mannes, der zwischen Selbstmitleid und Ressentiment schwankt, »hat nichts mehr, was ihm selber gehört.« Dann schießt er.

Er schießt gut, er müßte mit mindestens sechs Schuß treffen, aber Franz Defunderoll wurde zu einseitig ausgebildet. Man hat ihm zum Beispiel nicht mitgeteilt, daß die aktivierte MYST ein geschlossenes und undurchdringliches Energiefeld ist. Daß er die Rechte am Hebel hält, genügt, um das Gerät zu aktivieren und damit das Feld zu schließen. Acht Geschosse, vollautomatisch aus dem Lauf gejagt, fegen an den Dreieckflächen des Polyeders entlang, deflektieren in Hunderten von geometrisch berechenbaren Winkeln. Drei durchschlagen von oben und seitwärts die Scheibe des Großen Knotens, verschmelzen oder zerstören Programm-Bahnen auf immer. Zwei treffen in Defunderolls Schenkel, drei durchbohren aus verschiedenen Richtungen seinen Rumpf. Franz, der loyale Fränzi, so oft um Wein und Grappa geschickt, sieht den Hauptmann aus brechenden Augen an: er lächelt. Er ist dankbar, weil unverdient unschuldig. Seine zerfetzte Brust sinkt nach vorn, die Rechte krampft sich um den Hebel und schießt im Todesrictus nach vorn und unten. Die MYST taucht ins Nichts – ein glühendes Totenschiff. Selbst den Rauch des Kordits nimmt sie spurlos mit.

Zwischen Heinrich dem Ersten und Pius dem Zwölften hat Arnold Füßli viele und originelle Flüche gelernt, er reiht sie aneinander voller Wut und Erleichterung. Seine Erleichterung ist selbstverständlich, aber seine Wut kompliziert. Ihr Hauptbestandteil richtet sich gegen die elenden Tröpfe der CSAPF, die nicht einmal einen Henker richtig ausbilden können. Und während er flucht, duckt er sich hinter die Häckselbank und zieht seine eigene Webley: er kennt seine MYST instinktiv, und es ist ihm klar, daß sich dieser Angriff wiederholen kann, besser und gründlicher als durch den armen Fränzi. Die CSAPF verzeiht nicht, und die Justierung des Großen Knotens hat genau die Daten, Stelle und Zeit, geliefert, um den Henker einzusetzen – den ersten und, wenn notwendig, den zweiten, den vierten, den hundertsten. Eine Armee kann gegen ihn aus dem Zeit-Raum der Zukunft in Marsch gesetzt werden.

Die Armee kommt nicht. Die Finsternis bleibt ungebrochen.

Kein Netz leuchtet mehr auf, keine MYST kehrt zurück. Füßli ist nicht erleichtert, im Gegenteil. Er weiß: mit achtundneunzig Prozent Wahrscheinlichkeit ist die MYST nicht mehr greifbar, die erfindungsreiche Maschine des großen Leonardo ist verloren. Er ist frei, die Congregatio Secreta ist verschwunden, die hundert Pistolen mit ihr – aber als er die Ruine des Schuppens verläßt, weint er wie Franz Defunderoll.

* *
*

Er hat gar nicht vorgehabt, sein Rückbillett von Cherbourg nach London zu benutzen – denn er muß nicht nur an die CSAPF denken, sondern auch an eine andere Maschine, die in New Jersey sich dreht. Ein bretonischer Fischer, durch großzügigen Illegalitätszuschlag ermutigt, setzt ihn nach Cornwall über, er steigt langsam durch Geröll und Klippen auf, er wandert durch Wolken und Sonne und Regen. Am nächsten Abend hockt er im Common Room eines alten Gasthauses, über ihm blakt eine Petroleumlampe, vor ihm zerplatzen träge die Schaumbläschen eines Glases Stout. Er fühlt sich gleichzeitig schwach und kräftig, gefesselt und zu allem fähig: wahrscheinlich fühlt er sich also neugeboren. Er nimmt ein wachstuchgebundenes dickes Schreibheft, das er im Laden des Dorfs erstanden hat (das gibt's hier noch, wachstuchgebundene Hefte, er freut sich, hier Bürger zu sein), er öffnet die erste Seite und schreibt:

»Liebes Tagebuch!«

Dann stockt er und betrachtet dümmlich den Rest der Seite. Er muß sich eintrichtern, gewiß. Er muß Kontinuität schaffen. Was würde sich dazu besser eignen als ein Tagebuch? Aber literarische Gewohnheiten sind eben schwer einzuführen nach einem Leben der Tat. Was müßte er schreiben, was sich selbst mitteilen? Daß er, zum erstenmal seit den Heuschobertagen seiner Bergjugend, zum erstenmal die Reize einer Frau ohne kirchliche Einsegnung genossen? Daß er paradoxerweise gerade diesmal eine Gegenwart gespürt hat, einen jungen ernsten Gott mit leuchtendem Leib und dunklen Flügeln? Daß er, der vielfache Witwer, weder zärtlich noch geschickt gewesen ist, sondern ein erschreckter und erhitzter Novize? Daß er nicht weiß, ob diese Liebe gut oder schlecht gehen wird, daß er keinen Weg kennt, um sich zu vergewissern – aber daß er ohnehin keine Wahl hat? Nicht jetzt, wo ihn die MYST verlassen hat …

Nein, so geht es nicht. Er ist, so erkennt er, nicht indiskret genug. So macht er es anders. Er macht Bilanz.

»1. Vermögen Whyte-Footling £ 372.000«

schreibt er. »Frage: wie konvertieren?«

Es ist ein rein technisches Problem, leicht zu lösen.

»2. Marignano 1.640 Florentiner,
ca. 15 Ringe,
20 Ketten,
6 Becher etc.«

Es ist ein schöner Karneol dabei, das weiß er noch. Er gleicht dem, den er von dem Fürsten erhalten hat. Der Schatz liegt unter einem Eckstein in einem Keller, der bestimmt noch aufzufinden ist.

»3. Edessa Varia, ca. £ 60.000 gegenw. Kaufkr.«

Das, in der Wüste seit dem 12. Jahrhundert, wird interessanter werden. Man wird es finden, zweifellos – die antiken Säulentrommeln kennt er im Schlaf. Aber man wird sorgfältig vorgehen müssen bei der Konvertierung: byzantinische und ägyptische Währung, in Haufen auf den Markt geworfen, das würde unmöglich sein.

»Kontakt: Exp.!!« schreibt er deshalb darunter.

»4. Deich bei Ghent 1.400–1.600 Dublonen (span.)«

Das wär's. Was er nicht aufschreibt: den Goldschatz in Oban (ein Füßli ist auch als Deserteur korrekt und rührt fremdes Eigentum nicht an) und – das Wertvollste von allem –: eine Handschrift, und zwar eine vollständige, des SATYRICON des

Petronius, aus den Beständen eines frühmittelalterlichen istrischen Klosters. (Schließlich will er ein Privatvergnügen haben, von dem er sicher ist, daß er es mit niemandem teilen muß.)

Soweit, sogut. Er wird umsichtig disponieren. Schließlich weiß er, daß der *Schwarze Freitag* kommt. Saure Wiesen wird er in Pontresina und St. Moritz erwerben, er wird sich einkaufen in Wolfram und Tungsten vor 1939. Flora, wie immer sie heißen wird (er weiß es noch nicht), wird jedenfalls nicht über den Mangel an Haushaltsgeld klagen müssen. Wie ein knochentrockener Lübecker Reeder oder Züricher Bankier schreibt er unter die Bilanz: »Mit Gott.«

Frühmorgens erwischt er an einer Tankstelle einen Lastwagen, der nach London fährt. Er nimmt ein Zimmer mit Frühstück im äußersten Westend, dort, wo der Wohlstand nicht mehr residiert, sondern das verschämte Angewiesensein aufs Zehrgeld für Ham and Eggs. Dann steigt er ins Netz der U-Bahn-Röhren. Er transferiert zur Metropolitan Line und erreicht die Station Whitechapel. Der alte Mann hinter der Theke des Tabakladens reicht ihm die verlangten Players, und er rührt keinen Gesichtsmuskel, als ihm Füßli den Zettel zuschiebt, auf dem HARMON MICROPODOS steht: »Ist Brief da – für mich?«

Ein Brief ist da. Er trägt den Absender EDDIE BRACZINSKY. (Auch Tony Barello geht kein Risiko ein und hat sein Leben völlig verändert.)

Der Brief hat folgenden Wortlaut:

»Lieber Freund –

alles ist vorbereitet. Ihre Reaktion in Oban, als wir Details der Zukunft besprachen, war so beredt, daß ich zuversichtlich damit rechne, diese Zeilen werden vor Ihre Augen kommen. Also:

Wie ich spüren Sie die Notwendigkeit eines Bruchs mit den Abhängigkeiten Ihrer bisherigen Existenz. Einzelheiten brauche ich nicht zu wissen.

Ich habe demnach von Ihrer Vollmacht und von dem Paßfoto, das Sie mir überließen, Gebrauch gemacht. Gelegentlich der Arrangierung meiner eigenen Bedürfnisse habe ich eine Identität für Sie bestellt. Ich habe dabei £ 20 anbezahlt; angeheftet die entsprechende Quittung. Sobald Sie Ihre Identität abgerufen haben – die Adresse finden Sie im Postskriptum –, werde ich mich bei Ihnen melden; auch ich mit einem neuen Namen, der unbefleckt aus dem Meer unseres gemeinsamen Entschlusses gestiegen ist.

Unbefleckt, doch nicht ganz jungfräulich. Ich habe, einer freundschaftlichen Laune folgend, für mich selbst einen Namen gewählt, dem Sie – anläßlich eines Gesprächs bei Armand's – Ihre Achtung bezeugt haben, nämlich den Namen eines achtunggebietenden Geschäftsfreundes. Der Name stellt zudem meine ursprüngliche Nationalität wieder her.

Gleichzeitig benutze ich den Anlaß, um die Situation einer jungen Dame zu bereinigen, der ich sehr zugetan bin. Diese Bereinigung schließt die Legitimierung meines – bisher einzigen – Sohnes ein. Ich würde vorschlagen, daß Sie sein Pate werden, und daß wir ihm den Namen FABIO *verleihen. So können wir wenigstens in der Wahl eines – übrigens guten altrömischen – Namens dokumentieren, daß er eines Tages Ihrer Achtung würdig sein wird – oder doch sein sollte.*

Sempre il suo servitore, *T.*

P.S. – Die Adresse ist Drummond Rd. 88, Southwark.
Fragen Sie im Laden nach dem ›Wiener‹.«

Füßli lehnt sich an den Eingang der U-Bahn-Station, der aus schwärzlichen Ziegeln gemauert ist, und lacht hilflos. Dann erkundigt er sich bei einem orthodoxen Juden, der vorbeikommt, nach der besten Route in Richtung Southwark.

13

London, Frühling 1927

Über dem Laden, der die von Tony angegebene Hausnummer trägt, steht ein großes weißes Schild mit schwarzen Buchstaben:

HIER WERDEN OHREN DURCHBOHRT!
ABSOLUT SCHMERZLOS!
KEINE CHIRURGISCHEN INSTRUMENTE!

Der kleine Laden sieht kaum schmerzlos, bestimmt nicht antiseptisch aus. Durch einen Perlenvorhang in einem engen Rundbogen kommt ein kleiner muskulöser Mann heraus; Füßli erkennt ihn als einen der Gräber vom Loch nan Uamh wieder. Er grinst und zwinkert: »Zum Wiener?« Er weist mit dem Daumen hinter sich, und Füßli dankt stumm und kommt durch den Bogen auf eine enge steile Treppe. Rechts und links auf Absätzen sind feuerfeste Türen ohne Aufschrift, nur auf einer steht ›Magazin‹ – für was immer.

Unter dem Dach, selbst noch angeschrägt von der Neigung der Mansarde, ist die Holztür mit den blättrigen Lackresten, die das Schildchen

LEOPOLD SRCH
Entwürfe

trägt. Die Tür ist nur angelehnt. Füßli hört über den staubigdunklen Korridor tonloses Pfeifen.

Der Wiener sitzt unter einem überraschend sauberen schrägen Nordfenster und prüft eine Banknote durch eine Augenlupe; offenbar sind seine Interessen vielfältig. Er ist kahl und zahnlos, aber zäh; kein Treibgut der toten Monarchie, sondern ein internationaler proletarischer Marder. Füßli hält ihm wortlos die Quittung hin, die eine große, mit Grünstift aufgemalte 8 schmückt.

»Ah, Jessähr«, sagt der Wiener, und Füßli antwortet leise: »Reden wir deutsch.«

»Hochachtung«, sagt der Wiener. Die Manieren der Donaumetropole sind nicht auszurotten. »Sö san der, wo der Herr

Garetti avisiert hat. Sö, dos woar a G'schbaß.« Er kichert, er legt Wert auf seinen Sinn für Humor. Er steht auf und räumt in einer Kommode, zieht eine Schublade heraus und hinter ihr, an zwei Spagaten, ein rohes, aber wirksames Geheimfach. »Göld, hats g'haaßn, internazanahl, unbestimmbare Herkunft. Sie, da hammr uns lang unterhaltn, der Herr Garetti und i. Das is a kommoder Herr, der Herr Garetti.« Er kramt in einem kleinen Stapel Pässe, die alle hübsch gebraucht aussehen. »Hammr a bisserl Inventur gmocht, und was wollns, war goar net schwierig – nemma an russischen Fürsten, sog i. Gibts zum Saufuadan, ganz arme, ganz reiche, wia's kommt *und* obs Banken g'hobt ham in der Schweiz oder net. Na, und da sog i zum Herrn Garetti, hoffentlich hot er Sinn fürs Alkoholische, Ihr Kollega, Rum oder Arrak gefällig?« Er kichert wieder und schlägt Füßli mit dem Handrücken vor die Brust, sein Sinn für Humor überwältigt ihn fast. »Rumjanzew oder Araktschejew, wann's gefällig? Na, und der Herr Garetti, wos a kommoder Herr is, war doch mehr für Arrak. Grigorij Antonowitsch Araktschejew, wann's gefällig. Und zwanzig Pfund, wann i bittn derf. – Na wos hamms denn? Hamms kan Sinn für Hamur?«

Ende des zweiten Buches

DRITTES BUCH

Aphallijn

To the island-valley of Avilion;
Where falls not hail, or rain, or any snow,
Nor ever wind blows loudly; but it lies
Deep-meadow'd, happy, fair with orchard-lawns
And bowery hollows crown'd with summer sea,
Where I will heal me of my grievous wound ...

Zum Inseltal, zum goldnen Aphallijn,
Wo Hagel, Regen nimmer fällt, noch Schnee,
Wo Wind nicht wütet; vielmehr liegt es dort
Glückselig, grün und hell von Auenfrucht
Und Schattenrast, gekrönt vom Sommermeer:
Dort werd' ich heil von meiner Todeswunde ...

A. Tennyson, MORTE D'ARTHUR

1

Loch nan Uamh, 29. Mai 1955

Seit der frühen Dämmerung landen die Vereinten Jakobitischen Streitkräfte (Allied Jacobite Forces – AJF).

Schönwetterdunst des Morgens hängt um den schwarzen Kiel, von dem die ersten Boote abstoßen. Aufgerichtet im ersten steht die Blume der Highlands, die hochbusige Fürstin. Ihr dunkles Auge schweift hinüber zum Ufer; tastet die Hügel ab, deren Schneide sich wie der Muschelrand eines großen lauschenden Ohrs um den Ruf der Befreiung legt. Freu dich, Enkelin des Amphlett, Fionnaghal, Erbin der Fionnaghal MacDonald, der Retterin des Righ nan Gaidheal! Vorbei sind deine bitteren Tage: die Jahrzehnte des Schweigens, der entmannenden Vorsicht, der taubstummen rechnenden Vernunft. Aus dem steinigen Acker steigt die Ernte, in der fernen Grotte stimmt Fingal, der Held und Sänger, die goldene Leier, gewärtig der Schwert- und Schildtaten der Söhne des Laubhraigh und seiner Gefährten aus den Ländern der Sonne. Das Vermächtnis, Fürstin, ist dein.

Durch geschliffene Prismen erblickt sie der Gemahl, der Fürst; er liegt als Späher auf vertrauter Granitschräge. Von hier aus spähte er damals, als die Segel von Franken und Sassenach rauchumwölkt über der schieferfarbenen See kämpften. Heute sieht er nicht *Bellona* und *Mars, Greyhound* und *Terror,* sondern die Frucht jener Landung von 1746 – das Schiff *The Saltire**, um das Prinzengold erworben (billigst aus US-Surplus-Beständen um **$** 8.850; der alte Name des Victory-Schiffs, *Daisy Mae,* ist für Kenner unter der Übermalung noch zu entziffern). Rinnsale bunter Krieger sickern von seiner dunklen Flanke in die Landungsboote (gleichfalls US-Navy-Surplus, das Stück **$** 220). Felsig bleibt das Gesicht des Spähers, aber sein Herz

---

* Die schottische Fahne mit dem Andreaskreuz.

stolpert zweimal, da er die Fürstin erkennt, in den grünroten Kreuzbalken auf blaurotem Feld, dem Tartan ihres Clans, mit der Weißen Rose des Bonnie Prince an der kecken Mütze. Schräg rechts neben ihrem Boot kommt das Boot der ersten McLaubhraighs auf, blüht grün und gelb und türkisfarben, blitzt von silbernen Tam-Broschen und dem Messing der Schildbuckel; im Bug steht Cailean der Laubhraigh, licht umwölkt von den Geistern der Vorfahren, die behandschuhten Hände über dem rauhen Stahlkorb des Claymore gekreuzt. Gestaffelt um ihn sind die Würdenträger: der älteste (in seinem Fall einzige) Sohn als *Cean-cath,* also Führer des rechten Flügels; der Pfeifer; der Bannerträger *(Gilli-brataich);* der *Gilli-sporrain* und mehrere Tanist-Offiziere seines Haushalts. Links von der Fürstin aber, im dritten Boot der ersten Welle, steht die Bayernfahne, knorzigstarr gehalten von den Wurzelhänden des Brummachervaters von Angelskirch. Die Fahrtbrise lupft die weißblauen Rauten, schnipst gegen die Bänder der Feuerwehr von Brettschleipfen und der Kegelbrüder von Thann, läßt die Jungfrauen von Taglaching gar zierlich hüpfen. Halbwegs befinden sich die Boote zwischen Schiff und Ufer, da die Sonne über die Kimme der Hügel rutscht und ihr erster Strahl den dicken goldenen Löwen trifft, den Löwen der Fahne von Jarezöd über Rauten und Bändern – da fährt im Boot der McLaubhraighs ein Dutzend Claymores gegen den Himmel, die Ankunft seines Gestirns erwidernd mit dem Blitz des Mutes.

Duncan Smoles, Regionalreporter der BBC für Schottland, bläst ins Mikrophon seines Batteriegeräts, spricht:

»Testing – one, two, three«, läßt die paar Zoll des Bands zurücksausen, lauscht nickend dem Probe-Replay in einer Schale des Kopfhörerbands und geht dann fünfzehn Schritte zum Strand hinab; das Boot der Fürstin knirscht in diesem Augenblick gegen das Ufergeröll, salziger Schaum schwappt über das Mikrophon, das Duncan Smoles ganz eng an den Kiel gehalten hat.

»Danke«, sagt er etwas töricht, und dann mit der erprobten Mischung von Schmalz und Distanz: »Der Laut, den Sie eben hörten, liebe Hörer, wird in den Archiven der BBC sehr sorgfältig verwahrt werden; er dokumentiert das Anlegen des ersten jakobitischen Bootes am Strande dieser Smaragdinsel seit dem Jahre 1746. Im übrigen ist hier am Loch nan Uamh das Wetter klar, einiger Dunst liegt noch über dem Sund, der Wind ist schwach, etwa Stärke zwei, der Tag, der 29. Mai, verspricht sonnig zu werden – übrigens der Tag der Restauration der Stuart-Dynastie nach den Jahren unter Cromwell. – Wir werden nun dieses romantische Schauspiel für Sie weiter verfolgen und versuchen, einige der Beteiligten, welche eine lebendige Tradition unseres Vereinigten Königreichs so wirksam in Szene setzen, einzeln zu interviewen.«

Über den Bug springt die Fürstin auf die Erde der Ahnen, springt und wirft sich zu Boden, küßt die wiederergriffene Scholle. »Eine Dame wirft sich soeben auf die vermutlich heimatliche Erde, die Jeanne d'Arc oder vielleicht Boadicea dieses Unternehmens«, spricht Duncan Smoles. »Sie trägt den Tartan der MacDonalds, übrigens bisher den einzigen MacDonald-Tartan, den ich bemerke. Darf ich fragen, Mylady – äh ...«

»Flora Amphlett MacDonald«, antwortet die Fürstin. »Ich bin gekommen, um das Erbe meiner Ahnin, der Blume des Hochlands, zu vollenden.«

»Ah, in direkter Linie –?«

»Direkter.«

»Außerordentlich. Und welche Botschaft bringen Sie, Mylady, der schottischen Erde?«

»Die Nation ist ein offenes Ohr, das lauscht vom Tyne bis Stornoway. Sie versteht die Botschaft, darauf können Sie sich verlassen. Welche Kokarde erblicken Sie an meinem Barett?«

»Ah, die Weiße Rose. Ist, wenn ich fragen darf, Prince Charlie wiedergekommen?«

»Das ist er, weiß Gott. Der Righ nan Gaidheal. Sagen Sie das ruhig Ihren Hörern.«

Anders, und doch nicht minder freudig, stellt sich das Panorama dem Lenker der Schlachten dar, dem Pruskowitz. Keine Farben vermögen ihn zu betören, wenn auch von dort, wo er wiegend steht (im größten Sturmboot der zweiten Welle), der Anblick der gestaffelten Helden, der dunkelbraunen, moosgrünen, grauen Janker, der schrillen Muster der Clansmänner über wippender See betörend genug ist. In ihm bildet sich das Manöver als mehrdimensionales Modell ab, als ein komplizierter, aber klarer und gelungener Ansatz. Man hat, an der Nordwestküste von Roag, lange genug geübt, unter schwereren Bedingungen als hier: dieser heitere Morgen ist ein Kinderspiel dagegen. So gehört sichs: der Krieg ein Kinderspiel gegen das Manöver. Bodhelms Freude läßt sich in zwei knallenden Wörtern konkretisieren: es klappt. »Es klappt«, sagt er denn auch knapp zu dem Dieringer, der bleich, aber sonst guten Mutes neben ihm am Wulst des Bootes hängt. »Chlanna nan con«, sagt der Dieringer etwas unzusammenhängend. Er ist übernächtig, die Vorabendfeier auf der *Saltire* mit Andechser Maibock und Straight Malt (hausgemacht) aus Roag ist ziemlich kraftvoll gewesen. Aber besonders viel hat der Dieringer, obwohl Wirtssohn, eigentlich nie vertragen.

Anders steht das um Säumaß, den Führer der Männer. Auch er hat gefeiert, mehr als alle anderen, aber er ist jetzt unverwundbar – gefeit gegen Hieb und Stich der Gärungschemie. Zwanzig Meter hinter Bodhelms Boot und hoch über ihm steht er an Bord des Schiffs, er hat auf seine rechtmäßige Präsenz in der ersten Welle verzichtet, eine selbstgewählte Pflicht hält ihn hier fest: er überwacht und dirigiert die Verladung der Propaganda-Abteilung. Hundertzwanziggrädig schwenkt der Deckkran nach außen, an den vierfachen Seilen des Flaschenzugs gleitet das letzte Bündel Fässer hinab aufs Frachtfloß ($ 120). »Öha – staad – a bißl füri – guat!!« Eine saubere Pyramide dunklen Klostergebräus stapelt sich auf dem Floß, neben ihr, adrett gefaltet, die weißblau gerautete Riesenbahn des Festzelts, vor ihr, im Carré aufgebaut, die Kapelle der Senftlgauer in Dunkelbraun, von sonnentrunkenem Messing umkränzt.

Ganz oben aber auf der Fässerpyramide, in schwarzen Lackpumps, weißen Seidenkniestrümpfen, Dirndl mit rosa Nylonschürze und Miederbusen, scheibengeschmücktes Hütchen über Blondlöckchen und grüngraues rechtes Katzenauge gezogen, thront als Schützenliesel Heike Vulpius. Ganz Gußzukker und Kunststoff ist sie, ein alpiner Traum aus dem Mittelwesten – nur der Minnesotaer Handelskammer-Geschmack des Laubhraigh konnte dergleichen ersinnen, aber vielleicht, vielleicht hat er recht damit.

»Hammas?« brüllt Säumaß hinunter, und: »Haut scho!« signalisiert von unten die Ladecrew. »Chlanna nan con – auf gehts!« ruft Jimmy. An der letzten Strickleiter läßt er sich ohne Hilfe der Sprossen hinabsausen, stößt mit den Genagelten von der hallenden Wand der *Saltire* ab und landet im Sprung unter Heikes handlichen Knöcheln. Er trägt den Kilt der Laubhraighs, Sporran und Schwert, darüber aber den grauen Jachenauer Janker mit grüner Weste und grünen Stößen: selbst ein Sinnbild der Waffenbruderschaft in den AJF. Die *Saltire* läßt die Dampfpfeife husten – einmal, zweimal. Zwei starke Evinrude-Außenborder schnurren, das Floß setzt sich in Bewegung, der Schmied-Beni von Senftlgau hebt den Tambourstab und läßt ihn wackelnd abwärtsgleiten. Der bayrische Defiliermarsch dröhnt ans Ohr Albas. Zum letzten Mal – zweihundertfünfzig Jahre nach Max Emmanuel, zwei Jahrhunderte nach Karl Albrecht, hundertfünfzig Jahre nach Napoleon Bonaparte bricht bajuwarischer Ehrgeiz aus dem kleinen mitteleuropäischen Fünfeck aus, begibt sich auf eine historische Mission, kühner als je zuvor – mit dem Geschmack atlantischen Salzes auf den Mundstücken der Bleche.

Doch wer blickt finster an diesem Siegesmorgen, wer als einziger unter den Männern? Der Laubhraigh ist's, er selbst in seiner vollen Pracht: zwei Pistolen hat er im Gürtel stecken, die Scheide seines Dolches trägt in separaten Außenfächern Messer und Gabel, ein weiteres Schlitzmesser steckt im tartangewirkten Kniestrumpf, prachtvoll blitzt die Silberbrosche am Barett neben der Weißen Rose – dennoch, sein Auge ist umwölkt, seine calvinischen Mundwinkel herabgezogen. Zehn Sekunden nach der Fürstin hat sein Boot den Uferschotter berührt, sofort ist er über die Bordwand gesprungen. Er wartet nicht auf seine Würdenträger, nicht auf den *Gilli-brataich* oder den *Gilli-sporrain,* nicht auf den *Cean-leuchd-tighe* und nicht einmal auf den *Cean-cath*, er fertigt Duncan Smoles mit einem vorläufigen Satz ab, er springt sofort die Böschung hinauf. Unmittelbar über der schmalen Straße ist dort eine 35-mm-Movietone-Kamera aufgebaut; eine andere hat er zweihundert Yards westwärts erblickt, aber die Zahl der Lakaien, die Größe der Sonnenbrillen und die Machart des Regiestuhls weisen diese hier als Sitz der Macht aus.

Der Häuptling der Kamera, ein verwegener Dicker mit Schnauzbart, stupst seinen Kameramann an: »Mitnehmen, den Folklore-Typ da. Schwenkt runter auf die Dolchscheide. Claymore mitnehmen. – Jetzt auf das Floß!« spricht er ins Walkie-Talkie. »Achtung B, hört ihr? Aufs Floß halten. Ranholen, dann Schwenk ...«

»Sind Sie der Realisator?« fragt ihn der Laubhraigh finster.

»Drin? Gut. Jetzt Schwenk da hinunter auf die Pfeifer. Gut. – Allerdings«, sagt der Schnauzbärtige zum Cailean und reckt ihm eine kumpelhafte Rechte hin. »Willkommen bei der Universal Galactic. Der Name ist Ferdy Boznyak. Ferdy für Sie.«

»Der Vertrag mit Ihrer Firma ...«

»Alles in Butter, Mänsch Mylord. Bestens. Prima Wetter, prima Show. Etliche hundert gute Meter schon im Kasten, schätze ich.«

»Der Vertrag spricht von ›full coverage‹. Nennen Sie das ...« (verächtlich weist der Claymore auf die ferne Kamera) »... und das ...« (verächtlich auf das anwesende Gerät) »... full coverage?«

Ferdy lächelt balkanisch. »Nu langsam mit die jungen Pferde, Mänsch Mylord. Drei Movietone, das entspricht doch, wa?«

»Drei? Wo wäre, Ihrer Meinung nach, die dritte?«

»Habt ihr's?« spricht Ferdy ins Walkie-Talkie. »Groß, sobald's geht, auf die nette Tucke, die Blonde. Schon drin? Klasse. – Also Mylord, das Skript müssen Sie schon der Universal Galactic überlassen. Konflikt, Konflikt, mein Lieber!«

»Den Konflikt überlassen Sie uns. Wir treten ohnehin gegen die Übermacht der kommerziellen Interessen an. Was unseren Vertrag betrifft ...«

»Ist full coverage garantiert. Mehr, ist übergarantiert. – Habt ihr die drei Pfeifer? Gut.« Unten, wo die zweite Welle der Boote eintraf, stimmen die drei Pfeifer ihren Pibroch an, über den Sund antworten die Bleche der Schützen. »Die dritte Kamera steht in Fort William, wo sich ›The Queen's Own True Scots‹ versammeln. Mit allem, was dazugehört: roten Fräcken, weißem Lederzeug, Blechtüten auf, Gamaschen. Zufrieden?«

»The Queen's own ...?«

»Na klar, Mänsch Mylord. Konflikt is die Seele vons Geschäft. Das überlassen Sie mal der Universal Galactic. Das Skript ist in Ordnung. – Wie steht's mit dem Ton? Alles drin? Check. Weitermachen.«

Ein gedankenvoller Laubhraigh steigt zu den Seinen hinab.

»... Standardausrüstung ist der ursprüngliche Vorderlader-Typus des bayrischen Podewils-Gewehrs«, spricht Bodhelm ins Mikrophon von Duncan Smoles. »Wie Sie vermutlich wissen, ist es später zu einem Hinterlader mit Bajonettverschluß umgebaut worden, doch haben wir aus historischen Gründen davon Abstand genommen. Sonst noch Fragen?«

»Vorderlader. Steinschloß, vermute ich?«

»Nicht mehr das Podewils-Gewehr. Es verfügt über Zündhütchen-Hahn mit Stichkanal.«

»Glauben Sie nicht, Herr Oberst, daß Sie damit über einen unfairen Vorsprung gegenüber The Queen's Own Scots verfügen?«

»The Queen's Own ...? Die Herrschaften sind mir nicht vorgestellt.«

»Wie interessant. Nach Auskunft der Universal Galactic ist eine Konfrontation mit diesem historischen Freiwilligen-Regiment morgen bei Glenfinnan vorgesehen.«

»Ah so!!« lachte Bodhelm herzlich und geistesgegenwärtig. »Na hören Sie mal, ich bin schließlich kein Filmregisseur. Wenn man sich rechtzeitig mit unserer Dienststelle, ich meine ...«

»Aber Sie sind doch als Stabschef für die militärische Ausrüstung zuständig?«

»In Grenzen, wissen Sie. In Grenzen. Alles Freiwillige, vergessen Sie das nicht. Elan, eigene Initiative ...«

»Welche Taktik beziehungsweise Strategie ...«

»Für alle politischen Fragen ist Ihre Durchlaucht die Fürstin Araktschejewa zuständig.«

»Ich meine im engeren Sinne die militärische Strategie.«

»Ah! Die unterliegt selbstverständlich der Geheimhaltung.«

Um elf Uhr steht das Zelt. »O'zapft is'!« brüllt Jimmy-Seumas und treibt den Spund mit einem geübten Schlag in den ersten Banzen. »Kemmts, free beer!« Nicht die Expeditionsmitglieder drängen sich als erste (die Disziplin ist mustergültig), sondern neugierige Bewohner des Landes, die seit den Morgenstunden zusammenrieseln. Tonkrüge (die Halbliter-Version, man hat auf die schlichteren Kapazitäten der nördlichen Kelten Rücksicht genommen) schießen über die improvisierte Theke. »Thigibh a so's sibh féoil!« lockt der Dieringer und schneidet würzige Scheiben vom warmen Leberkäs. Draußen haben sich schon, ihrer sicheren Witterung folgend, Fahrende eingestellt: ein Karussell mit spiegelgeschmückten Holzpferden, ein Stand mit Wurfpfeilen und Bällen, Clankrieger üben die alte Kunst des Baumstammwerfens.

»Hier«, sagt Duncan Smoles ins Mikrophon, »entfaltet sich das alte Kelten-Talent der ungezwungenen Feste auf ungezwungene Weise. Ich bemerke neben dem Tartan der McLawries auch die heroischen Farben der Camerons, die sich brüderlich-rivalisierend mit ihnen in den alten Schlachtruf teilen, ich bemerke einige Frazers – und da, in der Tat, auch drei Kilts der MacLeods und der Campbells –, alte Feindschaften aus der Zeit des Rising sind begraben, alle Clans strecken sich die Bruderhand der Versöhnung entgegen.* Bemerkenswert die verschiedenfarbigen Jacken der bayrischen Schützen, die auf ein dem Clan-System ähnliches Gesellschaftsprinzip hindeuten. Eben steht vor mir das älteste Mitglied der Expedition, der Mann, der die erste bayrische Fahne auf schottischen Boden setzte. – Wie heißen Sie, mein Herr?«

»That«, dolmetscht Jimmy gutmütig, »is the Brummachervater from Angelskirch. Eightyseven, you know.«

---

* Die Clans Campbell und MacLeod standen 1745/46 auf seiten der Hannoveraner.

»Achtundsiebzig! In der Tat ein bemerkenswertes Alter. Und was waren Ihre Motive, Mr. – Brammaker, sich der Expedition anzuschließen?«

»Warum daßt mitganga bist, Vadda.«

»Wo's zünfti' is«, krächzt der Wurzelgreis, »bin i oiwei no dabei. Und ibahapz, bal's genga de Breißn geht ...«

»Wants to fight Prussians, you know.«

»Preußen? Wie bemerkenswert. Der historische Gegensatz der Häuser Hohenzollern und Hannover ...«

Der Brummachervater, historisch belehrt, wendet ein gänzlich verständnisloses Antlitz dem jungen Freund zu.

»Na wos denn, Jackl, Hannofer, sann de *koane Breißn*?«

Draußen setzt der bayrische Defiliermarsch ein, Clansmänner verteilen gelbe Flugblätter, auf denen die legitime Thronfolge des Hauses Stuart bis herab zum greisen bayrischen Prätendenten verzeichnet steht, Liedfetzen wehen vorüber, daneben Rock aus den Transistorgeräten der Jugend, die schon die Gassen der Buden- und Zeltstadt zu füllen beginnt. »Die Jugend«, sagt Duncan Smolens ins Mikrophon, »scheint dem Ruf der vereinigten jakobitischen Kräfte nur allzubereit zu folgen, haha!«

Dann, plötzlich, ein kühler Hauch vom weißblau gerauteten Eingang her: schmal, in grauer hochgeschlossener Tunika, mit Breeches und Kartentasche, mit braunen Schaftstiefeln und – tatsächlich! – Monokel, überblickt Bodhelm die Szene, steigt entschlossen durch Bierlachen und umgeworfene Klappstühle, steht vor Jimmy Säumaß. »Herr Krauthobler, eine kurzfristig angesetzte Lagebesprechung im Stabszelt. Sie kommen, ja?«

* *
*

London

Die Wohnung ist mühsam-bürgerlich und etwas schmuddelig, also mühelos als Wohnung eines Geheimdienstchefs zu erkennen. Der Geheimdienstchef trägt Samtjacke und raucht Pfeife, sein Haar ist dünn, seine Miene sorgenvoll, er wirkt wie ein Professor für alte Sprachen, und so weiß jeder Kenner, daß er bereit ist, über Leichen zu gehen. Vor ihm sitzt ein etwas verwahrloster junger Mann in einer Lederjacke, der blütenreinen Oxbridge-Akzent spricht – jedermann erkennt ihn daher sofort als 009, den Tödlichsten der Tödlichen.

»Natürlich alles Jakobiten«, sagt der Chef schmurgelnd.

»Verdammt blutige Jakobiten, wenn Sie mich fragen, Sir.«

»Ich frage Sie zwar nicht, 009, aber ich darf bemerken, daß nur Intellektuelle solche Ausdrücke gebrauchen. Ich darf Sie um etwas mehr Unauffälligkeit bitten.«

»Nichts ist unauffälliger als ein Intellektueller, Sir. Aber ...«

»Haben Sie mit der Einwanderungsbehörde Kontakt aufgenommen?«

»Sämtliche Pässe sind in Ordnung, Sir. Sie wurden anläßlich einer schottisch-bayrischen Freundschaftswoche, die auf Schloß Roag stattfand, ordnungsgemäß ausgestellt. Von daher keine Bresche, Sir.«

»Verdammt viel blutig schlauer, als ich dachte.«

»Auch meine Ansicht – unter uns Intellektuellen, Sir.«

»Werden Sie nicht albern, 009.«

»Ich bin es, Sir. Teil meiner Imago. Gestaltspsychologie, wenn ich mir das Stichwort erlauben darf. – Die ganze Landung beruht, wie man mir versicherte, auf einem Drehbuch der Universal Galactic. Sie filmt seit heute morgen am Strand des Loch und in Fort William.«

»Fort William?«

»In der Tat, Sir. Dort formiert sich ein Freiwilligenverband, der sich ›The Queen's Own True Scots‹ nennt. Sehr originalgetreu. Tierische Beschaffungsprobleme.«

»Artillerie? Steinschloßgewehre?«

»Nicht in erster Linie. Artillerie genügend bis mäßig, Steinschloßgewehre exzellent. Das Land scheint Steinschloßgewehre in ungeheurer Anzahl hervorzubringen, Sir. Irgendwo eine Überproduktion, wenn Sie mich fragen.«

»Wo ist dann der Flaschenhals?«

»Pipe clay.«

»Wie bitte?«

»Weißer Mergel zum Wienern des hannoveranischen Lederzeugs, Sir. Irgendwann zwischen 1745 und der Gegenwart scheint das handwerkliche Geheimnis des Pipe clay verlorengegangen zu sein. Meiner neuesten Information nach soll in Sheffield eine Quelle angestochen worden sein; falls das richtig ist, wird er mit Spezialflugzeug nach Fort William eingeflogen. Hoffentlich. Es wäre entsetzlich, wenn das Schicksal des Hauses Hannover-Windsor ...«

»Gehen Sie nicht zu weit, 009. Ihr Vorschlag?«

»Abwarten, Sir – und observieren.«

»Hm.« Der Chef steht auf und blickt in den sandigen, ungepflegten Vorgarten, man weiß also, daß er gleich Entscheidendes zur Sprache bringen wird. »Wissen Sie, woran ich denke, 009?«

»An den Bonnie Prince Charlie, Sir.«

»Sie sind schwach heute.«

»Ich werde mich hüten, vor Ihnen auszusprechen, daß Sie an den Krönungsstein denken, Sir. Einem Untergebenen steht das nicht zu.«

»Eines Tages werden Sie stolpern, 009. – Wo ist der Stein?«

»Im Schuppen eines Glasgower Steinmetzen, Sir. Die Gruppe, die ihn gestohlen und uns eine Kopie zurückgegeben hat, steht in Unterhandlungen mit dem Earl of Mansfield, der nicht anbeißt. Ihm gehört heute der Park mit dem Hügel der Leichtgläubigkeit, Sir.«*

»Hm. Irgendwas ist nach wie vor faul an der Geschichte.«

»Davon bin ich überzeugt, Sir.«

»Überzeugungen schaden in unserem Gewerbe. Aber halten Sie die Augen offen. Sie überwachen doch die üblichen schottischen Vereine?«

»Nicht persönlich, Sir. Das wäre, offen gesagt, unter meiner Arbeitsplatzbeschreibung.«

»Wie wird's weitergehen da oben?«

»Morgen aller Voraussicht nach Standartenhissung in Glenfinnan, wie gehabt. Dann sieht das Drehbuch eine Konfrontation mit Schwarzpulver vor.«

---

* Siehe *Schicksalsstein* im Anhang!

»Wer gewinnt?«

»Das ist vorläufig Betriebsgeheimnis.«

»Ein lustiges Provinzfest«, sagt der Chef langsam. Er tritt an einen altmodischen Rollschrank und kramt eine gelbliche Karteikarte heraus. »Goldenes Vließ«, sagt er beiläufig.

»Zerbotti-Wedelsturm. Was ist mit ihm?«

»Goldenes Vließ hat Schlachziz ...«

»Tadeusz. Nanu?«

»Natürlich, Goldenes Vließ ist Mehrfachagent, ist ja auch kein sehr ergiebiges Brot. Toter Briefkasten im deutschen Camposanto, solche Dummheiten. Jedenfalls: Goldenes Vließ hat Schlachziz im Februar über jakobitische Interessen im Vatikan unterrichtet. Aktive. Wenn ja ...«

»Bei Zerbotti-Wedelsturm nie sicher ...«

»Wenn ja, ist das die ›Einheit X‹ im Vatikan, an die wir nicht herankommen, und ›Einheit X‹ bedeutet ...«

»Nein«, unterbricht 009 mit aschfahlen Lippen, »nein, Sir ...«

»Tut mir leid für Sie, bedeutet Hauptmann Füßli.«

Papierbleich erhebt sich 009 und verläßt den Raum.

* *
*

Loch nan Uamh

Im Mittelpunkt des Stabszelts, eingehüllt von sonnigem Dämmer, sitzt der Laubhraigh, den Claymore zwischen nackten Knien auf den Boden gestemmt, und schimpft. Leise, verbittert und phantasievoll beschreibt er mit mittelwestlichem Akzent die Ahnenreihe und die sexuellen Gewohnheiten der Universal-Galactic-Manager, -Autoren und -Realisatoren. »Konflikt!« knurrt er. »Konflikt bei Glenfinnan! Nicht einmal die Standarte lassen sie einen in Ruhe hissen. Diese gelbgeleberten, ihre Mütter vergewaltigenden Bastarde.«

»Chlanna nan con!« lacht Säumaß unbeschwert und patscht sich auf den Schenkel, es klingt wie ein Schuß, die Fürstin und der Laubhraigh zucken zusammen. »Auf geht's, jetzt werd's lustig!«

»Jimmy, ich wünschte, Sie sähen das politischer«, sagt die Fürstin kalt. »Die Konfrontation ist verfrüht, die Botschaft ist noch nicht weit genug eingedrungen. Bedenken Sie, daß 1745 der Marsch bis Edinburgh praktisch ohne Widerstand blieb. Wenn wir ...«

»Eine neue Lage, Ladies and Gentlemen«, wirft der Pruskowitz kratzig ein, »die jedoch einkalkuliert werden kann. Darf darauf aufmerksam machen, daß Fehler von 1745 nicht unbedingt wiederholt werden müssen, daß aber auch gelungene Manöver wiederholt werden können. Prestonpans – na?«

»Prestonpans – stimmt!« leuchtet Jimmy-Säumaß auf. »Umgehung, hintrum, durchs Moor, loggisch!« Seine großen roten Hände bewegen sich zirkulär.

»Damit wären wir wieder bei unserem alten Streitpunkt«, erwidert die Fürstin und klopft eine Zigarette auf dem Handrücken zurecht. Bodhelm beeilt sich, ihr Feuer zu geben, und meckert: »Aber diesmal ohne Option, Durchlaucht, haha, wenn gestatten! – Bitte sehr –« Er tritt hinter den Kartentisch, ganz OKW jetzt, alte Potsdamer Schule, sein Monokel funkelt im Dämmer. »Schlage vor: Element der Überraschung voll, betone, voll auszunutzen. Cäsar, meine Herrschaften. Der Cäsar des Bürgerkriegs. Napoleon, Arcole, bitte sehr. Und: Prestonpans. Beantrage Flaggenszene bereits heute nachmittag, hier, an Ort und Stelle. The Queen's Scots dürften morgen früh aufbrechen, kalkuliere Halbtagsmarsch, werden Nest leer vorfinden, hähä. Die AJF werden sich heute, nach Einbruch der Dämmerung, absetzen. Ostnordöstlich, zum Loch Beoraid. Tages-Camp in voller Deckung, in den Lochaber-Bergen. Dann vorgesehene Nachtmarschroute in fünf Etappen zum Loch Earn. Nichts für Schlappschwänze, meine Herrschaften, aber – ideal für die Kondition der AJF. Ab-so-lut ideal.«

»Fünf Etappen sind zu wenig. Sie kennen das Gelände nicht, Colonel.«

»Gut. Feinabstimmung noch möglich. Irgendwelche Alternativen?«

Man sieht es Säumaß an, daß er die Abwesenheit von Alternativen bedauert. Zwar ist er Bauernsohn und will sein Nachtmarsch-Training nicht weggeschmissen haben, aber die lockende Fata-Morgana einer Schwarzpulver-Prügelei, mit Fahnen und Schlachtschrei, läßt ihn nicht sofort los. »Wahrscheinlich san Sie logisch, Herr von Pruskowitz«, gibt er ohrenkratzend zu.

»Ausgezeichnet. Ich würde dann vorschlagen, die Propaganda-Abteilung mit einer Nachhut ...«

»Des macht die Heike und der Dieringer«, entscheidet Säumaß souverän.

»... noch bis morgen früh hierzubelassen. Durchlaucht, vielleicht ...«

»Nachtmärsche sind nicht mehr ganz meine Sache«, gibt die Fürstin zu. »Ich folge dann im Wagen. Crieff, nicht wahr?«

»Jawohl. Dann nördlich, Glen Turnock. Meine Herrschaften ...« Bodhelm von Pruskowitz reibt sich die Hände, »bald ist der Schicksalsstein unser!«

* *
*

London

An diesem Abend findet, wie jedes Jahr am Restaurationstag, das große Schwarzweiß-Galadinner der *Royal Jacobite Society* in einem führenden Londoner Hotel statt. Die Austerity ist noch nicht ganz überwunden, aber den Angehörigen der jakobitischen Führungsschicht stehen einige alte Annehmlichkeiten, darunter dreißigjähriger Port, zur Verfügung. Der Pfeifer der Königin, der unermüdlich um die Tische mit dem Porzellan und dem Silber schreitet, zieht allerdings zwischen den Gängen ein Wasserglas voll Glenvilet vor.

»Sehr gelungen wieder, Cynthia«, nickt Odds-Dilley. »Sehr gelungen. Und daß wir den Herzog von Breadalbane als Sprecher gewinnen konnten ...«

»Eine absolute Kapazität in Lancaster-Jakobitismus«, ergänzt Cynthia strahlend und rührt im Consommé.

»Wie ich sehe, können wir auch *Jugend* gewinnen«, wirft Swinnick intensiv ein und deutet verstohlen auf den etwas verwahrlost, aber intelligent wirkenden jungen Mann am unteren Ende der Tafel.

»Pst«, macht Cynthia, »sehr huschhusch, sehr geheim, man spricht nicht darüber.«

»Übrigens, Cynthia«, räuspert sich Oberst Dobson, »da sollen doch tatsächlich Jakobiten heute im Dings, im Loch nan Uamh gelandet sein.«

»Absurd.«

»Ziemlich zuverlässige Quelle. Ich frage mich, ob dieser sonderbare Deutsche damals, in Thurbiton Hall ...«

»Morgan«, unterbricht Cynthia kultiviert. »Lassen wir uns doch den Abend nicht verderben.«

»Aktion!« kichert Swinnick. »Wie sagte Johnson? Aktion ist die letzte Zuflucht des Schurken?«

»Es war, glaube ich, etwas anders«, meint Odds-Dilley zerstreut. »Patriotismus, glaube ich.«

2

Rom, 29. Mai 1955 abends

Unter dem Totenschädel auf Mgr. Doensmakers Schreibtisch in der Via Garibaldi ist, das Werk eines elektronischen Knabenehrgeizes, der Audio Garbler, A/G, Mark V, sowie das Zusatzgerät Audio Adjuster, A/A, Mark Vb, aufgebaut. Hinter den Bausteinen, Drähten, Geweben und Tasten sitzt bleich der Monsignore; abwechselnd hält er stumme Zwiesprache mit seinem stummen Knochengefährten und mit den fünf mal sechs quadratischen Tasten des Adjusters, welche die Buchstaben des Alphabets sowie einige Kommandozeichen tragen. Dann liest er zum sechsten Mal die Gebrauchsanweisung:

»*Stufe II:*

1. Rote Taste drücken.

2. Gewähltes Schlüsselwort (acht Buchstaben, jeder nur einmal vorkommend!) in richtiger Reihenfolge drücken. Buchstaben bleiben eingerastet, bis

3. grüne Taste gedrückt ist. Adjuster meldet sich akustisch mit dem Satz: READY TO GIVE INFORMATION REQUESTED.«

Gewichtig drückt Doensmaker die rote Taste; dann, jeden Buchstaben halblaut vor sich hinsprechend, sein Schlüsselwort V-O-L-U-N-T-A-S.* Exakt und unschuldig blicken ihn die geduckten Quadrate in ihren Löchern an. Er preßt die grüne Taste mit dem Daumen.

»KEYWORD GIVEN DOES NOT REPEAT NOT RELEASE INFORMATION KEYWORD NOT AUTHORIZED«**, quäkt der Vocoder mit uralter Metallstimme. Dann macht er ›Klick‹, die acht Bakelitquaderchen springen hoch und reihen sich in die Ebene ihrer Gefährten ein.

Stier mustert der Monsignore das Gerät, das als einziges sämtliche Geheimnisse der CSAPF enthält, auf seiner violett beschatteten Stirn blüht ein Beet von Schweißtropfen.

Doensmakers Gesicht verzerrt sich nicht, aber seine Rechte macht sich selbständig, greift in die Augenhöhlen des Gefährten, hebt ihn im Schwung hoch, einen Hammer, der das grausame Gerät bedroht. Aber es klopft, und leise kehrt der Schädel auf die Zentralbox des A/G zurück.

»Herein«, spricht Doensmaker und lehnt sich mühsam zurück.

Es ist Sbiffio-Trulli, sehr lebendig, sehr fröhlich, mit einer staubigen Flasche, die er zart trägt wie ein Kindchen. »Carissimo collega!« krächzt er, in den Kreis des Lichtes tretend. »Dies ist die Nacht des Erfolges, nicht wahr? Dies ist der Höhepunkt des *Progetto Reale*. Der eigentliche Test unserer lautlosen, gewissenhaften, nachmals – geben wir es zu! – etwas undankbaren Arbeit. Wir sind Katholiken, collega, wir lieben die Gaben der Erde, ich habe mir erlaubt, einen Lacrimae Christi aus meiner Heimat – so süß, so feurig! – einem Keller zu entreißen, damit wir hier, in der Stille unserer Arbeitswelt ... Oh! Was ist Ihnen, collega? Sind Sie krank? Unpäßlich? Soll ich den Infirmarius ...?«

Doensmaker sitzt da mit weit aufgerissenen Augen, weiß wie

---

* Wille.

** Schlüsselwort löst keine, wiederhole keine Information aus, Schlüsselwort nicht genehmigt.

die Wand, sein Mund öffnet sich widerwillig. »Ich erwarte«, sagt er mit der Stimme des Vocoders, »einen Fernruf.«

»Von weither zweifellos!« jubelt Sbiffio-Trulli. »Von den Küsten Albas, nicht wahr? Von unserer tapferen Saba, zweifellos. Das alte Banner des unvermischten Andreaskreuzes flattert wieder auf der Insel, die Kokarden der Weißen Rose sind ausgegraben. Ja, ich sehe sie vor mir, die tapferen bavarischen Schützen im Carré mit den rauhen Söhnen des Nordens im Kilt, in den Farben des Clans McLawrie ...«

»Seien Sie bitte still. Ich ersuche Sie darum. Energisch.«

Sbiffio-Trulli hat den Stöpsel halb aus der Flasche gezogen, er hält, bucklig über seinen Schatz gebeugt, inne und blickt den Kollegen glasschwarz, ohne Zwinkern an. Lange, unerträgliche Augenblicke sitzen sie so.

Dann ploppt der Korken, der Neapolitaner schenkt langsam zwei zwiefarbene geschliffene Gläser voll, er sitzt in seinem fast schon unbrauchbaren lila Sessel, er hebt sein Glas in Augenhöhe, läßt es dreimal, in Abständen, vor seinen Augen auf- und niedergehen, lockend, einladend zur Kameradschaft. Mgr. Doensmaker greift wider Willen zu, er führt sein Glas über den Schreibtisch zum Mund, der dunkelrote Spiegel zittert leicht, aber ganz schnell. Beide trinken. Dann schweigen sie, auch Sbiffio-Trulli kann schweigen, es ist fürchterlicher als seine Suada.

»Ich erwarte«, wiederholt Doensmaker töricht, »einen Fernruf.«

»Sie sind«, ergänzt der Gnom unendlich gütig, »wirklich nicht gut beisammen, caro collega. Wenn es nur eine Vollzugsmeldung sein sollte, die kann auch ich entgegennehmen. Und wenn ich der Fürstin – Verzeihung, Saba etwas ausrichten soll – gerne. Sehr gerne.«

Doensmaker ist aus Stein, aber seine Rechte ist wieder selbständig, sie spielt in eingeübtem mechanischem Ablauf mit den Tasten des A/A. »KEYWORD GIVEN DOES NOT REPEAT NOT RELEASE ...« Erstickt hustet Doensmaker, er preßt den roten und den grünen Quader gleichzeitig, es nützt nichts, die Botschaft ist unerbittlich, *inesorabile* ... »... INFORMATION

KEYWORD NOT ...« Doensmaker schreit ... »AUTHORIZED.« Klick. Die Tastenbank springt gleichzeitig heraus, aber Sbiffio-Trulli hat die Gruppierung erspäht, A und L und N und O und S und T und U und V, sein Auge ist schnell, seine lateinische Kombinationsgabe auch. »Entschuldigen Sie«, keucht Doensmaker hustend, »Nervosität. Ich habe eine Kombination, eine unsinnige, aus Versehen acht Buchstaben ...«

»O ja, ich verstehe. Dieses Warten«, nickt der Zwerg. »Habe ich Ihnen je erzählt, wie ich Sie bewundere, collega? Ja, bewundere, ich sage es unumschränkt und aufrichtig. Dieses Königsprojekt - wie genau haben Sie es vorbereitet, wie umsichtig! Selbst unreife, hastige Entschlüsse - und glauben Sie doch nicht, daß ich nicht annehmen könnte, auch der Innere Ausschuß könnte solche unreifen, hastigen Entschlüsse fassen, stimatissimo amico! - werden Sie nie erschüttern, nicht wahr? Immer noch werden Sie Ihr waches Auge auf den Großen Plan heften; immer noch werden Sie es verstehen, aus einer verfahrenen Situation das Beste zu machen. Angenommen - nur angenommen! - Sie wüßten, daß dem Großen Plan durch einen solchen unreifen Entschluß Gefahr droht; würden Sie den Gehorsam verweigern? Mitnichten. Ich würde das vielleicht tun müssen; nicht aus Verwegenheit, nicht aus Ehrlichkeit, sondern weil mein Intellekt begrenzt ist. Ungehorsam hat nur der begrenzte, der nicht ganz souveräne Intellekt nötig. Ein souveräner aber - wie der Ihre, großer Freund, der Ihre! - sähe die goldenen Gewichte der Alternativen auf den Waagebalken gleiten, sähe das kleine Rad im Uhrwerk, das es stillzulegen oder zu reversieren gälte ...«

Das Telefon schrillt. Doensmakers, des Unbeweglichen, Rechte kommt weiß zum Hörer, hebt ihn ab, hebt ihn ans Ohr. »Pronto.« Ein Duell ferner und naher Mädchenstimmen in Italienisch und Englisch zirpt aus der Muschel. »Rome here«, sagt Doensmaker tonlos. »Rome here.« Und dann setzt sich eine Stimme durch, eine weibliche, aber nicht das altgoldene Timbre der Fürstin, es ist ein hartes, helles, etwas norddeutsches Englisch, das aus der Muschel zirpt. »Im Auftrag?« fragt Doensmaker zurück. »Wessen Auftrag? Saba - ah. - Wie? Not there any more?« Er hört, er preßt die Lider dabei zusammen wie in großer Müdigkeit, aber er ist nie müde. »Und die Armee? Die Allied Jacobite Forces – abmarschiert?« Zirpen. »Hören Sie, listen ... Sie müssen die AJF sofort erreichen. Sofort. – Wieso? Absolute ...« Zirpen. »Sie wissen selbst nicht – Treffpunkt Glen Turnock – so. – Auch die Fü ... auch Saba?« Zirpen. »Danke. Danke sehr.« Die Muschel rülpst und knattert leicht, die Verbindung ist tot.

»Schon abmarschiert! Sieh da!« ruft Sbiffio-Trulli heiter und gießt sich nach. »Eine kühne, eine effiziente Truppe! Ich fürchte, Sie haben die Kelten doch etwas unterschätzt, mein Freund. Nun, je eher sie den Schicksalsstein erreichen, desto besser.«

Doensmaker erhebt sich weiß und starr. Er geht um seinen Schreibtisch herum, er passiert Sbiffio-Trullis Sessel, ohne ihn anzusehen, er nimmt den Schaufelhut vom Garderobenständer. »Glen Turnock war, wie ich durch einen ganz einfachen Anruf erfuhr, eines der großen Nachkriegsprojekte des Hydro-Electric Board in Schottland«, sagt Sbiffio-Trulli zwischen zwei Schlucken.

»Ein kleines sekretarielles Versehen«, sagt Doensmaker. »Eine falsche Meilenangabe aufgrund irrtümlicher Maßstab-Berechnung.«

»Gehen Sie nicht so von mir«, bittet der Neapolitaner traurig. »Auch ich bin Seelsorger, wissen Sie. Trotz allem. Sie belügen mich nicht. Aber warum es versuchen?«

Wild und befehlend sieht ihn der flämische Engel an. »Morgen um halb neun«, schließt er den Abend ab, »treffen wir uns an der MYST. Unser kleiner Sonderbeauftragter, dieser Defunderoll, ist bereit. Wir werden ihn auf die Reise schicken.« Die Tür klappt hinter ihm.

Sbiffio-Trulli geht um den Schreibtisch herum, zieht das fast volle Glas des Kollegen heran und trinkt es mit drei guten, genießenden Schlucken aus. Über den Schädel hinweg fällt sein Auge auf das nun düstere Bildnis des Fauns mit der Nymphe. Er drückt den roten Quader, er sucht mit einem Zeigefinger auf dem Alphabet des Geräts ein Wort mit acht Buchstaben zusammen: V-O-L-U-P-T-A-S.* Dann preßt er die grüne Taste. »READY TO GIVE INFORMATION REQUESTED«, sagt der Uralte im Vocoder-Ton. Sbiffio-Trulli drückt den Löschknopf.

3

1928–1955/Eine Krankengeschichte

Wie vorauszusehen: keine glückliche Ehe.

Anfangs, das erste Jahr, ging es noch: reizvolle Oberflächen waren zu erforschen. Und Unterhaltung war genug gegeben. Noch hatte es der Reisende leicht, Abenteuer aus fernen Zeiten und Ländern zu berichten in so wahrhaftigem Ernst, daß die Blume des Hochlands taufrisch darüber lachte. Er, der elegante Ritter, erzählte sie in Nizza, in Cannes, in Portugal, in den exclusiveren Bädern der Adria. Damals gab es noch Orte, die Teneriffa oder Rimini oder auch Ragusa, Triest, Gardone hießen – Orte, die mit den gleichen Namen auf der heutigen Landkarte nichts gemein haben. Inseln der Rosen damals, säuselnder Wind in exklusiven Palmen, leise Kellner, klassische Mythen, ausführliche bildungsbürgerliche Reiseanleitungen. Nirgends noch erhob sich das Drachenhaupt der Massentouristik, nirgends schob es sich schwefeldampfend über den nächsten Straßenpaß – dort, wo die Araktschejews wohnten oder reisten, breiteten sich Teppiche unter den Füßen der wenigen, rollten sechzehn Pneus auf dem jeweiligen Straßenkilometer, ging das Haselhuhn unverzüglich zurück in die Küche, wenn ein ungebührlicher Knoblauchduft seine cremigen Keulchen gestreift hatte. Hier wurde Flora erzogen und erzog sich selbst – in die große Dame, zu der sie leidenschaftlich entschlossen war; erlernte das, diese begehrte Rolle, in fast sekundenschnellem Widerspiel zwischen schädlicher Vitalität und schädlicher

* Wollust.

Blasiertheit, bis der Tonfall, bis die Gesten, bis ihre persönliche Artikulation von Energie genau saßen.

Energie. Dies war das Talent, das zu verschwenden in Floras Fall den Tod bedeutete. Flora Amphlett Ferroccio, nun Fürstin Araktschejewa, mußte genau das tun, was sie nicht wollte, was sie seinerzeit, im denkwürdigen Souper bei Armand's, als unbedingt verabscheuenswert gebrandmarkt hatte: sie mußte sich mit einem reichen Mann zur Ruhe setzen. Und sie begriff nicht warum. (Der Fürst schwieg darüber; er nährte den beißenden Fuchs unter der Gewandfalte, ein lebenslanger Spartaner. Er berichtete ihr nicht, was ihn zur Ruhe verurteilte: daß er abseits der geschichtlichen Quellen leben mußte. Denn welches Loch könnte nicht seine Unbedachtsamkeit ins Gewebe von Zeit und Raum reißen? Ein Loch, in das, von unbekannten Kausalitäten aneinandergeknotet, größere und größere Stücke der Wirklichkeit hineinstürzen müßten, die geliebte Fürstin allen voran, aber gefolgt vielleicht von flammenden Trümmern schottischer, bayrischer, vatikanischer, globaler Wirklichkeit? Er schwieg und spürte die Zähne des Fuchses an den Rippen.)

Was Flora am meisten reizte, war seine Heimlichkeit. Hielt er nicht ein abenteuer-pralles Leben von ihr entfernt? Wußte er nicht, wo der Stein des Schicksals lag? Hielt er nicht das Gold des Prinzen versteckt? War er nicht grausamer als der Märchen-Gemahl, der wenigstens nur einen Raum vor der Gemahlin verschloß? Gegen Oktober 1928 begann sie zu bohren; sie schmeichelte, sie schmollte, sie bat, dann drohte sie, raste, warf wahllos mit teuren und preiswerten Gegenständen, trommelte gegen seine Brust mit ohnmächtigen Fäusten. Vergebens. 1931 warf sie eine Knockout-Pille in einen Martini und befragte den Halbbewußtlosen – doch sie gab es auf, sie sah seine halbgeschlossenen Augen mit den verdrehten Pupillen, die nur das Weiße sehen ließen, sie sah ein heimlich-geisterhaftes Grinsen in seinen erschlafften Zügen, es schien ihr, als beginne er zu schwinden, in den Konturen zu verschwimmen und sein Fleisch in Nebel aufzulösen, sie floh, von Grauen ergriffen, und kam nie mehr auf diesen Versuch zurück.

Um diese Zeit erzählte er ihr natürlich längst nichts mehr. Sie war es ohnehin satt geworden – seine Geschichten von Keilereien mit Kreuzrittern oder mit den Legionären Garibaldis; vor allem aber seine Geschichten von Prinzessinnen. Diese Umarmungen, Jahrhunderte entfernt, unter gestickten Betthimmeln, widerten sie ganz plötzlich an. (Er war arglos gewesen und hielt sich für ehrlich, wenn er ihr dies erzählte; Eheleute sollten das voneinander wissen, und er erzählte lebhaft und unbefangen.) Sie, die nicht glauben konnte und alles für Phantasie hielt, fand es merkwürdig, später nur noch abstoßend; und als sie anfing, psychologische Erklärungen dafür zu suchen, brach eine Säule im Mittelschiff ihrer Beziehungen. Sie dachte später nicht oder nur mit Grauen daran, sie verbot es sich, aber es war einsichtig genug: er war ihr nicht untreu, er war dennoch zerstreut (von dem Fuchs an den Rippen wußte sie nichts), und als er amüsiert von den Gewohnheiten einer westgotischen Fürstin erzählte, sah sie ihn an, und er sah sie an und begriff, daß sie ihn für einen begabten Onanisten hielt, und er hörte mitten im Satz auf und sprach nie mehr über seine verblichenen Gemahlinnen.

Rasch kühlten danach ihre Beziehungen ab. Flora Amphlett war eine rollensichere Fürstin geworden, sie war zudem moralisch; und so geriet sie ins schlimmste Unterholz der aristokratischen Gesellschaft: dorthin, wo sich sterile Frömmigkeit und allgegenwärtige Erbitterung über Verlorenes zu scheußlichen Klumpen ballen. Flora, die Arrivistin, die Großfürstin vongnaden eines gefälschten Passes, wurde zur leidenschaftlichsten Beweinerin vergangener Größe. Niemand hätte sie je dabei erwischen können, daß sie schlankweg log; und doch kam es so, daß man allgemein von ihren Liegenschaften in den Gouvernements Omsk und Momsk und Tomsk, von den zwölftausend oder fünfzehntausend Seelen, von den Jagden und Schlittenfahrten dieser edlen Familie sprach, jäh abgeschnitten vom Aufstand des bolschewikischen Satans. Flora schulte sich in Heraldik, sie abonnierte die Jahrbücher des Adels, sie beugte sich über Stammbäume und verlorene Kronen. Sie sprach nun kennerhaft über Unrecht, das man 788 den Agilolfingern, 1250 den Staufern, 1715 dem edlen Montrose zugefügt habe; sie besuchte Tees bei spanischen Bourbonenprinzen, beim Grafen von Paris, beim Wahnsinnigen Wheatley-Crowe, dem selbsternannten Regenten der Jakobiten in den Drei Königreichen, in seiner Residenz im Walde zu New Croydon. Sie küßte die Hand der Kaiserin Zita und stand auf vertrautem Fuß mit einer Reihe von Angehörigen des Hauses Braganza. Und überall waren die Prälaten zu finden, die mit gesenkten Liddeckeln nickten, wenn die salbungsvollen Vorwürfe zum Herrn der Geschichte emporstiegen.

Vielleicht wäre es besser für die Fürstin gewesen, wenn es materielle Schwierigkeiten gegeben hätte – aber gerade die gab es nicht. Mit dem *Schwarzen Freitag* war gerechnet worden; und die neu einsetzende Rüstungsindustrie fand den Fürsten Araktschejew, in dessen Hände der größte Teil des Whyte-Footling-Vermögens gelangt war, im Besitz stattlicher Pakete von Stahl, Tungsten, Wolfram; die Namen der Firmen, die solche verwalteten, waren von musterhafter Bedeutungslosigkeit. Öl in Texas, Radio-Industrie, Wintersport-Ressorts: wo immer der Hase des wirtschaftlichen Fortschritts hinlief, stand schon ein Araktschejew-Igel in der Furche. Kein Hauch davon drang in die eitlen und ignoranten Wirtschaftsseiten der Presse, keine der ruhmredigen Quellen der Geschichte wurden mit diesem Namen gefärbt.

Antonio Barello war lange Freund und Partner in solchen Geschäften, auch diese Freundschaft ging zu Ende, als der ehemalige Herr der Good Wines Limited, seinem Zug zur Qualität folgend, seine Anlagewerte verflüssigte und 1942 eine Untergrund-Organisation gegen den heimatlichen Faschismus aufzog. Er soll dann 1944 in den Abruzzen von der SS, möglicherweise aber auch von einer rivalisierenden Gruppe erschossen worden sein; aber vielleicht fliegt er noch heute in der Ersten Klasse der Jets in den Windströmen der oberen Regionen, ein gepflegter kleiner Herr mit einem anderen Paß und einem anderen Auftrag – wer weiß es?

Um diese Zeit, die Zeit des Krieges, hatte Fürst Araktschejew längst ernsthaft zu trinken begonnen. Er saß im Käfig, und er konnte nicht heraus. Rings in Europa wurden Millionen geschlachtet, wurden Auserwählte des Herrn gefoltert, liefen die Horden über die alten trostlosen Steppen des Untergangs – er, ein Krieger, war unbeweglich an den Felsen seiner Desertion geschnallt. Mehr als einmal war er in Versuchung, den Schritt in die Tapferkeit zu tun, gegen die Quellen anzugehen, den Blitz der Vernichtung auf sich selbst herabzuziehen.

Was hielt ihn zurück? Was ließ ihn weitertraben in der elenden Runde des Reichtums, was hielt ihn in den dröhnenden Brandungswogen von Malibu Beach, unterm starren blauen Himmel von Acapulco, in den weißen Schneewüsten von St. Moritz?

Wenn seine Hoffnung benannt werden kann, dann trug sie eine Jahreszahl: 1954. Entrinnen, vielleicht auch etwas wie edle Rache versprach die Zahl; Rache für etwas, das er noch nicht wußte oder noch nicht wissen wollte. Schottland vermied er ängstlich; er ahnte, daß dort der Schlüssel nur allzuleicht zu finden sein würde.

Was aber hielt die Fürstin an, ihn nicht ganz zu verlassen? Sie war, wie schon erwähnt, moralisch; sie versuchte es zwar ein paarmal, anfangs mit distinguierten älteren, später mit wenig distinguierten jungen Herren, die sie auf den Misthaufen der Jet-Touristik auflas, aber es war nie erfreulich. Flora war ehrlich genug, sich das selbst zu gestehen, und so reiste man getrennt, schrieb sich dazwischen oberflächliche, manchmal kalte, manchmal sentimentale Briefe, traf sich, halb oder fast regelrecht oder überhaupt nicht verabredet, auf einem blaugrün gebügelten Rasen, bewohnte zu gleicher Zeit das eine mögliche Hotel in Monaco oder Ragusa, trank, in chintzbezogene Sessel gelehnt, den Drink der jeweiligen Saison, später, nach stärkerer Polarisierung, die Fürstin einen klassischen Sherry und der Fürst einen Schnaps, und man gab sich die Stichworte des Heimwehs: weißt du noch?

Manchmal geschah es dann, daß Flora Zärtlichkeit verspürte wie eine fremde Bewegung an ihrer Brust: Mamore Wald – Oban – Armand's, das Arsenal war nicht groß. Manchmal war diese Bewegung auch Furcht vor ihm, denn was immer Harold erzählt haben mochte und was immer nun vorüberzog in den kupferfarbenen Wolken des Alkohols: eine Fahne gab es vor diesem wilden Gejage, er war verpflichtet oder verpflichtet gewesen, *ci pensiamo in secoli,* sie hatte es gehört, und sie mußte es glauben, damit überhaupt etwas stimmte an diesem Leben und seinen Geheimnissen.

Vor allem aber stritt man. Alles andere blieb stehen in dieser Beziehung, aber der Streit entwickelte sich, folgte den Gesetzen des Wachstums und des Verfalls. Anfangs fochten sie auf kurze Distanz, über und unter der Gürtellinie, mit Halbsätzen, Innuendos, grausamen Beschuldigungen und wütender Trennung, in der zwei Egos voneinander stießen wie Rennboote, den Gischt ihrer Emotionen hinter sich versprühend. Dann, im Laufe der Jahre und Jahrzehnte, wurde der Fürst passiver, aber tückischer; er hockte mit rotgeäderten Augen im Chintz, er ließ Cognac im Tumbler kreisen und nahm die Schläge und Stiche hin, ein Mann aus Stein, ein Unbesiegbarer. (Was waren diese Schläge und Stiche gegen die Fänge des Tiers, das er unter seinem Gewande hegte?) Er wurde gleichmäßig und planmäßig höflicher, er bot der vernichteten Zerfleischerin anschließend den Arm, wenn sie zusammen zum Souper schritten; er umstanden von der jahwistischen Feuersäule des Alkohols, sie in immer strengeren Wolken der Distanz, in immer älteren und selteneren Aromen (in den Fünfzigerjahren entdeckte sie Chypre und Bittermandeln).

1951 (es ging wieder einmal um den Betrug an Floras Leben, mit Claymore und Axt und Schusterahle hieb und stach sie auf ihn ein, er war nun gänzlich unverwundbar und trank immer billigere Schnäpse aus dem Gebirge) öffnete er plötzlich die Augen und fragte langsam, mit der sorgfältigen Aussprache des Gewohnheitstrinkers, warum sie eigentlich nicht selbst etwas tue für ihren Prinzen Charlie. Sie glaubte zu erwachen; sie sah in seine Rubinaugen, es war über einen Tisch im Negresco hinweg. Sie warnte ihn, er lachte lautlos, zuckte mit den Schultern. Nach langer Zeit trennten sie sich wieder in sprühender Wut, es war eine Art Jugend, die sie beide erlebten, und sie begann zu wirken. Sie intrigierte bei alten Maltesern, sie interessierte einen Sproß des Hauses Braganza, sie zahlte einiges auf verschiedene Konten in Liechtenstein und den Bermudas ein, und so kam es, daß man 1952 zum erstenmal nach Rom fuhr. 1953 kam die Audienz bei Seiner Heiligkeit zustande.

»Du wartest hier«, sagte die Fürstin in der Hotelsuite, als sie von dem lockigen jungen Prälaten abgeholt wurde. Der Fürst Araktschejew nickte, er goß sich einen Birnenschnaps ein, trat ans Fenster und sah von oben das schwarze Gefährt mit dem Kennzeichen SCV (*se Christo vedesse,* wenn Christus das sähe), dann rief er an der Rezeption an und bestellte ein Taxi. Er folgte der Kavalkade der Wagen mit dem Kennzeichen des Vatikanstaates, denn er hatte eine unbedingt zwingende Verabredung. Mitten auf dem Petersplatz entlohnte er seinen Fahrer, er sah in der Sonne den Scharlach, das Weiß und Grün und Violett der Gruppe, die im schwarzen Rachen der Audienzpforte verschwand. Er stellte sich das Doppelpikett der Schweizer Garde vor, das nun nach dem Reglement heraustrat, das er kannte. Er blickte auf die Uhr, nahm einen langen stärkenden Schluck aus der Taschenflasche; dann setzte er sich in Bewegung, schräg über den Petersplatz, einer vorausbestimmten Begegnung zuliebe, nach der er sich seit Jahren gesehnt hatte. Er blieb in dem Lichtkreuz zwischen Kolonnaden und Toraufgang stehen, er blickte, Tränen auf den unteren Lidern, zu der Pforte empor, in der der kräftige junge Offizier mit den weißen Handschuhen stand. Der Offizier besah ihn mißtrauisch, er überlegte sich offenbar, ob er nicht einschreiten sollte – der Fürst, von blinder, überwältigender Sympathie bewegt (um wieviel mehr erlebte er als die Begegnung mit einem lang verlorenen Sohn!), ging vorwärts, rannte in ein deutsches Flitterwochenpaar, entschuldigte sich und stand vor seinem Geschick.

Zehn Minuten später wartete er heiter und blind in der Sonne auf die Fürstin. Die schrie leicht auf, als sie ihn erblickte – schrie wie eine Mutter, die ihr unmündiges verlaufenes Kind auf einem großen öffentlichen Platz wiederfindet: »Harold!« Sie zerrte ihn in den Fond des schwarzen Wagens: »Du bist verantwortungslos«, zischte sie, während sie an den Handschuhen zerrte.

»Ich mußte kommen«, lächelte er schwerfällig. »Ich mußte

mich mit einem Offizier der Schweizer Garde unterhalten. Einem sehr – liebenswürdigen Menschen. Ich habe ihm meinen Karneol geschenkt.«

»Du hast ihn am Finger«, antwortete die Fürstin, wider Willen verzweifelt. Er lehnte sich zurück und lachte hoch und kindlich: »Stimmt. Stimmt beides. Weißt du, es ist das einzige Stück, das ich als Andenken behalten habe – an die Schlacht von Marignano. Du erinnerst dich vielleicht.«

Alte Geschichten? Hoffentlich fing er nicht damit wieder an – nicht nach fünfzehn Jahren. »Nicht mit den Märchen wieder anfangen, Harold«, flüsterte sie rauh. »Ich halte es nicht aus, weißt du.«

»Ich habe es ausgehalten. Hast du je darüber nachgedacht?«

Beim nächsten Besuch, im Oktober 1954, holte sich der Fürst sein Schwert. Nun war er frei. Er wurde rastlos. Rache wollte er gar nicht mehr; Rache an wem? An den Rachsüchtigen, die seinen Franz Defunderoll geopfert hatten? Je näher die Erfüllung kam, desto klarer war er sich darüber, daß er sich und der Fürstin etwas Besseres schuldete als Rache. Er dachte nicht nach darüber, er handelte aus der kupferfarbenen weisen Wolke des Alkoholikers. Er ließ sich einen Schneider aufs Hotelzimmer kommen, einen vatikanischen, der sich auskannte, und er ließ sich Maß nehmen für die orangeblaue Dienstuniform eines Hauptmannes der Schweizer Garde. »Für den Silvesterball beim Fürsten von Monaco«, erklärte er zu beflissen. »Ich habe zufällig durch Indiskretion das Motto erfahren: *Die Plünderung von Rom.*«

»Da stünden Durchlaucht ja«, respondierte der Schneider flink, »auf seiten der Verlierer.«

»Sowieso, Meister, sowieso!« lachte Araktschejew unbändig. Er stand mit ausgestreckten Armen, das kitzelige Maßbandende im Schritt, als Flora hereinstürzte. Sie war im Spitzenschwarz der Audienz (der dritten jetzt schon, welche ihr die Hohe Gegenwart genehmigt hatte); sie war schneeweiß unter dem hohen Spitzenschleier, sie sank mit dem Busen gegen eine Stuhllehne wie eine klagende spanische Infantin und starrte den Gemahl an. Dann, während der Schneider notierte, reckte sie ihm einen langen komplizierten Schlüssel entgegen. Ihre Hand bebte wie ein Zweig im Wind. »Oban«, flüsterte sie gebrochen. »Das Gewölbe in Oban. O Harold, was hast du getan?«

»Ich habe das Gold des Prinzen für dich aufbewahrt«, sagte er auf Englisch. »Was, my flower, wäre passender?« Sie floh mit zuckenden Lippen.

Sie sahen sich dann Monate nicht mehr. Flora konspirierte mit bayrischen Schützenkompagnien, sie verbrachte Weihnachten auf der Insel Roag, sie flog nach den USA und betätigte Einkäufe bei den Behörden, die Navy-Surplus-Bestände verhökerten. Grigorij Antonowitsch Araktschejew bestellte sein Haus. Er fand heraus, daß er vierzehnfacher Milliardär war, ohne daß irgend jemand ihn vermißt hätte, wenn er morgen in Acapulco in die Klippen sprang. Er wanderte, den Pelzkragen seiner Parka hochgestellt, durch den krachenden Winterschnee von Nidwalden. Er ging, nach fünfzehn Jahren, wieder zur Beichte – bei einem Dorfpriester der Zentralschweiz, der ihn nicht verstand, was für beide Teile das Einfachste war. Er wandte sich vom zwanghaften Trinken ab; nein, er wurde kein Anti-Alkoholiker, er vollbrachte das Wunder, zum schlichten, heiteren Wein seiner Jugend zurückzukehren. Er streifte den Zwang der großen internationalen Karawansereien ab, er verkaufte ein Château in Burgund, eine Villa im Schwarzwald, ein Landgut in der Toskana, mit großem Gewinn für die Interessenten. Er betrat im Frühling 1955 zum erstenmal seit 1927 schottischen Boden. Er observierte die Landung der AJF von seiner vertrauten Felsplatte aus, er wanderte stundenlang über menschenleere Hänge, das Haupt gesenkt, die Hände hinter dem Rücken verschränkt.

Dann, in der langen langen Dämmerung des Maiabends, kehrte er an den Strand von Loch nan Uamh zurück. Alle erlernten Künste nahm er zusammen, um die Posten der AJF zu täuschen – bis er begriff, daß die AJF nicht mehr hier war. Die Gassen zwischen den Zelten waren stumm, drüben am Bierzelt sangen noch ein paar späte Gäste, aber sie sangen schottisch – Neugierige und Freibier-Genießer aus der Umgebung.

Er fand das Zelt der Fürstin – es roch in seinem schattigen Inneren nach Chypre und Bittermandeln. Er warf die Parka ab, unter der er schon das Wams, das orangeblau gestreifte, des Hauptmanns der Garde trug. »Ich bin da, Flora my flower«, sagte er leise und bewegt. »Nicht ich habe dich betrogen.«

Sie fuhren noch in dieser Nacht ab, nach Oban, ins Hotel *Dalriada*.

4

Rom, 30. Mai 1955 morgens

Wie groß ist doch die Ewige Stadt am Tiber! Welch ein Ameisenhaufen, welch ein Dünger- oder Humusbau der Jahrtausende ist Rom! Wer vermöchte im Fluß seiner chaotischen Wasser, seiner chaotischen Wagenflotten, seiner chaotischen Emotionen ein Muster zu erkennen? Und doch ereignet sich Sinn in dieser eigenen Welt, lassen sich, bei genügender Konzentration, Willensbahnen und geometrisch-astronomische Konstellationen erkennen. Drei winzige Einheiten streben – zum Beispiel – an diesem Morgen zusammen dem Druckereikeller der EPHEMERIDAE des Heiligen Offiziums zu; drei Einheiten, die nicht die Absicht haben, EPHEMERIDAE zu drucken, sondern deren Ziel der winzige Verschlag im hintersten Teil jenes Kellers ist. Zwei dieser Einheiten sind (nehmen wir es einmal an) vom Großen Experimentator schwarz eingefärbt, als Monsignori einer der zahllosen Dienststellen des Vatikans; eine in blauen und orangenen Streifen, der Dienstuniform der Schweizer Garde Seiner Heiligkeit.

Zwei weitere Einheiten – wesentlich zufälliger, ohne jede Zielstrebigkeit – treiben dem Inneren von Sankt Peter zu. Eine davon trägt die in Rom ziemlich alltägliche Färbung eines Erzbischofs, die andere die nicht minder alltägliche eines konservativen Amerikaners. Doch auch wenn sie kein rationales Ziel im Auge haben: ist nicht anzunehmen, daß die finstere Sinn-Fülle, die hier im Kulturboden tätig ist, auch ihnen eine Rolle zuweist, eine Funktion, die nur sie und nur sie in ihrem Zusammenspiel erfüllen können?

Aber verweilen wir zunächst bei den Dreien: bei den Monsignori und dem Gardisten. Ihr Auftrag ist klar, ihre Absicht unmißverständlich. Sie sind Diener der MYST, die, seit Füßlis Desertion, ungenützt auf eine Aufgabe wartet. Noch ist der Nachfolger nicht zweckdienlich ausgebildet, aber der Gardist Franz Defunderoll (eben die dritte Einheit, die sich auf den Keller zubewegt) sieht ja einem einzigen, präzisen Spezialauftrag entgegen.

Die beiden Monsignori, unsere Freunde Doensmaker und Sbiffio-Trulli, sind eine Minute eher zur Stelle, sie sehen den Gardisten durch die Doppelreihe der Druckereimaschinen kommen, die Arbeiter blicken auf, als sie Orange und Blau im Renaissance-Schnitt sehen, aber sie wundern sich nicht (kein Römer wundert sich oder gibt wenigstens zu, sich zu wundern). Die drei Spezialisten begrüßen sich schweigend. Sbiffio-Trulli entnimmt seiner Börse den Schlüssel für das erste Schloß, Doensmaker seiner Geheimtasche den für das zweite Schloß des Verschlages (ein Privileg, das er der 465. Sitzung des Inneren Ausschusses entrissen hat). Sie senken gleichzeitig die langen, zierlichen Schlüsselstangen mit den zahlreichen Nocken in die Halterungszylinder, sie drehen gleichzeitig einmal nach rechts, einmal nach links, und der Verschlag öffnet sich.

Franz Defunderoll ist schon dreimal hiergewesen und hat sich mit den genauen Ausmaßen, Eigenheiten, Äußerlichkeiten des Geräts vertraut gemacht, aber seine Gefühle lassen sich nicht betrügen: heute ist er auf Gedeih und Verderb dem großen Werk des großen Meisters ausgeliefert. Verzückt und verschüchtert starrt er die Grotte an, das silberne Netz, die Kristall- und Edelsteingruppen, die schräggestellte Justierscheibe des Großen Knotens, den Purpursattel, den er nun besetzen wird. »Kopf hoch, mein Freund«, sagt Doensmaker sanft, »Sie wissen, was Sie wissen müssen, die CSAPF hat dafür gesorgt. Und bedenken Sie: wer einmal –«

» – auf die CSAPF geschwört –«

»Ich sehe, Sie wissen, worauf es ankommt. Sind Sie bereit?«

Franz Defunderoll tastet nach der Luger, er nickt, seine Lippen zittern.

In diesem Augenblick wandert in der großen Halle von Sankt Peter der Erzbischof Brendan Kilmaine auf eine bestimmte Säule zu. Es mag verwunderlich erscheinen, daß er, ein immerhin gehobener Kirchenfürst, an einem Werktagmorgen zu dergleichen Zeit hat; aber die schnöde Wahrheit ist, daß Exzellenz Kilmaine unbegrenzt Zeit hat. Mit Ausnahme der leichten Bürden seines Priesterberufs (die morgendliche Messe, gelegentlich eine Segens-Andacht in einer der Myriaden Kapellen für eine der Myriaden Kongregationen, Sodalitäten, Kollegs der Ewigen Stadt) sind seine Pflichten äußerst vage. Er ist, wie dies Mgr. Sbiffio-Trulli in einer aufrichtigen Minute einmal umschrieben hat, ein Nichts. In einer der geheimnisvollen machiavellistisch-spirituellen Zusammenstöße, an denen gerade die Geschichte des irischen (und damit auch des amerikanischen) Klerus so reich ist, geriet er zwischen nicht näher zu definierende Stühle und wurde mit einem Dasein in Rom abgefunden, für das der Ausdruck ›Planstelle‹ noch viel zu rational ist. Bedauert er diesen Zustand? Es wäre eine Lüge, das zu behaupten. Denn Exzellenz Brendan Kilmaine ist fromm; und als frommer Bischof weiß er, daß sein Platz im katholischen Kosmos nicht mit der nüchternen Elle irdischer Effizienz gemessen werden darf. Er hat viel gehört, viel aufgenommen, er hat sich sein eigenes Bild von der Geschichte des Organismus gebaut, dem er angehört, und Enttäuschungen haben in diesem organischen Bild keinen Platz. Wenn ein Balken, statt das Mittelschiff einer Kirche zu tragen, in einem Komposthaufen verrottet, so weiß der wahrhaft fromme Balken, daß er Nährboden für Milliarden von Lebewesen ist – eben jenes Edaphons, jedes Bodenlebens, ohne das die lebendige Entwicklung jäh zu Ende ginge.

Er findet, was er sucht (denn er hat es schon hundertmal gefunden): eine Marmortafel zu Ehren der entthronten Stuarts im Canovastil. Jakob der Dritte, der Vieux Chevalier, ist hier fixiert; Karl Eduard, der unglückliche Prinz, der Righ nan Gaidheal; und Heinrich der Neunte, Kardinal der Kirche, wie er ein wahrhaft Frommer. Exzellenz Kilmaine liest die erhabenen Namen, er streichelt das schmächtige Carrara-Hinterteil eines trauernd entscheitenden Genius (jede Verdächtigung, falls sie erhoben würde, kann sich Exz. Kilmaine guten Gewissens verbitten, denn er hat alle großen heterosexuellen Versuchungen der Wüstenväter mannhaft durchgekämpft) und sagt halblaut: »Du kommst wieder, Prinz Charlie.«

»Und wirst wieder betrogen«, sagt eine Stimme rechts hinter ihm. Er wendet sich überrascht um, er ist kein Römer, man kann ihn überraschen. Die Stimme ist amerikanisch, der Mann, der zu ihr gehört, erschreckt ihn. Offenbar ist er bis vor kurzem rundlich-pyknisch gewesen, jetzt schlottert der Wannamaker-Anzug um gewaltsam reduzierte Gliedmaßen und einen ausgemergelten Torso. Augen, die eigentlich ordentlich in Fett ruhen müßten, sind weit nach rückwärts in die Knochenbögen gesunken, und sie flammen in einem unirdischen, aber keineswegs spirituellen Licht. Dieser Mann hat, so fühlt der fromme Seelsorger Kilmaine instinktiv, einen gewaltigen, stinkenden, verwesenden Albatros des schlechten Gewissens um seinen Hals hängen; und er beschließt sofort, diesem Landsmann (welcher katholische Amerikaner wäre nicht ein irischer Landsmann?) so gut zu helfen wie er kann.

Im Verschlag hinter der Druckerei der EPHEMERIDAE kriecht der Spezialbeauftragte in das Innere der Grotte. Er hebt sein rechtes Bein über den Purpursattel, setzt sich bequem zurecht, prüft nochmals die Griffbereitschaft der Luger in den Falten des Wamses. Er wirft nur einen Blick auf die subtile Nadelverteilung in den Schlingen des Großen Knotens – das ist nicht seine Verantwortung, das ist Sache der Theoretischen, die ihr Metier beherrscht. »Sie werden«, beruhigt ihn Doensmaker, »fast auf die Sekunde genau in den Raum-Zeit-Kontext austreten, den die MYST bei ihrem letzten Einsatz verlassen hat: in die verfallene Scheune des Ferme Les Ginèvres 1927, bei Cherbourg. Sie werden unmittelbar dem – hm, dem Objekt Ihrer Ausbildung gegenüberstehen. Vermeiden Sie jede Theatralik. Abgesehen davon, daß dies nicht in Ihre Zuständigkeit fällt: der – hm, das

Objekt Ihrer Ausbildung hat sich, das kann ich Ihnen versichern, über die möglichen Konsequenzen seiner Desertion nicht die geringsten Illusionen gemacht. Der Erfolg Ihrer Mission ist schon jetzt so gut wie sicher: genaue Nachforschungen haben ergeben, daß die – hm, fragliche Identität nach dem Datum Ihres Austritts nirgends mehr aufgetreten ist. Trotzdem wünsche ich Ihnen Glück.«

Die genauen Nachforschungen, von denen Mgr. Doensmaker spricht, wurden natürlich von D. Dwight Enigmatinger angestellt. Er ist, ein blinder Diener, in das Netz der CSAPF zurückgekehrt, er zahlt zwar noch die Miete für Giulia-Hekate, er sieht sie aber kaum mehr, er hat dem Alkohol fast abgeschworen und stellt keine Fragen; aber er ist in der völligen geistlichen Dürre gelandet, und das Ausmaß seines Beitrags zum Scheitern, wenn nicht zur Sabotage des Auftrags steht ständig vor seinem spirituellen Auge. Er hat in unzähligen Archiven nach dem Namen Whyte-Footling geforscht, er hat ihn zuletzt in den Papieren einer Passagierlinie erspäht, die den Fraglichen von London nach Cherbourg und zurück befördert haben soll – aber Evidenz seiner tatsächlichen Ankunft in London ist nirgends aufzutreiben. Das ist mechanische Arbeit, eines geschickten Researchers fast unwürdig, er hat sich ihr unterzogen, weil er gewaltsam die Rückkehr ins Paradies seiner Unschuld erzwingen will. Doch vor den Toren des Paradieses steht die Flammenschrift GENESIS SIEBEN, er weiß genau, was das zu bedeuten hat. Er hat keinen Platz mehr in der Welt, er versucht sich gar nicht mehr an vergangene Existenzen zu erinnern, Papiere mit der Aufschrift, MYRTLE, DIAN, PHILIP, KNIGHTS OF VESPUCCI, IFLA treiben verkohlt im Wind seiner Verzweiflung, weg vom Scheiterhaufen des großen Feuers, dem er sich ausgeliefert hat. Dennoch: nie konnte er sprechen, keinem sich offenbaren – bis er plötzlich hinter dem sympathischen Erzbischof in der Halle von Sankt Peter steht, bis er die Namen sieht, die er verraten (mit verraten) hat, bis ihm das halblaute Glaubensbekenntnis des Iren sein Geständnis entpreßt: Und wirst wieder betrogen.

Irische Augen ruhen auf ihm: gläubige, wahnwitzige, seit Jahrtausenden fromme Augen. Der Erzbischof legt eine Hand auf seine Schulter: »Mein Sohn«, sagt die irische Stimme, »der Herr der Geschichte schreibt gerade auch auf krummen Zeilen. Ich bin nicht ermächtigt, Ihnen Näheres mitzuteilen; aber ...«

Im Verschlag, in der Präsenz der *Macchina Ingeniosa* gibt es nichts mehr zu besprechen. Franz Defunderoll nickt ergeben; er schließt die Rechte um den Greifenkopfhebel und aktiviert ihn, die Drähte der Grotte erglühen. Doensmaker und Sbiffio-Trulli wechseln einen Blick: ist es passed, in dieser Situation die Antiphon von dem Erzengel Raphael und dem frommen Tobias anzustimmen? Beide, in diesem Moment vereint, entscheiden, daß es frivol wäre, sie bleiben stumm, sie winken mit zaghaft erhobener Hand dem Gardisten zu, der die Lippen zwischen die Zähne zieht, nach vorne sich neigt, den Hebel herabdrückt: die MYST, so lange ihrer Tätigkeit entwöhnt, blitzt freudig und verschwindet.

»Zwanzig, dreißig, allerhöchstens vierzig Sekunden«, seufzt Sbiffio-Trulli. »Einige Friktionen, mit denen zu rechnen ist. Aber Sie wissen, wie qualvoll diese Sekunden für mich sind.«

»Für mich nicht minder – in diesem Fall«, nickt Doensmaker düster. »Es gibt eine einzige Gefahr: sie liegt in der Seele dieses unkomplizierten Menschen.«

»Nicht nur, würde ich sagen.« Sbiffio-Trulli hockt sich unbequem auf einem Balken der Verschlagwand zurecht. »Sie liegt auch in dem außerordentlichen Geschick unseres – hm, dahingegangenen Freundes.«

»Sie sprechen hoffentlich nicht von diesem Bravo Füßli.«

»Von ihm, keinem anderen. Ich weiß, ich weiß, caro collega: niemals wird die Exekutive die Brillanz der Theoretischen Abteilung erreichen. Dennoch ...«

»Der Herr der Geschichte«, sagt der Erzbischof warmherzig und legt seine Hand auf die Schulter des Unglücklichen, der so offensichtlich ein Freund der untergegangenen Sache ist, »schreibt gerade auch auf krummen Zeilen. Ich bin nicht ermächtigt, Ihnen Näheres mitzuteilen; aber eben in diesen Tagen, mein Freund, vielleicht eben in dieser *Stunde* entfaltet sich das Verborgene, tritt die Verlorene Sache wieder auf die Rampe der Geschichte, beginnt sie ihren siegreichen Marsch. Hier, in dieser Stadt, ist das vorbereitet worden; ich bin nicht ermächtigt, Ihnen Näheres mitzuteilen, aber seien Sie versichert: es gibt noch Treue, und der Righ nan Gaidheal, der König der Kelten, wird zurückkehren. Vertrauen Sie mir.«

Der geschrumpfte, schlotternde Pykniker starrt aus tiefen Brauenbögen. Ohne die Augen von dem runden roten Freundesmondgesicht zu lassen, nimmt er aus einer Brusttasche einen Fetzen Papier, aus der Obertasche seines breitgemusterten Sakkos einen Kugelschreiber. Fünf Buchstaben malt er auf das Papier und reicht es fragenden Blicks dem Würdenträger: CSAPF.

Der liest sie, offenen Mundes liest er sie, nickt dreimal langsam. Und weinend, bitter weinend sinkt der verlorene Sohn aus Dubuque an seine klerikale Schulter. Hilflos erschrocken klopft die beringte Rechte seinen Rücken: »Mein Sohn. Mein Sohn. Nicht hier. Nicht der Ort. Kommen Sie. Wir müssen uns aussprechen.«

So kommt es, daß der innerste Verrat aufgedeckt, das Räderwerk im Königsprojekt offengelegt wird, so kommt es zur 467. und letzten Sitzung der CONGREGATIO SECRETA AD PURIFICANDOS FONTES.

»Dennoch«, seufzt in diesem Augenblick Sbiffio-Trulli im Verschlag der MYST, »habe ich in seinem Fall einen geringen Vorteil gegenüber der Theoretischen: ich habe ihn persönlich etwas besser gekannt.«

»Sie sind, mein Freund, bei der Vorbereitung dieser Aktion nicht gerade hilfreich gewesen.«

»Ich konnte es nicht«, antwortet der Zwerg komisch-traurig. »Sehen Sie: ich weiß, daß sie mißglücken wird.« Er rutscht von dem rohen Balken herab, er trippelt im kleinen Gelaß hin und her, die Ärmchen hinter dem Buckel verschränkt, den Blick auf rissigen, bräunlichen Beton gesenkt. »Ihr Dottore Enigmatinger hat mustergültig seine Arbeit getan, o ja, er hat sichergestellt, daß es den Namen Whyte-Footling nicht mehr gibt, daß kein Konflikt zur Quellenlage eintritt – aber er konnte natürlich nicht sicherstellen, daß es den *Mann* nicht mehr gibt, verstehen Sie?«

»Kein irgendwie geartetes Variabel von ›Füßli‹, ›kleiner Fuß‹ und dergleichen ist uns begegnet«, erwidert Doensmaker. »Sie wissen, daß dies seine Spitzmarke war, sein Warenzeichen.«

»Eben dies müßte er natürlich ändern!« ruft Sbiffio-Trulli lebhaft. »Und so standen Sie denn vor dem Nichts – genauer gesagt, vor dem Unendlichen, das kaum etwas anderes als das Nichts ist. Nun, Sie kannten ihn nicht persönlich. Aber ich. Ich kannte, zum Beispiel, seine – Sparsamkeit.«

»Seine Habgier, meinen Sie.«

»Zwei Seiten einer Medaille! Ich habe also, gewissermaßen aus reiner Neugier – auch Anhänglichkeit mag eine Rolle gespielt haben, gewiß, gewiß! – einen eigenen Weg verfolgt. Ich fragte mich: wird sich Captain Whyte-Footling, auch wenn er gezwungen ist, ein anderer zu werden, freiwillig von dem großen Vermögen trennen, das ihm durch den Tod der Tante Mildred in die Hände fiel? Niemals. Er wird versuchen, wenigstens Teile davon zu retten. Und so habe ich ...«

»So haben Sie was?« Mörderisch ist das blaue Feuer in den Augen Mgr. Doensmakers, der sich vorbeugt.

»Persönlich habe ich nichts tun können, oh, ich verstehe zu wenig davon. Aber wir haben gute Buchprüfer, ausgezeichnete, die verschlungenen Wegen der Finanz zu folgen vermögen – auch vor dreißig Jahren beschrittenen, verstehen Sie? Ein leitender Herr der Bank vom Heiligen Geist, dem ich persönlich verbunden bin ... kurz und gut: Whyte-Footlings Vermögen ist zum größten Teil in den Besitz eines emigrierten russischen Fürsten namens Grigorij Antonowitsch Araktschejew übergegangen. Ungefähr im Winterhalbjahr 1927/28. Wie mir mein finanzkluger Gewährsmann zu verstehen gibt, ist dieser Fürst heute einer der reichsten (und, nebenbei, mächtigsten) Männer der Welt. Als solcher übrigens völlig unbekannt – ein erstaunliches Phänomen.«

»Wir kennen«, sagt Doensmaker langsam, »einen Fürsten dieses Namens, der seit Jahrzehnten das Leben eines müßigen Trinkers lebt. Er ist übrigens mit – Saba verheiratet.«

»Eben jener!« ruft Sbiffio-Trulli, er wirft die Hände in die Höhe, ihre Schatten, von der nackten Kellerbirne geworfen, führen diabolische Tänze auf dem weißen Putz auf. »Und nun, stimatissimo collega, tun Sie bitte mit mir einen großen Sprung – in den Oktober des letzten Jahres, kurze Zeit nach der Aufregung über unseren Deserteur. Tun Sie diesen Sprung mit mir in das Vorzimmer, das nach wie vor unserem Vermieter Garetti gehört.«

»Ich pflege mich dort möglichst wenig umzusehen«, erwidert Doensmaker etwas von oben herab.

»Moralisch verständlich, carissimo, aber offene Augen gehören zum Handwerkszeug der Exekutive. Geraume Zeit bemerkte ich dort – nach jeder Umdekoration, der auch unsere Giulia zum Opfer fiel – irgend etwas Vertrautes, das ich nicht plazieren konnte, einen Gegenstand, der sich wunderlich in ein unpassendes Arrangement fügte – Sie kennen das Gefühl, collega?«

»Weiter!« drängt Doensmaker. »Wir reden doch nicht über Innendekoration.«

»Eben doch!« Wieder tanzen die Hände. »Eben doch, collega. Denn plötzlich *fehlte* dieser Gegenstand; fehlte und wies durch die so entstandene Symmetrie-Störung auf sein Fehlen hin. Es war nämlich ein Schwert, Teuerster. Es war ein Schwert an der Wand ...«

»Schockweise hängen sie dort.«

»Aber eines nicht mehr, und zwar das Schwert Al-Aktal, im 12. Jahrhundert von Jassif Muhabbat geschmiedet – und der teuerste Besitz unseres dahingegangenen Freundes. Als es fehlte, wußte ich es sofort.«

»Und wie, mein Teurer, bringen Sie die Sagengestalt des Milliardärs Araktschejew mit diesem Verschwinden in Verbindung?«

»Durch einfachste Rückfrage. Der Zufall wollte es, daß ich damals, im Oktober 1954, Zeuge einer kleinen Auseinandersetzung wurde, die dieser trinkende Fürst mit der Bellezza des Vorzimmers hatte. Es ging, wie sie mir bestätigte, um eben dieses Schwert, das der Fürst mitnahm.«

»Das«, ruft Doensmaker stürmisch, »möchte ich selbst hören. Kommen Sie!«

Und so entsteht eines jener Bilder, die kennerische Touristen an Rom so lieben: zwei Monsignori mit Schaufelhüten, ein großer und ein kleiner, auf dem Rücken einer rasenden feuerroten Lambretta, von der die schwarzen Soutanen wie Fahnen der Anarchie flattern. In genau acht Minuten schaffen sie die Strecke bis zur Via Garibaldi, flink geht es die Treppen empor, und: »Junge Dame«, beugt sich Doensmaker unerbittlich über den barockimitierten Schreibtisch, »hätten Sie die Güte, mir möglichst genau die Ereignisse zu schildern, die sich beim Besuch des Fürsten Araktschejew im vergangenen Oktober abspielten?«

»Auskunft erteilt nur der Chef«, sagt die Bellezza – nicht mürrisch, eher ängstlich-aufsässig. Sbiffio-Trulli tritt unter Doensmakers Achselhöhle hervor und kichert: »Mir zuliebe, Bellezza, machen Sie eine kleine Ausnahme, ja?«

Sie errötet, erbleicht, ihre Hand greift nach dem Korallen-Amulett, sie gehorcht der höheren Macht. So gut sie es vermag, schildert sie die Episode des entführten Schwertes ...

»Diese Pike hat er ergriffen – zuerst. Nicht wahr?« fragt Sbiffio-Trulli, der zur Wand geschritten ist und das Arsenal mustert.

»Eben die«, beteuert die Dame.

»Sie sagten, der Fürst habe einen Zettel übergeben«, drängt Doensmaker sanft und heiser. »Welchen Zettel? Haben Sie ihn?«

»Nicht mehr. Ich habe ihn dem Chef übergeben.«

»Und wie reagierte Signor Garetti?«

»Er nickte und sagte: ›Va bien.‹ Er liebt französische Ausdrücke, wissen Sie.«

»Ich weiß«, kichert der Zwerg von der Wand her. »Als der Fürst die Pike faßte, hat er da ungefähr hier ...« er demonstriert mit schlanken Fingern, »... am Schaft zugegriffen?«

»Ziemlich genau.«

»Und was, wenn ich fragen darf, teurer Freund, hat dies mit unserem Problem zu tun?« attackiert ihn Doensmaker.

»Weil«, genießt Sbiffio-Trulli seine Antwort, »einfache kriminalistische Methoden erlauben, von metallenen glatten Oberflächen alte Fingerabdrücke, sogenannte ›latents‹, abzunehmen. Eines Abends, als hier alles einsam war – es war in der Weihnachtszeit, glaube ich –, habe ich mich mit dieser Methode der Pike genähert. Ich wollte sehen, ob ich die Grundfertigkeiten, die ich einst erlernte, noch einigermaßen beherrsche. Ganz zufrieden war ich nicht, aber immerhin ...« Er spreizt die Hände von den Schultern weg.

»Und – was fanden Sie?«

»Ich fand zwei saubere Abdrücke von Zeigefinger und Mittelfinger der rechten Hand unseres entschwundenen Freundes.«

»FÜSSLI?«

Mgr. Sbiffio-Trulli verneigt sich – ja, er verneigt sich – vor der Bellezza. »Vielen Dank, Signorina, für Ihre Unterstützung. Sie war äußerst wertvoll.« Und schon ist er hinter der Tür des Büros verschwunden. Doensmaker steht einige Sekunden wie angenagelt, dann folgt er ihm.

Zum erstenmal in seinem Leben seit der Priesterweihe spricht er Haß aus, offenen Haß. Es ist ein heidnisches Gefühl, aber auch ein gutes Gefühl, der flämische Spanier hat keine Zeit darüber nachzudenken, wie das zusammengeht. »Sie, Sie – Winkeldämon haben also gewußt, *gewußt*, daß wir keinen Erfolg haben würden? Gewußt, daß dieser Renegat hier, hier unter unserer Nase, unseren Augen ...« Die Stimme versagt ihm, er stellt fest, daß er die Fäuste geballt hat – warum hat er keine der Piken oder Tartschen oder Hellebarden aus dem Vorzimmer mitgenommen?

»Aber Verehrtester!« Beschwörend steigen Sbiffio-Trullis schlanke Hände von den Schultern nach oben. »Es war doch nicht *meine* Aktion! Können Sie sich über Mangel an Bescheidenheit, an klaglosem Einverständnis meinerseits beklagen? Sie können es nicht. Zwei Jahre lang habe ich zugesehen, wie Sie den Einfluß Ihrer Abteilung immer weiter ins Gebiet der Exekutive vorgetragen, wie Sie sich des wachsenden und alleinigen Vertrauens des Ausschusses erfreuten, wie Sie in unmittelbarer Absprache mit dem Präfekten ...«

»Rache also.« Doensmaker nimmt den Schädel und knallt ihn grob auf die A/G-Box zurück. »Eine schmutzige, kalte, hinterlistige Art von Rache. Ich frage mich ...«

»Collega.« Der Zwerg blickt ihn von unten an, traurig, glanzlos. »Hier, genau an dieser Stelle, habe ich Sie gewarnt, wenn Sie versuchen, sich zu erinnern. Ich habe Sie vor dieser einseitigen, hastigen, überstürzten Aktion gewarnt. Ich bin für das Gerät verantwortlich, unmittelbar. Dies gehört zum aller*innersten* Verantwortungsbereich der Exekutive. Einem beschränkten, dumpfen, offensichtlich überforderten Pistolero die MYST anzuvertrauen, das geheiligte Erbe des Meisters ...«

»Das Gerät!« Doensmaker sagt es und bringt den Mund nicht mehr zu, seine Augen werden riesig.

»Die MYST!« kreischt der Zwerg, er schießt aus seinem Sessel, eine Sprungfeder durchstößt den abgewetzten Sitz und schnellt nach oben ins Leere. »Zehn Minuten haben wir dort gesprochen, zehn Minuten – und sie ist nicht zurückgekehrt! Die MYST – verloren!«

Vor dem Freundfeind bricht er in die Knie, der Gnom, seine mißbildeten Schultern zucken, und durch die Soutane spürt der Flame, der die Augen geschlossen hat, die Hitze wilder Tränen an den Knien.

5

Schottland/London, 29. Mai–5. Juni 1955

Wer Ohren hat zu hören; wer das gälische Raunen versteht, die Märlein hinter vorgehaltener Hand, die schrägen Blicke in weißen Augäpfeln; wer das Murmeln in Hohlwegen zu deuten vermag und die Botschaften, die körperlos über die Berge zu wandern scheinen: der kann Seltsames erfahren in den langen Tagen und hellen Nächten dieses Sommers. Nicht mehr als saubere Schadenfreude wars vielleicht zu Anfang, da verschwitzte Rotfräcke, mit mühsam geweißeltem Lederzeug (der Pipe Clay ist gerade noch rechtzeitig per Flugzeug von Sheffield eingetroffen), talergroße Blutblasen in den Stiefeln und Scheuerstellen an den Schultern vom Gewicht der Musketen, am Loch nan Uamh erschienen, um die Jakobiten ins Meer zu werfen – und nichts mehr vorfanden als ein paar Karussells, eine lizensierte Schankbude und ein leeres, weißblau gerautetes Bierzelt, in dem noch halbvolle Fässer aus Andechs warteten. In komischer Grausamkeit haben sie die Fässer zerkeilt, haben das braune Bier aufgefangen, so gut es mit den Kopfbedeckungen des 18. Jahrhunderts geht, haben ihren Zorn hinuntergespült und eine schnarchende Nacht unter schweigenden Hügeln verbracht, ehe sie am Morgen des 31., mit verrutschten Bandolieren und verkaterten Schädeln, zwischen Ufer und Straße antraten. Ein paar Heißsporne plädierten für Patrouillen in den Bergen, aber die Mehrheit von den Own True Scots der Königin entscheiden sich für den eleganteren Ausweg: eine offizielle Erklärung, daß die Rebellen beim Herannahen ihrer bewaffneten Macht das Hasenpanier ergriffen und sich wieder über das Meer zurückgezogen hätten. Damit prahlen sie in den nächsten Tagen unter den Balken der Tavernen – aber sie spüren das verächtliche Grinsen im Rücken und stellen ihre Ehrenrettungsversuche in eigener Sache bald ein.

Dafür huscht von West nach Ost, von Lochaber in die südwestlichen Grampian-Berge und von dort nach Süden ins Rannoch-Moor, dann nach Breadalbane die uralte Kunde: Jahr des Prinzen, *Bliadhna a' Prionnsa.* Vom Waffenklirren im Finstern weiß man zu berichten; von Fahnen mit goldenen Löwen, die unter Sternen ziehen. Eine Schar in spitzen Hüten, mit Birkhahnfedern geschmückt, will der alte Trinker an den Hängen des Sgurr Thulim gesehen haben; verstört läßt das Liebespaar voneinander, das sich zwischen dem Gestein des Glen Loy umarmt, als es, schräg unter sich, das Blinken von Targets und Claymores gewahrt, und der Wildhüter schwört Stein und Bein an der Theke von Dunan, er habe das ganze Heer des Prinzen erblickt, Hunderte unter dem Saltire und unter fremden verbündeten Feldzeichen, die gegen den samtblauen Sommernachtshimmel auf den Rücken zwischen Loch Ossian und Loch Ericht entlanggezogen seien. Welchen Sagen soll man glauben? Denen von Strone, von Strathan, von Achriabhach, von Dunan oder Clifton oder Cashlie? Was ist daran, zum Beispiel, auszuwerten für die Geheimdienste Ihrer Majestät?

»Sehr wenig Greifbares«, nuschelt der Geheimdienstchef am Pfeifenstiel vorbei. »Keltische Phantasieprodukte, wenn Sie mich fragen.«

»Keltische Phantasieprodukte«, sagt 009, »sind unsere offene Flanke, Sir.«

»Fest steht: die Queen's Own True Scots haben keinen Feind mehr angetroffen.«

»Ganz recht. Die Universal Galactic will den Laubhraigh verklagen, wegen Vertragsbruch. Er ist aber nicht aufzufinden. Auf Roag heißt es, er sei verreist. Mit ihm übrigens ein guter Teil der waffenfähigen McLaubhraighs.«

»Hm. Haben Sie das mit BBC geklärt?«

»Selbstverständlich völlige Nachrichtensperre, Sir.«

»Mit der Universal Galactic regeln wir das kommerziell. Das lösen wir mit Sonderfonds ab. – Bodhelm von Pruskowitz«, murmelt der Chef langsam. »Metaxas-Linie, Mnogodarstwoje Ssjelo, Marsa-Matrukh. Hm.«

»Wenn – die Gerüchte irgendwie ... jedenfalls glänzende Stabsarbeit, persönlicher Fingerabdruck, wenn ich mir die Bemerkung erlauben darf, Sir.«

»Luft-Überwachung?«

»Würde dringend abraten. Dadurch kommt die ganze Geschichte an M.I.5. Selbstverständlich Ihre Entscheidung, Sir.«

»M.I.5, um Gottes willen. Ich glaube, es ist nicht viel dran, 009. Diese präzise Generalstabsarbeit scheitert in der Regel. Die Wirklichkeit tut ihr nicht den Gefallen, mitzuspielen. – Was schätzen Sie? Wollen die nach Edinburgh?«

»Ganz unter uns, Chef: ich habe keine Ahnung. Ich bin selbst keltisch gestimmt, das macht mich unruhig.«

»Hm.« Wieder sieht der Chef betont lässig in den Garten.

»Übrigens«, sagt er mit dem Rücken zu 009, »Captain Füßli ist nach unseren Informationen im letzten Herbst aus vatikanischen Diensten ausgeschieden.«

»Ausgeschlossen.«

»Eben.« Der Chef wedelt viermal langsam mit dem Streichholz, bis es erlischt. »Das mag etwas wert sein oder nicht ...«

»Zusammenhänge, Sir?«

»Nicht die mindesten. Aber auch ich, 009, bin dieser Sache keltisch gestimmt.«

* *
*

Um diese Zeit ist Heike Vulpius in Schottland unterwegs. Nur schwer hat Jimmy sie überreden können, das Unternehmen mitzumachen – sie ist ungeduldig geworden, sie hat das Stuart-Spiel satt, sie will zurück in klare technische Verhältnisse, unter einen Kopfhörer, hinter ein Mikrophon in einer Glaskabine, sie will zeigen, was sie gelernt hat – in der Aluminium-, in der Textil-, in der Stahl-Branche. Den sonderbaren Anruf in Rom hat sie noch für die Fürstin erledigt und die Fahrt auf dem Floß hat sie etwas amüsiert: hoch oben auf der Bier-Pyramide in graublauen Wassern, das war lustig, das hat sie erregt, sie fühlte sich lebendig. In der Nacht vom 30. auf den 31. hat sie ohne Jimmy in einem kleinen Zelt geschlafen, abseits vom Grölen der Krieger. Am Morgen war niemand mehr da, außer ein paar Einheimischen, die sich hartnäckig weitervergnügten. Sie ist in ihren kleinen Wagen geklettert, sie ist in Richtung Fort William gefahren, etwa bei Glenfinnan sind ihr die Treuen Schotten der Königin begegnet, schwitzend in roten Fräcken, unter fürchterlich schwere Musketen gebeugt, sie hat ihnen freundlich zugewinkt; ihnen Informationen zu geben, spürte sie kein Bedürfnis, das Spektakel war vorbei für Heike Vulpius. Und das Spektakel hat Jimmy-Säumaß eingeschlossen: eine Episode. Sie hat sich eben verrechnet damals in dem Gasthaus zu Enigmating, man muß den Mut zur ehrlichen Billanz haben. Jetzt wird sie nach Süden fahren, nach England, es gibt für sie einige

Adressen dort, sie hat schon zuviel Zeit versäumt. Haggis und Finnan Haddie mag sie ohnehin nicht, Steaks bei Lyon's sind ihr lieber.

Beim Mittagessen in Fort William merkt sie, daß sie etwas Fieber haben muß; ihr Kopf fühlt sich heiß und etwas zu groß an. Aber sie ist nicht matt, sie nimmt sich die Temperatur selbst (Heike hat Apotheke im Wagen), sie mißt genau 36,8. Ihr Fahrstil leidet nicht, im Gegenteil, sie steuert wacher, sie wittert voraus, das Land kommt ihr entgegen. Sie hat keine Eile, überhaupt keine; immer wieder läßt sie den Wagen stehen oder steuert ihn ein Glen aufwärts, steigt mit Haferlschuhen über Heidekraut und Granit, erinnert sich an Hügel und Bergrücken und Täler. Sie fürchtet sich nicht, sie kennt die Schneeriesen und die Krieger aus Granit und die Elfen der Nacht. Nur manchmal, wenn sie die großen Cheviotschafe mit den schwarzen Masken sieht, reißt Haß ihr hübsches Gesicht auseinander, und sie knurrt: »Mo thruaighe ort a thir, tha'n caoraich mhor a'teachd!«*

Sie schläft jetzt ohne Zelt, in eine Decke gerollt, unter Heidekrautsträuchern, die den Himmelssaal über ihren Augen zerfiedern. Fast eine Woche lebt sie so; sie macht sich Feuer, sie wird rascher beim Marsch über Steinrippen und Moor. Ihr Englisch wird mühsam, sie muß sich an den Tankstellen besinnen, was sie möchte, in den kleinen Kramläden desgleichen. Dafür hört sie stundenlang Musik, wenn sie fährt: Musik von Pfeifen und Clarsach und dazwischen schnelle, gesungene Tanzlieder.

Am Morgen des Fünften – sie fragt nirgends, sie konsultiert keine Karte, sie folgt einem Auftrag, den sie nicht kennt – biegt sie hinter Crieff nach Norden ab, den Glen Turnock hinauf. Wieder läßt sie nach zwei Meilen den Wagen stehen, auf einer Ausweichstelle hinter einer Brücke, dann strebt sie den Hang empor. Hier hat sie keine Angst vor den Großen Schafen, die allmählich mehr werden zwischen den Felsen.

---

* »Wehe dir, o Land, das Große Schaf kommt!« Ruf eines gälischen Sehers im 18. Jahrhundert, als die neuen Cheviotschafe eingeführt und die Armen dadurch ins Elend gestürzt wurden.

Der Hirt, ein alter Wilder im zotteligen Fellmantel, sitzt an einem kleinen Feuer und blickt ihr entgegen. Die Sonne scheint fahl auf ihn, er lächelt und spuckt Tabak aus.

»Du bist der Hüter des Steins?« fragt Heike auf Gälisch, in einem rauhen Bariton. Der Wilde lacht und nickt. Er steht auf, kommt ihr entgegen und küßt sie auf beide Wangen; es ist der Kuß von Kriegern vor der Schlacht.

»Sie kommen«, fährt Heike fort. »Die Sperber von den Inseln mit dem Mut des Blitzes. Das Große Jahr ist da.«

»Sie sind willkommen«, nickt der Hüter. »Alles ist bereit für die Sperber und ihre Freunde aus dem Süden. Der Stein – und Aphallijn ist schon da.« Er weist mit dem Stab den sanften Hang hinauf, der den Horizont abschließt. »Dahinter. Komm, gehen wir.«

6

Rom, 3. Juni 1955

Auszug aus dem Protokoll der

467. (und letzten) Sitzung

des Inneren Ausschusses der

CONGREGATIO SECRETA AD PURIFICANDOS FONTES

(im Folgenden: CSAPF) vom 3. Juni 1955

Anwesende:

Praefectus Congregationis, Se. Em. Card. X
Erzbischof Brendan Kilmaine
Mgr. I. Doensmaker (für die Theoretische Abt.)
Mgr. G. Sbiffio-Trulli (für die Exekutive)
Der Actuarius (für das Protokoll)

Tagesordnung:

1. Commemoratio für P. Intrepidus Echevarría O.P.
2. Fragen zur Protokoll-Methode
3. Bericht über das *Progetto Reale*
4. Verschiedenes

PRAEFECTUS: Oremus.

MGR. SBIFFIO-TRULLI *(spricht die Oratio für Reisende in großer Gefahr):*

ALLE: Amen.

PRAEFECTUS: Im allgemeinen folgt der Innere Ausschuß nicht den formalen Gewohnheiten solcher Sitzungen, schon gar nicht weltlicher Sitzungen; dennoch ist es würdig und recht, daß wir des Bruders gedenken, der zum ersten Mal seit der 180. Sitzung dieses altehrwürdigen Gremiums nicht an unseren Beratungen teilnimmt: unseres Bruders und Vaters Intrepidus. Er war unser Gedächtnis, er war unser ruhender Pol, unsere Stütze und der furchtlose Magnet der Ehrlichkeit in all unseren – oft bewegten – Überlegungen. Vielleicht haben wir uns allzu vermessen darauf verlassen, daß die Bürde des Fleisches ihn nie überwältigen wird; aber dem Herrn hat es gefallen, ihn zu sich zu nehmen. Die Riten der Kirche haben ihn begleitet, Trauer soll uns nicht niederdrükken, dennoch wird es schwer sein, ohne ihn fortzufahren. Reqiem aeternam etc.

ALLE: Et lux perpetua etc.

PRAEFECTUS: Der erste Punkt unserer Tagesordnung betrifft unsere neue Protokoll-Methode. Aufgrund der Beschlüsse der – hm, 463. und 465. Sitzung wurden alle, auch die ältesten historischen Protokolle unserer Arbeit in den sogenannten Audio-Garbler Mark V eingefüttert – oder täusche ich mich, ist die Arbeit noch nicht abgeschlossen?

DOENSMAKER: Sie ist abgeschlossen, Eminenz.

PRAEFECTUS: Die beiden Schlüsselwörter, die zur Entnahme von Informationen aus diesem Gerät erforderlich sind, haben unser Mitbruder Doensmaker und ich gewählt, sie müssen beide angegeben werden, um die Information freizusetzen. Ist das richtig, Mitbruder?

DOENSMAKER: So ist es.

PRAEFECTUS: Nun ist aber ganz unvermutet eine gewisse Schwierigkeit aufgetaucht. Mitbruder Doensmaker, berichten Sie.

DOENSMAKER: Mein Bericht läßt sich in einem Satz zusammenfassen: der Audio-Adjuster spricht auf das von mir gewählte und eingegebene zweite Schlüsselwort nicht an.

KILMAINE: Technokratie. Typische Folge der falschen Modernisierung.

PRAEFECTUS: Wie Sie wissen, Exzellenz, ist unser Heiliger Vater in diesen Fragen grundsätzlich fortschrittlich. – Wollen wir die Operation nochmals versuchen, lieber Mitbruder?

DOENSMAKER: Ich bin bereit, Eminenz. *(Zwei Alumnen des Collegium Germano-Hungaricum rollen auf einem Radwagen das Gerät herein. Der* PRAEFECTUS *nimmt hinter dem Tastenbrett Platz.)*

PRAEFECTUS: Ich gebe jetzt mein Schlüsselwort ein. Es lautet PATERNUS.*

DOENSMAKER: Ich bitte Sie, Eminenz, das Schlüsselwort ...

PRAEFECTUS: Aber, aber. In unserer vertrauten Runde ...

AUDIO ADJUSTER: FIRST KEYWORD RECORDED. PROCEED TO SECOND.**

KILMAINE: Also an Ihnen liegt's nicht, Eminenz.

SBIFFIO-TRULLI: Niemand hätte dies auch nur zu denken gewagt, Exzellenz.

PRAEFECTUS: Und nun zu Ihnen.

DOENSMAKER: Nachdem Eminenz vorangegangen sind, darf auch ich mein Schlüsselwort bekanntgeben. Es lautet VOLUNTAS.

SBIFFIO-TRULLI: Eine meisterhafte Wahl.

AUDIO ADJUSTER: KEYWORD GIVEN DOES NOT REPEAT NOT RELEASE INFORMATION KEYWORD NOT AUTHORIZED.

DOENSMAKER: Bitte.

KILMAINE: Wenn ich Sie nicht so genau kennen würde, Bruder Doensmaker, würde ich sagen, daß Sie irgendwo Mist gebaut haben.

PRAEFECTUS: Bitte, Exzellenz ...

KILMAINE: Das ist natürlich ausgeschlossen. Kann nur an der Technologie liegen. Wie kommen wir jetzt an die Protokolle

---

* Pate.
** Erstes Schlüsselwort registriert. Weitergehen zum zweiten.

heran? Wir benötigen sie doch ständig, abgesehen von dem immensen historischen Wert, welcher ...

PRAEFECTUS: Haben Sie sich schon mit der Herstellerfirma in Verbindung gesetzt, Bruder DOENSMAKER?

DOENSMAKER: Vorgestern, Exzel- Eminenz. Sie werden einen Experten aus Rochester, USA, schicken.

PRAEFECTUS *(seufzt):* Bei unseren beschränkten Mitteln – nun, darüber wird bei gegebener Zeit zu reden sein. Gehen wir ...

KILMAINE: Ist noch eine Frage erlaubt, Eminenz?

PRAEFECTUS: Aber ja, Bruder Kilmaine.

KILMAINE: Wenn dieser Experte auch nicht weiter weiß, ist dann unsere CSAPF nicht praktisch lahmgelegt?

PRAEFECTUS: Es gehört nicht zum Stil unseres kleinen Gremiums, Exzellenz, solche Fragen emotional anzugehen. Warten wir ab. – Nun zum nächsten Punkt, der auf Wunsch von Exzellenz Kilmaine auf der Tagesordnung steht: der Fortschritt unseres *Progetto Reale.* Ich darf Sie bitten, Exzellenz, Ihr Anliegen selbst vorzutragen.

KILMAINE: Keineswegs mit Vergnügen, Eminenz. – Ich muß etwas ausholen. Durch eines jener Zusammentreffen, welche Zufall zu nennen nur einem Heiden erlaubt sein dürfte, habe ich vor wenigen Tagen, am 30. Mai, um genau zu sein, die Bekanntschaft eines Mannes gemacht, der bei der Vorbereitung unseres Projekts eine Schlüsselrolle gespielt hat: des höchst gebildeten und eifrigen Doktors Dwight Enigmatinger, den wir seinerzeit in den Vorbereitungs-Ausschuß delegiert haben. Er befand sich in einem bejammernswerten Zustand. Dieser Zustand ist, wie ich aufgrund meiner Verantwortung als Seelsorger schließlich ermitteln konnte, ausschließlich auf die Arbeitsbedingungen im genannten Vorbereitungsgremium zurückzuführen. Nach seiner Darstellung wurde im Schoße der Theoretischen Abteilung – ohne Autorisierung durch diesen Ausschuß – ein Sonderprojekt abgespalten, welches den Namen GENESIS SIEBEN erhielt. Er wurde damit beauftragt, die hydroelektrischen Unternehmungen in Schottland zwischen dem Jahre 1927 und dem Jahre 1955 zu recherchieren – also dem Jahr des Einsatzes unseres Agenten …

DOENSMAKER: Der uns böswillig verlassen hat …

KILMAINE: Unterbrechen Sie nicht, Sie werden Gelegenheit zur Stellungnahme haben. Kurz gesagt, diesem Agenten wurde der Auftrag erteilt, den Schicksalsstein genau dort zu deponieren, wo jetzt, auf dem Höhepunkt unseres Projekts, da die vereinten Schotten und Bayern in einem unerhört brillanten Manöver, nach Umgehung aller feindlichen Einheiten, auf den Glen Turnock zurücken – wo jetzt, sage ich, ein drei Meilen langer und eine Meile breiter Stausee liegt, der auf jeder neuen Landkarte unter dem Namen LOCH TURNOCK eingetragen ist. Mit anderen Worten: das gesamte Unternehmen ist bewußt sabotiert worden, unsere großartigen Alliierten wurden hereingelegt, das Kernstück des Plans ist herausgebrochen. Und ich wette fünf zu eins, daß diese Eigenmächtigkeit auf die grundsätzliche und unüberwindliche, die verstockte Feindseligkeit der Theoretischen Abteilung gegen die keltische Sache …

PRAEFECTUS: Die Anschuldigungen sind erhoben, sie sind ungeheuerlich genug. Exzellenz, ich bitte um Zurückhaltung in der Form.

KILMAINE: Verzeihung, Eminenz.

PRAEFECTUS: An sich fällt dies ja, als operative Ausführung, in die Zuständigkeit der Exekutive. Haben Sie dazu etwas zu bemerken, Mitbruder Sbiffio-Trulli?

SBIFFIO-TRULLI: Nichts, Eminenz.

PRAEFECTUS: Sie erstaunen mich aufs höchste.

SBIFFIO-TRULLI: Die Exekutive sieht sich außerstande zu einer Äußerung, weil bei dem genannten Projekt zum ersten Mal, tatsächlich zum ersten Mal in der Geschichte der CSAPF beziehungsweise der Errichtung dieses Ausschusses, die Theoretische Abteilung den Agenten mit geheimen Anweisungen in den *laqueus clausus* geschickt hat, welche der Exekutive nicht bekannt waren. Da dies auf ausdrücklichen Wunsch von höchster Stelle geschah …

PRAEFECTUS: Nun, tatsächlich haben wir um die fragliche Zeit eine gewisse Ausweitung der Befugnisse der Theoretischen Abteilung erwogen; wir haben jedoch nicht erwogen, sie auf Kosten der operativen Verantwortlichkeit der Exekutive auszuweiten. – Vielleicht ist es nützlich, gleich den Standpunkt der Theoretischen Abteilung zu diesem Vorfall zu hören.

DOENSMAKER: Danke, Eminenz. – Da Exzellenz Kilmaine so weit ausgeholt hat, und da er einen diesem Kreis nicht zugehörigen Zeugen zitierte, auf dessen Angaben er sich ausschließlich stützt ...

KILMAINE: Keine Ausflüchte, Doensmaker. Hat es GENESIS SIEBEN gegeben oder nicht?

DOENSMAKER: Aber selbstverständlich, Exzellenz.

(Bewegung)

DOENSMAKER: Das Projekt war sogar unbedingt notwendig. Von vornherein war daran gedacht, den Schicksalsstein in einem abgelegenen Hochtal zu deponieren – die Gründe habe ich in der 465. Sitzung ausführlich dargelegt.

KILMAINE: Protokoll her.

PRAEFECTUS: Leider ist es aus bekannten Gründen augenblicklich nicht erreichbar, Exzellenz. – Fahren Sie fort, Bruder Doensmaker.

DOENSMAKER: Nachdem dieser Plan grundsätzlich Zustimmung fand, war es notwendig, sicherzustellen, daß das betreffende Hochtal eben *nicht* zwischen 1927 und 1955 überflutet wird. Wir blieben trotzdem beim Glen Turnock, weil er schon eine halbe Meile oberhalb der Mündung in das Tal des Earnflusses eine höchst abgelegene Gebirgslandschaft ist. Der Stein sollte drei Meilen oberhalb der Mündung des Glen deponiert werden – also gute zwei Meilen unterhalb der Staustufe.

KILMAINE: Aber da liegt er nicht, oder?

DOENSMAKER: Vor wenigen Tagen – am 29. Mai, um genau zu sein, dem Tag der Landung also – bin ich, da ich mich dem Unternehmen ständig verbunden fühle, sämtliche Papiere und Akten des *Progetto* nochmals durchgegangen. Dabei stellte ich fest, daß infolge eines sekretariellen Fehlers nicht drei, sondern sieben Meilen angegeben waren – in den Instruktionen, die der Agent erhalten hatte. Ich ...

PRAEFECTUS: Verzeihen Sie eine Unterbrechung, Bruder Doensmaker. Dieser Agent war doch der – hm, fragliche Hauptmann der Garde?

DOENSMAKER: Ja. Aber er hat den Auftrag weisungsgemäß durchgeführt. Darüber besitzen wir, wie Eminenz wissen, Belege. Es kann nicht der Sinn meiner Ausführungen sein, die Verantwortung auf ihn abzuwälzen.

KILMAINE: Nein, die liegt einwandfrei bei Ihnen, Sie – Sie –

PRAEFECTUS: Ich hoffe, Sie wollen kein Wort aussprechen, das Sie als Christ und geistlicher Bruder bereuen müßten.

KILMAINE: Nein, Eminenz, ich schweige nicht, ich kann nicht schweigen. Unsere übermenschlichen Alliierten ...

PRAEFECTUS: Haben Sie, Bruder Doensmaker, nichts versucht, um diesen Lapsus in etwa zu korrigieren?

KILMAINE: Ich habe, das kann Mitbruder Sbiffio-Trulli bezeugen, sofort ein Ferngespräch nach dem Loch nan Uamh per Telegramm eingeleitet – ich habe deshalb den Abend des 29. im Büro verbracht. Ich wollte die heldenhaften Söhne der Inseln und des bayrischen Hochlandes vor einer unnützen Anstrengung bewahren, und da, wie wir mittlerweile aus anderen Quellen erfahren haben, die politische Wirkung der Landung an sich von großer Bedeutung für die jakobitische Sache war ...

KILMAINE: Wurde angerufen oder nicht?

DOENSMAKER: Doch ja, Exzellenz. – Wie Mitbruder Sbiffio-Trulli bezeugen kann, kam der Anruf gegen zehn Uhr fünfzehn.

PRAEFECTUS: Und das Ergebnis?

DOENSMAKER: Infolge von Umständen, die hier zu erörtern zu weit führen würde, sah sich der Stab der Allied Jacobite Forces veranlaßt, noch am selben Abend, bei Anfang der Dämmerung, aufzubrechen und ins Innere abzumarschieren.

SBIFFIO-TRULLI: Der Geist von Potsdam, fürwahr!

PRAEFECTUS: Bitte keine Zwischenrufe, das Thema ist schmerzlich genug. – Ist in der Zwischenzeit kein Kontakt mit den AJF gelungen?

DOENSMAKER: Keiner. Sie haben offenbar die Lektionen von Guerilla-Experten wie Mao Tse-tung höchst erfolgreich studiert.

KILMAINE: Schweigen Sie! Ziehen Sie nicht eine Sache, die Sie verraten haben, auch noch in den Schmutz, Sie! Was Sie den Kommunisten in die Schuhe schieben, das konnten die Highlanders schon lange, bei Prestonpans und anderswo, und es ist großartig, was diese Helden aus der Geschichte gelernt haben! Wenn sie morgen oder übermorgen im Glen Turnock ankommen, dann werden Sie immerhin die Genugtuung haben, daß nur unser Verrat sie …

PRAEFECTUS: Exzellenz.

KILMAINE: Nein, Eminenz, ich befleißige mich, wie Sie wissen, ständig der Zurückhaltung, aber hier stoßen wir auf eine Schlangengrube, eine Schwefelgrube, eine Abortgrube des Verrats. Dieser …

PRAEFECTUS: Ich verstehe Ihre Erregung, Exzellenz, und ich gebe Ihnen sogar recht insofern, als die Frage der Verantwortlichkeit für diesen taktischen Irrtum unbedingt und ganz gründlich geklärt werden muß, ehe wir etwa eine demütige Hilfskraft ungerecht inkriminieren, weil sie die Drei auf der Schreibmaschine mit der Sieben verwechselt hat. Das wäre unserer unwürdig. – Wir kommen nun zum Punkt Vier der Tagesordnung: Verschiedenes.

KILMAINE: Der Punkt Drei ist nicht ausdiskutiert. Ich …

SBIFFIO-TRULLI: Exzellenz, die Führung der Tagesordnung liegt seit der Ersten Sitzung beim Präfekten.

KILMAINE *(nach einer Pause):* Ich bitte um Verzeihung.

PRAEFECTUS: Danke, Mitbruder Sbiffio-Trulli. – Ich habe zunächst eine weitere technische Mitteilung zu machen. Die Theoretische Abteilung hat verschiedene neue Projekte im Vorbereitungsstadium, doch ist zur Zeit ihre weitere Bearbeitung nicht opportun, da die technischen Voraussetzungen fehlen. Die MYST wurde am Montag des 30. Mai im Rahmen eines Sonderauftrags aktiviert und ist bisher aus ihrem *laqueus clausus* noch nicht zurückgekehrt. Die übliche Prioritäts-Debatte muß also heute entfallen.

KILMAINE: Die MYST? Nicht zurückgekehrt? Was soll das heißen?

PRAEFECTUS: Nicht mehr und nicht weniger, als ich eben bekanntgegeben habe, teurer Mitbruder. – Damit wären wir, bis auf eine Kleinigkeit, am Ende unserer Tagesordnung.

KILMAINE: Kleinigkeit?! – Ich verstehe nicht, wir sollten doch ...

PRAEFECTUS: Personalfragen sind in der Kirche Gottes erfreulicherweise immer eine Kleinigkeit, Exzellenz. Niemand von uns ist unentbehrlich, und jeder von uns geht freudig dahin, wohin uns eine höhere Stimme ruft. Der Heilige Vater in Seiner Güte hat es für richtig befunden, mir die Leitung einer Kongregation anzutragen.

SBIFFIO-TRULLI: Einer –?

DOENSMAKER: Welcher Kongregation, Eminenz?

PRAEFECTUS: Der Zeremonial-Kongregation. Meine persönliche Einschätzung meiner Fähigkeiten ist bescheiden genug, aber Seine Heiligkeit hält es für richtig, mich nutzbringend zu verwenden.

KILMAINE: Aber Eminenz, Ihre so ungeheuer wichtige Leitung der CSAPF ...

PRAEFECTUS: Seiner Heiligkeit ist die Existenz dieser Kongregation nicht bekannt. Jedenfalls ging das aus Seinen Äußerungen hervor. – Damit können wir, glaube ich, diese Sitzung aufheben.

SBIFFIO-TRULLI: Das Abschluß-Gebet, Eminenz?

PRAEFECTUS: Den Umständen, glaube ich, nicht angemessen.

KILMAINE: Ich schlage den Psalm *De Profundis* vor.*

PRAEFECTUS: Als Präfekt der Zeremonial-Kongregation habe ich zwar nicht unmittelbar mit Liturgie zu tun; trotzdem glaube ich sagen zu können, Mitbruder Kilmaine, daß eine solche Wahl nach den Rubriken unzulässig wäre.

* *
*

* Aus der Tiefe schrei ich zu dir, o Herr.

»Ich hab's«, sagt Sbiffio-Trulli beim Verlassen des Sitzungs-Saals zu Doensmaker. »Defunderoll war Linkshänder.«

»Und was«, entgegnet Doensmaker von ferne, »hätte das mit unseren Problemen zu tun?«

»Er war sehr nervös. Er hatte Angst vor dem *laqueus clausus.* Wahrscheinlich hat er die MYST aktiviert gelassen, während er schoß.«

Ruckartig blieb der Flame stehen. »Das hieße acht Schußbahnen innerhalb der Macchina, in allen möglichen Winkeln deflektiert.«

»Sie sagen es, caro collega.« Auch der Zwerg ist stehengeblieben, er blickt nun den Kollegen voll Sorge an. »Ich hoffe«, flüstert er, »daß Sie ein Amulett gegen den Bösen Blick bei sich haben.«

»Dem«, lächelt Doensmaker sanft, »war ich wohl schon einige Jahre ausgesetzt.«

»Sie irren sich. Die MYST haben Sie mir nämlich erst jetzt kaputtgemacht.«

7

Oban/Glen Turnock, 5. Juni 1955

Schön und ernst war die kurze Woche der Liebenden. Sie schwiegen viel, sie umarmten sich erschöpft mit geschlossenen Augen, sie wanderten Hand in Hand um den roten Runden Turm, sie lauschten dem Gischtatem des Meeres. Sie fanden die Stelle am Loch Fenchan wieder, man rekonstruierte Fondue mit waadtländischem Roten, Früchte und liebreichen Drambuie, man glaubte im Wind die leichte Stimme Barlowe-Barellos zu hören, elegant aufgesetzt auf gemeinsam bestandene Gefahr und gemeinsamen Entschluß. Die Verzeihung für drei Jahrzehnte hätte unendlich sein müssen; so verziehen sie sich nichts, vergaßen nichts, begannen unverdrossen. Wie die kleinen Signale der Körperlichkeit, die man jenseits der fünfzig spürt – etwas Leber, etwas Brustdruck, etwas Schraubendrehung in den Knochen –, so waren ab und zu in ihnen kleine Schmerzen des Bedauerns oder der bevorstehenden Entscheidung am Werk. Hätte sie, die Fürstin, nicht doch selbst die Geheimnummer in Rom anrufen sollen, statt dies der kleinen Norddeutschen zu überlassen? Sollte sie es jetzt noch tun, heute, am 31. Mai, am 1., am 2. Juni? Und sie verwarf es immer wieder. Sollte er, der Fürst, nicht eine rationale Wahl treffen, was das Schicksal der AJF anging, sollte er nicht wenigstens jetzt – Tage, Stunden vor der Entscheidung – das Warum seines tiefsten Unbehagens, den letzten Grund seiner Desertion aufzuspüren versuchen? Er verwarf es.

Sie wußten: was immer anstand (Schweres wahrscheinlich) – Entschlüsse vermochten es jetzt nicht mehr zu ändern. Sie waren betroffen von dem, was sie eingeleitet hatten, und so lebten sie denn, wie sie es allzuwenig getan hatten.

Am 4. abends aber läßt der Fürst seinen schwarzgrauen Humber auftanken, sie fahren zusammen nach Westen, im Morgengrauen des Fünften brechen sie auf – das ist sehr früh im schottischen Juni, die Straßen und die Federung sind viel besser als Anno 1927, und die Pferde unter der Kühlerhaube haben sich vermehrt. Die Fahrt ist leise, die Sonne hat Wolkenschattenfinger, grün, braun und violett sind die kahlen Berge wie einst. Der Fürst trägt trotz des milden Wetters und der guten Wagenheizung einen Havelock und einen Seidenschal, ängstlich um den Hals gelegt; Flora Amphlett Araktschejewa kommentiert dies nicht, auch sie hat gelernt, Unerklärliches anzunehmen.

Die alte Instruktion hat der Fürst noch gut im Kopf: »Drei mi. öst. Crieff, einbiegen nach Norden in den Glen Turnock, ab sieben mi. Ausschau nach geeignetem Depot für den Lia F.« Die einspurige Fahrstraße ist jetzt beschildert, der Fürst fährt absichtlich rasch an dem Wegweiser vorbei, denn er glaubt ›Loch Turnock‹ gelesen zu haben. Der Weg ist außerdem asphaltiert, ein Luxus, den es 1927 nicht gegeben hat.

Zwei Meilen nordwärts überqueren sie die Bachschlucht auf einer schmalen Brücke; hinter ihr weitet sich der Weg zu einer Ausweichstelle, auf ihr parkt ein kleines rotes Auto mit offenem Verdeck. Die Fürstin reibt nachdenklich die Stirn – sie glaubt dieses Auto zu kennen, wenigstens flüchtig, vor wenigen Tagen muß sie es irgendwo gesehen haben. Vorbei, vorbei.

Der Weg läuft auf das neue Haus eines Forstwarts zu, Rüden schlagen an, aber sie sind nicht zu sehen – offensichtlich in einem Zwinger hinter dem Haus gehalten, das von anderthalb Meter hohem Maschendraht umzogen ist. Die Spur teilt sich hier – links weist ein verwaschenes Brett nach Crieff, ein Wanderweg ist's mit Markierung – rechts aber, unvermeidlich jetzt, ein blitzendes neues Emailleschild zum Loch Turnock, blau auf Elfenbein.

»Glen Turnock? Loch Turnock?« fragt die Fürstin leichthin. Sie zuckt mit den Achseln, er fährt schneller jetzt, wie ein ungeduldiges Pferd riecht er die Bestimmung. Er erwartet die nächste Biegung in der Straße, die Kimme zwischen den Hügeln, die damals ins große Blau zielte – ins Ziel.

Die Kimme ist verriegelt. Von der linken Höhe des Abhangs zur rechten erstreckt sich die dunkelgraue Betonwand, die seit 1954 den drei Meilen langen Speichersee der Hydroelektrischen Behörde angesammelt hat. (GENESIS SIEBEN: »Und die Wasser waren mächtig über alles Maß auf der Erde, und alle hohen Berge unter dem Himmel waren bedeckt ... 15 Cubits war das Wasser höher als die Berge, die es bedeckte, und alles Fleisch, das auf Erden sich bewegte, ward zerstört ...«)

Der Fürst hat angehalten, seine Hände zittern doch ein wenig am Lenkrad. Über dem Betongebirge, dem Grat des Verrats, bilden sich weiße Wolkenballen, die wohl der Ben Chonzie um sich sammelt. Sie werfen Fahnen von sich aus, blaugraue Himmelsheerscharen scheinen aufzuziehen unter diesen Bahnen, und der Fürst lächelt. »Ich glaube, my flower«, sagt er, »ich werde ein wenig rekognoszieren.«

Er steigt aus und streift in Sekundenschnelle Schal und Havelock ab. Fast explodiert er in den Augen der Gemahlin, explodiert in schrägen blauen und orangefarbenen Lichtbahnen. Er trägt die Dienstuniform, die große, der Schweizer Garde Seiner Heiligkeit, die Rangabzeichen des Hauptmanns, das wildverwegene Barett, er streift die weißen Handschuhe über und holt sich vom Rücksitz (Flora hat es nicht bemerkt oder wollte es nicht bemerken) das arabische Schwert im kostbaren Gehänge.

»Ist das – Al-Aktal?« fragt Flora, neugierig wie die Achtzehnjährige in Armand's. Er lacht: »Du hast dir das gemerkt? Ja, Al-Aktal. Ich habe es mir in Rom wiedergeholt – 1954. Ein Patensohn hat es mir aufbewahrt.«

»Vielleicht hat dir das gefehlt, die ganze Zeit«, sagt sie leise. Er lacht wieder, stärker diesmal: »Was mir gefehlt hat, war, daß ich es nicht holen konnte. Ein wenig kompliziert war das schon alles. Aber jetzt –« Er beugt sich vor und küßt ihr die Hand wie die lächerlichen Granden, unter denen sie sich jahrzehntelang bewegt hat, aber er kann es nicht so gut, und es tut ihr deshalb wohler.

»Achte auf den Rücken des Damms«, sagt er. »Ich werde dir winken, wenn – die Luft rein ist.« Er steigt den Weg weiter empor, ohne sich umzuwenden, er steigt elastisch, er hat diesen Winter geübt, in Nidwalden und anderswo.

Der Wilde steigt auch flink; sein linkes Bein ist etwas verkrüppelt, es scheint nicht zu stören. Zwei Hunde wedeln mit ihnen hangaufwärts, ein Collie und ein Setter, der Wilde spricht halblaut ein paar Sätze mit ihnen, sie hören gelangweilt zu, etwas belustigt, aber herzlich, wie man den uralten Geschichten eines guten Freundes lauscht. Heike ist so flink wie der Wilde und die Hunde; der große runde Granitfels, der oben am Bergrücken vor den Wolken steht, wird sichtbar größer.

Einmal hält der Wilde an, er bedeutet ihr, stehenzubleiben, er wirft sich auf den Boden und preßt das Ohr an blanken Stein. »Sie kommen von der anderen Seite; ein paar hundert«, sagt er. »Die Krieger des Prinzen. Hoffentlich ist er rechtzeitig da, der Righ nan Gaidheal.« Er zwinkert fröhlich, er stemmt sich hoch, wobei er das linke Bein wie zu einem barbarischen Hofknix ausschwingt. Er tritt neben Heike, schlägt ihr den rechten Arm um die Schultern und lacht ihr ins Gesicht, sie riecht Priem, Torfrauch, Schnaps und Schafdung: »Die Wacht geht zu Ende«, sagt er.

»Wenn ich Sie wäre, Kumpel«, sagt 009 mit gepflegtem Akzent, »dann würde ich mich mitnehmen.« Er steht neben einem Hubschrauber von M.I.5 mit sehr diskreten Kennzeichen, er redet mit dem etwas untersetzten Piloten, einem Major des Fahndungsdienstes. »Wenn Sie schon unbedingt in diesem Heuhaufen herumstöbern müssen ...«

»Ich bin nicht Ihr Kumpel, um das zunächst einmal klarzustellen«, erwidert der Major. Er macht auf Sandhurst-Akzent, aber die Ziegelstein-Universität schimmert darunter durch. Ein Selfmademan, ein Arrivierter mit dünner Haut. »Sie kommen in meinen Richtlinien nicht vor.«

»Vier Augen sehen mehr als zwei.«

»Vier Augen schielen leichter als zwei.«

»Ist das Ihr letztes Wort, Kumpel?«

»Mein berühmtes letztes Wort, ja.«

009 blinzelt in die Sonne, die über Lochearnhead, und auf den Hubschrauber, der wie eine gemeine, geschwollene Libelle am glitzernden Loch-Ufer steht; dann sagt er abrupt: »Gut, Major. Ich – das heißt, meine Dienststelle war gegen Luftüberwachung, aber bitte. Man soll sich über Mangel an Zusammenarbeit bei M.I.5 nicht beklagen können. Ich sage Ihnen genau, Herr Major Kumpel, was Sie sehen werden, wenn Sie sich in die Lüfte erheben. Darf ich?«

»Ich kann Sie nicht hindern. Und Sie können mich nicht hindern, nicht zuzuhören.«

»Wie Sie wünschen. Sie werden, wenn Sie Glück haben, eine Armee von etwa achthundert Mann finden, die in alpine Schützenjacken, Bundlederhosen, Flaumfederhüte, aber auch in Tartan und Bonnets gekleidet ist; Sie werden als Bewaffnung Breitschwerter, Schilde sowie Vorderladerstutzen aus dem frühen 19. Jahrhundert entdecken. Diese Armee marschiert nach Edinburgh, um Schottland vom UK zu trennen und die Stuart-Dynastie, genauer gesagt Rupprecht von Bayern, in Scone zu krönen. Wetten in jeder Höhe werden angenommen.« 009 dreht sich um und geht weg, er lauscht mit den Schulterblättern. Und er täuscht sich nicht.

»Sie sind verrückt«, brummt der Major hinter ihm. »Alle in

Ihrem famosen Haufen sind verrückt.« Aber er macht keine Anstalten, in die Maschine zu steigen.

009 dreht sich um, er steht nun fünfundzwanzig Schritte vom Major entfernt, er richtet seinen rechten Zeigefinger wie eine Pistole auf ihn: »Nein«, sagt er klar über die Distanz hinweg, »aber wenn Sie in diesem emotionalen Zustand aufsteigen und Ihre Beobachtungen machen, garantiere ich, daß *Sie* verrückt zurückkommen werden.«

Der Ziegeluniversitäts-Major winkt ab: »Wir können über die Höhe der Wette reden, wenn wir oben sind. – Na, steigen Sie ein, wird's bald?«

Hauptmann Füßli, gekleidet in die blauen und orangenen Schrägstreifen des Michelangelo, das Barett mit dem Rangabzeichen auf stahlgrauem Haar, die frischgestärkte Halskrause unterm Kinn, das treue Schwert in der Hand, steht ganz allein auf dem Staudamm. Ihn schwindelt, kalter Schweiß tritt auf seine Stirn. Das Land ist tot, der See stahlgrau, mit der leblosen Uferlinie, die alle künstlichen Gewässer haben. Was tut er hier? Wozu ist er gekommen? Fern, etwa eine Meile weg, grasen ein paar Cheviotschafe, zwischen Blau und Grau weht ein Raubvogel über den Himmel – das ist alles. Tief da unten, im toten See, muß die Hütte des Hüters liegen; wo ist er? Hat man ihn bei Nacht und Nebel evakuiert? Hatte er Zeit, etwas für den Lia Fáil zu tun, den er offensichtlich verachtete? Hatte er *Lust*, etwas zu tun? Und wo ihn finden?

Man hat dich hereingelegt, Hauptmann Füßli, das ist alles. Die Theoretische hat das Projekt sabotiert, dich und die Schotten und die Bayern hat man hineinsausen lassen, hinein in die Falle des Jahres 1955. Du hast es gespürt, aber du hast nicht gewußt, wie tief der Verrat ging. Du bist zu dumm für die Politik, Hauptmann Füßli, Arnaldo Piecorto, Harald Lützelbeyn.

Er tritt an den Rand des ebenen Damms, er lehnt sich ans Eisengeländer und hebt Al-Aktal an der Klinge empor, daß der Korb über ihm ragt. Er holt aus.

»Behalten Sie Ihr Schwert; ich wüßte keinen, der würdiger wäre, es zu tragen.« Der Mann, der neben ihm steht, trägt Phantasiekostüm wie er, er ist ungefähr in seinem Alter. Über

Schnallenschuhen und Wadenstrümpfen sind bleiche weiße Knie sichtbar, darüber ein Kilt in der Pracht des Royal Stuart Tartans, in Naturfarben gefertigt. Über dem silbergefaßten Sporran folgt ein Rock in schokoladebraunem Samt, aus dessen goldbesticktem Ausschnitt eine Kaskade von weißen Spitzen quillt. Die Spitzen sind allerdings etwas fleckig – Tabakreste, verschüttete Flüssigkeiten, ein dürftiger Haushalt. Der Mann hat blaue Augen, freundlich, aber ohne Glanz, in rosarote Tränensäcke über gedunsenen Wangen gebettet. Sein Barett trägt eine Adlerfeder sowie die Kokarde der Weißen Rose. »Sie haben Kummer – grundlos, würde ich sagen. Stärken Sie sich.« Eine untrainierte Hand hält ihm die flache silberne Flasche hin, die zum Verwechseln seinem alten Flacon gleicht. Diese hier trägt aber die zierliche Currend-Gravur: *Da Luisa a Carluccio.*

»Sie, Prinz, haben leicht reden. Sie hat man nicht verraten. Im Gegenteil.« Gern nimmt Füßli die gebotene Stärkung, sie ist uralter Brandy, und er ist Herr seines Lasters geworden, das ist kein Problem mehr. Charles Edward hat Italienisch mit ihm gesprochen. Die Wolken werden größer und kompakter, aber nicht dunkler; zwischen ihren Flanken öffnen sich Pforten, aus denen sich schräges Sonnenlicht auf die Hänge wirft und die Wellen des kleinen Bachs glitzern läßt, der 150 Meter unter ihnen in die Täler der Lebenden rollt.

»Sie täuschen sich. Frankreich hat mich verraten. Besser: es hat sich aus der Affäre gezogen. Um ein paar Louisd'or, die Sie ja kennen. Und was meine wackeren Highlander betrifft: sie hätten mich ruhig verraten sollen. Ich bin ziemlich dumm, das ist mir kein Geheimnis. Dumm, aber von guter Tournüre. Ich habe immer gewußt, was ein Prinz im rechten Augenblick sagen muß, um treuen Männern keinen Ausweg zu lassen als die Treue bis fünf Minuten nach zwölf – so sagt man doch, nicht wahr?«

»Sie haben eine treue Untertanin, Prinz, die ich Ihnen vorstellen möchte.« Er wendet sich um und tritt an die Talseite des Dammes, um Flora zu winken – das Auto ist nicht mehr dort, Flora war zu neugierig, sie ist schon abgefahren und fast an der Krone des Dammes, am Parkplatz des rechten Hanges angelangt. Füßli eilt ihr entgegen, sie ist schon aus dem Wagen gesprungen in den feierlichen Farben der MacDonalds, sie ist schon unterwegs, sie legt zehn Meter auf dem Damm zurück und bleibt stehen. »Wer, Harold«, fragt sie mit zittriger Stimme, »ist das?«

»Dies«, sagt der Fürst majestätisch, »ist der Prinzregent Charles Edward, meine Blume. – Königliche Hoheit ...«

»Majestät – wenn schon«, lächelt der gedunsene Rokokomensch. »Der alte Chevalier ist schon gestorben, wissen Sie. – Aber mit welchem schönen Kind habe ich die Ehre der Bekanntschaft?« Er nähert sich hahnenhaft, er setzt die Spitzen seiner Taftschuhe nach außen, er spreizt die Rechte vom angelegten Ellbogen weg und lächelt Flora an – blau, glanzlos, aus faltigen Tränensäcken.

»Majestät, dies ist Flora Amphlett MacDonald, Enkelin der Blume des Hochlands.«

»Charmant, charmant«, meckert der Prätendent. Er nähert sich bedrohlich, er riecht nach mangelnder Hygiene, Rosenwasser und Brandy. »Was ist – das?« wiederholt Flora ihre Frage, sie weicht einen Schritt zurück und starrt flehend den Gemahl an.

»My flower«, sagt der ruhig, »unsere Ideale pflegen mit uns zu altern. Der Prinz war vierundzwanzig, als du dich in ihn verliebtest.«

»Wir reifen alle, mein schönes Kind, bellezza mia«, sagt der Prinz, er sagt es mit dem Schmelz alten Parmesankäses. »Aber solche Reife hat in vielen Lebenslagen auch ihre Vorteile. Erlauben Sie es, daß ich Ihnen für Ihre seltene, für Ihre kostbare Loyalität danke.« Er richtet sich auf, sein Embonpoint tritt unter den Spitzen hervor, er breitet die Arme aus, legt den roten Kopf schief und lächelt – seine Zähne sind schlecht.

»Nein«, sagt Flora. »Nein, Harold, danke.« Ihr Gesicht wird hart, klein und herb, eine unreife Zitrone. Man sieht es ihr an, daß sie begreift: was die beiden Männer ihr antun, ist furchtbar gemein und furchtbar richtig. Das erst ist die Brautnacht, Flora Amphlett Ferroccio. Das erst ist das männliche Geschlecht, wie es wirklich ist, unverhüllt bietet es sich an, nach Leben stinkend.

Dornröschen spürt den Kuß des Prinzen, sie schlägt die Augen auf und sieht die Tränensäcke, das gelbfleckige Jabot, sie riecht das Rosenwasser, aber auch den Schnaps, denn der Prinz hat mit seinen Kumpanen getrunken und gewettet, daß er es schafft, er hat es geschafft – mehr, Flora Amphlett, Enkelin der Fionnaghal, ist nicht dran. Und genügt es dir nicht? Genügt dir das Leben nicht? Dann, Fionnaghal, geh in ein Kloster.

»Nein«, sagt sie zum dritten Mal, die Prinzessin, und flieht. Wie ein Reh rennt sie über den Damm zurück, gewinnt die Sicherheit des Autos, wendet mit schreienden Zahnkegeln und rast in die erste Serpentine. »Nimm den Ring von meinem Finger!« ruft der Fürst auf deutsch, er zieht den Karneol ab und wirft ihn, das Kleinod aus der Renaissance springt mit einem fröhlichen ›Plink!‹ vom Dach des Humber ab und hüpft in die Schlucht – ganz so wie seinerzeit der Dolch des Settimo Capobue von der Brüstung der Kathedral-Empore zu Foganzara sprang.

Ein Jahr wird sie nun brauchen, die Fürstin Araktschejewa, ein sehr hektisches Jahr, mit Wein und Spirituosen und jungen Männern in Split, in Istanbul, am Strand von Waikiki; aber sie wird jungfräulich bleiben. Sie wird zuletzt den blauäugigen, den unveränderten, ewig jungen Prinzen wiederfinden, und dann auf immer. Denn sie wird Harold nie verzeihen, daß er mehr litt als sie.

»Allein«, sagt der letzte Schlüsselsoldat. Der Prinz blickt den Hauptmann freundlich an, während er aus der Flasche trinkt, dann preßt er die Lippen zusammen, seine Schultern heben sich, das welke Fleisch über und unter seinen Lippen wölbt sich nach vorn – und dann platzt er heraus in einem silbernen, ganz jugendlichen Gelächter. Es hallt von den Hängen wider, das sorgenfreie Lachen eines Siegers. Füßli bebt vor Zorn, aber der Prinz schüttelt lachend und puderstäubend den Kopf, wirft ihm beide Arme um den Hals und umhüllt ihn mit seinem säuerlichen Hautgoût. »Caro mio«, stöhnt er, »verzeihen Sie. Verzeihen Sie, aber – auch das mußte kommen. Es kann gar nicht besser gehen.«

Gibt es Heuschrecken hier in den kahlen Bergen des Nordens? Zikaden? Oder ist der Ton, den der Westwind herüberträgt, vielleicht schon der Pibroch der heidnischen Dudelsäcke, auf den der letzte Schlüsselsoldat wartet?

»Mein Bruder Henry war Kardinal, wissen Sie«, sagt der Prinz ernsthaft und nimmt eine Prise. »Ich kenne Ihre Auftraggeber. Immer noch ein Plan und ein Plänchen, das im anderen steckt wie ein Chinoiserie-Püpplein im nächstgrößeren. Ich verstand davon gar nichts, ich war, wie gesagt, dumm. Ich bin damals ohne Plan gekommen; mit sieben großenteils unfähigen Gefährten. Klügere rieten mir, heimzugehen; ich sagte: aber ich *bin* doch daheim. Das war mein Talent, wissen Sie – mein einziges. Und ich bin doch schließlich heimgekommen, nicht wahr? Ich bin heute noch hier. Stellen Sie sich vor, ich wäre ein Stuartkönig geworden – womöglich ein intelligenter. Entsetzlich! Ich hätte diese Clans in Hosen stecken müssen wie die Hannoveraner, ich hätte ihnen Englisch und Dreifelderwirtschaft beibringen müssen. Sie hätten mein Andenken verflucht. Ich habe bei Culloden alles falsch gemacht – und so war es richtig. So war es auch *ihnen* lieber, verstehen Sie? Sie haben letzten Endes selber entschieden, was sie wollten.«

Das Zirpen über dem Bergrücken im Westen hat aufgehört. Dafür steigt dunkle, marschrhythmische Klage aus Männerkehlen empor, steigt und fällt über den Buckel wie Föhnwind. Sie bricht sich in Terzen, die zur Schlußkadenz hin schleifen: »Drück auf i-hre / bleichen Lip-pen – einen Ku-u-uß als Abschiedspfand!« Schlachtgesänge aus bayrischen Kehlen. »Der Stein«, sagt Füßli tonlos. »Er ist da drunten. Und deswegen – deswegen all das. Das Projekt – und Flora.«

»Der Stein ist da, wo er hingehört«, plaudert der Prinz weiter. »Kennen Sie den Namen dieses Sees? Glauben Sie den Technikern, die da unten ihre Schilder angebracht haben, auch nur ein Wort? Dies, amico mio, ist der See von Aphallijn.«

In diesem Augenblick sind Heike und der Wilde auf dem östlichen Bergrücken angelangt, stehen im Wind, Heikes Haar, die Lammzotteln des Hüters, die Fellflächen der Hunde wehen. »Aphallijn«, sagt der Hüter einfach. »Sieh!« Er deutet hinab, wo das graue Wasser durchsichtig wird wie Glas, wo sich aus der

Tiefe langsam, gewaltig der Stein hebt, der Lia Fáil, der wahre Schicksalsstein.

* *
*

Scone, 1296

... „In drei Stunden gehts zurück nach Stirling", ruft König Edward der Bekenner. „Bis dahin, meine Herren, haben wir uns einen Schmaus verdient. Allons!"

Schuhe fahren in Steigbügel, rings steigen die Herren des Gefolges wie Tauchenten über die Wellen der Sättel empor, sie springen wieder über Granit und Ginster und Broom, der Rappe des Königs allen voran, das Janken der Riemen, das Knirschen der Brünnen verliert sich in der Ferne.

Abt Sean ist furchtlos stehengeblieben, die Hände in die Ärmel der Kutte geschoben. Er hat sich nicht gebückt, als die Klinge eines Reiters seine Tonsur traf, ein dünner Faden Blut rinnt ihm in den Kragen. Dennoch verbreitert sich sein Mund, ziehen sich seine Wangen nach oben, und plötzlich reißt er die Lippen auseinander, wirft den Kopf nach hinten, kneift die Augen zusammen und bricht in brüllendes Gelächter aus. Sein Lachen ist nicht das des Königs, das nach langen Plänen und tiefen Lügen und eitler Erfüllung klang; sein Gelächter hat Wasserfälle in sich, die Wollust der alten Geister von Feld und Wald, die Furchtbarkeit der Schneeriesen, aber auch das Lachen des Ostermorgens nach vierzigtägigem Fasten. Er nimmt ein kleines Horn, das am Gürtel hängt, und stößt dreimal kurz hinein: das Signal zur Versammlung im Kapitelsaal.

Die Wölbung des Saales ist niedrig und schwarz von Kienruß, das Gelächter der Mönche rollt darin donnernd wie die Brandung in den Höhlen von Skye. Abt Sean hebt beide Hände: „Gaudeamus in Domino!" und: „Gaudeamus quia pius est!" brandet es donnernd zurück.

„Ihr seid klug gewesen wie die Schlangen und sanft wie die Tauben nach der Schrift", fährt der Abt fort. „Die Sassenach haben lange Gedanken, aber einen kurzen Verstand. Wünschen wir König Edward eine gute Reise."

„Wir haben Glück, daß der König noch nie in unseren Steinbrüchen war", sagt Bruder Seumas. „Unseren rötlichen Sandstein hätte er sonst vielleicht erkannt."

„Der Triumph hätte ihn auch dann blind gemacht, Bruder; das ist der Fallstrick solcher Fürsten: die Blindheit des Triumphes. Aber nun bringt den Stein, daß wir ihn gebührend verabschieden."

Eilfertig schleppen vier Brüder den wahren Stein heran – das Jakobskissen, das Heiligtum aus Dalriada. Die wilde irische Ornamentik mit blattverschlungenen Kreuzesarmen umrankt die Goldplakette, die im Licht der Kienfackeln glüht:

NI FALLAT FATUM/SCOTI QUOCUMQUE
LOCATUM//INVENIENT LAPIDEM/REGNARE
TENENTUR IBIDEM!

Alles Gelächter ist verstummt, jedes Reden, jedes Flüstern. Die Mönche umringen den Schatz, den sie vor dem Zugriff des Eroberers bewahrt haben.

„Ist die Reise gerüstet?" fragt der Abt, und: „Alles ist bereit, Vater", nickt der Prior.

„Ist der Wächter bestimmt?" und: „Ich bin bereit", nickt Bruder Seumas.

„Du kennst den Ort?"

„Im Glen Turnock, zwei Tagereisen von Chalronzie, dem Polarstern folgend."

„Und wie lang wirst du ihn hüten?"

„Mit den Rindern und Schafen werde ich ihn hüten, bis mich der Himmel ruft, und ich werde den nächsten Hüter bestellen, wenn ihr keinen sendet, und der wieder den nächsten, vom Winter in den Sommer auf ewige Zeit."

Da hebt der Prior die Stirn, sieht den Abbas an und fragt: „Und wie lange wird die Verbannung des Lia Fáil währen?"

Der Abt hat ein Gesicht. In der dunklen Wölbung des Saals, dort, wo die dünnen Flammenzungen der Kienspäne nicht mehr hinreichen, öffnet sich Ossians Grotte in die Tiefe. Er sieht im Geisterspiegel des Sehers die Fahnen und Helme, er sieht blaue und rote Röcke, Kilts, Breitschwerter und erzene Mäuler, die Flammen speien. Er sieht Steine über den Gräbern der Clans – und dann sieht er wieder das Andreaskreuz im Bunde mit einer fremden Fahne, die blau und weiß gerautet und mit dem goldenen Löwen Schottlands geschmückt ist. Er sieht die alten Könige in den Tiefen des Sees (Artus den Todwunden kennt er und Brian Boru, Kenneth und seine Enkel), aber auch künftige, die er nicht kennt: Könige der Kelten. Ein junger Prinz mit blauen Augen ist darunter, aber auch ein trauriger König des Südens, der eingehen wird nach Aphallijn, in den See mit seiner Todeswunde.

„Hüte du den Lia Fáil, du und deine Nachfahren, bis das Paradies ihn erreicht, das Wassertor, der Sommersee von Aphallijn."

„Wird er – versinken?" stammelt Bruder Seumas, aber der Abbas schüttelt entschieden das Haupt. „Nein, nein, nein. Er wird nicht sinken. Er wird bleiben, im Glen Turnock, bis der See ihn erreicht. Aphallijn holt ihn ein."

* *
*

Loch Turnock, 5. Juni 1955

»Das war die Weissagung«, sagt der Prinz und nimmt einen Schluck aus der Silberflasche. »Der See würde zum Stein kommen. Das hat er getan. Der See ist gekommen und bewahrt nun den Stein. Nicht die drollige Falsifikation, welche der Abbate Sean damals den Sassenach zugeschoben hat. Nicht diesen Quader aus den Steinbrüchen von Scone. Dennoch hast du, mein Schlüsselsoldat, das Rechte getan. Du hast den Hüter gefunden, du hast auf verräterischen Befehl hin die Treue gehalten. Du führtest die Deinen zum See, der in unser Paradies führt, nicht ins Paradies der Theoretischen Abteilung. Sieh!«

»Sieh!« sagt auch der Hüter oben auf dem östlichen Uferrücken. Gläsern ist der See geworden, Sommerfrucht blinkt in seiner Tiefe, üppige Auen. Langsam schwebt von ihnen der Stein nach oben, der goldgeschmückte, von Herrschergesichtern umgeben, von Bardenbärten, von uralten Kronen. Brian Boru gewahrt man im See Aphallijn, Ossians weiße Brauen, Fingals goldene Leier, deren Lied zwingend emporsteigt – aber auch das verzehrende Auge des Zweiten Ludwig, der nach Aphallijn ging wie Artus, der nun, in silberner Rüstung, die Augen aufschlägt zwischen alabasternen Äpfeln und gläsernen Fischen.

»Schaugts!« brüllt in diesem Augenblick auch Jimmy-Säumaß, »schaugts!« Denn die AJF taucht in voller Schwarmlinie auf dem westlichen Höhenrücken auf. Heroisch erschallen die Dudelsäcke, und »Aphallijn, Aphallijn!« rufen die Gälen, »Schtuart forever!« rufen Jimmy, der Apotheker Eschburger, der Schmiedbeni und der Dieringer vom Wirt. Dem Brummachervater aber läuft das Wasser über die Backenfurchen: »Das i dees no darleeb«, staunt er im Falsett, »dees no darleeb!«

Der Prinz hat sich ihnen zugewendet, elegant hebt er den Degen, »Righ nan Gaidheal!« schreien die MacLaubhraighs. »Avanti«, sagt der Prinz zu seinem Schlüsselsoldaten, »seguitemi.« Mit einer überraschend behenden Flanke geht er über das Geländer des Stausees: »Aphallijn ist überall!« ruft er noch, sein schokoladebrauner Frack, seine Spitzen sinken ins grünlichere Licht der Tiefe.

Wie Dutzende von Wildbächen kommen die Moosgrünen, die Dunkelbraunen, die Grauen, die Tartans, den Hang herabgestürzt, allen voran der Laubhraigh, dessen Auge nur mehr den Mut des Blitzes spürt. »Hurrah!« schreien die Bayern, »chlanna nan con, kemmts« der Krauthobler. Keine Wassergrenze ist zu bemerken, kein Kilt hebt sich auch nur leicht, da er den Seespiegel berührt, Licht und See sind untrennbar vermählt im Paradies der keltischen Legende. Ja, nicht einmal die Fahnentücher erschlaffen, wie sie sich Fingals Grotten nähern: leicht flatternd tauchen sie ein, Saltire und Clanfahne und Schützenbanner. »Warts dengerscht a bißl«, keucht als letzter der Brummacher, eilig stiefelt er den rotgelben Schotter hinab, es versinken die Jungfrauen von Taglaching, die Feuerwehr von Brettschleipfen und die Kegelbrüder von Thann, bis einsam der dicke goldene Löwe des Fahnenknaufs, das Rautenschild unter der rechten Pranke, den Seespiegel erreicht – erreicht und hinabsteigt zu den wartenden Königen.

Just als so die AJF der Erfüllung entgegenstürzen, brummt

böse und grau der Hubschrauber vom M.I.5 aus den Nebelwolken um den Ben Chonzie. Der Ziegeluniversitäts-Major hält den Apparat auf etwa fünfzig Meter Höhe; alles ist unter ihm und 009 ausgebreitet: die Hundertschaften der heimgekehrten Armee, das Sagenreich in der Tiefe des Sees Aphallijn, Prinz Charles Edward, der schokoladebraun zwischen gläsernen Fischen hinabsinkt, der Schweizer Gardist, der nun die Arme in die Höhe wirft und mit einem Hechtsprung seine Mission vollendet – der Wilde auf der östlichen Höhe, neben ihm die Seherin, die feierlich die Hände hebt, um die Wehklage anzustimmen für Seumas, den Führer der Männer:

'S bochd an naidheachd 'san rioghachd
Mar tha do thir-sa 'na càs ...
Traurig ist die Kunde im Königreich,
Von der Not des lauschenden Landes,
Starker Sohn der Schlachtäxte,
Der Tribut gewann im Süden –
Furchtloser Falke des Fluges,
Mut und Kraft war in dir,
Gehoben warst du über alle die Helden ...

009 sieht's und glaubt es nicht, der Major hält Kurs nach Süden, überquert den Damm, folgt dem Glen Turnock hinab zum Fluß Earn. »Allmählich«, sagt er seitwärts aus dem Mundwinkel, »sollten wir ja wohl Ihre famose Jakobitenarmee erwischen. Die Kiste Scotch habe ich gewonnen, scheint mir.«

009 starrt den Major an. Der hat wirklich nichts gesehen, er konnte nichts sehen, soviel ist klar. Er, 009, wird die Meldung machen müssen. Was für eine Meldung? Daß eine jakobitische Armee in den Stausee Turnock marschiert ist? Eine unmögliche Meldung. Man wird ihn für verrückt erklären – und man hat recht. Denn da die Evidenz seiner Sinne nicht erklärbar ist, und da er sie nicht leugnen kann, ist er offensichtlich verrückt. Eine Erklärung, die vieles vereinfacht. 009 hat Geld, er wird sich in ein Sanatorium zurückziehen, er lebt, nebenbei, noch heute dort, ein glücklicher alter Irrer.

Einen einzigen hat Aphallijn nicht angenommen: Bodhelm von Pruskowitz, den Stabschef. Sein Ich verweigert die Zustimmung, so sehr er sich auch darum bemüht. Weinend vor Scham, paddelt er im eiskalten stahlgrauen Wasser des Loch, das letzte, was er von seinen Streitkräften erblickt, ist der goldene Löwe von Jarezöd, der keine anderthalb Meter zu seiner Linken ohne Zögern in die Tiefe zieht. »Ka-raden!« krächzt er mit letzter Kraft, die kalten Messer des Bergwassers schneiden in seine Gliedmaßen, er tut einen Delphinschlag und versucht zu tauchen, spezifisches Gewicht und Rationalität stoßen ihn unbarmherzig wieder an die Oberfläche.

»Mann, was fällt Ihnen ein?« ruft die frische norddeutsche Stimme über den See. »Sie sind ja bekloppt, das Wasser hat höchstens neun Grad! Los, kommen Sie raus!« Japsend krault der von Pruskowitz durch die kleinen Wellen, die der Wind schlägt, braungraue Wolken treiben herüber vom Ben Chonzie, Donner grollt von fern. Leer sind nun der See und die Ufer, bis auf die beiden winzigen Figuren, den Mann und das Mädchen. Heikes grüngraues Auge ist klar, sie ist freigegeben, sie wundert sich leicht, was sie hier oben eigentlich soll, in diesem Sommer und Herbst wird sie eine höchst brauchbare Konferenzdolmetscherin ohne jede gesundheitliche Störung.

In Aphallijn aber empfängt Ossian die Helden der jakobitischen Revolution – die verlorene Sache trägt immer den letzten Sieg davon.

8

Rom, 6. Juni 1955

D. Dwight Enigmatinger bringt sein winziges Zimmer im Dolomitanerkolleg in Ordnung. Er wirft schmutzige Wäsche in einen Plastiksack, rückt ein wenig Papier auf dem Schreibtisch zurecht und wirft eine aufgebrauchte Zahnpastatube in den schwachen viereckigen Abfallkorb. Er geht durch schlechten Küchenduft, der so vielen geistlichen Domizilen eignet, die

Kunststeintreppen hinab. Dem Pförtner, einem Laien, drückt er einige größere Lirescheine in die Hand: »Thank you for everything.«

Der Pförtner nickt mürrisch. Er hat nie etwas für Enigmatinger getan, aber schließlich ist er Kommunist und grundsätzlich gegen alles Klerikale, noch mehr gegen Laien, die für Klerikale arbeiten.

Vor dem Tor des Kollegs, neben einer riesigen Zypresse, ist die Haltestelle des Omnibusunternehmens S.E.F.E.R. Enigmatinger setzt sich scheu zwischen latinisches Volk. Er fühlt sich fremder unter ihm als am Tag seiner Ankunft, nichts mehr verbindet ihn mit Rom. Gestern ist er, gehorsamer Gewohnheit folgend, die Treppen zum Büro in der Via Garibaldi hinaufgestiegen; das Vorzimmer wurde umdekoriert, Männer schleppten diesmal gebleichte finnische Holzgegenstände herum, an der Wand hingen breithüftige nordische Akte in Birkenrahmen, und die bebrillte Intellektuelle war durch eine rundliche Freche ersetzt. Zu den Monsignori wolle er? Welchen Monsignori? Ihr sei da nichts bekannt, das Zimmer da hinten sei das Chefbüro von Signor Garetti. Niente und sorry. Erzbischof Kilmaine, den er erreichen wollte, war zur Erholung in die Bäder gereist, Mgr. Doensmaker auf Exerzitien in einem Ordenshaus in der Toskana, Sbiffio-Trulli – niemand kannte ihn. Niente und sorry. Die CSAPF hat es nie gegeben. Das Projekt Silberstreif war am Abwickeln, zudem hatte die gesamte Belegschaft rotiert, neun Leute waren da, unangenehme Burschen aus dem Osten, aus New Jersey und Maryland, no idea und sorry.

Rückkehr also? Dubuque? IFLA? So einfach ist das nicht. In seiner Brusttasche befindet sich ein längerer Brief von Myrtle Enigmatinger. Er beginnt mit dem Wort ›Sir: –‹, was zumindest ungewöhnlich ist. Myrtle führt darin aus, sie nehme an, daß er, Dwight, einiges Interesse für die Tatsache aufbringe, daß Dian eines unehelichen Knäbleins genesen, daß Mark im College-Examen durchgerasselt sei und Philip sich mit der notorischen Gretchen Posanski (von Posanski Novelties) herumtreibe. Myrtle schreibt ferner, daß sie seine, Dwights, Briefe über diesen geheimnisvollen vatikanischen Auftrag von Anfang an mit Mißtrauen zur Kenntnis genommen habe. Gott sei Dank habe sie, Myrtle, einen Vater, dessen Loyalität und Konto es ihr erlaubt habe, Recherchen anstellen zu lassen. Man kenne das ja, wenn alte amerikanische Bumsköppe in Europa losgelassen würden, und die Recherchen hätten ergeben, wie berechtigt in seinem, Dwights, Fall dieses alte amerikanische Mißtrauens-Klischee gegen die europäische Szene sei. Aus den Affidavits der Detektei Fenstermaker beziehungsweise ihrer römischen Korrespondenten, schreibt Myrtle, gehe hervor, daß er, Enigmatinger, sich keineswegs mit Monsignori beschäftige, sondern daß er zunächst mit schöner Regelmäßigkeit das Büro eines gewissen Fabio Garetti, in der Via Garibaldi, frequentiert habe. Hinter der nichtssagenden Berufsbezeichnung ›Esportatori di lusso‹ verberge sich (wenn man das verbergen nennen könne, denn in der römischen Lebewelt pflege man auf gewissen Gebieten eine aristokratische Verachtung der Diskretion) die Leitung eines der luxuriösesten Callgirl-Ringe der Metropole. Sie, Myrtle, habe zwar keine Ahnung, wie er, Dwight, eine solche *Geschäftsverbindung* (unterstrichen) finanziere; denn seine physische Beschaffenheit, die ihr immerhin vertraut sei, könne wohl kaum irgendwelche Geschäftspartnerinnen, noch dazu *italienische* (unterstrichen) Geschäftspartnerinnen zur Rabatt- bzw. Kreditgewährung veranlassen. Aber vielleicht, schreibt Myrtle, habe er, Dwight, in Rom sein geschäftliches Genie entdeckt: die 60000 Dollars jedenfalls, die er den *Knights of Vespucci* entsteißt und die nie auf den Konten des Projekts *Silberstreif* erschienen seien, dürften wohl genügt haben, um einer gewissen Giulia Patazzi, vormals Angestellte bei ›Esportatori di lusso‹, die Mietzahlung für die relativ aufwendige Wohnung zu erleichtern. Die Ablichtung der entsprechenden Affidavits von Fenstermaker Investigations gehe ihm, Dwight, eingeschrieben mit getrennter Post zu, zusammen mit der Ablichtung eines juristischen Schriftsatzes, in dem sie, Myrtle, um Scheidung einkomme. Die finanzielle Situation werde sich für ihn, Dwight, dadurch etwas verschlechtern, aber angesichts seiner in Europa entdeckten Talente dürfte das ja keine Schwierigkeiten machen. Ablichtungen dieses ihres Schreibens gingen ferner dem Präsidium der IFLA, den Treuhändern der Wannamaker Foundation sowie dem regionalen Chapter der *Knights of Vespucci* zu, dem sie auf ausdrücklichen Wunsch bereits die Kopien der Affidavits der Fenstermaker Investigations zugänglich gemacht habe. Sie, Myrtle, sei zwar eine gute Katholikin, sei das immer gewesen, halte es aber aus prinzipiellen Gründen nicht für richtig, die religiösen Grundlagen einer siebenundzwanzigjährigen Ehe aus falschverstandener Loyalität über Bord zu werfen. Myrtle schließt diese Ausführung mit der ebenfalls ungewöhnlichen Formal ›hardly yours‹.

Dwight Enigmatinger liest diesen Brief zum dritten und letzten Mal auf seinem engen Sitz des S.E.F.E.R.-Busses. Er nickt. Myrtle hat recht. Alle haben recht. Er ist nicht der Mann, das zu bestreiten. Und er sieht die Lösung vor sich.

Diesmal fährt zwar Fabio Garetti wieder unter den Bernini-Kolonnaden nach Süden, aber er hat seinen Autotyp gewechselt. Da er frankophil ist und in schwierigen Konkurrenzkämpfen steht, fährt er eine geschlossene französische Limousine mit bekannt starken Karosserieblechen und spezialgefertigtem Panzerglas. Die römische Polizei findet unter den Überresten Myrtles Schreiben, der Tatbestand ist mehr als klar.

9

Nähe Ahrensburg, Frühling 34517 v. Chr.

Das MYST-Gerät und der tote Franz Defunderoll wurden von Rentierjägern unter Grgur gefunden. Die Horde war in diesem Jahr früher als sonst nach Norden aufgebrochen, weil die Herden verschwanden, und nun mußten sie zu den Heiligen Teichen, um ein Opfer zu bringen. Zwischen den subarktischen Krüppelkiefern lag harscher Schnee, sie suchten nach Spuren, um eine geeignete junge Renkuh zu finden, sie fanden aber keine, neun Tage lang. Ihre Herzen schmerzten, ihre

Schädel waren leer vom Hunger. Was sollte mit dem Volk geschehen?

Grgur mit den gelben Augen war kein Schamane, aber er träumte oft und bedeutend; so war es Schickung, daß er die silberne Grotte fand, in welcher der bunte tote Gott mit dem blutenden Herzen saß. Aller Furcht war groß vor dem schönen bleichen Antlitz, den nie gesehenen Farben seines Körpers, den mächtigen Funkelsteinen der Grotte. Grgur überwand sie zuerst, weil er als Führer dazu verpflichtet war. Er hieß die sechs anderen singen und getrocknete Traum-Pilze kauen, er umschritt den Fund zehnmal von links und zehnmal von rechts, er setzte sich auf einen morschen Birkenstamm, wiegte sich und schloß die Augen. Dann verkündete er, was ihm geoffenbart worden: dies war das Opfer, ihnen entgegengesandt zum Heil nach neuntägiger Prüfung, unendlich wohlgefälliger als die heiligste Renkuh.

Die Jäger priesen den Grgur, sie erkannten, daß er wahr sprach. Sie rissen die Grotte auseinander und schmückten sich, ihre Mützen, Lederkoller, Atlatl mit den blitzenden Steinen, um die sie den festen und geschmeidigen Draht wanden. Sie bewunderten einander und schlugen sich auf den Rücken. Dann hoben sie mit großer Andacht den Gott heraus und handelten nach dem Brauch; entnahmen das Herz, rösteten es, aßen und gewannen ungeheure Kraft. Sie trugen das Opfer unter Absingen Verzeihung heischender Lieder ohne Aufenthalt die vier Stunden zum nächsten Heiligen Teich, sie schlossen ihm den Gewichtstein in den Brustkorb und übergaben ihn der Tiefe.

So fanden Grgur und seine Jäger den Steig ins Glück, das ihnen neunzehn Jahre treu blieb – ihnen und den Ihren, mit reicher Beute und wenig Krankheit unter den Frauen und Kindern und Furcht ringsum.

Mehr Gutes tat also die MYST in ihrem Sterben als je in der Blüte ihrer Macht.

Ende des Dritten Buches

Epilog

Kein Licht ist auf den Menschen und Dingen, in dem nicht Transzendenz widerschiene. Untilgbar am Widerstand gegen die fungible Welt ist der des Auges, das nicht will, daß die Farben dieser Welt zunichte werden.

Th. W. Adorno, NEGATIVE DIALEKTIK

1

München, Sommer 1955

Am 2. August 1955 entschlief auf seinem Gut Leutstetten Rupprecht, Thronprätendent von Bayern, Haupt der königlichen Häuser Wittelsbach, Stuart, Tudor, Plantagenet und Cerdic.

Am Donnerstag, den 4. 8., wurde seine sterbliche Hülle im Steinernen Saal des Schlosses zu Nymphenburg aufgebahrt. Sie wurde eine Stunde vor Mitternacht in die Münchener Ludwigskirche überführt; den ganzen Freitag über defilierte die Bevölkerung und nahm Abschied von dem greisen Haupt, das keine Handbreit von den Kronen Bayerns und Schottlands entfernt gewesen war. Am Samstag um neun Uhr begann das feierliche Requiem, zelebriert von Sr. Exzellenz Dr. Joseph Schneider, Erzbischof von Bamberg. Neben den Suffraganbischöfen waren anwesend die Traditionsfahnen von sechzig Regimentern, Edelleute, Gebirgsschützen, Chevauxlegers in ihren vogelbunten Uniformen von einst, Akademiker im großen Ornat. Unter den Trauergästen gewahrte man Otto von Habsburg, den Prinzen Hubert Salvator, die Söhne des Grafen von Paris, sowie, als Vertreter der britischen Krone, den Generalkonsul Soames Cocks. Nebeneinander in der Kirchenbank wurden die Bundesminister Blücher, Schäffer, Strauß sowie der bayrische Ministerpräsident Högner abgelichtet.

Der Chor sang die Missa Papae Marcelli des Pierluigi da Palestrina. In der Trauer-Ansprache sagte Abt Hugo Lang (OSB, von der Abtei St. Bonifaz) unter anderem: »Einen Augenblick hielt die Welt in ihrem Rausch still und war merkwürdig berührt davon, daß es noch ein Volk gibt, das um einen echten König weinen kann.«

Nach dem Requiem bewegte sich der Trauerzug die Ludwigstraße stadteinwärts zur Theatinerkirche, d. h. zur Wittelsbacher Gruft. Der Zug hielt keinen Paradeschritt, aber die dumpfen Wirbel der Trommeln waren korrekt. Es zogen mit den Veteranen vom 4. Chevauxlegers-Rgt. »König«, die Bamberger Ulanen in weißen Röcken, die Gebirgsschützen von Gmund, Oberaudorf, Flintsbach, Schliersee, Wackersberg, Lenggries, Reichersbeuern, Gaißach, Ellbach, Kochel und Partenkirchen. Sie hatten Reiser in ihre Stutzen gesteckt. Die Schützen von Lohbach, von Senftlgau und Jarezöd fehlten, Aber sie fehlten nur im Zug, sie warteten ja schon

im goldenen Aphallijn,
Wo Hagel, Regen nimmer fällt und Schnee;
Wo Wind nicht wütet; vielmehr liegt es dort
Glückselig, grün und hell von Auenfrucht .
Und Schattenrast, gekrönt vom Sommermeer ...

Bodhelm von Pruskowitz stand an der Absperrung inmitten Fremder. Alle fühlten mit: er war allein. Er war ein Nichts, in die Bitterkeit seines Überlebens getaucht. Nie würde seine Todeswunde heilen, nie würde er Aphallijn erreichen. Ewig würde ihm die letzte Fahne entschwinden, das letzte grüngoldene Blinken des dicken Löwen auf der Fahne des Veteranenvereins von Jarezöd, welche der Brummachervater ohne Zögern nach unten, den smaragdenen Pforten der wartenden Könige entgegenträgt.

Die Katafalk nahte. Bodhelm grinste freudlos, als er die schlappen kleinen Grenzschutzsoldaten sah, die da mit angezogenem Karabinerriemen rechts und links vom schwarzen Tuch herschlichen: welcher Mangel an Form! Und doch: er machte sich nicht über sie lustig, sondern über sich selbst. Wo war denn sein Recht auf Kritik, wo sein eigener Standort? Welches Privileg konnte er noch geltend machen, welche Ansprüche der Tradition gegen den Urteilsspruch des Sees, der ihn abgewiesen hatte?

»Da schau her: keine Lafette«, sagte neben ihm Dr. Gebesser, Chef der Rara-Abteilung der Bayerischen Staatsbibliothek (die beiden Herren waren in keiner Weise miteinander bekannt, sie einigte hier nur die flüchtige Kameraderie des benachbarten Stehplatzes). »Daß' für an bayrischen Feldmarschall nicht einmal zu einer Lafette langt, ist schon bezeichnend. Und sein Pferd hättens auch hinten anbinden müssen. Schon bezeichnend.«

Tatsächlich: keine Lafette für den Generalfeldmarschall. Auch das Pferd des toten Helden fehlte, das von altersher dem Sarg des Oberkommandierenden folgt. »Stimmt«, sagte Bodhelm von Pruskowitz nach einer Pause und nickte.

Langsam lösten sich die Linien der Zuschauer hinter den Absperrungen auf. Dr. Gebesser grüßte, dem Anlaß entsprechend, gemessen, nahm den Arm seiner Begleiterin, eines Fräulein Degnhardt, und entfernte sich nordwärts. Bodhelm blieb länger stehen als er; vom Odeonsplatz herüber wehten die zarten Akkordbänder der Bleche, die noch einen Trauermarsch bliesen. Er wischte sich mit dem Handrücken über die Augen und ging die Galeriestraße hinunter, überquerte, immer noch mit dem antrainierten Schritt des Gewalt-Marschierers, die Prinzregentenstraße, betrat unter heißem, kirchenhoch gewölbtem Grün den Englischen Garten. Er fand einen romantischen Stein an einem romantischen Bachwehr und stützte sein Kinn in den gewölbten Handrücken; sehr jung sah er so aus, traurig und jung wie ein Student, der an solchem Wehr sitzt und – wie Bodhelm – die Schmerzen abgewiesener Liebe spürt.

Er zwang sich ins Wasser zu sehen. Die Wellen des Eisbachs waren grün, sie waren undurchsichtig; kein Held war zu erblicken, weder Artus noch Brian Boru noch Ossian, auch nicht Ludwig, der Letzte König. Er sah auch kein weißes Weib, das Excalibur aus den Händen des sterbenden Vorkämpfers empfing. Aber dennoch sah er einen möglichen Weg in den Wirbeln. Der Weg war schmal und steil, ein Weg der lebenslangen Schmerzen, der – vielleicht – sühnen und in die Heimat führen konnte. Der Himmel war ihm gnädig, wie man früher sagte. Die Stelle des Heimat- und Landschaftspflegers im Landkreis Miesbach wurde frei, Bodhelm von Pruskowitz bewarb sich und erhielt sie. Zwölf Jahre lang diente er, selbstlos und unerbittlich wie Jakob um Rachel und Lea. Er kämpfte um jeden alten Holzstadel, um jeden Giebelverbund, um jeden handgeschnitzten Nagel. Er wurde der Schrecken des Landkreises, bei Nennung seines Namens knirschten haßerfüllt alle modernisierungssüchtigen Bauern, alle Pensionsbesitzer und Skilift-Aspiranten. Zwölf Jahre lang litt er an der geistlichen Dürre, aber er gab nicht nach. Als er 1967 starb (ein junger, frustrierter Touristik-Unternehmer hatte die Steuerung seines Autos angefeilt), senkten sich weißblaue Fahnen auf seinen Sarg, und die offiziellen Barden sangen würdige Wehklagen am offenen Grabe.

Er war angenommen.

2

Rom, 1956 – Gegenwart

An der Via Casilina, zwischen wüstem Land und grausamen Neubaublöcken, liegt das *Ristorante Alla Speranza.* Unter Kennern hat es einen gewissen Ruf; vor allem die Sommerbewohner der vielen geistlichen Kollegs, die in Latium herumstehen, besuchen es gerne. Sein juristischer Inhaber ist Gennaro Sbiffio-Trulli, aber die tatsächliche Leitung ruht in den Händen seiner Gemahlin Giulia.

Ein Sündenbock muß gefunden werden. Im Fall (im ganz wörtlichen Fall) der *Geheimen Congregation* war dazu Sbiffio-Trulli vorherbestimmt – er stand in der direkten Linie der Verantwortung für alles, was Operateure und Gerät betraf. Der Monsignore ist also laisiert worden. Man legte ihm nahe, zu heiraten: aus Rücksicht auf das arglose Volksbewußtsein, das beim Sündenfall eines Priesters noch immer nach dem Apfel der Eva fragt. Sbiffio-Trulli heiratete, weil er gehorsam war; und da ihm Details herzlich gleichgültig waren, heiratete er Giulia, die nach dem Wegfall ihres Betreuers aus den USA in einen undurchsichtigen Status geraten war. Neapel und Umgegend sind bekannt für ihre eigenständige und schmackhafte Küche, und Giulia wurde zum Zentrum des Restaurants Zur Hoffnung. Kinder wollte sie nicht, dafür zog sie ein halbes Dutzend Neffen und Nichten ihrer Sippschaft an sich – zuerst natürlich den kalkig-teigigen Knaben mit der Kommunionkerze.

Mit ihrem Mann rechnet sie nicht; und solltest du, werter Leser, einmal das Bedürfnis verspüren, an der Via Casilina gut zu essen (besonders sei dir überbackenes Schafshirn mit Zucchini empfohlen), wirst auch du ihn kaum zu Gesicht bekommen. Er sitzt den ganzen Tag in dem Schuppen hinterm Haus unter den drei kränklichen Pinien; nur wenn die neapolitanische Sippschaft und ihre Spielgefährten zu laut werden, schnellt er rotäugig daraus hervor – »Basta!« ruft er einmal, und das genügt, da er bekanntlich den bösen Blick hat. (Er hat ihn wirklich. Titular-Erzbischof Doensmaker, zu Großem im Diplomatischen Dienst berufen und in delikater Mission im Mittleren Osten unterwegs, gehörte zu den Passagieren der Anatol Air Lines-Maschine, die nach dem Absturz spurlos verschwunden blieben. Nur einen alten Schädel fand man, dessen Zähne bis auf einen makellos gereinigt waren.)

Was tut Sbiffio-Trulli? Seit 1956 baut er an der Erfindungsreichen Raum-Zeit-Maschine. Er hat damals, mitten in der Katastrophe, die alten Papiere und Werknotizen des Rotaserrata fotokopiert, ebenso den *Tractatus* des Leonardo. Er hat es ohne Berechtigung und ohne Skrupel getan, er hat dafür die ahnungslosen Mitarbeiter des amerikanischen Projekts *Silberstreif* eingespannt. Er hat die Spiegelschrift des Leonardo erlernt sowie das Baskische, in dem Rotaserrata seine Arbeitsnotizen niederschrieb. Vor fünfzehn Jahren hat er mit der praktischen Arbeit begonnen. Nicht nur der ganze stattliche Gewinn seines Ristorante verschwindet in dem Unternehmen, oft einschließlich der nötigen Nahrung für die Sippschaft – nein, das hat seinem Ehrgeiz und den unerbittlichen Anforderungen seiner Hoffnung längst nicht genügt. Er ist zu einem festen Partner Fabio Garettis geworden, ja zu seinem Antreiber. (Fabio wird älter und verliert an Kühnheit.) Sbiffio-Trulli hat die Ausweitung der Geschäfte auf die ertragreiche Branche der etruskischen Grabräuberei erzwungen; er hält es für logisch, daß die Tote Hand der Vergangenheit die Zukunft finanziert. Und jeder Schein, den er in die Hände bekommt, ob Lire, ob DM oder Dollar, wandert in den Schuppen hinter den Pinien.

Während Giulia, längst von der Trägheit entbunden, mit Tellern wirft, alle Welt und (ganz leise) ihn beschimpft, fügt sich eine Rippe zur anderen, windet sich der Platindraht, der einen Rubin oder eine Kristallgruppe in die Grotte klemmt. Eine Viertel-Wölbung, wie die Schnitte einer Melone geformt, ist schon entstanden und erinnert von ferne an die alte Gestalt und den alten Glanz.

Aber ach: jeder Zoll des Polyeders steckt voll Gefahren; Katarakte von Katastrophen warten hinter jeder Biegung des langen Wegs. Zu ungeheuer ist die Kathedrale des Geistes von Leonardo, zu lichtvoll die Intelligenz des Camillo, als daß der treue Zwerg hoffen könnte, in jeder einzelnen Phase genau das Richtige zu fassen und zu formen. Und was geschähe, wenn der falsche Schritt getan, die Kraft des Geräts falsch aktiviert würde? Dann verschwände auch diese Maschine ins Nichts, ehe sie noch erstanden – schlimmer! Denn wer weiß schon, ob sie dann nicht den Baumeister, ob sie nicht das Restaurant Zur Hoffnung samt Giulia und Sippschaft, die ganze Via Casilina – ja, ob sie nicht das Ewige Rom und mich und dich (auch dich, werter Leser!) ins Nichts entrisse? Niemand weiß das zu sagen, auch der einsame Handwerker im Schuppen nicht, der Schritt für Schritt in den Nebel setzt.

Doch wozu erschrecken, werter Leser? Die Wasserfälle der Katastrophe werden nie herabstürzen. Das würde ja voraussetzen, daß der Bessere überhaupt erst einmal an sie herankommt, daß er überhaupt – und sei es blindlings – eine Formel findet, die Draht und Gemmen und Kristalle belebt, die Beziehungen herstellt, welche sie energetisch verbinden. Viel wahrscheinlicher ist, daß Sbiffio-Trulli ewig an einem lächerlich teuren Drahtkäfig herumbasteln wird, mit lächerlichen und teuren Mineralien, in grotesken Abständen und Beziehungen.

Aber gesetzt selbst den Fall, die Grotte stünde bereit, der Polyeder hätte sich geschlossen, seine geheimnisvollen Kräfte warteten auf den Einsatz: es verbliebe noch das Labyrinth des Großen Knotens. Wie will der Zwerg im Schuppen die himmlische Präzision, die Sicherheit erreichen, die jede, selbst die kleinste und einfachste Operation einer Raum-Zeit-Schleife erfordert? Wo steckt in diesem Knoten das Jahr 1564 und der

Palast zu Foganzara, wo die schottische Westküste von 1746, wo das London von 1927? Was einst, in der Renaissance, der Geist der Meister unmittelbar aus der Ableitung ihrer eigenen Prämissen bezog, das muß ja der Kopist erst umständlich aus tausend, zehntausend Einzelheiten zusammenklauben. Nein, der Große Knoten ist Jahre, Jahrzehnte entfernt – und mit ihm der mögliche Erfolg.

Er, Sbiffio-Trulli, wird es nicht schaffen. Aber das Ristorante an der Via Casilina ist nach der Hoffnung benannt, und so hofft er weiter. Er hofft, während er sich Hand über Hand am Knotenseil ins heidnische Dunkel der Tumuli hinabläßt, die Stablampe zwischen den Zähnen. Er hofft, während er die Schar der lohnabhängigen Mädchen ins Hotel *Merveille* und ins Café an der Spanischen Treppe und in die endlosen Straßenzüge der Vorstädte schickt. Er hofft, während er Giulia das Geld aus der Registrierkasse und den Kindern aus den Sparbüchsen stiehlt. Denn nichts kann die Vision der Erfüllung ersetzen: eines Tages, allein, aus eigenem Entschluß, ein freier Geber, vor eine Allerhöchste Präsenz zu treten und zu ihr zu sprechen: »Verzagen wir nicht! Sie ist da, die Erfindungsreiche Maschine, das Große Gerät steht bereit, Hoffnung für eine blind-tappende Menschheit.«

Und selbstverständlich, werter Leser, hoffen wir mit ihm.

Ende

Anhang

Schottland
Culloden
Inverness
Arisaig
Loch nam Uamh
Fort William
Scone
Clen Turnock
Oban
Perth
Edinburgh
Prestonpans

I.

Jahr des Prinzen (1745/6)

Da das ›Jahr des Prinzen‹ – *Bliadhna a' Prionnsa* – in unserer Erzählung eine Schlüsselrolle spielt, seien die wichtigsten Ereignisse und Konsequenzen dieses Aufstands an dieser Stelle kurz zusammengefaßt.

Die Union zwischen England und Schottland war ursprünglich dadurch entstanden, daß der schottische König Jakob VI. als Jakob I., nach dem Tode Elisabeths I., auch König von England wurde. Die *staatsrechtliche* Union wurde jedoch erst 1707 vollzogen, und zwar nach der Vertreibung der Stuarts aus England und Schottland, 1688. Diese Vertreibung war vor allem bei den gälischen Clans des Hochlands auf Protest gestoßen. Bewaffnete Zusammenstöße bzw. Aufstände fanden des öfteren statt; der ernsteste 1715, unter dem Earl of Mar. Dieser Aufstand erfreute sich auch französischer Unterstützung.

Im Jahre 1745 waren die Aussichten für einen erfolgreichen Aufstand an sich schlechter – Frankreichs Unterstützung war wegen des kontinentalen Krieges mit England kaum zu erwarten. Andererseits waren auch fast alle englisch-hannoveranischen Truppen auf dem Kontinent in langwierige Kampagnen verwickelt. In dieser Konstellation segelte Charles Edward, der ›Bonnie Prince Charlie‹, Erbe des jakobitischen, d. h. Stuart-Prätendenten Jakobs III. bzw. VIII., im Juli nach Schottland ab. Ihn begleiteten sieben Gefährten, er führte einen winzigen Vorrat an Waffen, Munition und Geld mit sich. Am 25. Juli landete er im Loch nan Uamh (bei Arisaig), sandte Briefe an alle seine Anhänger unter den Clanhäuptlingen des Hochlands und lud sie zur Hissung der Standarte am 19. August nach Glenfinnan ein. Zunächst standen die meisten Chefs dem Unternehmen ablehnend gegenüber (nicht aus Loyalität zum Haus Hannover, sondern weil sie die Aussichten des Aufstands realistisch beurteilten). Der außerordentliche Charme des Prinzen gewann jedoch die meisten von ihnen. Nach der Fahnenhissung brach er mit 1200 Kriegern (meist MacDonalds und Camerons, aber auch schon, wie verschüttete Quellen berichten, McLaubhraighs) nach Osten auf. Die Armee vergrößerte sich schnell, eine hannoveranische Armee unter John Cope wurde umgangen, der Prinz erreichte Edinburgh am 17. September 1745. Schottland war damit praktisch jakobitisch. Am 21. September wurde John Copes Armee, die auf dem Seeweg über Inverness nach Edinburgh zurückkehren wollte, bei Prestonpans vernichtet.

Die meisten der schottischen Anhänger des Prinzen wollten die Union mit England aufheben; dem stand aber das Selbstverständnis Charles' Edwards entgegen, der sich ausschließlich als Prinzregent seines Vaters, des rechtmäßigen Herrschers aller drei Königreiche verstand. So kam es zum schicksalhaften Entschluß, am 3. November den Marsch auf London anzutreten.

Wieder schien der Prinz vom Glück begünstigt – keine der drei hannoveranischen Armeen, die bereits gegen ihn mobilisiert waren, stießen auf die Schotten, die sich bis auf 127 Meilen an London heranwagten. Aber am 6. Dezember wurde der Befehl zum Rückzug erteilt: die Lage wurde immer unheimlicher, und vor allem blieb fast jede Unterstützung aus England aus, mit der Charles Edward gerechnet hatte.

Die Schotten zogen sich also mitten im Winter ins Hochland, nach Inverness zurück. In mehreren Scharmützeln mit hannoveranischen Truppen blieben sie siegreich, aber das Gesamtglück des Krieges wendete sich gegen sie. Im April stieß eine sehr gut ausgerüstete und vor allem mit guter Artillerie versehene Truppe unter dem hannoveranischen Prinzen William, Herzog von Cumberland, bis nahe Inverness vor. Am 16. April 1746, nach einem sehr schlecht organisierten und desaströsen Nachtmarsch der Highlanders, kam es auf dem Moor von Culloden, anderthalb Wegstunden südlich von Inverness, zur Entscheidungsschlacht. Sie wurde durch die überlegene Feuerkraft der Rotröcke, ihren guten Bajonettdrill und die militärische Ungeschicklichkeit des Prinzen in 25 Minuten entschieden. Und der letzte Schwert- und Schildangriff der Geschichte (bis dahin des öfteren noch siegreich, zuletzt bei Prestonpans und Falkirk!) endete in einem grauenvollen Blutbad.

Die Schlacht entschied über das soziale Schicksal Schottlands. In einem sadistischen Rachefeldzug wurden die Clans zerrieben, ihre Wirtschaftsgrundlage zerstört, jede kulturelle Äußerung gälischen Volkslebens mit schwerster Strafe belegt. Der dicke niedersächsische Herzog von Cumberland wurde dafür von der Londoner Society zum ›Sweet William‹ befördert.

Prinz Charlie aber gelang es, durch eine mehrmonatige romantische Flucht kreuz und quer durchs Hochland und über die Inseln seinen Ruf als Märchenprinz endgültig zu sichern, ehe ihn am 20. September eine französische Fregatte am Loch nan Uamh abholte – an der gleichen Stelle, an welcher er vor einem guten Jahr gelandet war. (Auch das Anlanden französischen Geldes und französischen Nachschubs durch die *Bellona* und die *Mars* im April 1746 ist historische Tatsache.)

Charles Edward lebte noch bis 1788. Er wurde ein unsteter Wanderer und ein notorischer Trinker, er heiratete eine deutsche Gräfin von Stolberg, deren Ruf alles andere als gut war, und reichte nach seinem Tod das Erbe an seinen Bruder Henry weiter, einen höchst ehrenwerten Mann, der allerdings Kardinal der römischen Kirche geworden war. (Charles' Kinder von der Stolberg waren selbstverständlich morganatisch und damit nicht erbberechtigt.)

II.

Knoten, Grosser (auch Gruppi di Corde)

Sechs Kupfer des Leonardo da Vinci sind erhalten, welche solche ›Knoten‹ abbilden. (Siehe Vorsatzpapier!) Wegen der Inschrift ›Leonardo Vinci Academia‹ hat man früher angenommen, L. habe eine Maler-Akademie in Mailand geleitet.

Diese Vermutung hat sich als unhaltbar herausgestellt; ebenso sämtliche anderen Erklärungen, wie etwa die eines Wortspiels mit den Vokabeln *vincire* (binden) und *da Vinci.*

Unsere Erzählung bietet die einzige wahre Erklärung, nämlich die Bedeutung des Großen Knotens als Entwurf für das Justier-System der MYST. (Es zeugt für den wagemutigen Spieler-Sinn des Meisters und gleichzeitig für seine ständige innere Beschäftigung mit der MYST, daß er das Muster des Gr. K. auch auf dem Gewand der Mona Lisa verwendet hat. Ihr rätselhaftes Lächeln gewinnt dadurch eine neue, bestürzende Dimension.)

III.

Ludwig II., König von Bayern

Das tragische Schicksal des berühmtesten Bayernkönigs ist hinlänglich bekannt.

Wichtig im Zusammenhang unserer Erzählung ist, daß seine Popularität rein historisch nicht begründet werden kann. Wie aus der Quellenlage hervorgeht, war er politisch für Bayern eine Katastrophe; weder im Krieg von 1866 noch in den entscheidenden vier Jahren bis zum Ausbruch des Deutsch-Französischen Krieges von 1870 brachte er jenes Ausmaß an Initiative auf, das genügt hätte, um wenigstens ein bescheidenes Maß bayrischer Eigenstaatlichkeit zu retten. (Chancen zu solcher Initiative waren durchaus gegeben.)

Sein legendärer Ruhm wird jedoch sofort erklärlich, wenn man sich vor Augen hält, daß er fast alle wesentlichen Elemente der keltischen Sagen-Zyklen in neuer, origineller Weise reproduzierte. (Der Grund-Zyklus ist in der Fachwelt als Mabinogion-Zyklus bekannt; ihm gehören die großen Romanzen-Stoffe des Hochmittelalters, u. a. der Artus-Kreis, an.) Ohne Anspruch auf Vollständigkeit seien hier einige Elemente aufgeführt:

die Vorliebe für Einsamkeit, Nacht, Grotten;

die Fixierung auf den Schwan, den Liebes- und Todesvogel;

das Element des undurchschaubaren, kaum persönlich zu definierenden Komplotts des ›Bösen‹; und, vor allem,

das Sterben/Nichtsterben im ›See‹, die geheimnisvolle Todeswunde (wie stirbt ein hünenhafter Schwimmer, nur von einem zwergwüchsigen Arzt belästigt, in 60 cm Wassertiefe?).

Es ist demnach eine durchaus zwingende poetische Lizenz, ihn zu den keltischen Helden der Vorzeit, zu König Artus, Ossian, Fingal, Brian Boru und – vor allem – zum ganz ähnlich ›sagenhaften‹ Prinzen Charles Edward zu versammeln.

IV.

PPPP-(4 P-)METHODE

Die PPPP- oder »4 P«-Methode wurde zwischen 1740 und 1760 von der Theoretischen Abteilung der CONGREGATIO SECRETA AD FONTES (CSAPF) als bestes Software-Instrument zur sinnvollen Verwendung der MYST entwickelt.

Sie beruht, wie die gesamte theoretische Arbeit der CSAPF, auf der Erkenntnis, daß selbst mit Hilfe der MYST-Raum-Zeit-Maschine die Geschichte

nicht im Widerspruch zur Quellenlage

verändert werden kann.

Diese Erkenntnis war teuer erkauft worden, und zwar in der sog. ›Nepoten-Periode‹ (1602 bis 1728). In dieser Epoche wurde die MYST durch päpstliche Nepoten für die weitestreichenden Projekte zur Veränderung der Vergangenheit eingesetzt, die sämtlich scheiterten. Die MYST kehrte dann leer zurück, der betreffende Agent hatte sich im *laqueus clausus*, d. h. in der durch das Gerät beschriebenen Raum-Zeit-Schleife, aufgelöst.

Die Tatsache, daß ein solcher Vorgang beobachtet und dokumentarisch festgehalten wurde, führte die neubegründete Theoretische Abteilung auf die richtige Spur. In den Archiven fanden sich Notizen über ein Projekt ANTI-ERESIARCO, das in der kritischen Zeit des 30jährigen Krieges konzipiert worden war. Dieser Versuch, Luther in der Wartburg zu ermorden, resultierte in der benannten und berühmten ›Teufels-Erscheinung‹, m. a. W. Dr. Luther wurde Zeuge der Entmaterialisierung eines MYST-Operateurs, und zwar in dem Augenblick, wo dieser gegen die Quellenlage zu handeln sich anschickte. Die besten Köpfe der Theoretischen Abteilung zogen daraus folgende Schlüsse:

1. In Historiographie übergegangene Geschichte kann nicht mehr durch die MYST verändert werden, da dies nicht zu einem *laqueus clausus*, d. h. zur Rückkehr in eine un-modifizierte Gegenwart, führen könnte.
2. Alle Projekte haben einem Rahmenplan zu folgen, der auf Zukunft, nicht auf Vergangenheit gerichtet ist.
3. Diese Projekte müssen, wenn möglich, ohne jede Dokumentation auskommen.
4. Ist dies nicht möglich, können Ereignisabläufe der Vergangenheit dann leicht verändert werden, wenn eine einzige Quelle vorliegt, die *an Ort und Stelle*, also im Ziel-Zeitraum, verändert werden kann, und zwar mit einem Minimum an Aufwand.

Dies war die prinzipielle Grundlage der 4P-Methode. Sie trägt ihren Namen, weil die meisten alten Chroniken lateinisch geschrieben sind, und weil die Veränderung eines passiven Partizips des Perfekts (PERMUTATIO PARTICIPII PERFECTI PASSIVI) in vielen Fällen genügt, um die neue, d. h. kaum bemerkbar veränderte Quellenlage zu sichern. Im Laufe der Jahrhunderte entwickelte die Theoretische Abteilung in dieser Methode eine kaum überbietbare Meisterschaft.

Der Fall des Hauses Guadagni (S. 14 f.) ist ein besonders hübsches Beispiel für die 4P-Methode. Durch die Veränderung von drei Buchstaben, welche jedem künftigen kritischen Carbon-14-Test standhalten wird, ist die einzige Quelle der Geschichte des Hauses und damit auch der Geschichte des Fürstentums Foganzara verändert worden. Mehr als drei Jahrhunderte später wird ein Bibliothekar der Ambrosiana zu Mailand, Achille Ratti (später berühmter geworden unter seinem angenommenen Namen Pius XI.), diese *Chronica Familiarum Illustrium* des Kanonikers Grimaldo durchblättern, wird auf den betreffenden Satz stoßen und in einer Miszelle im Fachblatt *Destini del Rinascimento,* Firenze, 1922/V, mitteilen, daß die Macht des Hauses Guadagni im 16. Jahrhundert nicht, wie bisher angenommen, sehr reduziert – *reductam* –, sondern vielmehr vermehrt – *adauctam* – worden sei. Er wird damit die bisher übliche Lesart von Spazzicamino dem wissenschaftlichen Limbus überantworten.

Näheres zur 4 P-Methode siehe S. 97 ff.

V.

SCHICKSALSSTEIN (engl. Stone of Destiny, auch: Coronation Stone, auch: Stone of Scone; gael.: Lia Fáil; auch: ›Jakobskissen‹)

Der S. war ursprünglich der Krönungssitz der schottischen Könige. Nach der Legende ruhte auf ihm Jakobs Haupt, als er den Traum von den Engeln auf der Himmelsleiter träumte (Genesis XXVIII/11 f.).

Bis 840 ruhte der Stein in der Abteikirche von Dunstaffnage als Krönungsstein der keltischen *Scoti,* also der eingedrungenen Iren, die das Westreich Dalriada gegründet hatten. 840 vereinigte König Kenneth II. dieses Westreich durch Heirat mit dem Ostreich der *Picti* und transferierte den Stein zur Krönung nach Scone, dem Königssitz der Pikten (in der heutigen Grafschaft Pertshire).

Mehrere Jahrhunderte lang blieb der Stein in Scone, bis er 1296 von dem englischen König Eduard dem Bekenner nach London entführt und dort in den Krönungsstuhl eingebaut wurde. Dort ruhte er offiziell bis zur Weihnachtsnacht 1950.

Schottische Nationalisten entfernten ihn damals aus dem Sitz des Stuhls und aus der Westminster-Abtei. Sie ließen, nach heute einwandfrei bestätigten Angaben, eine Kopie anfertigen, welche sie Ostern 1951 in der Ruine der Abteikirche zu Arbroath als echten Stein deponierten. Dieser wurde in die Westminster-Abtei zurückgeführt und dürfte ganz wörtlich die Grundlage für die Krönung von Charles III. bilden – ein schlimmes Erbe.

Der entwendete Stein ruht hinter einem Kunstschmiedegitter in der Kirche Sankt Columbans zu Dundee.

Allerdings setzt dies voraus, daß der damals von Eduard dem Bekenner 1296 nach London gebrachte Stein tatsächlich der Lia Fáil ist. Kenner haben dies immer bezweifelt, wie schon aus Leserbriefen an die TIMES anläßlich des ›Diebstahls‹ von 1950 hervorgeht: rötlichgrauer Sandstein ist ein typisches Produkt der Steinbrüche um Scone, während er an der Westküste selten ist.

Daß sich die Dinge in unserer Erzählung noch etwas verwickelter darstellen, liegt an der Pflicht zur Wahrheit. Meine Freunde vom 1320 CLUB (welche an der Entführung von 1950 nicht ganz unbeteiligt waren) darf ich um Verständnis bitten: auch der Gott, der Albas Verbündeter ist, schreibt gerade auf krummen Zeilen.

VI.

SILBERSTREIF, PROJEKT

Journalistischem Brauch folgend, haben wir den Namen des Projekts verändert. Tatsächlich hat es auf der Höhe des Kalten Krieges, in den Fünfzigerjahren, ein derartiges Projekt gegeben.

Die US-amerikanische katholische Männerorganisation *Knights of Columbus* finanzierte damals eine komplette Mikro-Verfilmung der vatikanischen Bibliothek, um ihre Schätze rechtzeitig vor einem möglichen kommunistischen Zugriff für die Zukunft der Freien Welt zu retten.

Die Leitung des Projekts hatte damals ein Bibliothekar namens Egmatinger. Zweifellos kamen seine Ahnen aus dem reizvollen oberbayrischen Dorf Egmating zwischen Höhenkirchen und Glonn, das, ebenfalls nur leicht verändert, in unsere Erzählung Aufnahme gefunden hat.

VII.

Thronfolge, Legitime (von Schottland bzw. England und Wales)

Wie bekannt, bricht 1688 mit der sogenannten ›Glorreichen Revolution‹, die ein Komplott der kommerziellen Klassen war, die legitime Thronfolge auf den Britischen Inseln ab. Die wahre Sukzession läuft wie folgt:

1701-66:	Jakob III. (bzw. VIII. nach schottischer Zählung), ›der alte Chevalier‹. Er lebte im Exil in Frankreich; der historische Versuch seines Sohnes Charles Edward (1745/46), die Reiche zurückzugewinnen, schlug fehl.
1766-88	Karl III., bekannt als ›Bonnie Prince Charlie‹ (s. o.). Er heiratete morganatisch eine Gräfin von Stolberg. Sein Nachfolger war demnach sein Bruder
1788–1807	Heinrich IX. Er wurde römisch-katholisch und Kardinal der Kirche; in seinem Testament von 1802 übertrug er seine Rechte formell an ›meinen nächsten gesetzlichen Erben‹, d. h. an
1807–19	Karl, als Carlo Emmanuele IV. König von Sardinien. Ihm folgte sein Bruder
1819–24	Vittorio Emmanuele I., diesem seine älteste Tochter
1824-40	Maria, die 1812 Franz IV., Herzog von Modena, ehelichte. Das Erbe ging folgerichtig an ihren ältesten Sohn über,
1840-75	Francesco (als F. I. Herzog von Modena). Er heiratete 1842 Adelgunde von Bayern und starb ohne Nachkommenschaft, so daß der Titel an seine Nichte überging,
1875–1919	Maria Theresia, Königin von Bayern. Nach dem Recht folgte ihr ältester Sohn,
1919–55	Rupprecht, Kronprinz von Bayern.

Der gegenwärtig rechtmäßige Herrscher des Vereinigten Königreichs ist demnach Albrecht, Herzog von Bayern. Als solcher wird er von allen wahren Jakobiten (d. h. Anhängern des letzten rechtmäßigen Königs James II. bzw. VII.) anerkannt und bei feierlichen Gelegenheiten getoastet.

VIII.

Vollmar, Georg von

Georg von V. war in den Jahren des Wilhelminischen Kaiserreichs und fast bis zum Ende des 1. Weltkriegs der unbestrittene Führer der Bayrischen Sozialdemokratie. In seinen Frühjahren als Sozialist bis etwa 1875 galt er als sehr radikal, doch entwickelte er sich zu einem der größten Pragmatisten der damaligen SPD. Bekannt ist sein Zusammenstoß mit Bebel und anderen Theoretikern der Reichspartei, bei der Bebel das berühmte Diktum entfuhr: »Man wandelt nicht ungestraft unter Maßkrügen.« In den Münchner Eldorado-Sälen hielt V. Reden, welche stellenweise wörtlich die Linie des Godesberger Programms vorwegnahmen.

Sbiffio-Trullis Darstellung von V.s Entwicklung ist zu romantisch. Der junge Mann hatte sich aus Abenteuerlust zu den päpstlichen Truppen gemeldet, aber erst 1868, so daß er die Kämpfe von 1860 nicht mitmachen konnte. Seine Verwundung stammt nicht aus Italien, sondern aus dem Deutsch-Französischen Krieg von 1870/71. Seine Äußerungen über die Zustände im Kirchenstaat waren zudem sehr wenig schmeichelhaft. Trotzdem ist eine Art von innerer Logik auf Sbiffio-Trullis Seite: Sie liefert sozusagen nachträglich eine sinnvolle Erklärung für die Toleranz der späteren bayrischen SPD gegenüber dem politischen Katholizismus, die sonst völlig unerklärlich wäre.

HEYNE JAHRESBÄNDE

Die sicheren Tips für Qualität und Vielfalt zum Sonderpreis. Erzählungen und Kurzromane der bedeutendsten und beliebtesten Autoren der Welt.

01/5900 – DM 5,80

06/3870 – DM 5,80

02/2033 – DM 5,80

01/6200 – DM 6,80

06/3962 – DM 6,80

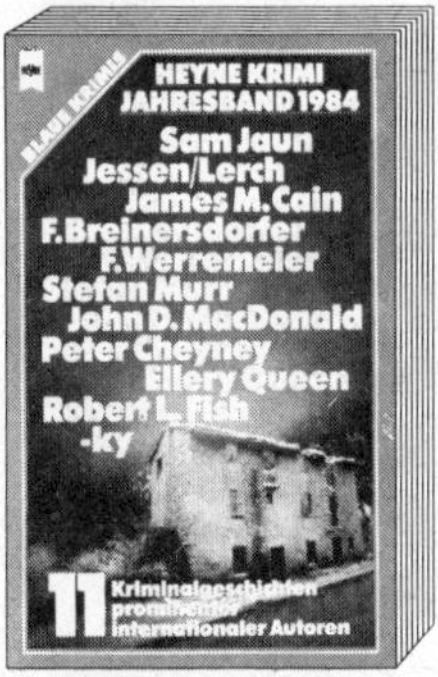

02/2087 – DM 6,80

01/6400 – DM 6,80

06/4060 – DM 6,80